Amy Meyerson

The Bookshop of Yesterdays

寻找昨日书店

[美]艾米·迈耶森　著　　王马奇　译

中信出版集团 | 北京

图书在版编目（CIP）数据

寻找昨日书店 / (美) 艾米 · 迈耶森著 ; 王马奇译
. -- 北京 : 中信出版社 , 2020.4
书名原文 : The Bookshop of Yesterdays
ISBN 978-7-5086-9976-9

Ⅰ . ①寻… Ⅱ . ①艾… ②王… Ⅲ . ①长篇小说－美
国－现代 Ⅳ . ① I712.45

中国版本图书馆 CIP 数据核字（2019）第 068676 号

寻找昨日书店

著　　者：[美] 艾米 · 迈耶森
译　　者：王马奇
出版发行：中信出版集团股份有限公司
（北京市朝阳区惠新东街甲 4 号富盛大厦 2 座　邮编　100029）
承 印 者：北京诚信伟业印刷有限公司

开　　本：880mm × 1230mm　1/32　　印　　张：14　　字　　数：300 千字
版　　次：2020 年 4 月第 1 版　　印　　次：2020 年 4 月第 1 次印刷
京权图字：01-2019-4598　　广告经营许可证：京朝工商广字第 8087 号
书　　号：ISBN 978-7-5086-9976-9
定　　价：59.80 元

凡是过去，皆为序章。

——《暴风雨》[1]

1 本书中出现的《暴风雨》引文参考彭镜禧译本，外语教学与研究出版社，2016年版。——译者注

1

我最后一次见到比利舅舅的那一天，他送了一条小狗给我。那是一条有着悲伤眼神和心形鼻子的金毛寻回犬，我还没有来得及给它取名字便失去了它。上一秒，它还在客厅里跑来跑去，似乎在期待未来与我的冒险旅程；下一秒，它便消失不见了，就像我的比利舅舅一样。前一天离别时，舅舅还在屋外的车道上转身朝我挥手道别，第二天他便消失得无影无踪，从那天起，我们再也没有见过面。

我的妈妈从来没有动过养狗的念头，无论我如何软磨硬泡，提出负责每天遛狗，并承诺如果客厅的地毯被小狗弄脏了，一定第一时间清理干净，她都没有点头答应。也许这和地毯，或者未来可能被小狗咬坏的若干双鞋没有任何关系，更不是爱不爱狗的问题。她相信我是发自内心喜爱小狗的，我敢打包票她也一样。然而，宠物需要的不仅仅是爱那么简单，就像一段关系一样，它们需要的更多是责任心。再说那段时间我马上要迈入青春期，漂亮男孩和闺密对我的吸引力要远远大于零用钱、小狗，甚至家庭。我们全家曾对现阶段暂不养狗达成过共识，所以我深知这样做是在挑战妈妈的底线，而比利舅舅也同样知道这一点。

其实，这条小狗是我的生日礼物。在我过 12 岁生日的时候，也就是 1998 年伊始，我的父母驱车前往卡尔弗城，租来了一个拱形门和几个棒球练习笼为我布置派对场地。原本应该在 1997 年庆祝我的 12 岁生日，但由于我是个在年底出生的孩子，所以一般情况下，大家会在次年的 1 月为我庆祝生日。

我的朋友们在本垒板后面挤成一团，当我边推着脸上的头盔，边胆怯地走进练习笼时，他们不约而同地大声欢呼，为我加油鼓劲。爸爸见我有些紧张，赶快提醒我注意要领：脚和肩膀保持一定的距离，右肘抬高以保证击球质量。妈妈要是也能来叮嘱我几句就好了，可惜她正忙着在自助餐区打电话。

“没关系的，米兰达，你可以的！”爸爸在我第一次挥棒却没打中球时鼓励我。妈妈挂了电话，来到爸爸身边，俯身在他耳边说了些什么。我走到下一个投球处挥棒，但球的速度实在太快，瞬间飞过了本垒板，我没能打到。“从现在开始你别想再指着他了。”爸爸对妈妈说。“米兰达，”爸爸说话的同时还不忘观察我在场上的表现，“精神集中一点！”

“是他说一定会来的。”我听到妈妈小声念叨。

“现在说这些也没用，”爸爸小声回答，“如果他做不到，压根儿就不该做出承诺。苏珊，亲爱的，咱们现在先别说这件事了。”

我努力回想着爸爸教我的击球方法，试图将注意力集中在我翘起的手肘和松垮的膝盖上，然而他们的窃窃私语让我根本无法集中精神。我想只有一个人可以让他们这样，那就是比利舅舅。我不喜欢他们讨论比利舅舅的方式，总有一种刻意背着我的感觉，就好像他会吃了我一样。我转身背对着自动投球机，看向我的父母，只见他们俩正倚着球网，凝视彼此。

就在这时，一股强大的冲击力向我袭来，快到来不及反应。我先是听到了巨大的拍打声，随即便感到肩膀一阵火辣。我疼得尖叫起来，失去平衡瘫倒在地，接着又有两个球从我的头顶嗖嗖飞过。爸爸一边大喊：“快关掉发球机！”一边和妈妈冲了进来。

“宝贝，你还好吗？”妈妈赶忙把我的头盔取下，将我被汗水浸湿的头发拨到耳后。难以言喻的疼痛感向我袭来，我坐在冰冷的水泥地上，说不出话。“米兰达，快和妈妈说句话。”妈妈有点歇斯底里。

“我没事，”我怕她担心，努力挤出一句话，“吃点蛋糕就没事了。”

一般情况下，这句话肯定会把他们逗得哈哈大笑，但是这次没有，他们仍然用关切又失望的眼神看着彼此，就好像我的肩膀会被球撞到红肿是比利惹的祸一样。妈妈埋怨地看了爸爸一眼，然后气冲冲地走向自助餐区取我的生日蛋糕。

“妈妈没事吧？”我问爸爸。我目送妈妈走到餐区，和柜台前的年轻人说着话。

“放心，没有什么事是一块蛋糕解决不了的。”爸爸边回答边抚摸着我的头发。

狼吞虎咽地吃完蛋糕后，妈妈让我按在肩膀上止痛的冰块也化得差不多了，我忘记了刚才钻心的疼痛，跑到拱门前和朋友们玩起了滚球游戏。玩的间隙我仍不忘偷瞄父母的一举一动，他们在清理刚刚吃蛋糕的餐桌，妈妈的气好像还没消，用力擦着塑料桌布发泄情绪，爸爸见状赶忙将她一把拉过来抱在怀里，轻抚她的头发耳语了几句。我真的不明白，妈妈为什么会如此愤怒，比利舅舅又不是第一次爽约，事实上，我早就忘了他上一次来参加我的生日派对是什么时候的事了。假设日本或意大利发生地震，比利舅舅便会与其他地震学家、工程师和社会学家在第一时间奔赴机场，赶到现场勘查情况，根本顾不上通知我们。可与其说失望，倒不如说我为他感到骄傲。舅舅的工作可以挽救无数生命，这还是妈妈告诉我的。有时，我周日参加完独奏会或辩论赛后，如果比利缺席了全家的烧烤晚餐，妈妈就会告诉我："舅舅很想来参加，但是这个世界比我们更需要他。"他是我的超级英雄"比利队长"，在我心中，虽然他没有超人的能力，却有着聪明过人的头脑。虽然当时的我早已过了相信超级英雄的年纪，但比利却是个例外。我想妈妈也仍然相信他，但这次不知道为什么，她竟然会泪洒生日派对。

那一晚，我和我最好的朋友琼妮早早便躺下了，在半梦半醒间，我隐约听到门铃在响，紧接着是下楼的声音和一阵窃窃私语。我溜下床，走出房间悄悄观望。只见妈妈站在大门口，缎子睡袍紧紧包裹着她娇小的身躯，而比利则站在屋外的门廊上。

我激动地向楼梯跑去，打算直接冲下去扑到比利身上，给他一个大大的拥抱。我长大了，直接跳到他身上好像并不合适，不过我想即使有一天变成大人，我还是会忍不住以这种方式来和他打招呼，表达我的爱。正当我跑到楼梯口时，妈妈突然开口，吓了我一大跳。

"你他妈的到底是怎么回事？现在是凌晨三点！"我惊呆了。妈妈很少大声说话，更别说是骂人了。"是谁给你的勇气，让你半夜三更跑到我们家来指责我？你怎么敢！”

我在楼梯扶手旁边吓到无法动弹，她的愤怒无以复加，我从未见过她这个样子。

“事情变成这样都是你的错，”她努力压低声音，“你听见我说的话了吗？一切都是你自己的选择，你凭什么指责我？”

比利把脸转向一边，而妈妈的低吼仍在继续。她说他是一个浑蛋，如果我没记错的话，她还提到了“自恋狂”和一些我当时根本听不懂的字眼。就在这时，比利不经意地抬起头，发现了站在楼梯上的我，脸唰地红了，眼神中透露出一丝闪烁。妈妈见状也看了过来，她的脸瞬间没了血色，仿佛一下子老了10岁。我不知所措地看着他们，原来他们并不是因为比利缺席生日派对而吵架的，比这更糟糕的事情发生了。

“宝贝，快回去睡觉。”妈妈打破了沉默。见我一动不动，她又说，“求你了。”

我头也不回地跑进房间，刚刚所看见的、听见的一切都让我心神不宁，我感到难以言喻的尴尬。

琼妮听到了我上床的声音，起身问我：“现在几点了？”

“凌晨三点多吧。”

“这么晚了怎么还会有人来？”

“我也不知道。”

琼妮翻了个身，嘴里含含糊糊地嘟囔着。我失眠了。“你怎么敢”“浑蛋”“一切都是你自己的选择，你凭什么指责我”，妈妈刚才说的这几句话一直萦绕在我的脑海，挥之不去。破晓时分，一束光穿透窗帘洒了进来，我一直没睡着，仍然想不通比利到底做过什么选择，因何责怪妈妈，以及凌晨发生在我面前的那一幕到底是怎么一回事。

那天早上，爸爸带我和琼妮出去吃早饭。

“妈妈呢？”上车时我问爸爸。

“她还在睡觉。”妈妈的起床时间从未超过早上7点，爸爸的语气更是让人生疑。

吃完早饭回到家后，妈妈已经起床了，蓬头垢面地站在厨房，仍然裹着那件缎子睡袍，正在将巧克力掰成小块扔进面糊里。通常，只要妈妈出现在厨房，一定少不了她的歌声，它仿佛是每一道食谱里都会出现的调味料。甜美的歌声有如插上了翅膀，飞进水果馅饼和千层面里，让樱桃和西红柿变得更加香甜可口。而此时的她，只是一言不发地给锅里的曲奇饼干翻着面，整个厨房寂静得可怕。

听到我们回来，她抬起头，眼睛是肿的，仍然面无血色。“早饭吃得怎么样？”

“爸爸让我们选了三种口味的煎饼。”

“真的吗？”她又把注意力转回到碗里的面团上，“那他还挺好的。”我希望她能像以前一样唱唱歌，打破这种尴尬的局面，但是她却心不在焉地揉着那坨面，我想这次没有歌声做配料的曲奇饼干应该不会那么好吃了。

之后的几周我们都没有收到任何比利的消息，直到那天他来到我家，表示要带我出去过生日。我不知道目的地是哪里，但只要能和他一起出去，去哪里并不重要。无论是去码头还是六旗游乐园，都不及比利为我准备的冒险活动精彩。

每一次，只要一听到老式宝马汽车的发动机在院子里轰鸣，我便知道是比利来了。伴随着那熟悉的车门声，妈妈会第一时间跑到门口迎接他，抛出一串问题：你们准备去哪里玩？那地方还有其他小孩吗？有没有悬崖峭壁或容易摔下的高台？去游乐设施上玩别忘了系安全带，下水的时候别忘了穿救生衣……比利的答案好像从未令她满意过。

那天下午，比利到达后在车里按了按喇叭。“比利来了。”妈妈的声音从房门紧闭的卧室中传了出来。

“你不下去打个招呼吗？”我怕她听不见，提高嗓音问她。

“今天不了。”她也喊着回答。

我在出门前停顿了一下，望向妈妈的卧室，房门仍旧紧闭。算了，就这样吧。比利没有按门铃，也没有给车熄火，只是坐在车里耐心地等待我。

“这才是我的好孩子。”他在我钻进车门时说。他总是亲切地称呼我为“我的好孩子”。这种奇怪的话如果从父母嘴里说出来，我肯定会觉得无比尴尬。可是比利不一样，他的话总让我有不想长大的冲动，尽管我知道这种想法对于一个12岁的青少年来说一点儿都不酷。我们在车库掉头，前往目的地，不知道妈妈有没有从卧室的窗户偷偷目送我离开？我默默地想。

“孩子，我给你准备了一个惊喜。”比利给了我一个大大的微笑。我认真地看着他的脸，好奇他的脸上是否也会出现像妈妈一样的紧张表情，结果好像什么事都没有，他一副满足的样子。

“什么惊喜?”我从来没有告诉过琼妮，在我心中，比利给我的惊喜远比我和她一起去药妆店偷口红，或者看她姐姐在高速公路上开快车刺激得多。

“帮我把这个打开好吗?”比利指了指储物箱上的车载冰箱。冰箱上面有一个黑色信封，看起来和环球影城或好莱坞露天剧场的门票差不多大小。我知道比利从来不会如此直截了当地给我礼物，那样太无趣了，每一次我都要解开他出的谜题才能获得礼物。

我打开信封，大声念出谜语:

我的国旗里有红色、白色和蓝色，若和你祖国的国旗颜色相同，那纯属巧合。

你也许觉得我很……（当时的我不知道这个词怎么读）但我和美国最近的距离只有 2.5 英里[1]。

“法国?”我脱口而出，比利投来一个怀疑的眼神。“加拿大?”

“加拿大的国旗只有红色和白色，不过你已经很接近正确答案了。不如你再往寒冷一点儿的地方想想——冷点儿，再冷一点儿的地方。”

“俄罗斯?”我有点儿不确定自己的答案。

“回答正确!”他尽量让自己的俄语说得不那么蹩脚。

“你要带我去俄罗斯? 是因为那边有地震吗?”我脑海中浮现出

1　1 英里≈ 1.609 千米。——编者注

比利和我戴着羊毛帽，在雪地中艰苦跋涉去往一个震后小镇做调查的画面。

“如果我带你去，你妈可能会杀了我。”比利说。

一提到妈妈，我们都陷入了沉默。我知道在那一刻，我们都想起了他和妈妈吵架那一晚我们对视的画面。

“你和妈妈……还好吗？”

“没事，你不用担心。”他停顿了一下，欲言又止。我们在威尼斯[1]大道的一座建筑前停了下来。“现在，让我们来看看那条线索吧！”

“我们要去的地方到了？”我问比利。

我数着建筑外层钉满木板的窗户，通常，比利会带我去国家公园、山顶或僻静的海滩探险，这个地方好像不太一样。“这里和俄罗斯有关系？”

“回答正确！”他跳下车，俯身示意我往面前的金属大门走。门没有锁，他帮我打开了它。

“咱们能进去吗？”我有点儿迟疑，从他身后望去，里面漆黑一片，“好像并没有开门啊。”

“他们今天不营业，这里的经理在很久以前欠了我一个人情，作为报答，今天这座博物馆只对你一个人开放，你不觉得很有意思吗？”他径直走了进去，挥手示意我跟上。“相信我。”他说。“相信

1　此处的威尼斯是一个集居住、商业和娱乐为一体的海滨社区，位于洛杉矶西部。——译者注

我”，这句话仿佛有一种魔力，让我每一次都义无反顾地选择跟随他的脚步。

一进门的第一个房间有些昏暗，没有任何装饰的墙壁前放着一排玻璃柜，看不见的扬声器里传出悠扬的歌剧。门边的一个玻璃柜里展示着蝙蝠、鼹鼠和其他啮齿类动物的标本，而另一个柜子里则是闪闪发光的宝石。

“这里是根据19世纪一家风格古怪的博物馆仿建而成的，”比利为我讲解，“集科学、艺术和自然于一体，专门为对这些方面感兴趣的人而服务。你可以将它理解为一个奇怪的多宝阁。”

“多……宝……阁……”我试着念出这个词，对接下来将要出现的一切充满期待。比利将目光投向远处的一个展示柜，里面放着很多上了色的小雕像，包括几头大象、一群小丑、一个大提琴手和几位杂技演员。标签上写着“俄罗斯马戏团”。

我透过玻璃往里面看，试图发现与下一条线索有关的蛛丝马迹。也许是一个与马戏团毫无关联的小雕像，也许是一句潦草写在马戏团帐篷上的话。很快，下一条线索被我在柜子后面找到了。

> 正如我名字的构成一样，我拥有谦卑却高贵的头衔。
>
> 我以诺森伯兰郡一条河的源头命名，而不是那些与我日夜为伴的粗羊毛。

我一脸茫然的样子把比利逗得扑哧一笑，他摸了摸我的头，示意我继续往前走。这个房间和第一个一样令人眼花缭乱，墙上挂满了各式各样夸张的相框，展示着各个品种的犬类照片。旁边一幅有些褪色的人物画像十分醒目，画中这位留着胡子、头戴礼帽的男人被称为特威茅斯男爵 1，画像下面的介绍卡简单讲述了他的生平，他是一位苏格兰商人、英国下议院议员。

比利走过来为我讲解："相传在 19 世纪 50 年代，也就是 1858 年的某一天，画中的这位特威茅斯男爵在看过俄罗斯马戏团的表演后，被牧羊犬表演深深吸引。他找到马戏团驯兽师，表示想要买下这对牧羊犬，没想到被对方一口回绝，理由是马戏团有规定，不可以私下进行动物买卖。于是乎，这位任性的男爵干脆买下了整个马戏团，专门饲养这种牧羊犬。等它们长大后，男爵便会让它们和其他品种的狗狗结婚。狗宝宝出生后，他发现它们和其他的小狗都不太一样，便给新品种的狗狗取名金毛寻回犬。"话音刚落，他便伸手指向画像旁边的展示柜，"现在你可以把它打开了，这也是展览的一部分。"我打开柜子，迅速翻找着特威茅斯男爵的资料，笃定地认为下一条线索就在里面。我喜欢这种循序渐进的探险规则，有时我会提前想到答案，并急着把它说出来，而比利总会让我少安毋躁，按部就班地完成每一项任务后再去斟酌答案。这一次也是一样，当我刚要把一份自以为没用的小狗繁育记录扔在一边时，比利拦住了我，说："历史学家们在 20 世纪 50 年代发现了这些记录，从而揭穿了马戏团的故事其实都是虚构的。"他指着一条有关金毛寻回犬嗅觉敏锐

---

1 特威茅斯男爵：英国贵族称号。上文线索的答案就是"特威茅斯"（Tweed-mouth），"Tweed"有"粗花呢"的意思，而特威茅斯本是英国的一个小镇，位于诺森伯兰郡特威河河口。——译者注

的报道说:“看见了吗？在1858年之前，人类就已经开始训练金毛寻回犬了，它们可以帮助人类寻找猎物。所以啊，刚才我所说的那个特威茅斯男爵培育牧羊犬的故事，其实是假的啦。”他的手指继续向下移动，停顿了一下，若有所思地说，“不过呢，他确实培育出了一些优质的金毛寻回犬，并把它们当作狩猎时的好伙伴，只不过他本来就拥有这个品种的狗，根本不需要借助其他方法让它们繁衍啦！”

“等一下，难道……难道是我想的那样吗？”我开始有些激动，手舞足蹈起来。

“取决于你想的是什么。”

我再次拿起这份繁育记录看了一遍，在它的背面发现了另一条线索:

> 我的名字不是“美人”，不是“女神”，也不是“马戏团花魁”。
>
> 或许你认为宠物的名字千篇一律，我只想告诉你，我的名字与众不同。

我眯起眼睛仔细查看墙上的每一幅画像，一条名为贝拉[1]的特威德西班牙水猎犬吸引了我的注意。画像下的介绍卡上写着，它曾与一条名为努斯的黄色猎犬杂交生出了金毛寻回犬。

“不是吧，”我喊了出来，“不——是——吧！”我兴奋地跳了起

1 贝拉（Bella）有“美女”“佳丽”的意思。——译者注

来，跳到比利的面前使劲抱住他，无法控制地大声尖叫起来。

“先别高兴得太早，”比利提醒我，“你得先找到它才行。”

我感觉自己浑身充满了动力，在这个琳琅满目的房间里继续搜寻下一条线索。远处的墙上挂着一条现代金毛猎犬的照片，简约的黑色相框与大门之间有一道缝隙，非常隐蔽。我伸手进去摸了摸，果然发现了一张索引卡，一串位于卡尔弗大道的地址就写在上面。

事不宜迟，心急如焚的我决定立刻赶往这个地方。我大步流星地冲出博物馆大门，来不及适应外面刺眼的光线，便沿着威尼斯大道径直跑了下去。

“米兰达，慢一点儿！”比利在后面一边喊，一边气喘吁吁地追赶着我。

跑到卡尔弗和威尼斯大道路口的交会处时，交通灯变成了红色，我像一个专业跑步运动员一样在原地高抬腿以维持心率，边跑边碎碎念：“小狗，我的小狗，我要有小狗了！”红灯刚一变成绿色，我便如离弦的箭一般，向对面的街区跑去。

比利被我逗得边跑边笑，笑声伴随我们跑过卡尔弗大道历史悠久的酒店和各式各样的餐厅。又过了几个街区，我们终于到达了目的地：一家出售长尾小鹦鹉的宠物店。

“这家店的主人也养金毛寻回犬。”比利有点儿上气不接下气。

走进这家店，坚果的味道扑鼻而来，一个身材魁梧、有点儿谢顶的男人正站在柜台里看报纸。看见我们走进来，他二话没说便转身消失在收银台后面，再次出现时，手上多了一条小小的金毛寻回犬。我小心翼翼地从他手中接过了小狗。它的身体软软的，浑身散发着甜甜的奶香味，一开始它还有些昏昏欲睡，我把下巴抵在它光滑的毛上使劲蹭了几下，将它唤醒。它把鼻子凑近我的脸闻了闻，然后给了我一个湿答答的吻。我使劲抱着小狗，怕它挣脱，可是它太兴奋了，对一切充满了好奇。老板建议我把它放在地上，让它自己跑跑，我照做了。只见它一会儿闻闻布满尘土的墙角，一会儿猛地扑向鸟笼的金属底座。比利如释重负地把手搭在我的肩膀上，在那一刻，我只想告诉他：在这个世界上，你是我最喜欢的人，没有之一。这时，我突然想到了妈妈。

“你和妈妈说过这件事了吗？她同意吗？”

比利抱起小狗，它立马把鼻子凑到他的脸上。“这么可爱的一张脸，又有谁忍心拒绝呢？”

“说真的，比利舅舅，妈妈之前说过不让我养狗。”

“但养狗一直是你的愿望，对吗？”

“最大的愿望。”

比利轻轻放下小狗，把我抱在怀里：“有时候，你妈妈需要一些小小的提醒，来帮助她看清事情的真相。当她发现你是发自内心地爱着这条小狗的时候，便会改变想法，不忍心再拒绝你了。相信我，好吗？”

这一次，比利虽然对我说“相信我”，但我却无法百分之百地放心。以我对妈妈的了解，她是绝对不会让我留下这条小狗的。但我仍然选择相信比利，既然他对我许下承诺，就一定会施展魔法让困难迎刃而解。希望妈妈也和我一样，选择相信他。

在回家的路上，我仍抑制不住心中的喜悦，一想到琼妮看到小狗时羡慕的神情，竟有些沾沾自喜。“我竟然真的有小狗了，一条活生生的小狗！比利舅舅，这是我迄今收到过的最好的生日礼物！”

我们把车停在家门口，比利抱着小狗，我去车子后座拿狗狗的生活用品。东西都拿出来后，我伸手去抱他怀里的小狗，他没有松手，犹豫了一下，揉了揉小狗的耳朵，突然一脸严肃地说：“很抱歉那天夜里让你看到了我和你妈妈的争吵。”

“哦，没事，没什么大不了的。”我虽然嘴上这样说，却明显底气不足。

“不，这样很不好。”他的态度很坚决，小狗在他的怀里扭动，试图挣脱，“你要记住，不管我们俩之间发生了什么事，都不是你的错。”我想借着抱小狗进屋来转移话题，可他仍然没有松手。直到这时，我才意识到原来这一切都是因为我。“回家后，别让小狗咬到妈妈的鞋。她是不会忍心拒绝的。”说完，比利才放心地把小狗交给我，“我们下次见。”这句话比刚才那句听着顺耳多了。我相信我们很快就能见面，相信一切都会好起来。

“妈妈！”我大喊着跑进屋里，“妈妈，快出来，你看比利给我买什么了？”

妈妈闻声打开卧室门，快步走到客厅上面的走廊往下看。她穿着睡袍，可能因为没睡好的关系，她的黑眼圈有点儿重。“我的天啊！米兰达！”她把手捂在胸前，“你别吓我，我觉得这不太对劲。”

“快看！”我举起小狗。

她看了看我，又看了看叫个不停的小狗，脸部线条慢慢变得僵硬。“你不能养它。”妈妈跑下楼梯，从我手中夺过小狗，“我们现在就把它退回去。”

“你都还没正眼看过它。”小狗热情地舔着妈妈的脸，“快看，它多可爱啊。”

“你知道这跟可不可爱没有任何关系。”小狗继续叫着。

“我只是觉得你看到它后一定会改变想法的。”

“米兰达，咱们之前不是讨论过这件事了吗？我们都太忙了，没时间照顾小狗。”

“我会照顾它的，你什么都不用管。”

“你想得太简单了，养狗是需要极大责任心的。”她说。

“我已经不是个孩子了！用不着你来告诉我什么是责任心！”我的语气有些出乎意料地过激。妈妈没有再说话，只是静静地等着我平静下来。当我发现她并不打算继续和我争吵下去时，我气急败坏地朝楼梯走去，一边使劲跺着地板，一边大喊：“为什么你什么事都不让我做！”我知道自己的行为有些夸张，就像一个叛逆期的青少年，但我根本无法控制自己。我用尽全部力气，使劲把门撞上，整个卧室的地板都跟着抖了一下。

妈妈突然打开我卧室的门。“不许使劲摔门，这是家里的规矩。”她冷静地说，金色的眼睛明亮而愤怒，“是你破坏了家里的规矩，不养狗是我们之前就达成的共识，你是知道的，现在凭什么莫名其妙地乱发脾气？”

我心里当然知道妈妈是对的，但在那个年纪，即便明白这些道理，得不到自己想要的东西时，也根本无法控制情绪。

“我的狗呢？”我发现妈妈根本没把小狗抱上来。

“糟了。”妈妈转身跑下楼，连忙哄了哄落单的小狗。“米兰达，”她朝楼上喊，“比利带你去哪里买的狗？”

“我是不会告诉你的！”我喊道，没有得到任何回复。“卡尔弗的一家宠物店。”我妥协了，但没告诉她那是一家卖鸟的店。

我听到妈妈带着小狗出门的声音，便立刻打电话给比利，我要告诉他刚刚发生的一切！车载电话无人接听，我又拨通了他家里的电话。比利还是没接电话，我只能语音留言给他：“你绝对不会相信，妈妈让我把狗退回去，她可真是个贱女人！”我使劲挂上话筒，感觉胃里一阵翻江倒海，仿佛被人打了一拳。我从没用过这种字眼称呼妈妈，但我控制不了自己，再次对着空旷的房间大声喊出：“你是个贱女人！”我喊了一遍又一遍，想让自己心里好受点儿，结果更难受了。

整个下午，我都躲在房间发呆。我听见了妈妈回家的声音，不一会儿爸爸也从网球俱乐部回来了。他们在厨房窃窃私语，我知道妈妈在给爸爸讲下午发生的事，也知道他马上就会上楼来找我讲和。

果不其然，爸爸在 6 点半敲响了我的房门。

“我不饿。”

爸爸打开门，走到床边，挨着我坐了下来：“我知道你现在很不开心，但是我们聊过这件事，现在不是养狗的最佳时机。”

“这简直是废……”爸爸看了我一眼，我改口说，“最佳时机只是一个借口。”

“可能吧，但是咪咪[1]，你要尊重大家的决定，我们是一家人，所有的决定都是大家一起做的。听爸爸的话，和我一起下楼吃饭吧，开开心心的，这对我们大家都好。”爸爸对我赞许地点了点头，这是一个我再熟悉不过的动作。我妥协了，因为我不想让他失望。

餐桌上，妈妈若有所思地用叉子戳着自己面前的鸡胸肉，完全没有要吃的意思，我不确定自己是不是该对她说点儿什么，我想为自己说她是个“贱女人”而道歉，不管当时她是否听到了。

妈妈打破了寂静:“对不起，我不该和你吵架。这件事比利做得太欠考虑了，他不该让你如此为难。”

这话听得我气不打一处来，我使劲叉起一块鸡肉，扔进嘴里，愤怒地嚼了起来。原来是这样——今天的事情不是我的错，当然也不是妈妈的错，是比利不该这么做。不管他带我买的是什么，都会和生日派对那晚一样，被妈妈说得一无是处。

“所以你说你不该责备我，也是比利的意思喽？”我用妈妈说过的话进行反击，令她十分惊讶。她脸上流露出一丝受伤的神情，那表情令我终生难忘。

“这不是任何人的错，”爸爸开口了，“我们都需要为自己的所作所为负责。”

“对不起，我不该使劲摔门。”我说。即使有些后悔，刚才说出的话也已经覆水难收。妈妈点点头，接受了我的道歉，似乎也忘记了晚餐时发生的不愉快。

1　咪咪（Mimi）：米兰达（Miranda）的昵称。——编者注

那天晚上，晚些时候，我又给比利打了个电话。

“我和妈妈完了，不会再像以前一样了。”我再次对着语音信箱大喊大叫，“我这辈子早晚会被她逼疯的。”

比利还是没有任何消息，也没有回电话给我，我猜他可能是怕妈妈接到电话吧。第二天我又打了一次，还是没人接，我留言说：“我会在下午4点15分准时打给你，千万别出门，我得和你说说话。”结果仍旧石沉大海。如此看来，我只能去普洛斯彼罗[1]书店找他了，那是唯一一个可以找到他的地方。

比利除了从事地震研究外，还拥有一家书店。他住在帕萨迪纳市，而书店却开在银湖。比利戏称自己的正职是地震学家，而下班后则摇身一变成为书店老板。我问他既然觉得开书店很好玩，为什么不干脆当个全职老板呢，他的回答是自己肩负着保护全人类的重任，毕竟不是所有人都了解地震学这一学科。

有很多个下午，比利没有安排任何寻宝游戏时，他便会带我到普洛斯彼罗书店。在我看来，这是另一种形式的冒险。我们在迷宫般的书架间穿行，比利让我选一本书，随便一本，但是要想好了再拿，因为他会把这本书送给我。正因如此，我才有机会接触到《绿山墙的安妮》、《秘密花园》和《小保姆俱乐部》等一系列好看的童书。

想到这里，我拨通了书店的电话。“您好，这里是普洛斯彼罗

---

1 普洛斯彼罗是莎士比亚戏剧《暴风雨》中的一个角色，他无心争权，沉迷于学问和魔法。他是《暴风雨》的女主人公米兰达的父亲。——编者注

书店。我们爱书，胜过爱一切荣耀。”一个男人接了电话，但不是舅舅。

接电话的可能是店长李，由于我还没有开始看那本《神啊，你在吗？》，我并不想和他展开对话，以免被他嘲笑。

“请问比利在吗？”

“他好像在实验室，这周日他应该会来书店，需要帮你给他留言吗？”

在李听出我的声音之前，我挂断了电话。

距离周日还有5天，我无心等待，所以晚上趁妈妈回卧室睡觉，爸爸在客厅看晚间新闻时，我再次拨通了比利家的电话。“比利，我是你的好孩子，”我对着冷冰冰的语音信箱可怜巴巴地说，“你收到我的留言了吗？我需要你，我想和你说说话。”

连续几通留言后，我越想越觉得不对劲，莫名慌乱起来。

“我真的努力争取留下小狗了，”我再次留言恳求他，“你一定要相信我，我尽力了，你还不了解我妈妈吗？你知道她是个什么样的人。请你不要生我的气，求求你，给我回个电话吧！”他并没有按我说的做。就这样到了周末，我知道继续打电话给他也只是徒劳，他的沉默说明了一切，他不会再来参加周末的家庭烧烤活动，也不会再带我去冒险了。

我决定去找他，我不相信他会看着我的眼睛告诉我以后不准再接近他。既然李说他周末会去普洛斯彼罗书店，那么如果我也去的话，便一定能够见到他。

琼妮帮我制订了乘车路线，银湖很远，要穿过很多条高速公路才能到达。公交车会穿过住宅区，从圣莫尼卡大道一路开到日落路口，不用倒车。如果一切顺利，只需花费一个半小时。

我谎称自己去琼妮家玩，她的姐姐比我们年长几岁，可以照顾我们。我经常去，即使只有我们三个人在家，也都平安无事，这个理由会让妈妈十分放心，不会一直给琼妮的妈妈打电话问我到家了没有。

车进站了，上车之前，琼妮给了我一个令人窒息的拥抱："你一个人真的没事吗？千万记住，车一过佛蒙特大道，再有两站就要下车了。"

"谢谢您啦，老妈。"我取笑她。她向我吐了吐舌头，我转身上了车。

车上的乘客没有我想象中那么多，我在一排空位中找了个靠窗的座位坐了下来。行驶到圣莫尼卡大道时，从贝弗利山庄通向西好莱坞和那些看着并不太干净的好莱坞街区的那一段，交通开始变得有点儿拥堵。我在海伯利安站下车，朝着日落大道的方向走去，假装自己是某个艺术家或音乐家的孩子，从小在银湖长大。我顺利抵达了书店，普洛斯彼罗的画像被印在招牌上高高挂起，他的右手拿着一根魔杖，左手拿着一本书，身披紫色斗篷，银色的头发迎风飘动。我在书店门口驻足，静静看着摆满书的橱窗，一丝紧张感涌上心头，每次看到书店门口石灰绿色的外墙时我都会如此。我对这里有着十分特殊的情感。我相信有很多人每周，甚至每天都会光顾这里，但是我敢肯定，我对这里的感情是其他任何人都无法体会的。虽然在当时的年龄，我能看懂的书少之又少，但这不妨碍我成为这里唯一一个经比利允许能够随意挑选任意一本书并将之免费带回家的人。我整理了一下思绪，推开了书店的门，十分确定我将要见到比利，然后一切都会好起来，就像以前一样。

普洛斯彼罗书店虽然不大，却有着高耸的天花板和整齐的书架，给人一种很大很宽敞的错觉。这里有一种独特的味道，和比利位于帕萨迪纳市家中的味道不太一样，也和其他书店的味道不尽相同。书页质朴的油墨味，经常光顾的漂亮女孩身上的白麝香淡香水味，和咖啡豆的阵阵香味融合在一起，构成了专属于这里的气味。

“米兰达？”李在我开门的瞬间认出了我，“你怎么来啦？和比利一起来的吗？”

“我以为他已经来了。”桌子下面没有比利常背的皮包，咖啡区的桌子上也没有他那只印有圣安德烈亚斯断层图案的杯子。

我感觉李在盯着我，但我不敢和他对视，我知道他要说什么。

“他应该在来的路上，”李说，“稍等，我给他打个电话。”

李叮嘱做咖啡的女孩尽量满足我的需要，于是她给了我一块硕大的巧克力曲奇，还冲我挤了挤眼，仿佛这是我们之间的秘密。我拿着曲奇来到角落的一张空位坐下，观察李在前台打电话时的一举一动。可能感觉到了我的目光，他往我这边看了一眼，我们的目光交织在一起，一种矛盾的神情令他的面部有些扭曲。

“很遗憾，比利今天不能来了，”他挂了电话，走过来坐下，“他让我打电话通知你妈妈来接你，她现在已经在来的路上了。”

“你给我妈打电话了？”为了能见比利一面，我对家里撒了谎。此刻，这些谎言正在我脑海中快速掠过：我对爸爸说自己想去琼妮家拿最新的一本《小保姆俱乐部》，他毫不犹豫地同意了。这些赤裸裸的谎言只会让妈妈更加生气，她原本以为我会在琼妮家玩，而事实却是我独自一人乘车来到了银湖。要知道平时就连我独自乘坐社区里的公交车都是不被允许的，更何况现在的情况是，在她和舅舅大吵一架后，我背着她独自来找他。我想我的行为已经完全、彻底地背叛了妈妈，我肯定会死得很惨，或者被永久禁足，再也不许踏出家门半步。而这些都不是最令我难过的，比利不肯见我才是对我最大的打击。我强忍着不让眼泪流下来，我已经12岁了，即将进入青春期，马上就是成年人了，在这样的一个年纪，我不能哭。

“孩子，听我说，”李发现我在哭，试图安慰我，“不如我们去挑一本书看，好吗？”

“好吧。”虽然心里并不愿意，我还是答应了。此时的我并不想去选书，不管是什么书，至少不想和李一起去。我跟着他走到青少年小说区，不知道为什么，我觉得这里的书看起来有些晃眼，也许是因为泪水模糊了我的双眼，使我看不清书名。李拿了几本R. L. 斯坦和克里斯托弗·派克的系列惊险小说给我，这和他平时极力向我推荐的那类书完全不一样，但都被我拒绝了。我曾设想高中毕业后，一定要细细阅读普洛斯彼罗书店的每一本书，而现在，我再也不想碰这里的任何一本书了。

李需要给一位顾客打电话，我空手而归，继续和巧克力曲奇做伴。我对接下来要发生的事情太过不安，只能靠把曲奇掰成小块，再把小块掰成碎渣来缓解情绪。

我周围的客人换了一拨又一拨，李仍在前台忙碌着，每隔一段时间就站起来往咖啡区这边看看，确保我安然无恙。天色渐晚，我开始有些担心妈妈会因为太过生气决定不来接我了。

等待的时间长得可怕，突然，大门上的铃铛响了，我抬头望去，是妈妈！她的目光中满是焦急，搜寻着每一个我可能会在的角落。看到我时，她如释重负。我们四目相对，我把之前对她的怨恨一股脑抛下，毫不犹豫地冲向了她。我感受着她温暖的怀抱和身上甜甜的丁香味香水。此时的我恢复了孩子的身份，丝毫不在乎他人的目光。

“对不起。”

她亲了亲我的额头：“你没事我就放心了。”

那一刻，我意识到自己的计划从一开始便注定会失败。即使比利人在书店，若是他不想见我，我也是无论如何都见不到他的。相较之下，虽然我一直把气撒在妈妈身上，她还是不计前嫌，亲自来接我回家。

在回家的路上，我能感觉到妈妈有一堆关于我是多么愚蠢、银湖有多么危险，以及我偷偷出门会遭遇多么可怕的事情之类的话要对我说，没想到她却问我：“如果比利在书店，你希望怎样呢？”她语气平静，只带有一丝好奇。

“我也不知道，”我坦诚回答，“可能我希望你们俩和好吧。”

“成人的世界并没有你想象的那么简单。”

“为什么？”

妈妈双手紧握着方向盘：“比利和我的关系比你想象的复杂。”

“什么意思？你们俩那天到底为什么吵架？”

她的表情有一些缓和，转过头来看着我说："太复杂了，我不知道该如何对你解释。"

"你可以试着和我说说吗？"我屏住呼吸，轮到妈妈讲述她对那场争吵的看法了，不管她如何评价比利，我都会选择相信她。

妈妈眯起眼睛，好像看不清前面的路似的。

"你还太小，不会明白的。"她温柔地说。如果她选择用一种把伤害都留给自己的方式保护我，我宁愿她对我狠一些。我不希望被保护。

"那你愿意主动与他和好吗？"我问。

"我真的不知道。"她说。

我想她早已心知肚明，那一晚无论她和比利之间发生了什么，都无法令他们原谅彼此。他们说了让自己后悔的话，从而失去了彼此，也或许他们早已产生了隔阂。对这件事，我一时也没了主意。此时的我，心中只有一个强烈的念头，那就是比利失去了我。我不想再当"他的好孩子"，更不想知道为什么他不肯亲自出面，却让妈妈来接我。我打定主意，就算他下周日来参加家庭聚会，我们的关系也将不复从前。

事实证明我想多了，比利根本就没来，那之后也再没出现过。再也没有了某个下午的普洛斯彼罗书店之行，没有了任何一场冒险。

比利消失的头几个月，我试图寻找他即将归来的种种迹象，却发现了他逐渐淡出我生命的蛛丝马迹：比利从北京带回来的景泰蓝盘子一直摆在客厅，突然有一天，我发现它不见了；他和我在水族馆的合照被换成了爸爸推我荡秋千的照片；周日的家庭聚餐上，再也吃不到他从格兰岱尔市的古巴蛋糕店买来的杯子蛋糕。

一转眼，我上了高中，逐渐停止了寻找比利的脚步。随着时间的推移，他成了我家记忆中的过客，一个几乎被遗忘的人。当他再次出现时，那段与他有关的回忆在我心中至少已封存了10年，而我万万没有想到，那时我们竟已天人永隔。

比利的离世不是我们之间故事的终结，它只是一个开始。

2

我一直觉得比利会以猜谜寻宝的方式重新回到我的生命中，只是没想到这一等竟是16年。

那时的我，已经二十有七，住在费城，是一名兢兢业业，甚至有些过分热爱工作的八年级历史老师。我的男朋友杰伊和我在同一所学校工作，也是八年级的历史老师。我最近刚刚搬到他家，为我人生第一次和男友同居的经历迈出了试探性的一步。这个学年已接近尾声，我看过了学生们关于《解放黑人奴隶宣言》和地下铁道[1]的学期论文，做了批改。若是没有家长对期末成绩提出疑问，我们便可以正式迎来暑假了。杰伊提议举办暖房派对，尽管他已经在这栋公寓里住了5年，还是坚持要为我的入住庆祝一番。

杰伊准备出门为晚上的派对置办酒水。明明在距离公寓几个街区的地方就有一家国营商店，他却坚持驱车半小时前往特拉华州的一家商店，理由是他可以在那里买到一大堆便宜的免税威士忌和伏特加。

"虽然你买的酒是免税的，但是你开车过去要自己花油钱，你知

1 地下铁道：19世纪美国废奴主义者将黑奴送至自由州及海外国家的秘密线路。——编者注

道吧？”我试图说服杰伊，他正像没头的苍蝇一样在客厅里到处找车钥匙。

“这是传统。”他把手伸进沙发靠垫和沙发背之间的缝隙里一通摸索，一些薯片残渣和线头被挖了出来，他随意地把它们揉成一团，放在了茶几上。

“太恶心了吧！”我对眼前所见直言不讳。杰伊给了我一个飞吻，并没有停止搜索，钥匙还真被他在沙发缝里找到了，他以胜利者的姿态对我摇了摇手中的战利品。“我想提醒你，门口那个挂钩是挂钥匙用的。”说完，我指了指那个小鸟造型的黄铜挂钩，这是我搬进来后为家里添置的唯一一样东西。

“原来如此。”他不怀好意地笑了笑，一把拉我到沙发上，俯身亲吻我的脖子和脸颊，用膝盖把我压在身下。我脑中浮现出他从特拉华州的商店满载而归的画面，满满一购物车的酒足以让所有宾客不醉不归。

“不如我们去城里过周末吧，把手机关掉，去佛蒙特州找个小木屋住一晚。”

他放开了我，我坐在他的膝盖上。“我以为你也想开派对。”他说。

我耸了耸肩。杰伊想为我举行派对，虽然我也一直有这个想法，但我几乎从没参加过这种狂欢到天明、不醉不归的派对。“我只是提议而已。”

杰伊把我从他的身上放下来，拿起钱包和钥匙塞进裤兜：“相信我，会很好玩的。”他向我保证，随即送上一个轻吻，便出发了。

我已经搬到这里三个月了，在我的衣服慢慢占据了他的衣柜、我的酸奶和烤鸡填满了他原本空荡荡的冰箱后，我才切实体会到了存在感。这间公寓的风格是根据杰伊妈妈的想法一手打造的，是她眼中二十几岁的独居单身小伙儿应该会喜欢的样子，比如一张即使有污渍也一点儿不显脏的黑色沙发、一把皮质扶手椅（幸好不是会摇晃的那种）、一台占据了一整面墙的电视，以及挂满了其他墙面的抽象画。

我的家当并不多，零散的小物件放在一个小储藏柜里，剩下的就是一张我一直舍不得扔掉的古董梳妆台和卧室家具，一张我妈妈 20 世纪 70 年代从纽约买来的石质咖啡桌。还有几幅从艺术博物馆买回的画，鉴于并非出自名家之手，我索性将它们收了起来。虽然杰伊对他妈妈为他精心挑选的艺术品并不感冒，但如果让她知道自己从艺术家朋友那里买来的画被换成了我的，一定会非常受伤。杰伊曾说过，他宁愿和我吵架，也不愿破坏这间公寓原有的样子，我不知道活在这种害怕妈妈生气的恐惧中是什么感觉。

我来到厨房，准备清理一下料理台，等杰伊买回酒后就可以直接放在上面。冰箱旁边放了厚厚一沓信件，大部分是账单或瑜伽课宣传单，还有两张学生寄来的感谢卡，说他们会永远记得我们的富兰克林印刷厂[1]之旅，字迹虽然潦草，却表达了对我的喜爱。除此之外，还有一个装有气泡垫的信封，正中间的位置写着我的名字：米兰达 · 布鲁克斯，很显然是手写的，我都没法将自己的名字写得这

1　美国政治家、科学家本杰明 · 富兰克林曾做过印刷工，开设过印刷厂。——编者注

么俊逸好看。上面没有寄件地址，只有一个洛杉矶的邮戳。我用手摸了摸信封，硬硬的，有棱有角，很明显里面是一本书。可能是妈妈给我的惊喜吧。信封上的字虽然不是她写的，但思来想去，只有她给我寄东西的可能性最大。我是家里的独生女，却选择离开父母，搬到遥远的东海岸生活工作，这令她无比心碎，只能想尽一切办法表达对我的关爱。我收到过她寄来的五花八门的东西，比如一本复杂到根本不可能学会的食谱，以及一本装修新手指南，教你如何在预算内完成装修——她大概认为当杰伊的公寓变成“我们的公寓”后，装修也理应成为我们共同做主的一件大事。

我打开信封，里面是一本用翠绿色的纸包着的平装书，附有一张卡片。我撕开包装纸，出现在眼前的是一本我再熟悉不过的《暴风雨》。我的名字就是妈妈根据女主人公米兰达取的。在她看来，米兰达是所有文学作品中最美的女孩，也是纯洁的象征。在这本书的封面上，一股巨浪正向国王普洛斯彼罗和随从们搭乘的船只席卷而来，而国王的哥哥，刚参加完公主婚礼的安东尼奥也在其中。这兴许又是妈妈送来的一件带有我名字的东西，每当她在资产拍卖会或古董商店看到带有“米兰达”字样的物件，都会买回来寄给我，比如一枚 20 世纪 50 年代的金箔吊坠或复刻胸针。不过，这只是一本再普通不过的书，从出版到现在可能已经印刷了成千上万本，不太符合妈妈送礼的标准，除非这个包裹不是她寄来的。我想来想去，一时间也没有了头绪。

带着好奇心，我从信封里取出卡片。它的正面是一张素描画，画中一位金发女郎面带笑意地躺在沙滩上，十分惬意。她戴着猫眼太阳镜，海风吹拂着她精灵般的精致短发，身后的天空万里无云。“加州，马里布”几个字印在湛蓝的天空上，字母洁白闪耀，像她的牙齿一样。

卡片的内页上只有一句话：

只有充分的了解才能使我们对未来充满把握。

仅此而已？我原以为里面会是“一位已经几乎被你遗忘的老友向你发来的问候”或者“一个从未向你表达爱慕之情的人看到这本书里出现了你的名字便再也抑制不住激动的心情向你表白”之类的话。可卡片上未提到与书有关的任何内容，比如戏剧一开始便沉入海底的船，或者普洛斯彼罗和他被施了魔法的小岛。只有这样一句意味深长的话。或许是写字的人太过用力，墨水深深渗进卡片里，仍然显得湿漉漉的。

“只有充分的了解才能使我们对未来充满把握。”这句话看着十分眼熟，难道是爸爸寄给我的？他总是忘了在落款时写上自己的名字。如果这是有关勤奋工作的谚语或罗斯福总统的名言，那它毫无疑问是出自爸爸之手，然而这句话又不太像是他的风格。有时，爸爸反而会在妈妈送我的礼物上署名，这样说来，他们二人便被排除在外了。难道是琼妮？她或许引用了一句歌词、一句福饼[1]里的“箴

1　福饼：国外中餐馆为客人准备的幸运饼干，包有预测未来运气的小纸条。每张纸条的内容不一样，通常要掰开福饼后才知道具体内容，类似于抽签。——译者注

言”，或者某本女权主义书里的口号。但“未来”二字令我想到的不是琼妮略带沙哑的声音，而是一首轻柔的摇篮曲，那深沉而梦幻的声音理应令人感到舒适与放松，然而一种强烈的渴望与懊悔却陡然涌上我的心头。

这句话也许是戏剧中普洛斯彼罗的台词，虽然它看起来不像是莎士比亚的风格。也许是他在谢幕前对观众说的话？我拿起书仔细翻阅，发现结尾处并没有任何语句被标出，反而在第一幕第二场，当普洛斯彼罗告诉女儿米兰达他的哥哥才是将父女俩逐出米兰的罪魁祸首时，他的台词被特别标记了出来：

> 时候已到，我该多告诉你一些。帮我脱下这件魔法斗篷。
> 这样：躺好了，我的魔法。
> 坐下吧，因为现在你必须多了解一些。

“现在你必须多了解一些”，“只有充分的了解才能使我们对未来充满把握”，若不是因为这两句话读起来太过相似，我也许会误认为被标记的句子只是这本书的原主人随手画下的。直觉告诉我，这句话和卡片上的文字一定在冥冥之中有着某种关联，只是我一时想不到罢了。

我拿起手机，试图在网上搜索这句话的出处，几百条教育和宗教方面的搜索结果跳了出来，却没有一条令人满意。它既非引自《暴风雨》，也不是一句谚语或名言，不过我却更加觉得这句话有一种似曾相识的感觉。

我把书塞进梳妆台抽屉，然后用冰箱贴把卡片固定在冰箱上，希望这幅海滩美景能够唤醒我的记忆。清洁料理台的时候，我一直感觉画中人在注视着我，墨镜都无法阻挡她的目光。我希望她可以给我一些提示，但显然她不会。我在打扫的间隙不时转头看向卡片，她随风摆动的头发和苍白的笑容仍无法为我带来任何灵感。也许她知道一些我所不知道的事情，却苦于无法开口吧？我只能这样安慰自己。

夜幕降临，我们已经为派对做好了充足准备。几位同事、杰伊的几个球友和我大学时期的朋友们带着沙拉、蒸粗麦粉、鸡肉和蛋糕早早来了。

一切准备就绪后，我们在客厅安坐下来，红酒触手可及，每个人都把装满食物的纸盘子放在膝盖上。大家畅所欲言，聊得十分尽兴。这是我喜欢的派对形式，每一位客人都是我们非常亲密的朋友，你无须拘束，更不必把时间浪费在思考来者到底是何人的问题上。杰伊和一位美术老师分坐在我两边。在我们工作的学校里，杰伊曾经是一名足球教练，因为八年级历史老师安妮休产假，他被临时调来代课，而后安妮辞职，他便索性被“转了正”。在他正式加入我们的小团队前，我便早已对他健硕的肌肉和雷厉风行的教学风格有所耳闻。杰伊虽长相英俊，却并不是我喜欢的类型，不过他有一种独特的魅力，可以让学校里各个年龄段的女老师见到他时喜笑颜开，这更成为校方竭尽全力留下他的最大理由。尽管他在大学主修金融专业，毫无相关教学经验，但这些都不妨碍他成了一名八年级的美国历史老师。而我的任务，则是帮助他跟上教学进度，这比我想象中的工作量还要大。因为涉及大量的历史课程，我只能利用晚上和周末的空闲时间来帮助他了解联邦党和杰弗逊带领的共和党、19世纪初期引发争议的选举，以及汉密尔顿和伯尔之间的决斗。有一次，在我为他认真讲解过去的候选人是如何独自参与竞选，而无论何种党派，第二名候选人都将被自动授予副总统职位时，他扑哧一笑。在我让他严肃一点儿的时候，他说:“你认真的样子可爱极了。”这句话害得我也不好意思地笑了。从那时起，我们之间的感情便逐渐升温。

起初，我们只是偷偷交往，在学校里碰到时还称呼对方为“米兰达老师”和“杰伊老师”。当这个小秘密慢慢变得不再新鲜时，我们的关系也更进了一步。随着了解的加深，我慢慢发现杰伊不只拥有运动员般线条优美的小腿和迷人的微笑。首先，他对足球的热爱难以言表，他把它看作一门艺术，或是生活的隐喻。其次，他认识他所在社区，不，是我们所在社区里的每一个人。杰伊非常乐于助人，经常帮助年迈的皮特夫人拎着超市买回来的东西爬上三楼，或者在特雷弗晚上加班的时候帮他遛狗。最后，他与父母之间的关系非常亲密，对母亲尤其耐心，即使她送给他的衬衣被放在衣柜里落满灰尘，他都会和她说自己非常喜欢那件衣服；即使她送来的画毫无特点，他也会毫无怨言地把它挂在墙上。他和此时坐在我们对面的姐姐关系尤其亲密，她就住在离我们不远的地方。她正在和我的一位大学同学调情，不时偷瞄我和杰伊。对于我们的关系，她还不太习惯。

“所以学校的最后一天过得如何？”我并不想主动谈论学校的事，

只是在摸索在众人面前与杰伊的相处之道。我们有很多独处的机会，所以我会尽量避免当众主动拥抱他，或是做出任何令他难堪的举动。

杰伊很听话地给我讲了学校的最后一天，他与学生们玩他精心设计的杀人游戏，听起来比我在课上大讲亚伯拉罕·林肯有意思多了。这也许就是杰伊和我的不同之处，他善于在第一时间博得大家的喜爱，而我更擅长传授具有价值的内容，学生们也许会不以为意，但如果他们在若干年后想起这件事时仍津津乐道，便是值得的。作为一名教师，有时你需要倚靠一些盲目的希望。杰伊伸手把玩起我的一缕卷发，我忍不住吻了他的脸颊，试着体验在朋友和同事面前表达爱意的感觉。这一吻相当于在脸书上更改自己的感情状况，或是向世人宣告真相，虽然并非没有逆转的可能，却也已成为不可磨灭的事实。

晚上 11 点，现场开始人头攒动，朋友的朋友的朋友接连现身，杰伊逐一上前迎接。他与头戴棒球帽的男孩们击掌，与那些我从未谋面的穿紧身荧光小背心的女孩拥抱。我可以想象杰伊与这些高个子肌肉男之间的互动，大谈周六早上的足球联赛和费城人队前一晚的失利，但我却无法想象他与那些女孩相处的画面。于是在他们聊天时，我尽量克制自己不要偷看得太过明显，却仍被杰伊的姐姐抓了个正着。看到我直勾勾的眼神，她忍不住笑了起来。

随着来到家里的陌生人越来越多，客厅已经热到无法忍受。有人把音响声音调大，大到让人无法讲话，无法思考，只能跳舞。我和杰伊靠在墙上，看着几个穿着艳丽的姑娘伴随着电子乐的节奏轻松舞动着，几对情侣在热舞时因过于忘我而互相撞作一团，手中的啤酒洒在我们的硬木地板上。随着气氛升腾，我能感觉到杰伊浑身散发的欲望，我也深受感染，想要沉浸在他的世界里，把客厅的这个角落变成只属于我们俩的二人世界。杰伊的脚在护壁板上打着节拍，向我发出共舞一曲的邀请。

我们侧身挤到跳舞的姑娘旁边时，再一次领教了她们娴熟的舞技。我也想像她们一样，但只要一跳舞，我就会不由自主地紧张起来，大脑和身体完全无法达成一致，十分不协调。杰伊也没好到哪里去，笨拙的舞步让我们自己都忍俊不禁。我们嘲笑着彼此的舞技有多么拙劣，却不由得靠得更近，直到找到属于我们自己的节奏，对彼此的渴望融为一体。

这时，我的手机突然响了，在裤兜里振动起来。在这种气氛之下，我本不想接这个电话，但是一想到门铃坏了好一阵子，报修申请一直无人应答，便开始担心会不会是某个朋友被困在了门外，连忙掏出了手机。是妈妈打来的，我心头一紧，一定是出事了。那天早上我刚刚和她通过电话，她想和我分享自己的鲜榨波旁葡萄柚鸡尾酒配方，我没忍心告诉她这对我和我那些热衷廉价啤酒的朋友来说根本是对牛弹琴。虽然我们经常在一天内通话好几次，但若不是发生了什么事，她是绝对不会在我举行派对时打来电话的。

我让杰伊看了一眼我的手机屏幕，比画着告诉他是妈妈打来的。他耸耸肩，问我是不是出了什么事。我故作镇定地表示要出去接一下电话，然后便拨开人群走出房门。

“怎么了？”我踏进门廊，接起了电话。

“很抱歉这时候打扰你。”

“发生什么事了吗？”我在第一级台阶上坐下。

“我觉得你需要知道这件事，而且应该在第一时间知道，因为我觉得……”

“妈妈，到底怎么了？你不要吓我。”

“我刚刚接到一个电话，是和比利有关的事情。”听到这个名字时，我身体里所有的酒精瞬间涌上头顶。比利，我的舅舅比利。顿时，我感到无比眩晕，我已经忘了妈妈上次提起这个名字是在什么时候，更忘了自己最后一次想他是在何时。我意识到了妈妈要说什么，但我要听她亲口对我说。

“他……他死了，就在今天下午。”她的语气和平时不太一样，像吃了镇静剂一样，也许她已经吃过了，可能是药效发作，她的声音异常冷静。

这句话唤醒了我封存已久的记忆，往事一幕幕涌上心头。我仿佛又看到了比利最后一次开车送我回家的画面，那天他的笑容和往常不太一样，显得有些不自在。我试图回忆我们共度的每一个开心时刻：那天在宠物店，他把小狗交到我手上的一刻，以及每一次我解开谜语时，他开怀大笑的瞬间。可是，我眼前总是浮现出我们最后一次道别时他勉强的笑容，我不知道他为什么无法在我面前掩饰自己的悲伤。

“哦，妈妈……”想到她此刻的感受，我一时语塞。尽管他们已经 16 年没有来往，至亲的离世一定还是会令她悲痛欲绝。

“好了，我不和你说了，快回去继续办派对吧。”

“不，妈妈，派对不重要。”

“你好好玩，我们晚点儿再联系，好吗？”

“妈妈，”我赶在她挂断前说，“很遗憾听到这个消息。”

“我也是。”她说。

妈妈挂断了电话，她的号码在屏幕上闪了几下就消失了，我呆坐在原地，久久无法动弹。这是一个潮湿闷热的夜晚，来费城9年了，我仍然无法适应这里潮湿的天气，想不明白为什么太阳都落山了，湿度仍然没有任何要退却的意思。我回想起最后一次与比利有关的对话，那是在妈妈从书店接我回家的路上，她告诉我她不确定是否可以和比利重归于好，而事实证明她没有骗我，他们确实没有和好。在此之后，我一定也问过妈妈比利的事，她让比利变成了“幽灵”，从他们的童年故事中彻底消失。再也没有我们三人同行的特梅斯卡尔峡谷徒步之旅，或是在马里布风景如画的海滩上共度的悠闲时光，要知道这曾经是比利最爱的地方之一。往事已成过眼云烟，我决定不再追问下去，虽然比利在很久以前就远离了我的生活，但这一次却是真正永远地离开。无论多久没见面，这样的消息仍让我感到心痛，我相信妈妈也是一样。

杰伊的脚步声从门口传来，他能出来找我，我十分欣慰。然而事情发生得太过突然，我只想自己一个人静静。

“原来你在这里。”他冲我一笑，这笑容令我更加晕眩。刚才的电话让我在多年以后再次想起比利，这已经足够使我头晕目眩了。笑容还挂在杰伊的脸上，他靠在门框上，就像户外服装海报上的模特一样。“你怎么了？”

“我舅舅死了。”

杰伊顺势坐在台阶上，抱住了我："要不要提前结束派对？"

"不用吧，我不想让所有人都知道这件事。我只是太久没见到他了，16 年……不敢相信他已经死了。"即使是亲口说出来，我仍不敢相信这是真的。

"要不然，我把烟雾报警器弄响，或者在洒水器下面点根火柴？这样大家就都可以回家了。"

"我们没有洒水器啦。"我强颜欢笑。

"那我在垃圾桶里点个火？这不算危险。"

我的笑容变得僵硬："拜托不要把房子点着好吗？说真的，从现在起，我只希望自己尽量不要去想这件事。"

杰伊似乎并没有听进我的话，他把我从台阶上抱起来，带我上楼。即将进门的时候，他再次抱住了我。

"只要你开口，我可以随时为你结束这个派对。"他向我保证。

然而刚一回到屋里，杰伊就禁不住金钱的诱惑，被一个朋友拉去玩扑克了。屋里的温度实在太高，我感到墙壁都在流汗。为了扩大舞池的面积，沙发和咖啡桌都被挪到了墙边。以前的室友发现了我，从房子的一边挤了过来，一把将我拉进人满为患的舞池。人们高举的胳膊缠绕在一起，随着音乐的节奏不停舞动。

我的脑子里全是比利，我无法控制自己不去想他。我想起他在我家后院精心策划的寻宝游戏，想起我们在洛杉矶各大公园和海滩上的冒险，想起他每次出国带给我的礼物——一大串南非首饰和日本的电子产品。不知道这些礼物现在何处？还在爸妈家？或是早已被妈妈处理掉了？

杰伊突然揽住了我的腰，随着节拍带我摆动起来。我尝试着和他一起沉浸在音乐里，却一直想着妈妈刚才的话——“我也很遗憾”。可能是不愿让我听出她声音中那近乎绝望的悲伤之情，电话才挂断得如此仓促。

一转眼杰伊又不见了。原来是房间那头有什么东西坏掉了，引起一阵骚动，他赶忙跑过去处理。我继续随着人群舞动，却越发感到四肢沉重。杰伊蹲在地上把掉下来的东西捡起来，抱着它走进了卧室。此时，一首歌结束了，我身边的情侣们带着些许醉意聊天，身体随意扭动着，等待着下一首歌开始。我闭上眼睛，眼前浮现出比利和他那一抹苦涩的笑容。当我还是个孩子的时候，他最喜欢叫我什么来着？“我特别的孩子”？不，是“我的好孩子”，“这才是我的好孩子”，这是他每次带我“探险”前最爱说的一句话。

音乐声再次响起，我试图让自己沉浸其中，但做不到，我满脑子都是比利。是他，在每一次精心策划的冒险中，让我轻松记住了那些别人怎么都学不会的地质学、生物学和进化论知识；是他，让我把心打开，逐渐认识了这个世界；是他，教给我地球如何在变化和碰撞中逐步成形，从而塑造了我们今天的生存环境。我在原地站定，睁开双眼。我没想到自己竟然如此想念比利，双腿像灌了铅一样无法动弹。突然，一股神奇的力量驱使着我推开人群，奔向厨房。冰箱的卡片上，金发美女仍在冲我微笑，此刻我终于知道了她的秘密。“只有充分的了解才能使我们对未来充满把握”，这句话是我人生第一次经历地震时，比利对我说的。

3

清晨，前一晚派对过后的狼藉让整个房间看起来就像个犯罪现场：杯子随意散落在客厅地板，一顶软呢帽被人随手扔在沙发扶手上，尽管音乐早就播完了，处于播放状态的音箱仍在沙沙作响。天气逐渐热了起来，洒在外面的啤酒和烟蒂的味道与潮湿的空气混杂在一起，弥漫了整个房间。

“这屋里闻着就像联谊会会堂。”杰伊被呛得一阵咳嗽。

“那是什么味道？”尽管我念的宾夕法尼亚大学也有联谊会，我却更喜欢和历史评论小组的成员们一起品品红酒，玩一些有关美国总统和国家首都的猜谜游戏。

“你这个书呆子。”每当说起大学时的派对游戏，杰伊都会这样自以为是地称呼我。

“走吧，书呆子，”他轻佻地说，“我请你吃早午餐。”

我们步行来到最近频繁光顾的餐厅，摆在人行道两边的桌子旁坐满了客人，而昏暗凉爽的室内却无人问津。

杰伊点了两杯“血腥玛丽”，我看着杯中混合着胡椒粒的红色液体，胃中一阵翻腾。见他只用了几秒钟便一饮而尽，我于是把自己那杯也推给了他，他自然没有拒绝。尽管比利去世的消息与昨晚宿醉引起的头痛和严重睡眠不足深深影响着我，一种期待的感觉却始终挥之不去。比利在临死前给我留下这些东西绝非偶然，根据以往的经验，一旦他在某处留下线索，便意味着线索不止一条。我从包里找出那张卡片放在桌上，推给对面的杰伊，他擦了擦手，小心翼翼地打开了信封。

“我昨天收到了舅舅给我的卡片。”我解释道。

“这些话是什么意思？”他边问我边看卡片内容。

“是我人生第一次经历地震时他对我说的话。”

直到今天，我都对那个晚上记忆犹新。由于父母外出，比利负责照看独自在家的我。我们一起看《重返奥兹国》[1]直至深夜。父母明令禁止我看这部电影，我并没有将这一点告诉比利，他也没有对电影中出现的电击疗法和地狱般的奥兹国是否适合一个年仅4岁的孩子观看而产生疑虑。在桃乐丝踏入翡翠城的那个瞬间，我便知道今夜注定无眠。电影结束后，比利抱我上床睡觉，我没有让他留灯，即使窗外照明灯的阴影打在墙上，投射出石头国王诺姆的骇人身影令我辗转反侧，无法入眠。没过一会儿，地板开始晃动起来，书架上的奖杯嘎嘎作响，国王诺姆来了！他占据了我的房间，将墙壁变成石像怪和哥布林[2]，准备把我吃掉！我害怕地尖叫起来。晃动没有要

1 《重返奥兹国》是一部1985年的美国电影，是经典儿童故事《绿野仙踪》的后续。与前作欢乐的氛围截然不同，这是一部不适合儿童观看的邪典电影。在这部衍生电影中，桃乐丝结束了旅程，回到家中，对奥兹国非常想念，叔叔和婶婶却以为她疯了，把她送到了精神病院。她逃离医院，又意外地回到了奥兹国（其实这只是她精神分裂后的幻觉）。后文提到的石头国王诺姆是电影中的角色。——译者注

2 哥布林：西方神话中的怪物。——译者注

停下来的意思，我尖叫得更大声了。比利来到我的房间时，书架虽已不再晃动，但国王诺姆的身影还在那里，不肯散去。

比利坐在床边，轻抚我的后背。“只是个很小的地震。”他安慰我。他想把灯打开，却发现断电了。他起身要出去，我尖叫着求他留下来。“我去拿一下手电筒，马上就回来。”

我求他别走，他打消了找手电筒的念头，在我的小双人床上躺下。每当我快要睡着的时候，都能感觉到他想要偷偷溜走，我便求他留下，最终他妥协了，慢慢在我身边睡着。

第二天早上，太阳照进房间，床上只有我一个人，比利不知道什么时候走了。我起身查看整个房间，他说的没错，这的确只是一次很小的地震，强度并不大，没有东西移位或受损。

我被空气中弥漫的香甜气味吸引到厨房，妈妈正在做薄煎饼，比利打下手，负责把面糊倒进平底锅中。

“拜托！”比利对妈妈说，“你做的明明是一只鸟。”

“你还是别光说不练了。”妈妈取笑道。

“怎么？你以为我做不好？”

“你试试就知道了。”

“试就试，妹妹，让我给你露一手。”

这次换妈妈来倒面糊，比利瞧见她的“杰作”，哈哈大笑起来。

“你们在干吗？”我好奇地问，二人看见我立刻“化敌为友”，笑作一团。

“给我们最爱的女孩儿做早餐。”比利把我抱了起来，带到餐桌前。

“我勇敢的孩子，这是你人生中经历的第一场地震。”妈妈亲吻我的额头，将做好的一盘薄煎饼放到我面前。他们用面糊做了“我赢了”的字样。

那天下午，比利带着一道谜题来到我的房间。

“我是一种‘场’。既可以很大，遍布全世界；也可以很小，分散在街区。”他打开一张纸，同时念出了谜题。

“是什么？”我来不及想谜底便急着发问。

“如果你再仔细地想一想，一定可以猜到。”

我们驾车外出，一路上我想尽一切办法让他公布答案。

“还记得你上一次是在哪里过的生日吗？”比利实在招架不住，从后视镜里看着我问。

“迪士尼乐园。”

“迪士尼乐园，是一个什么场？”

“游乐场！”我脱口喊出。

话音刚落，我们便到达了马里布峭壁公园脚下的停车场，印证了比利的谜题[1]。公园的标志上贴了一个信封，上面写着我的名字，我将它打开，里面出现一道谜题：

什么东西既是一种水果，也是一种颜色？

1 原文中比利这道谜题的谜底是 park，既有“公园”“游乐场”之意，也有“停车”的意思。——编者注

“是什么？”我问比利，“是柠檬吗？”

“不对！”

“葡萄？”

“也不对！”

“那是什么呢？是橙！”我兴奋地喊了出来。

一只橙子就摆在公园中离我们最近的野餐桌上，下面放着一把水果刀和一张使用说明，指示我如何在橙子上划上几刀，把外皮大块大块地剥下来。比利握住我拿刀的手，我们一起在橙子的表皮上刻出了拼图般的形状。

“假如这是一个盘子，”他拿起一块形状怪异的橙子皮，“不是你吃饭用的那种盘子哦，假设这是‘地球的盘子’，是组成地球外壳部分的地壳板块[1]，学名地幔。”他用右手旋转着这颗剥了皮的橙子，“下地幔的部分是由液体组成的，就像这颗橙子内部一样。现在，换你来看看。”说话间，比利从橙子里抽出一张纸，打开后，是下一条线索。

我是一只小母鹿[2]，也能用来做馅饼。你最喜欢我陪你乐。

我顺着比利的目光向远处望去，只见长椅下面藏着一盒培乐多彩色橡皮泥。我们一起将它取出，打开盖子，只见一坨蓝色的橡皮

---

1 英文中的“板块”（plate）一词也有“盘子”的意思。——译者注

2 这里借用了《音乐之声》中的一句歌词，“哆是一只小母鹿”。此处用了“哆”（Doe）和“多”（Doh）的谐音，谜底即下文中的“培乐多”（Play-Doh）橡皮泥。——译者注

泥上放着一张使用说明：

第一步：将橡皮泥搓成扁圆形。

第二步：把它包在橙子外面。

橙子成了一个蓝色的球体。“这里，便是上地幔。”比利借机为我讲解。

第三步：将橙子皮包在橡皮泥外面。

刚刚被我们剥下的那几块橙子皮勉强包裹住了这只蓝橙子，比利将其中两块橙皮缓缓推向彼此。“其实，这些‘地球的盘子’，也就是地幔，每天都在进行匀速运动，只不过它们移动的速度非常缓慢，慢到只有在地震时我们才能感受到它们的移动。”说话间两块移动的橙皮撞向彼此，在挤压之下，蓝色的橡皮泥从缝隙中冒了出来，像一道小波浪。“当地幔像这样汇聚在一起时，山脉与火山便形成了。”紧接着，他将橙皮扯开，下面的橡皮泥也随之被扯裂，“而当地幔彼此分开时，便会产生裂缝，陆地上的江河湖泊便是由此而来。”比利反复摩擦两块橙皮直至它们无法移动，“地幔的边缘无比粗糙，所以有时候它们会卡住不动，这些边缘被我们称为断层线。一旦它们像这样被锁住，就会产生巨大的压力。”他继续摩擦直至其中一块橙皮滑向另一块的下方，“若压力过大，它们便会这样滑向另一个方向，这也是产生地震的原因之一。”

第四步，也是最后一步：登上公园的最高点。我紧跟比利爬上一个陡坡，在这里可以俯瞰太平洋海岸公路另一边的佩珀代因大学。比利用手勾勒出佩珀代因街区的整个轮廓，我顺着他手指的方向看去，听他讲述这里是如何随着时间的推移，以我们所在的位置为原点向上和向西移动的。

“这里是发生地震的地方吗？”我好奇极了。

“沿着同一条断层线的话是的。”

“所以这里随时可能发生地震吗？”我害怕地抱住自己，生怕昨晚的噩梦再次上演。比利微微一笑：“也许几天后你会感觉到余震，如果被我说中了，你一定要记住，它不会比昨晚的情况更严重。”他看着我的眼睛，握住我的肩膀，“我们无法阻止地震的发生，但你无须因此感到恐惧。每次地震后，像我一样的科学家会先检查地震造成的损失，然后把建筑物和桥梁建造得更加坚固，这样地震再次发生时损失就会变得更少了。”

“所以我们还是需要地震？”我提出疑问。

“可以这么说，只不过，我们需要的不是地震，而是通过它来学习更多。记住：只有充分的了解才能使我们对未来充满把握，这是令我们安全生存下去的唯一方法。”

“记得在那之后的整整一周，我都在盼望着余震的到来。”我告诉杰伊，“比利就是这样的一个人，他将一切都变成一场冒险。”

杰伊把卡片还给我，随即问道：“我不懂，为什么他的死会令你想到这些？”他擦了擦嘴角的食物残渣，盯着我面前这盘几乎没有动过的食物，指了指里面的鸡蛋。我点点头，把盘子递给他。

“因为这张卡片就代表着一场新的冒险。”我抓过手包，拿出里面的《暴风雨》，翻到第一幕第二场，普洛斯彼罗向米兰达讲述自己过去的故事。我用食指滑向被标注出来的部分——“坐下吧，因为现在你必须多了解一些”。“这是唯一一段被标注出来的话。”我对杰伊说，并将普洛斯彼罗残暴的哥哥安东尼奥是如何背叛了他，并趁他痴迷研习魔法时篡夺了王位，最终在那不勒斯王阿隆佐的帮助下将他和女儿米兰达驱逐到荒岛的故事一并讲给了杰伊。

“你的名字不会是根据莎士比亚笔下的人物取的吧？”杰伊问我。

“你刚知道？”

“我对《暴风雨》不熟。”他翻了翻这本书，好似可以借此快速了解我的人生，“所以……你的舅舅到底想要告诉你什么呢？”

“在我12岁时，他曾和我妈妈发生过一次严重的争吵。可能她对舅舅做了什么，或者他觉得她做了什么，我不确定，但我想他在试图用普洛斯彼罗的故事告诉我事情的真相。”

“米兰达，”杰伊小心翼翼地说，“有时候，当你身边很亲近的人去世时，感到困惑是非常正常的事情。”

“你什么意思？”我真希望自己的语气不是那么充满戒备。

“你不觉得也许你在强行给舅舅的过世赋予某种含义吗？”杰伊伸手过来抚摸我的脸颊。他紧闭双唇，脸上写满了同情。

“我了解舅舅。”我先是十分笃定地回答，之后又有些动摇。我真的了解他吗？上一次见到他已是16年前，我对他此后的生活一无所知。不知道他成家了没有？还住在帕萨迪纳市吗？可以肯定的是，他寄给我的卡片和这本《暴风雨》一定是在传递某种暗示，指引我去往某个地方……

女服务员拿来了账单，杰伊从裤兜里掏出一堆皱皱巴巴的钞票。

一走出餐厅，我们立刻被外面的湿气团团围住，只得在门口稍做停留，让眼睛慢慢适应这炫目的午后阳光。

“对了，你妈妈为什么和舅舅吵架？”杰伊接着刚才的话题继续提问。

“舅舅没能来参加我的生日派对，可能还有其他原因吧，但我也不太清楚。”

“她也从来没和你提起过发生了什么？”

“从那之后比利变成了一个禁忌话题，仿佛家里从来没有过这个人一样。”

“太可怜了。”

“唉，事情往往就是如此。”家家有本难念的经，比利曾是我们家的一员，这是无论如何都无法磨灭的事实。

“卡片的事你没告诉她？”杰伊自以为是的口气令我不爽。

“这只会让她心烦意乱。”我说。

“你应该告诉她。”他坚持自己的想法。

“我不需要你来教我如何与自己的母亲相处，”我有点儿生气，“毕竟你也只见过她一次而已。”

父母最近一次来费城时，我们四个人共进了晚餐。吃前菜时，杰伊和爸爸聊了棒球，和妈妈聊了她在20世纪70年代时所组的女子摇滚乐队在南街艺术区演出的趣事。饭后，当我们漫步在老城的鹅卵石街道上时，妈妈一时兴起，借着晚饭时那两杯威士忌的劲儿，极其罕见地唱起了她们乐队的最后一首大热单曲，试图给杰伊留下深刻印象。酒精令她的嗓音有些浑浊，却仍无法掩盖其甜美的本质，就连路人都停下脚步为她欢呼喝彩。可是她一开口仍令我浑身直起鸡皮疙瘩。也许在杰伊的眼中，我的妈妈是一个洒脱的女人，会在聚餐时选择威士忌，也会在兴致所至时放声歌唱……但这些并不能代表真正的她。她只是知道这样可以赢得杰伊的喜爱，所以故意做出样子而已。

杰伊默默踢着路边的石头，显然对我刚刚的话很生气。

“刚刚我不是故意的。”

他一把拥我入怀，而我也抱了回去，试图用这个拥抱来缓解尴尬的气氛。

我跟着杰伊往家走，一想到要回到那个又脏又臭的房间便有些抵触。我提出想自己走走，他有点儿受伤，却表现出一副故作镇定的样子。

我走到沃尔纳特，转身便是德拉瓦河，闷热而潮湿的空气让我大汗淋漓，汗珠顺着大腿流到膝盖窝里，汇聚在一起。我在大广场的台阶上坐了一会儿，静静看着河边小路上慢跑的人和轮滑爱好者们，然后从包里拿出手机，开始搜索“比利·西尔弗，洛杉矶，地震学家，讣告”。我想不出任何其他可以总结比利一生的词汇，《卢斯费利斯小报》当天早晨发布的讣告已经足够具体：“我们失去了敬爱的比利·西尔弗，洛杉矶本地人，地震学家，终生致力于地震方面的研究，普洛斯彼罗书店的老板。”除此之外，还有一段书店经理的沉痛悼词（其中他表达了誓要守护比利的遗产——普洛斯彼罗书店的决心），和一份周二下午森林草坪纪念公园葬礼的注意事项。

普洛斯彼罗书店……当收到比利寄来的这本《暴风雨》时，我理应立即意识到它与书店之间的关联。仔细想来，这部剧中的诸多细节冥冥之中也与书店存在某种必然的联系。

其一，书籍对于普洛斯彼罗公爵来说弥足珍贵；其二，在我小时候，曾无数次被比利带到他的书店度过午后时光，我可以随意挑选自己喜欢的书，任何一本都可以。这样想来，我更加确定了这本书与书店相关的想法。

我把《暴风雨》从包里拿了出来，重读普洛斯彼罗将自己的身世讲给米兰达的段落。普洛斯彼罗想让米兰达知道，他的哥哥安东尼奥是如何背叛了他们，致使他们流亡荒岛。也正因如此，他希望女儿可以理解自己为何要施展法术引发一场暴风雨，将哥哥困于岛上。从我很小的时候起，比利就爱和我玩猜谜游戏，而我每次都能解读出谜题背后隐藏的深意。“现在你必须多了解一些。”普洛斯彼罗说。“只有充分的了解才能使我们对未来充满把握。”比利说。在我看来，比利与普洛斯彼罗的经历有着相似之处，比利想要让我了解那场背叛，他为什么会被驱逐出我的家庭，又是如何计划着像普洛斯彼罗一样卷土重来。他不会魔法，也不懂符咒和咒语，那些在我童年时精心策划的冒险和留下的线索就是他的武器。如今我已长大，能深切感受到比利急切的心情，这使我想起自己第一次解开谜题时，他溢于言表的兴奋之情，以及迫不及待说出下一道谜题时的样子。时过境迁，当初的喜悦已逐渐被无奈与苦涩侵袭，这一次，是比利为了接近我而做出的最后挣扎，也是我了解事情真相的最后一次机会，因为我深知这是妈妈永远不会告诉我的事。

我为接下来两个半月的行程空出了时间，订了周一回家的机票，参加比利的葬礼。我必须参加，不是为了寻找下一条线索，而是因为这是我应该去做的事。这个我从小便敬爱着的人啊，我一定要送他最后一程，并永远怀念那份存在于彼此心中的情意。

杰伊靠在床上，看着那一大摞即将被我装箱的衣服。

“你有必要带这么多衣服吗？”

我拉上行李箱，凑到他身边：“你会想我的，对吗？”

“当然。”他一把将我按倒，跨到我身上，脸凑了过来，近到我可以看见他下巴上新长的胡茬儿。

“我去去就回。”我还没有买回程机票，大学毕业后，我在洛杉矶停留的时间从来没超过 5 天。如果我没猜错的话，比利应该已经给我留了下一条线索。根据以往的经验，我只需要几天就能猜出谜底，揭开神秘的面纱。

“真的不用我陪你去吗？”

“下周你不是要去露营吗？”

“只是踢足球而已。”

“只是踢足球？你是谁？对我男朋友做了什么？”我还是口无遮拦，想到什么说什么。

他用一种我最不喜欢的方式摸着我的头发，不断拉直我的卷发。“如果你不愿意一个人去，我就陪你。”

“没事，我去几天就会回来。”我把头发从他手中拽出来。

出发那天，杰伊坚持开车送我去机场，尽管他租下一辆车的费用比打车还贵。到机场后，他把车停在航站楼外，到后备厢帮我拿出行李。

“到了以后给我发个信息。”他把行李箱放在路边。我觉得他会对我说一些依依不舍的话，比如“快去快回”之类的，但他说：“到了那边慢慢来，不用急着回来，多陪陪家人，不要回来以后又后悔。”

“没想到你还是个多愁善感的人呢。”听了这话，杰伊转过身去，显然很受伤。我很想再开个玩笑，取笑他真是敏感，但最终还是认真送上一吻，以弥补接下来一段日子里不能相见的遗憾。

在飞机上，我一直思前想后，不知该如何向妈妈开口。我能毫无保留地把《暴风雨》和那些线索都告诉她吗？想起那天我告诉她我准备回家参加比利的葬礼时，她质问我：“你为什么要去？”语气中充满疑惑与费解，让我不知该如何回答。

“难道你不打算去吗？”我问。

“我为什么要去？”

因为他是你唯一的哥哥，我想。“算了，那我自己去吧。”我只能这样回答。

“随便你。”她冷漠的态度简直和我的学生一样。

所以我将如何向她坦白比利死前曾联系过我的事实？她甚至没有原谅他，更无法缅怀他的离世，纪念他们曾经亲密的感情。更糟糕的是，比利想要告诉我的一切都是妈妈不想告诉我的。事到如今，我也只能希望见面时不要和她相对无言。

爸爸举着一张写有“米兰达老师”的接机牌在行李领取处等我。

在我工作的教会学校里，大家都这么称呼彼此：安妮老师，汤姆老师，杰伊老师。想到杰伊，我赶快发信息给他报了平安，他很快回了我一个“飞吻”的表情。坦白说，虽然我不喜欢 Emoji 简单粗暴的表达方式，但看他为了我而落入俗套，还是感到沾沾自喜。

爸爸不是一个喜欢拥抱的人，当然我知道自己不该太在意这些细节，毕竟只有妈妈是他唯一能够坦然表达爱意的人。我还记得有一次看见他们在厨房伴着妈妈哼的老歌相拥曼舞，还有一次他们在客厅看诺拉·艾芙隆的电影，爸爸在专心观看的同时还不忘给妈妈做脚部按摩。面对大多数人时，爸爸都只会和他们握手，现在他却拥抱了我，尽管我能明显感觉到他的不自然。

“妈妈呢？”爸爸松开我时，我发现只有他一个人来。每次回家，我都能明显感受到爸爸的头发愈加花白，橄榄色的皮肤也沧桑了不少，就连蓝色的眼睛都比以前更加浑浊。每当这时我都想拉住他的手，求他停止变老的步伐。

“她睡得早，让我转告你明早见。”妈妈每次都会来机场接我，从未失约。为了保证我走出机场大厅后第一眼就能看到她，她不惜冲破行李领取处豪车司机和拖家带口的人群组成的人潮，抢占最有利的位置。

“她最近好吗？”

爸爸接过我手中的行李箱，走向出口方向：“你还不知道你妈妈吗？装出一副勇敢的样子，内心却受着煎熬，这次可能比她预想的还要难挨。”

航站楼外的空气中弥漫着尾气和香烟的味道，进出车辆在临时停靠的交通工具间穿梭，十分混乱。只有不远处的棕榈树提醒着我这里是洛杉矶，而不是某个发展中国家疏于管理的机场。

爸爸发动汽车离开临时停车区，驶入拥堵路段。他问我："今年，斯坦顿说的是什么？"

事情是这样的，每年学校临近期末时，我都会给学生们讲林肯总统的故事。总统离世不久后，在他的灵床前，他的挚友、战争部长埃德温·斯坦顿发言缅怀这位伟人："此刻，他属于这个时代（age）。"等等，也许他说的是"此刻，他属于天使（angels）"？我把这个问题抛给学生们。当时在场的人中，林肯的医生听到的是"age"，而秘书则听到了"angels"。"所以他真正想说的到底是什么呢？"我向学生们提出疑问，"究竟是在缅怀林肯的一生，还是在展望他的来世？"学生们会仔细斟酌这两句话，争论斯坦顿说的究竟是什么。其实，这就像是道脑筋急转弯。

"斯坦顿的话仍是个谜。"我回答。

"我们要谅解历史的自相矛盾，"我清楚地记得自己这样对学生们说，"然后再决定我们该如何解读过去，总结对今天的我们来说，什么是有意义的。"

"我觉得有几个孩子听懂了，总之我希望如此。"

"你能做的就是竭尽全力，是否选择关心历史取决于他们自己。"一辆机场巴士突然斜插到我们前面，爸爸猛踩了一脚刹车。

"你还记得有一天深夜，比利突然来咱们家的事吗？"

"当然记得。"爸爸的注意力还在刚才的那辆车上。他一脚油门，打轮挤进旁边两辆车之间狭小的空隙中。

"妈妈跟我提起过这件事，但我忘了他们为什么争吵。"

"我也不太清楚。"爸爸冲一辆横冲直撞的吉普车狂按喇叭。

"你也不知道到底发生了什么？"

"我只记得比利那天喝多了，突然跑到咱们家，对你妈妈说以后再也不想和她说话。"我们的车终于突出重围，驶向开阔的维达大道，"然后他就送了一只破狗给你。"

"比利没醉。"我努力回忆当时他泛红的脸颊、呆滞的目光，"应该……没醉吧？"

车拐弯驶向海洋公园大道，大海就在不远处，空气开始变得清凉，充满着咸湿的味道。我摇下车窗深吸了一口气，每次回到洛杉矶，都不禁感叹这里越来越有父母家的味道，而我之于它，永远都是个过客。我不敢对妈妈说出这样的话，因为她一直盼着我搬回南加州。我知道这是永远都不可能的，因为我既不想给电影明星、音乐人、导演、电视台高管等人的孩子们上课，也不想在一处1850年才妥协加入合众国的地界上大讲美国历史。坦白说，骨子里我不是洛杉矶人，不属于加州。吸进鼻子里的咸湿空气就是我对家乡的全部感情了。

"听我说，"等红绿灯时爸爸突然开口，"我不想破坏比利在你心目中的形象，关于他的某些事情……你那时还太小，无法理解。"

"某些事情？"

"没什么，你就当我什么都没说吧。"

"别这样，你指的是什么事情？"

车从海洋公园转弯进入社区，街道上一片安静祥和的景象还是那么熟悉，我还记得所到之处每一幢房子的颜色，尽管在苍白的光线下，它们看上去都黑黑的。洛杉矶没有黑夜，这里无论几点都有灯光。

“我知道比利的死引发了许多问题，我只是不想代表你妈妈发表任何言论。”

“我不需要你代表她。”

“这是与她有关的过去。”他说。

“是我们的过去。”我纠正。

爸爸将车开进大门，轮胎轧在过道上，鹅卵石噼啪作响。整个房子漆黑一片，只留了一盏走廊灯，一群飞蛾在它的光晕中簇拥成团。

“还是让她自己决定告诉你什么吧。”他随即下车帮我拿行李，我没有着急下车，从后视镜观察着他，直到后备厢抬起的盖子挡住了视线。爸爸消失在我视线里的前一秒，我注意到他脸上出现了一个耐人寻味的表情，这是我从未见过的，一种被称为恐惧的表情。

4

第二天早上，我起床后下楼想找咖啡喝，发现妈妈已经在厨房了。蓝莓玛芬已经出炉，放在餐厅和客厅之间的桌台上。冰箱里早已塞满了我小时候爱吃的各种食物：清凉维普牌奶油配草莓、博洛尼亚香肠和巧克力牛奶。我已经好多年没有吃过这些食物了——如果它们也算正经食物的话。

“剩下的二十几个客人怎么还没来呢？”我望着满满当当的冰箱，开玩笑地对妈妈说。

“米兰达。”妈妈摘下隔热手套走到我面前。才早上7点，她就已经梳妆完毕了。她身穿黑裤子和珊瑚色衬衫，卷发完美地修饰了脸形，双眼在睫毛膏和棕色眼影的映衬下显得格外有神。

“对不起，妈妈。”和爸爸截然相反，妈妈经常主动拥抱我，并且不接受任何反抗。

“我没事。”她回答，就好像她真的可以这般轻松一样。

“我能帮你做点儿什么吗？”

她指着饭桌的方向说：“去那边坐下。”

妈妈像个服务生一样，贴心地把玛芬和咖啡端到我面前，然后在我对面坐下，看着我将玛芬掰开。一股热气向空中飘去。

“你能回家来住几天，我特别高兴。”她隔着桌子伸出手来，把我额头上的一缕头发拨到耳后。

“考虑和我一起去参加葬礼吗？”我咬了一口玛芬，不经意地问，“没准儿可以在那里找到你想要的答案。”

“答案几年前就有了。”她起身走向水池，刷起刚刚烤过玛芬的盘子。

我吃完了玛芬，把空盘子拿了过去。站在离她很近的地方看着她说：“今天你不去的话，以后可不要后悔哦。”

她关上水龙头，用又凉又湿的手摸着我的脸说：“我多幸运，能有你这么一个贴心的女儿。”接着又看向水池里的搅拌器，“孩子，我真的没事，放心吧。”

从我父母家到森林草坪纪念公园大概需要半小时车程，保险起见，我准备再提前15分钟出发。爸爸把他的车借给我开，和妈妈一起在车道上向我挥手道别。

我在离开前摇下车窗，再一次询问他们：“真的不和我一起去吗？”

“米兰达，再不走就要迟到了。”爸爸的语气十分坚决。

“我们在家里等你。”妈妈补充。

我发动汽车缓缓前行，并通过后视镜观察妈妈在我走后是否立刻出现了崩溃的表情，露出了化妆品掩饰之下的“真面目”。她发现后立刻向我做出“快走”的手势，就好像我穿戴整齐是要去参加毕业舞会，而不是她亲哥哥的葬礼。

终于到达了目的地，公园入口的铁门具有浓郁的东海岸风格，里面还有一间乡村俱乐部。尽管提前45分钟出门，我还是迟到了。确切地说，我迟到了22分钟，甚至超过了洛杉矶标准迟到时间——在恼人的交通环境下，比约定时间推迟10分钟到达已经成了当地人心照不宣的准则。

“请问去西尔弗的葬礼怎么走？”我问门卫。他指了指教堂大道的方向，远处角落里一座小山的位置，和那些位置绝佳、排列成行的名人墓碑形成鲜明对比。

人群聚集在宽敞的墓地前，目测大概有40人。他们比我想象的更加年轻时髦，也更形形色色，很多人穿着黑色牛仔裤和黑色紧身针织裙。我忍不住用手抚平自己的黑色及膝连衣裙，整理了一下领子，我可能穿得过于保守了，像个标准的东海岸人。

我在墓地旁边的一排宾客身后站定，环顾四周，虽然并不指望看见某个特定的人，却还是怀有一丝期待。我的外祖父母在我出生前就已去世，我对他们完全没有印象；妈妈和比利没有其他兄弟姐妹，而他们的叔叔也都早已战死在了诺曼底海滩和太平洋，因此我没有表兄弟姐妹或其他远亲，也没有谁是与我们全家人保持多年联系的好友。我搜寻着那些相对年轻的面孔，希望看到比利的某位前女友、从前的书店店长李，或曾在书店咖啡区打工的漂亮女孩。观察了一圈之后，我发现前来出席葬礼的年轻人竟占了多数，只有为数不多的年长者，包括一位年逾六旬、戴塑料框架眼镜、体态丰盈的女士，和一位戴着双光眼镜、身形消瘦、留着白色山羊胡的男士。还有一位穿细条纹西装的老者十分显眼，不知道他是否和我一样，没收到葬礼只穿便服即可的通知。

当一名穿连帽运动衫和褪色黑裤子的男士走向麦克风时，人群开始移动并聚集。只见他拂去脸上的一缕头发，眼睛低垂，从后裤兜里拿出一张纸。

“这首狄兰·托马斯的诗曾是比利的最爱。”他清了清嗓子，念了起来，“不要踏入静谧的良夜……”趁他念诗的工夫，我仔细看了看他身后比利的墓碑。深色的花岗岩上刻着他的名字：比利·西尔弗，生于1949年，逝于三天前。托马斯·杰斐逊曾说过，历史的生命与灵魂必须永远不为人知，只有那些“永恒的事实”才能世世代代相传下去。墓碑上这些不包含任何细节的文字就是比利生命中“永恒的事实”。他为什么选择将自己埋葬于此？我的外祖父母都在西海岸入土为安，他却没有与他们相伴，决定孤身一人葬在这个墓园里最偏僻的角落，与名叫伊芙琳·温斯顿和理查德·卡伦的人做邻居。这周围甚至连花都已经枯萎，他究竟为何会做出这样的选择？

托马斯的诗念罢，比利的那位朋友抬起头，一本正经地注视着人群所在的方向。他环顾着在场的每一个人，在与我四目相对时停了下来。他清澈无比的湛蓝色眼睛深深吸引了我。他的目光十分迷人，却带着一丝冷酷，让我觉得自己就像个与此无关的入侵者。我究竟为何而来？我扪心自问，也许是出于责任、礼貌与难以抑制的悲伤。但是说实话，舅舅寄来的那张卡片是指引我来到这里的最主要原因，以我对他的了解，这是一场由他精心策划的寻宝游戏的开端。我不属于这里，更不配和这些伤感而美丽的人一起缅怀这个几乎已被我遗忘的逝者。

“需要来一杯吗？”一个站在我身边的女孩举起一次性塑料杯问我。她看起来比我年轻一些，拉丁裔，肌肉线条优美的手臂上满是墨水画和西班牙文字的文身。“这里除了威士忌还是威士忌，我建议你选择威士忌。”我欣然接过杯子，她帮我把酒斟满。

留着山羊胡的老人走到麦克风前，对着人群举起酒杯，然后闭上双眼，放声歌唱：“哦，丹尼男孩，风笛在呼唤[1]。”

那个60多岁的女人走到他身边，用满是雀斑的胳膊搂住他的肩膀，加入了合唱，他们的身体随着旋律晃动，令人十分动容。一曲唱罢，山羊胡老者再次举杯，先是向比利的坟墓致意，然后举向天空的方向，最后一饮而尽。

“就像比利常说的那样，‘敬与生命中的挚友们度过的每一个平凡夜晚’，”身边的女孩颇有感触，伸过手来和我碰杯，“你也住在这个社区吗？”

“哪个社区？”

“银湖。我好像从来没见过你啊。”

“哦，我不住在这边，我是比利的外甥女。”“外甥女”，拗口又生硬，听起来就像句外星语，可这是事实，我的确是比利的外甥女。他在死前给我留下信息，足以证明他一直惦念着我，我们之间的感情是无法言喻的。“你是怎么认识我舅舅的？”我问。我特意用了“舅舅”这个词，带有一丝示威的含义。

“我在普洛斯彼罗书店工作。”

1　这是一首爱尔兰民谣《丹尼男孩》的歌词，主要讲述父子之情。——译者注

“普洛斯彼罗书店。”我的语气中竟充满渴望，我已经不记得自己有多少年没有大声念出过这个词了。如今再次提到它，感觉仍和小时候一样，无论是普洛斯彼罗公爵的神奇魔法，还是书的魅力，都让我如此惊奇和着迷。

几杯威士忌下肚，气氛明显活跃了起来，大家开始踊跃地聊起天来，笑声此起彼伏，在开阔的墓园间回荡。穿细条纹西装的老人宣布：“如果你还未尽兴，请移步普洛斯彼罗书店，我们的幻想之旅将在那里继续进行。”

“很高兴认识你。”女孩对我说，我以为她会补上一句“书店见”，然而她只冲我点了一下头，便径直走向了刚刚那位读过狄兰·托马斯诗句的头发蓬乱的男人。她凑到他跟前耳语，然后二人一起回头看了看我，脸上写满了不可思议的神情——或许那不是不可思议，我根本不想去解读表情背后的深意。

即使杯子里已经没剩几滴威士忌，为避免尴尬，我还是将它举到嘴边，目送大家向停满车辆的路边慢慢走去。

“你不会真的是米兰达吧？”穿条纹西服的老人向我走来，主动与我握手。近距离看他的脸，似乎比我想象中更年长些。为了让自己看起来更加年轻，他还把茶色的头发刻意漂浅了。“我很期待能在这里见到你，我是以利亚·格林伯格，比利的律师。”

我很纳闷他是怎么知道我会出席葬礼的，想必比利早就和他提起过我。如此说来，他一定知道《暴风雨》及其暗藏的深意。

“比利的去世令人遗憾，”他和我一道走向路边取车，“你会来参加庆祝活动吗？”

“庆祝？”

“庆祝比利的一生。我知道在这种场合这样说有点儿奇怪，不过这是比利生前特意强调过的，他曾说‘我讨厌所有悲伤的事情’。”他沉下嗓音，似乎在模仿比利的语气，“‘人们对我最后的记忆不应是伤感的’。”

我很想去参加，但是那个女孩口中那句冷冰冰的“很高兴认识你”却始终萦绕在我的脑海中，那语气听起来没有一点儿高兴的意思，再加上她敷衍的假笑和那个头发蓬乱的男人从远处注视我的神情，都让我有些打退堂鼓。无论我多么想去看看普洛斯彼罗书店，都无法忘掉他们不欢迎的样子。

“我父母还在家里等我。”我只能这样回答。

“明天你有时间来我的办公室吗？”他递给我一张名片，“我需要和你当面讨论一下比利遗嘱的事情。”

“遗嘱？”

“对，有关你的遗产。”

“我……我的遗产？”

“明天上午10点？”以利亚打开车门。

我还没反应过来，只能机械地点了点头。好奇在我心中蔓延开来，抑制不住的兴奋感油然而生。我的直觉是正确的！我对比利的感觉也是对的！这果然是一次寻宝活动，第一条线索是比利寄到我家的《暴风雨》和卡片，而第二条，就藏在以利亚·格林伯格的办公室，以“遗产”的形式等待着我。

再穿过一条公路就可以到家了，此时已经是东海岸时间晚上7

点多。这个时间段，杰伊不是在家休息，为第二天一早的足球露营活动做准备，就是在我们公寓拐角处的酒吧里，在一群毛头小子面前狂饮，证明自己宝刀未老。我决定给他打个电话，看看他到底在干什么。

“嗨，宝贝儿。”他在第四声铃响后接起了电话。“宝贝儿”可完全不是他的作风，有时候他会叫我M，或像爸爸一样叫我咪咪，我们之间从来没有用过什么“宝贝儿”“甜心”，或是“亲爱的”这类普罗大众喜爱的昵称。

“宝贝儿个头啊。”我说。

“我刚打扫完厨房，我保证你回来的时候，它会像你走之前一样洁净如新。”在我搬进杰伊的公寓后，这里的卫生等级完全上升了一个高度，杰伊称之为“强迫症专属洁净度”。我爱干净的习惯还是从妈妈那里继承的，她一直告诉我，一个家的整洁程度应该不低于世界五百强公司的卫生标准。

伴随一声长长的叹息，杰伊“扑通”一声倒在沙发上。我正想和他争辩，便听见了开电视的声音。对杰伊来说，我们家电视的唯一功能就是播放足球比赛，如果不是足球比赛日，橄榄球、棒球和篮球比赛他也能勉强接受，当这些都没有的时候，他也会勉为其难地看看曲棍球，可能只有在我们做爱的时候，他才能暂时忘了体育吧！

“你要是忙就晚点儿再打电话。”我的心情急转直下。

一般情况下，如果杰伊感觉到了我的心情变化，会以装傻充愣来应对，这次也不例外。他调高了电视音量，隔着话筒我都听得一清二楚。“特雷弗今天请病假了，所以我只能自己上课。谁会在开学的第二天请假啊？我本来还想向学校申请让他当我的助教，现在这么一来，谁还敢用他啊？”

我根本就不想和杰伊讨论他的朋友特雷弗。

我在快到市中心的时候减速，距离下一个出口还有不到半英里，我可不想错过。这时我意识到不该给杰伊打电话，毕竟他也忙了一天，正处于“我只想在一天忙碌的工作后一个人静静”的状态，这种状态无论我在家与否都无可指摘。我们正在适应同居的状态，无论他还是我，都在逐步改变那些一个人生活的习惯，尽管我的大部分生活习惯都早已储藏在费城南部的一家仓库里了。

“对不起，是我不好。今天是你参加葬礼的日子，对吗？”

“嗯，我正在回家的路上，我在那儿一个熟人都没看见。”

“你原本希望看见吗？”

“也没有，我只是有点儿沮丧。”

“这很正常，你那么多年没和比利来往了，自然不会认识他的朋友，这没什么可懊恼的。”他说，球迷狂热的呐喊声通过蓝牙装置传到整个车厢里。

“不过我之前想的果然没错，舅舅给我留下了遗产。”

“所以你明天回不来了吧？”

“谁说我要明天回家了？”我使劲打了一把方向盘，险些撞到隔离带。杰伊的话让我气不打一处来，差点儿错过出口，被困在高速公路上。

“我以为葬礼后你就会回来。”

“不是你让我别着急的吗？”

“是吗？我什么时候说的？”

“你当时说的是‘到了那边慢慢来，不用急着回来’。”

“谁让你老说我太多愁善感来着。”他反驳。

“可让你逮着机会说我了。”我说，杰伊笑了，“我可能还要再待上几天。明天我去找比利的律师，他应该会提供下一条线索。比利一定是想告诉我他和妈妈之间的事情，等我弄明白以后，便会在你开始想我之前回去。”

“我已经开始想你了。”

“好吧，那我就在你即将放弃打扫咱们家之前回去，这周末怎么也能办完事了。”我向他承诺。

妈妈坚决表示要和我一起去见以利亚。

“我自己去就行。”我在她递给我法式蛋卷时说。我向妈妈坦白，比利在遗嘱中留了一些东西给我，却没提他寄书和卡片给我的事。“如果你觉得特别为难，那我就自己去，没关系的。”

“我必须和你一起去，”她说，“讨论到此为止。”

她摘下围裙，转身上楼去做准备了。我目送她上楼，有一种青少年时期参加派对，或偷偷文身却惨遭家长发现的感觉。杰伊说得对，我应该在收到线索的第一时间，或是在得知比利给我留下遗产前向妈妈坦白一切。

以利亚的办公室位于拉奇蒙特，在我们的东边，只有一条常年堵车的公路通往那里。在这种路况下，妈妈的视线一直在后视镜和反光镜之间转换，还像看悬疑电影时那样不时摸摸自己的脸。

“米兰达，你能不能别再这么直勾勾地盯着我了？我真的没事。”

我只好收回目光，冒着被她发现的风险偷偷观察她的一举一动。我知道她已经尽力了，但是看起来并不像她所说的那样“没事”。我不明白她为什么要隐藏自己的感情。我鼓起勇气又看了她一眼，感觉自己并不了解妈妈，而这种感觉已经不是第一次出现了。

妈妈驶出公路进入拉布雷亚，穿过一片家居店和灯具店继续向北行驶。

“昨天的葬礼特别奇怪。”我发现妈妈好像并没有问起昨天的事，便主动开启了话题。

“比利本来就是个怪人。”她心不在焉地回答。

“这些天，我一直不停想起和他有关的事。”我试图把她带入与比利有关的话题，这样便可以在到达以利亚的办公室前告诉她《暴风雨》和卡片的事，“你还记得他曾在咱们家后院临时建造了一个模拟器，就为了告诉我什么是飓风吗？还有一次他装了一整套洒水装置，然后为我制造了一道彩虹。”

“只有你可以让他倾尽全力。”她的语气竟带有一丝可怜，几乎让我觉得她其实也在想念比利。

“我们曾经那么亲近，但一切却结束得那么突然。”

“我们的确十分亲近过。”妈妈停顿了一下，像是在整理思绪。我们从宽阔的商业街驶入一条只有精品店、咖啡店和冻酸奶店的小路，在一个红灯前停下。她继续说道：“但比利是一个非常靠不住的人。他总是跑得无影无踪，以至于我都不知道他是死是活，不知道他会不会出席我们的晚餐，更不知道他是否已远赴他乡。他这个样子总是让我提心吊胆，我需要承受的压力太大了。”

“什么叫‘承受的压力太大了’？”

妈妈靠向我，念着正对拉奇蒙特方向的街道名字：“帮我看着点路，到红木街的时候告诉我。”

我很想提醒妈妈，她不可以如此任性地岔开话题，更想告诉她普洛斯彼罗的话——“现在你必须多了解一些”，借此暗示她比利其实是想要向我揭露真相的，希望她可以先一步向我坦白。妈妈的自我保护意识非常强，只要她感觉到一丁点儿威胁，便会三缄其口，无论我再多说什么都不为所动。所以我可以想象得出，即使告诉她比利早已为我准备了一条线索的事实，可能也撬不开她的嘴。

几个街区后，我们终于到达了红木街，妈妈把车停在以利亚·格林伯格所在的律师事务所楼下。六月阴霾[1]导致云层十分厚重，天气沉闷而阴郁。整个洛杉矶六月的早晨都被薄雾笼罩，难免给人一种阴天的错觉，然而通常到了下午，便会云开雾散，阳光普照，美丽壮观的景象与阴霾的清晨形成鲜明的对比。不过今早当我看过窗外的天气后，并不认为有任何阴转晴的迹象。

以利亚将我们带到他的办公室，我们坐在颇有质感的皮椅上，看着他从桌上的一大摞文件中找出比利的那一份。妈妈若有所思地用脚打着节拍，并时不时地抖动双腿，晃动幅度之大，让坐在她旁

1　六月阴霾（June Gloom）：专指南加州春末夏初时天气多云，阴天时气温较低的气候现象。由于这种气候大多出现在六月，故称为六月阴霾。——译者注

边的我都感受到了震动。我把手放在她的膝盖上，试图安抚她的情绪，结果她好像被我吓到了一样，转头送来一个充满责怪的眼神，搞得就像我做错事了一样。

以利亚从容不迫地打开了文件夹："正如你们所知，比利是普洛斯彼罗书店的独立经营者。"这句话引起了我的注意，我不由自主地往前坐了坐，对接下来要发生的事充满了好奇。以利亚清了清嗓子，念起了比利的遗嘱："我，比利·西尔弗，将我位于加利福尼亚州洛杉矶市日落大道 4001 号的资产，及其抵押贷款和财产留置权，全部赠予米兰达·布鲁克斯。"以利亚将一串钥匙交给我："这些资产包括书店和它楼上的一套公寓，这些我都已经为你准备好了。"

手中的一串钥匙又凉又滑，上面凹槽的棱角都不太分明了。我本来只期待收到一张地图或一句比利编的谜语，结果却得到了普洛斯彼罗书店的钥匙。我只是一个中学历史老师，对经营一无所知，更不用说是开书店这种专业性极强的商业经营模式了。但是现在我顾不上那些实际问题，普洛斯彼罗书店……我还记得它那甜甜的、腐旧的味道，那感觉就像春天一样。时隔多年，我终于又有机会可以重游故地，找回那曾经的味道和感觉了。

我回头看看妈妈，她笔直地坐在我旁边，警觉的样子仿佛一只被追踪的猎物。她的眼睛直勾勾地盯着遗嘱，不断上下扫视着。她的身体看起来太过僵硬，以至于我根本不敢碰她，生怕一碰她就会化为碎片。

"妈妈？"

她赶忙摇头："我没事，咱们走吧。"

以利亚收起文件，打开抽屉，又拿出了一样东西：“除了书店之外，他还让我把这个也交给你。”那是一本《简·爱》。

这本书的封面上是简的剪影，在米色背景的衬托下，她的身影显得很暗。我顺着轮廓抚摸她的脸庞。我曾在高中时读过这本书，大学时又重读了一次。虽然罗切斯特先生被一些现代评论家解读为一个令人讨厌的家伙，我仍将他和简之间的爱情视为文学史上的经典之一。不过说来奇怪，如果比利留下的是《篷车少年》系列丛书，或是一本《威斯汀游戏》[1]，我都可以理解，毕竟我曾在普洛斯彼罗书店一边喝着超大杯的热巧克力，一边听比利给我念着后面这本书，然后与他一起寻找威斯汀先生留给日落塔房客们的线索。可如今我收到的却是《简·爱》。我从未和比利一起读过它，这其中的原因着实令人百思不得其解。

我把书的封面转向妈妈，她探过身来看了看书名，面部表情并没有比刚才好到哪里去。看来这本书也没有给她带来任何启发。

这本小说书脊上的好几处都已经裂开了，中间还鼓起了一块，我定睛一看，原来里面夹着一把古董钥匙。夹钥匙的这一页中有几句话被特别标注了出来：

> 一个人听说自己得到了一笔财产，他绝不会一下子跳起来，绝不会大声欢呼雀跃，而是会开始想到责任，思考正事，在冷

1 《威斯汀游戏》：艾兰·拉斯金撰写的悬疑小说，于 1978 年首次出版。故事讲述了隐居商人萨姆·威斯汀在乔装打扮后和另外 15 位毫无血缘关系的选定继承人共同完成由自己设计的遗产游戏，该书曾在 1979 年获美国纽伯瑞儿童文学金奖。——译者注

静的称心满意之余，产生出一些沉重的心事来——于是我们就会克制自己，严肃地皱起眉头，反复思考我们所交的好运[1]。

这是比利给我的忠告吗？是不是他认为我在听到这个消息后会感到无比激动？“责任”，“沉重的心事”，“严肃地皱起眉头”，这是不是他在提醒我，此刻我拥有的财富都是因为他的死？我姑且略过这一段被标注的文字，开始回想书中对相关情节的描写：简在听说自己从叔叔约翰·爱那里继承了一笔遗产后，并没有兴奋地“跳起来”或“大声欢呼雀跃”，因为在此之前，她并不知道自己的父亲还有一位亲兄弟。所以当她得知这个消息后，显得十分沮丧，她知道这笔遗产是以叔叔的死为代价获得的，不管她如何渴望与亲人重聚，都再也无法实现了。简的叔叔曾试图寻找过她，却一直没有成功，最终，他带着这份遗憾撒手人寰。身为舅舅，比利直到去世都没有主动找过我。在这个网络发达的年代，找人比以前容易多了，甚至登录脸书就可以做到。如果他真的想念过我，为什么不来找我呢？为什么一定要等到阴阳两隔后才联系我？

“还有别的事吗？”妈妈不耐烦的口气像极了我下课后着急离开教室的学生。

“还有一些关于书店的细节需要详细讨论一下，如果你接下来还有事，我可以和米兰达再单独约见一次。”

“那简直再好不过了。”妈妈示意我起身离开。

1　本段译文参考宋兆霖译《简·爱》，上海译文出版社，2007年版。——译者注

“我会再给你打电话的。”我对以利亚说完后起身，无意间碰开了《简·爱》的封面。我注意到第一页上用潦草的笔迹写了几个小字，由于时间太久，已经有些褪色，拿近了一看，上面写着：伊芙琳·温斯顿。这不是比利旁边那座墓碑上的名字吗？所以比利选择葬在那里不是没有原因的。可是，伊芙琳·温斯顿是谁呢？

回家的路上，妈妈在最左侧车道以每小时5英里的速度缓慢前行，比最低限制速度还低。身后的车子纷纷从我们旁边超过，司机们不是使劲按着喇叭，就是冲我们挥着拳头，一副很愤怒的样子。

“要不我来开吧？”我知道妈妈不会同意，但还是问了一句。

“我没事。”她猛踩了一脚油门，车子由于突然的加速而颠簸。

“我不敢相信比利会把书店留给我。”

“他真的太过分了，”妈妈边说边把车开上斜坡，准备驶往邦迪路，“把那么大一个烂摊子丢给你一个人。”

“那不是烂摊子，我喜欢普洛斯彼罗书店。”

“喜欢和承担责任是两码事。”她用力握住方向盘，导致手指关节都泛白了。

“你说，他为什么要留给我一本《简·爱》呢？”

“不知道。”我感觉无论知道与否，这件礼物都令她不爽。

“是不是因为这本书对比利有什么特殊意义？”

“我都说了不知道。”妈妈打开了收音机，调到了一个音乐台，听着她根本不可能会喜欢的音乐。伴随着甜腻的歌声和悦耳易记的旋律，我们终于来到了离家不远的西班牙复兴大道上。“对不起，我并不是有意扫你的兴，”她停车时语重心长地说，“我只是觉得比利根本没有考虑我的感受。”

我反复把玩着那把藏在《简·爱》里的古董钥匙，它已经完全被氧化，成了黑色。我想它一定是用来打开普洛斯彼罗书店里的某个旧保险箱或首饰盒的，并且，它一定和书内页里潦草写下的名字有着千丝万缕的联系。

“你认识伊芙琳·温斯顿吗？”

“你是怎么知道她的？”妈妈被这突如其来的问题吓了一跳。

“森林草坪纪念公园，比利的墓碑和她的挨在一起。”

“你看见了伊芙琳的墓碑？”妈妈的神情有些紧张，甚至有些激动。

“她不会是比利的妻子吧？”一般情况下，夫妻比邻而葬是最符合逻辑的。

“是的。”妈妈若有所思地看着我家的白房子，喃喃地说。她眼周的细纹似乎比我上一次看见她时又增加了一些。大家都说我长得像她，因为我们有着一样的自来卷头发和消瘦的体形。她的脸比我更长更窄一些，棕色的眼睛也比我的更偏金色，我想我永远不会像妈妈一样漂亮。

“他们是在比利和我们分开后认识的吗？”

妈妈转向我，一脸茫然地问：“你说你看见她的墓碑了？”

“看是看见了，但我也没走过去仔细看，毕竟也没人提起她。”

“他们在你出生之前就结婚了，可惜她很早就死了。”

“比利也没再婚？就这么一个人走完了下半生？”

“他的心里只有伊芙琳。”

“那他为什么管书店叫普洛斯彼罗？这到底和我有没有关系？”小时候，我一度认为普洛斯彼罗书店就是以我的名字为灵感命名的，是在向与我同名的人致敬。它与我同呼吸、共命运，离开我便不复存在。

“书店也是在你出生前就有了。”

“那你是以书店为灵感给我取的名字吗？”

“我是以莎士比亚为灵感给你取的名字。”

“所以你和比利都喜欢这部戏剧纯属巧合？”

“这是伊芙琳最喜欢的戏剧。”妈妈试图用微笑掩饰悲伤，“咱们走了一下午，不知道你爸爸是不是已经把厨房搞得一团糟了。”她拍拍我的腿，开门下了车。六月阴霾果然名不虚传，外面转阴为晴了。

我目送妈妈走向大门，把今天收获的所有细节逐一拼凑起来——在我出生之前，比利结过婚，他的妻子叫伊芙琳·温斯顿。我的名字米兰达是以莎士比亚的戏剧《暴风雨》为灵感命名的，这同时也是伊芙琳最喜欢的戏剧。她一定也非常喜欢《简·爱》，想必这一点妈妈早就心知肚明。即使她没看到伊芙琳的名字出现在书里，也一定早就想到比利会把这本书留给我。这些细节直到今天才浮出水面，我想一直以来，妈妈都在保守着某个与之有关的秘密。

“今天别指望你妈做饭了，就凑合吃这个吧。”爸爸把茄子帕尔马干酪放进烤箱，“你一会儿去和她说一声，晚饭快好了。”

我去院子外面找妈妈，发现她正举着剪刀，挑选鲜花布置今晚的餐桌，身后的夕阳勾勒出了美丽的景象。在一大片浓烈的橘色中，一缕缕粉红色点缀其中。落日被遮住了脸，天空中只有隐约一缕痕迹证明了它的存在。

“好一个紫红色的夜晚。”妈妈看着天空感叹，“不对，不是紫红色。”

“是洋红色和樱桃色。”我抢着说。作为一位室内设计师的女儿，耳濡目染之下，我比大多数人更了解色彩，可以准确说出它们的学名。然而此时，我无心谈论粉色的深浅色调，或南加州绚丽夺目的落日美景。“爸爸让我来叫你吃饭。”我又偷偷瞥了妈妈一眼，不知道从什么时候开始，她变得和以前不一样了。她开始在回答问题之前犹豫不决，在大笑时捂住嘴，她把指甲油从大红色换成了裸色，用维生素 E 唇膏代替了深红色口红。虽然她仍然爱着杰斐逊飞机乐队和佛利伍麦克合唱团，每天早上冥想 10 分钟的习惯也从未改变，我却深深地觉得她的生活已经慢慢被柔和保守的粉色占据，失去了原有的个性。

我不禁想到爸妈最初相遇时的情景，那时他们都生活在纽约。20 岁的妈妈留着离子烫直发，喜欢穿各式各样颜色花哨的迷你裙。她组建了一支名为“女士之选”的女子乐队，并担任主唱，她们在纽约曼哈顿东村的一家俱乐部长期驻唱，而爸爸正好为那里的老板做事。当俱乐部经理将他们介绍给彼此时，爸爸主动握手示好，而妈妈则像盯着脏东西一样盯着爸爸的手，把他从头到脚打量了一番。

“你们的演出很棒。”爸爸有些尴尬地收回了手。

“就你，还喜欢摇滚？”她甩来一个典型的 20 岁叛逆少女式的不屑眼神。

“天哪，苏珊！人家是在发自内心地夸奖你，拜托你放过他吧。”

经理有点看不下去。

“哈里，去你妈的。”妈妈抄起一把电吉他，头也不回地走向了休息室。

“你别生她的气啊，”经理赶忙向爸爸解释，“苏珊年轻气盛，总觉得自己是个音乐家，才刻意表现出这个样子，把什么都不放在眼里。”

以上就是爸爸妈妈第一次见面的全过程。从那天起，爸爸每周五都去俱乐部看“女士之选”乐队的演出。他喜欢看妈妈唱歌，因为只有在她忘情歌唱时，才会卸下心防和伪装，忘记自己置身舞台中央。有时她会陶醉在自己甜美的歌声里，流露出温柔的表情。时间长了，爸爸发现妈妈次次演出时都是如此，由此断定她只是个涉世未深的孩子。

终于在某天晚上，妈妈在演出后走到了爸爸的桌前。她拉出一把椅子坐下，将头发随意地绑在了脑后，这让她的脸显得格外小巧玲珑，带有一丝乖巧少女的气息。她虽然面无表情，但爸爸却看得出她在强忍笑意。

“你到底有多少条领带？”她开口问爸爸。

这问题出乎他的意料，他不自觉地整理了一下胸前的羊毛领带。他确实有数不清的领带，多到每条的佩戴次数都不超过两次。没有人问过他关于领带的问题，甚至可能都没有人注意到这个细节。

“可能有两百多条吧。”他老实回答。

“谁没事会买那么多领带啊？”

“可能只有我吧。”

“那你为什么要买那么多？”

爸爸一时语塞，不知从何说起。他的父母和弟弟在他上大学时相继去世，叔叔们在他出生前便死于战场，而祖父母更是早已离世。长大后，他身边虽然也有一些童年时期的伙伴、司法学校的哥们儿、公司的同事和定期更换的女友，但始终没有可以真正交心的人，更别说有谁会在生日或感恩节时送他礼物了。所以他会刻意在圣诞节和打折季买一些领带送给自己，提醒自己要好好生活，坚强地活下去。

“不然要买两百双鞋吗？那不是更奇怪？”他选择这样回答。

妈妈笑得花枝乱颤，害羞地跑回舞台上帮乐队成员收拾起乐器。那是爸爸第一次把妈妈逗笑。

当我回到屋里时，爸爸正坐在餐桌旁，努力把亚麻餐巾叠成妈妈所叠的完美形状。

“我来教你吧！”我从他的手里拿过餐巾，演示如何将它叠出三条，先把其中一条立起来，再将另外两条塞进去，成为一个信封的形状。

“还是你的手比较巧。”他说，起身绕过桌台走进厨房。

爸爸似乎在橱柜里找着什么，碍事的盘子被他粗鲁地拨在一边，发出阵阵响声。我趁机拿出手机，打开搜索引擎输入“伊芙琳·温斯顿”。我想不出其他与她有关的关键词，便直接按下搜索键。一连串与伊芙琳·温斯顿有关的搜索结果跳了出来，包括领英、推特和互联网电影资料库（IMDb）上的各种内容，然而结果却并不令人满意。我要找的这个伊芙琳早在社交媒体和24小时滚动新闻还未兴起的时代便已经离开人世，这样找下去势必是徒劳的。看来我只能用最原始的方式寻找她的芳踪，比如询问所有与她有关的人。

爸爸似乎找到了想要的东西——两个木质烛台。他小心翼翼地举着它们走了过来，两根蜡烛歪歪扭扭地插在烛台底座上，感觉摇摇欲坠。

“事实证明我可能不适合做木匠。”爸爸退休后，急需找个爱好来填补空闲时光。在手工活这方面，他几乎没有任何研究，就连换个灯泡都要找专人上门帮忙。结果在60岁的某一天，他突然对做手工产生了浓厚的兴趣，立志成为一名手艺人。妈妈建议他报名课程从基础学起，而他却倔强地认为自古以来手艺人都是自学成才的，于是他买了大量的教材和杂志，还花了不少时间研究网站上的教学视频。只可惜好景不长，他的远大目标从打造一把纯手工摇椅直线下跌到打造一个盒子。“你看见我做的书架了吗？我最近正在给它刷漆。你还别说，如果不告诉你这是我做的，你没准儿会觉得是花钱买来的。”

“你认识比利的妻子伊芙琳吗？”我没想到自己的语气会如此唐突。

“你妈妈跟你聊起她了？”很显然，他毫无心理准备，语气中带着一丝惊慌。不过姜还是老的辣，多年的律师经验让他很快控制住了情绪。

“妈妈告诉我，我的名字是因她而来，她最喜欢《暴风雨》。”我擅自夸大了事实，目的是想让爸爸认为妈妈对我卸下了心防，从而放松警惕，告诉我关于伊芙琳的事，“她和妈妈的关系很好吗？”

爸爸伸手够向烛台，用拇指拨弄着木质底座下的软垫，开口说道：“她们俩在幼儿园就认识了。”

“这么说，她们是一起长大的？”爸爸点点头，目光仍然没有从烛台上离开。“她是怎么死的？”

爸爸看了我一眼：“你问它干吗？”

“我从来不知道比利结过婚，伊芙琳这个名字也是今天第一次听到。你能告诉我她是怎么死的吗？”

“伊芙琳……她是突然抽搐而死。”

“癫痫？”

“好像不是，”爸爸抬头看了一眼玻璃推拉门外的妈妈，她还在花园里专心检查着蔷薇丛下的土壤，“你妈怎么还不进来？”

“她说她马上就来。伊芙琳到底是怎么回事？”

这个时候，烤箱定时器响了，爸爸像抓到救命稻草一般从椅子上弹了起来，快步走向厨房。他当然不会告诉我伊芙琳的事，他和妈妈是站在同一条战线上的。他们俩的关系是如此亲密，亲密到连我都偶尔会感到嫉妒。换句话说，如果妈妈拥有一个秘密，就代表着爸爸也拥有它，这一点毋庸置疑。

5

普洛斯彼罗书店的外墙和我印象中的一模一样，它周围的变化倒是不小。日落大道曾经只是一处轨道电车站遗址，如今摇身一变，成了城市的地标，随处可见各式各样的餐厅、咖啡馆、奶酪店和精品店。步行道上到处都是坐在遮阳伞下享用早午餐的人和推着婴儿车逛街的夫妻。谁会想到多年后的今天，这里成了一个寸土寸金、广受欢迎的地方呢?

我站在书店门外，打量着它的旧招牌，招牌除了被重新刷过一次漆之外，没有任何变化。普洛斯彼罗公爵还是一副高高在上的样子，魔杖在他的右手，一本书在左手，身披紫色斗篷，银色的头发随风飘动。橱窗的摆设也还是老样子，只不过书店推荐的作品从多年前的畅销书，变成了现在流行的莱昂内尔·施莱佛、伊莎贝尔·阿连德和迈克尔·波伦的作品。

一走进书店，清新的纸张味，以及白麝香、茉莉花、黑胡椒粉和咖啡豆混合在一起的味道扑鼻而来。门上挂着的铜铃和进门处的软木公告板给人一种恍如隔世的感觉，原来手写的公告内容，如今已经被私教课和普拉提课的传单取代。书店比我记忆中小了一些，天花板也感觉不像小时候那么高了。可能是因为书籍被细分出了很多门类，书架之间的距离比以前窄了很多。从原创小说到文学经典，从畅销书到禁书、历史书、经典佳作、女性主题作品，LGBTQ[1]文化类书籍，再到科幻、奇幻、悬疑小说、神话史诗、国外文学和独立出版物，一应俱全。绿色的砖墙看起来仍然清新如初，在咖啡区明亮灯光的照射下，镶有马赛克图案的桌子闪烁着蓝色和金色的光芒。四处都没看见李的身影，没有穿风衣的诗人小口品尝着意式浓缩咖啡，当年在书架间穿梭的漂亮工装裤女孩们也早已不见了踪迹。当然，现在的女孩们也都很漂亮，只不过对于美的认知和以前完全不同。她们的身材更加纤细，眼线也画得不那么浓了。咖啡区的生意还是一如既往地好，客人们用笔记本电脑代替了原来的纸笔，这里几乎坐得满满当当。一切都在有条不紊地进行着，多亏了普洛斯彼罗的魔法书，这家书店仍然充满着朝气。

在远处靠墙的位置，我发现了那个头发蓬乱、在葬礼上念狄兰·托马斯诗句的男人。他似乎正在那边的书架上检查着什么，边查边在一张纸上打钩，身上的T恤上写有“你上镜了，保持微笑”几个大字。

“我在比利的葬礼上见过你。”我走向他，主动开口。他抬起头，用清澈的眼睛看着我，似乎并没有认出我是谁。“你当时读了狄兰·托马斯的诗，对吗？我是米兰达。”

他上下打量着我，那眼神不带任何感情，更谈不上半点讨好之

1 LGBTQ：性少数群体，是“女同性恋者”（lesbian）、“男同性恋者”（gay）、“双性恋者”（bisexual）、“跨性别者”（transgender）和“酷儿”（queer）的英文首字母缩写。——译者注

意。“这不是传说中的外甥女吗？”

“是我。”我努力挤出一个招牌式微笑，这一招在陌生人面前屡试不爽，只要一笑便会让所有人都觉得我非常可爱，是不掺杂一丝性感的那种可爱。但是这一招在他面前失灵了，他并没有对我笑。在我主动握手示好时，他也只是礼貌性地握了一下。

“马尔科姆。”他说话的语气好像我早就应该知道他叫什么似的。

这时，电话响了，他松开我的手，大步流星地走向前台。

“普洛斯彼罗。”他以最快的速度接起了电话。我发现只要一提到书，他就像换了一个人似的。“扎迪·史密斯的《白牙》暂时缺货，如果你需要的话，我们可以帮你订一本。”他把话筒夹在耳朵和脖子之间，腾出手来在桌子上那台古老的电脑显示器前一通敲打。桌子上面的东西还真不少——扔掉的过期读者会员名单把废纸盒塞得满满当当，开过封的纸箱叠了高高一摞，一本年历被随意扔在角落里，上面潦草地记录着重要日期、人名和出版商的名字，给人一种杂乱无章的感觉。“预订的话，大概需要两天就可以到货。你有没有读过她的《美》？与《西北》相比，这一本的风格和《白牙》更像，如果你喜欢扎迪的作品……对，这本书我们目前有货……好的，没问题，我会提前帮你把书准备好，放在前台。”

我一边听马尔科姆讲电话，一边走到文学类别的书架前，找到了扎迪·史密斯的作品。我从来没有听说过这位作家，更没有看过她的书，事实上，这里大部分的书我都未曾涉猎。直到这一刻，我才发现原来光是文学就可以细分出如此多的种类。我已经记不清在我小时候这些书是如何分类的了，年幼的我对于成人书籍并没有太大兴趣，并未留意。马尔科姆继续在电话里谈论着史密斯的近期作品与以往作品在艺术风格上的不同，而我则在思考为什么我们明明在葬礼上对视过，他却假装不认识我。“少儿图书”现在已更名为“青少年书籍”，区域面积是原来的两倍，占据了一整面书架。我曾经一度以为这个类别下的所有书都是为我一人精心挑选出来的，今天才意识到，我记忆中的“所有书”其实只是这一类别中的一小部分而已。

“你喜欢看书吗？”马尔科姆出现在我旁边。

“我比较常看非虚构作品，有时候是因为工作需要。哦，对了，我是一名历史老师。”我停顿了一下，等着他询问我与之有关的问题，比如我教几年级或者哪一国的历史，总而言之，就是在得知我是历史老师后会问出的一系列客套话。结果他什么也没说。为缓解尴尬的气氛，我硬着头皮说：“我们爱书，胜过爱一切荣耀。”他的表情充满疑惑。“在我小的时候，我们在书店接电话时都这么说。‘您好，这里是普洛斯彼罗书店。我们爱书，胜过爱一切荣耀。’”“我们”？我怎么会这么说？我可从来没在书店接过电话啊。

“从来没听说过这种问候方式。”他俯身将一本误放在字母“T”分区里的《壁花少年》[1]抽了出来，封面是酸橙绿色的，和普洛斯彼罗书店的墙面颜色十分吻合。

“这本书的封面不会就是在这儿拍的吧？”我若无其事地走到墙

1　书店以书名首写字母为书籍分区，《壁花少年》（*The Perks of Being a Wallflower*）应放在字母P的分区里，“The”是冠词，只起到修饰“Perks”的作用。——译者注边，试图模仿封面上其中一位年轻演员的动作神态[1]。马尔科姆还是面无表情，眼皮都没抬一下。这样看来，学生们对我还是很宽容的，至少还会向我翻个白眼，即使不欣赏，起码也肯定了我的付出。

“我最讨厌把电影海报做成封面的书。”他已经将字母“C”开头的书规整完毕。

“我想你多虑了，我来这儿，不是为了关闭这家书店。”我想这是他对我态度冷淡的唯一合理解释。

“谁说我担心这些了？”他有点生气。我能想象出童年时代的他大概是什么样子：目中无人，固执己见，典型的“聪明反被聪明误”型儿童。

“在我小时候，比利经常带我来这里玩，所以我比任何人都了解这里有多重要。”我向马尔科姆坦白。他一言不发地低头看着脏兮兮的白球鞋，年久失修的木地板在他的重压下吱吱作响，脚下甚至有些凹陷。“比利有没有和你说过他把这里留给了我？”

“只听他的律师提过，我不知道比利还有活着的家人。”他停止了对自己球鞋的凝视，抬头望着书架，双臂交叉抱在胸前，长期与青少年接触的经验告诉我，这是一种表达逃避意愿的肢体语言。这时，在比利葬礼上唱歌的双光眼镜先生发现了马尔科姆，坐在离我们不远的地方向他举手致意。“失陪了。”马尔科姆说道，随后起身向对方走去。

“你知道比利有什么家人过世了吗？”我朝他喊道。他回了我一

1 《壁花少年》的英文版封面使用了其同名电影的海报。——编者注

个古怪的表情，就好像我刚问了他“你是站着睡觉吗”一样。

马尔科姆靠在那个消瘦的老者身边，后背冲着我，翻看着客人留在咖啡桌上的一本打开的书。我不想再自讨无趣，只得继续我的“游览”，细细品味那些我不曾注意的角落，慢慢熟悉那些我不知道的书，它们五颜六色的书脊在向我发出召唤。走到“黑色小说”区的书架时，我看到了一幅马尔科姆的漫画像，画中的他颧骨稍微夸张了些，不羁的发型整齐了很多，眼神也多了几分善意，少了几分警惕。他头顶上方贴着一个“气泡框”，宣称黑色小说是“洛杉矶的命脉”，我将马尔科姆的漫画像仔细端详了一番，不禁在想，还有什么是他知道却没有告诉我的？他和比利交情一定不浅，不然也不会在葬礼上为比利读诗。在我问他是否认识我的时候，他一直在躲避我的目光，因此他肯定不只知道比利仍有家人在世，说不定对比利已经去世的亲人也略知一二。

在靠里的书架上，我发现了历史类书籍，它们被归类为“世界历史”“美国历史”和“加州历史”，同时还以主题做了划分。值得注意的是，它们被按照书名首字母而不是事件发生的年代排序——其实大部分的书店都是这么做的，仿佛历史是一个个毫无关系的独立事件，而不是随着时间推移不断演变而成的一连串相关事件。这让我想到了我们教授历史时常常采用的错误方式。杰伊总说我在讲述历史时浪漫得无可救药，可我又能怎么做呢？这是我们的历史，不应被字母排序如此轻易地带过。

我蹲下来查看书架最下面一层的“加州历史”，发现了很多关于地震学和地震历史的存档，包括 1906 年圣安德烈亚斯断层大地震的预言及相关系列书籍，这不起眼的一层扯出了比利在我童年记忆中的那段回忆。我抽出一份记录了洛杉矶北岭市地震情况的报告书。那是令所有南加州人永生难忘的一个夜晚。那天晚上琼妮和我早已熟睡，突然被书从书架上掉落的声音吓醒，种种迹象表明地震了。震动停止后，妈妈跑了进来，检查我们是否受伤，而就在此时，余震来袭，整个房间隆隆作响。第一次余震结束后，爸爸大喊着屋里很不安全，让大家赶快跑到外面去避难。我们随他下楼，只见一楼的硬木地板上到处都是碎玻璃，琼妮和我都没来得及穿鞋，爸爸只得将我们抱起来，快速穿过客厅。我们来到后院，围栏全部东倒西歪，邻居家的砖烟囱裂成了两半，大街上到处散落着截断的电线。爸爸打开收音机，里面播放着有关地震的最新消息：随着黎明逐渐降临，死亡人数不断增加，妈妈让爸爸关掉了收音机。琼妮紧紧地靠着我，身体抖得像体内正在经历一场地震，我却有一种无法否认的兴奋感，一种温暖的感觉传遍了我的全身。地球正在移动，而这一切就发生在我的脚下，这说明比利不用跑到很远的地方去勘测情况，他会留下来，和我们在一起，这对童年的我来说是最好的恩赐。之后每当出现地震的迹象，我都会在风波平息后兴奋不已。从某种程度上说，这种感觉可能与比利无关，但是它一直都在，即便现在长大成人，每当出现震感时，我仍会感到一种内疚的快乐。

书店正中央的橡木桌子上，陈列着书店店员推荐的书。马尔科姆推荐的是《太阳照常升起》、《无尽的玩笑》、《马耳他之鹰》和《问尘情缘》。露西娅推荐的是罗贝托·波拉尼奥、加西亚·马尔克斯、朱莉亚·阿尔瓦雷斯和朱诺·迪亚斯的作品。查理推荐了《飞天巨桃历险记》、《雨果的秘密》、《雷蒙·斯尼奇的不幸历险》，以及一本爱德华·戈里的绘本。比利推荐的则比较经典，包括《一位女士的画像》、《愤怒的葡萄》、《夜色温柔》和《纯真年代》。我没想到比利会推荐这种类型的经典之作，我以为他会更喜欢《鲁滨逊漂流记》、《三个火枪手》和《福尔摩斯探案全集》。我想，如果让我从五花八门的美国历史书里选几本推荐的话，我会选择《大革命中的女性》和《林肯和他的内阁成员》。

我随意翻着比利推荐的一本书，不确定自己想从里面发现什么。比利托以利亚交给我的古董钥匙一直放在兜里，我相信它会指引我到普洛斯彼罗书店的某个地方，虽然目前这把钥匙还没有任何用武之地。比利推荐的书几乎无人问津，我在《愤怒的葡萄》封面内侧发现了一串用铅笔写下的数字。

马尔科姆走了过来，凑到我的肩膀上方看了看我手上的书。

"凡是比利从医院的二手商店里救下的书，上面都有这串神秘数字。"他从我手中拿过书，捧到面前仔细看了看，为我讲起它的含义。小数点前面的两个数字代表书的质量，后面的数字依次代表购买时间（没有记录年份，只有月份和日子）、版本、出版商和字体，而最后的数字则代表了起售季节，如果书没有被及时卖掉，便可以据此进行适当降价。

"需要搞得这么复杂吗？"

马尔科姆默默把书合上，放回桌子："比利已经习惯这样了。"

我用手轻抚过桌上比利的名牌，名牌上绘有一张他中年时期的漫画像：挺拔的鼻子、灿烂的笑容、精心整理过的完美发型。他灿烂的笑容有些伤感。

“我不是你的敌人。”我说。

“这有待观察。”第一次，我竟然在马尔科姆的脸上发现了一丝笑意。尽管他有意克制自己的情绪，我还是觉得这已比他之前恶狠狠的表情可爱多了。“走，我去给你拿杯咖啡。”

在马尔科姆走向咖啡操作台的空当，我找到一张空位坐下，准备给杰伊发个短信。我们之间有三个小时的时差，所以经常没有合适的时间通话联系，尤其是他需要起个大早去参加足球露营的时候，晚上早早睡下时，我还在和父母吃饭。除了比利葬礼之后的那次通话，我们一直通过短信联系。我把突如其来的遗产继承事件、有可能出现的下一条线索和那些关于普洛斯彼罗书店的回忆都告诉了他。他只是简单回复了“这地方听起来不错”，便开始侃侃而谈足球露营。有一天，他发来了一条学生们在球场大喊想念我，并以飞吻动作做结束的视频，还有很多露骨的短信。我知道要号召一群青少年配合完成一个浪漫的任务绝非易事，但心中还是默默期待他可以多和我聊聊关于《简·爱》的事，或对我重返书店所产生的紧张感表达一些关切之意。我曾在书店门口拍了一张照片，并附上文字“欢迎来到普洛斯彼罗书店”发给杰伊，结果收到的只是一个笑脸表情，他还不如什么都不回呢。

上次在葬礼上见过的拉丁裔女孩出现在咖啡操作台后，马尔科姆和她打了声招呼。她梳了一个利落的丸子头，白色的围裙上沾满了咖啡渣。女孩发现我在注视着他们俩，便热情地冲我挥了挥手，马尔科姆也看了过来，表情仍带着一丝戒备。两杯咖啡做好后，他端着它们走了过来。

我接过他手中的咖啡，只抿了一小口便感受到了它的浓度，但还是硬着头皮喝了。在这个节骨眼，要求加牛奶或糖都是示弱的表现。

“钥匙这样放没事吗？”那个拉丁裔女孩正在擦拭咖啡机，一把钥匙就直接插在机器旁边的收银台抽屉上。钥匙看起来很现代，由镍或某种金属复合材料制成，和比利留给我的那把不太一样。

“别小瞧我们的常客，他们可能只会买一杯咖啡，却会帮我们留心一切。”

“你们这里有保险箱吗？”我没在书店里发现任何一个或许可以用这把古董钥匙打开的锁。

“现在店里没有钱，我今天早上刚去银行把它们存起来。”

“我不是问你要钱。”我说。

“在楼上，那儿有个储藏室。”他先是指了指咖啡操作台后面的一扇门，然后指了指柜台后面的拉丁裔女孩，“她叫露西娅，一般上下午班。上午查理会在，如果你在天不亮的时候听到楼下有动静不用害怕，是他来给书店开门了。”我刚要问他为什么觉得我一大早就会来到这里，便突然反应过来比利的公寓就在楼上。

“我不会住在这儿——住在楼上的。我父母家就在西边。”

“那是你的事。”他说。

“比利是什么时候搬到楼上住的？在我的印象中，他不是一直住在帕萨迪纳吗？”比利曾经住过的那栋房子很大，门口的柱子总让人不自觉地联想到白宫，只不过里面住的不是总统一家和工作人员，偌大的房子里只有比利和数不清的卧室。

“打从我认识他起，他就住在楼上了。”

“那你来这儿多久了？”

马尔科姆转头瞟了我一眼：“现在是面试还是怎么着？”

“截至目前，你对自己和这里的一切都还满意吗？”

“不好说。”刚刚那种一闪而过的笑意又一次出现在他脸上。多年与青少年斗智斗勇的经验练就了我强大的内心，我曾经把一个妆化得比我还浓、年纪轻轻便已开始穿聚拢型胸衣的 14 岁傲慢少女训得服服帖帖，让一整个班的学生主动写下满满 6 页关于轧棉机的出现是如何大大增加了南方奴隶人数的论文，更是创下了自己 50 分钟不在教室，整个 8 年级的学生也没有人玩手机或缺勤的纪录。所以要让面前这个 30 多岁、充满戒备心的书店店长卸下心防，简直是小菜一碟。

“马尔科姆！”坐在我们旁边的男人一直没有抬过头，这才猛然发现熟人就在身边。

马尔科姆将这位名叫雷的编剧介绍给我。“雷曾经发誓，拿了奥斯卡奖也绝不忘记我们。”

“我怎么不记得自己说过这句话呀。”雷一脸笑容，就好像真的得奖了一样，“你和他长得可真像。”说这话时，他的表情突然变得严肃。

我下意识地摸了摸我红棕色的头发，它的确和妈妈、比利的头发一模一样。我感觉马尔科姆在我身边僵住了三秒。

旁边一桌的客人走了，露西娅过来清理桌子，随后加入了我们的对话。她穿着紧身的无袖上衣，肩膀和胸前的文身露了出来，我忍不住研究起她前臂上的一串西班牙文字，她告诉我那是《百年孤独》里的一句话。

“她根本不看小说。”马尔科姆借机揶揄我。

“拜托，马尔科姆，没有人不知道《百年孤独》好吗？”露西娅的笑容带有一丝歉意。

“我有这本书，是我男朋友的妈妈送给我的。”不知道为什么，“男朋友”三个字在我嘴里显得格外奇怪，马尔科姆注意到了我的不自然，投来了意味深长的目光，“马尔克斯是我的最爱。”我承认自己有些夸大其词。情况是这样的：有一天杰伊的妈妈约了朋友在我家附近的美术馆看展览，她提前一小时到了，为了打发时间，她没和任何人打招呼就来到了我们的公寓，并在客厅留下了这本《百年孤独》。小说就这样一直放在客厅的咖啡桌上，直到一周后我把它塞进书架，和其他杰伊没看过的书放在了一起。

这时，一个女孩十分费力地抱着一大摞书向前台走去，马尔科姆见状赶忙起身帮忙。露西娅和我看着他为女孩结账，不知他说了什么，女孩被逗得哈哈大笑。他也笑了，那笑容和漫画像里的没什么两样。

“他不是真的想要吓唬你，”露西娅开口说道，“他只是太爱这家书店了，我们都是。”她的语气比马尔科姆友善很多，却仍带有一丝戒备，就好像我会做出什么事毁掉整家书店似的。

当我顺着狭窄的楼梯走上楼时，周围寂静得可怕，这不禁让我想起了《简·爱》。我对楼下的每一种味道，甚至每一个布满灰尘的角落都十分熟悉，对楼上却如此陌生。我从来都没有来过二层。走廊的两侧各有一扇门，我先试着打开了右边的一扇，发现这是一个放满了书和清洁用品的仓库。在一摞摞放满书的箱子后面，我看到了一个保险箱，上着密码锁。我四处踩了踩脚下的地板，没有发现机关密道，房间里也没有任何可以用钥匙打开的东西。我想，只能去比利的房间碰碰运气了。

我轻轻扭动门把手，打开了比利房间的门，我在原地停留了片刻，发现没有人喝止我擅闯私人领地，便勇敢地走了进去，关上了门。

阳光恣意洒在宽敞的客厅里，整个房间就像室内设计杂志中的样板间一样精致。一张棕色的皮沙发靠在墙边，充满年代感的旧箱子代替了咖啡桌，看起来十分特别。门边有一张古董梳妆台，上面摆着三个花瓶，虽然样式不尽相同，却没有任何冲突感。我在箱子上发现了一个钥匙孔，赶忙拿出古董钥匙试了试，结果令人失望，原来这是一个根本没有上锁的箱子。走进卧室，洗干净的衣服被整整齐齐地叠好放在床上。翻领亚麻布衬衫和防水材质的卡其色裤子是比利最常穿的，这么多年都没有变过。我拿起了一件橄榄绿色的系扣上衣，放在鼻子下闻了闻。它闻起来像婴儿爽身粉，清新怡人，却不是比利的味道。

我环视整个房间，继续寻找锁孔。厨房没有装门，消毒剂的味道隐约散发出来，瓷砖台面和烤炉都已经被打扫过了，十分整洁。冰箱完全是空的，只有一个制冰盒孤零零地躺在里面。以利亚告诉我公寓已经为我准备好了，但如果这里没有被打扫过该有多好，我可以在留有食物的冰箱或是盛满垃圾的垃圾桶里寻找比利的印记。

卧室的门没有锁，室内与其他房间一样古色古香。这里的装潢十分简单，放着白色柳条家具，门边有一个式样简单的书架，精装书的封面在太阳的照射下有些褪色。梳妆台上摆着一束干枯的野花和一个相框，照片里是一位金发女子。我拿起相框，拂去上面的灰尘，仔细端详这张照片。金发女子站在一片悬崖峭壁上，斜倚着一块巨石，身下是狭长的海滩。她身材消瘦，铂金色的头发随意搭在右肩上，皮肤晶莹剔透，绿色的眼睛和绿耳环相映生辉。我觉得她的眼神中充满忧郁，不过这也许只是因为我知道她已不在人世了吧。

我小心翼翼地把照片从相框里取出来，想看看它背面是否写了字。结果除了柯达胶卷的标志外，没有任何字迹，比如日期或者姓名之类的信息。我敢肯定照片上的人是伊芙琳，虽然妈妈没有向我透露过她的长相，但是她简直和我想象中的样子完全一样。照片中的她是如此年轻，大概 20 多岁或 30 岁出头。她美得如此摄人心魄，令人过目难忘。

我无法将自己的目光从这张照片上移开，想推断出它的拍摄时间和地点。照片中的岩石峭壁看起来像是马里布，不过那里的海滩数不胜数，我对这一处背景并没有什么印象。伊芙琳没有化妆，头发又长又直，祖母绿耳环看起来像是从古董店买来的，白色的 T 恤可能生产于 20 世纪后半叶的任何一年。

我把照片装回相框，放回原位，再一次默默地望着它。一想到这是比利公寓里唯一一张展示出来的照片，我心头不禁涌上一丝悲伤。它的存在对比利是一种安慰，他可以通过这张照片时刻想起爱人的模样，与此同时，这也无限放大了他的空虚，他的世界小到只剩下一个已故的人。想到这里，我浑身直起鸡皮疙瘩，后背紧绷：他竟然如此寂寞，这让我感到震惊。我定了定神，最后一次搜寻锁眼的踪迹，结果仍是徒劳。于是我快步走出了房间，想离那张照片越远越好。

回到客厅，大门旁边的桌子上没有老式存钱罐，厨房附近靠墙的红木书桌上也没有首饰盒。这张桌子和我家二楼过道里的那张很像，是爸爸的祖母留下的传家宝。我轻轻抚摸着光滑的木质桌面，心中暗想，不知道比利是否也觉得这两张桌子很像？每当他坐在这张桌前的时候，会不会偶尔想起我们呢？我拉了一下抽屉，是锁住的。我顺着上面雕刻着的常青藤花纹摸了摸，竟然发现了一个锁孔，它被完美地隐藏在了凸起的纹路之下。我怀着忐忑不安的心情将钥匙伸向锁孔，竟然严丝合缝，我顺势将它向右一拧，锁打开了。

抽屉一打开，一股刺鼻的腐烂气息混合着麝香的味道向我袭来。抽屉里有很多收据和破旧的奶油色文具。我将皱巴巴的暖气费账单和泛黄的《洛杉矶时报》逐一分类整理，顺便检查着报纸上的那些文章，不想错过任何一条线索，最后发现它们只不过是过期的新闻报道而已。在这些被人遗忘的比利的生活碎片下面，我发现了一个信封，里面是他珍藏的与我有关的各种纪念品。

信封中有照片、我中学时出演戏剧的宣传海报和我参加的辩论赛的传单。我按照时间顺序把所有的东西整理好，整个童年时代重新回到眼前。最早的一张照片摄于我刚出生的时候，比利抱着襁褓中的我。我被浅紫色的棉布包裹着，比利的表情介乎惊喜和恐惧之间。

第二张照片是两年后，在一家昏暗的餐厅里，比利和我同时夹起意大利面条放入口中的抓拍，像极了动画片《小姐与流浪汉》中的经典场面。第三张摄于 1991 年，我穿着亮片比基尼奔跑。第四张是两年后的一月，在我的 7 岁生日派对上，我们俩和一只山羊合了影，这也是我唯一有印象比利来参加过的生日派对。那时，我恳求妈妈将我家后院改造成宠物动物园。“我也说不好，米兰达，不过这听起来很不卫生。”她敷衍我。我成功拉拢了比利和我一起说服妈妈，向她详细介绍了尼日利亚矮山羊（它们一年四季都可养殖，寿命长达 15 年之久）和斑驴（它们有时也会被称为半身斑马、拟斑马、半身马等等，不但名称很多，也是无比稀奇的物种）。然后我们列出了确保后院清洁的一系列措施，比如准备一个专门的清洁区和大量的洗手液。最后，我们提供了在南加州饲养尼日利亚矮山羊不会将疾病传染给人类的科学研究证明。我们成功了，照片中的比利抱着这只山羊，就像抱着一座奖杯一样开心。

第五张照片摄于我 6 年级时戏剧演出的后台，比利抱着身着清教徒戏服的琼妮和我。我和她戴着同样的帽子，穿着同样的蓝裙子，但从姿势中还是不难发现谁扮演的是阿比盖尔·威廉姆斯[1]，而谁又是那个被指控滥用巫术的小角色。

在第六张，也是最后一张照片中，宠物店和我记忆中的一模一样，有带斑点的油毡地板和装着五颜六色小鸟的金属笼子。照片中

1 阿比盖尔·威廉姆斯：阿瑟·米勒著名戏剧《萨勒姆的女巫》中的人物。——编者注

的我正把刚刚得到的小狗举向镜头，比利紧紧将我搂在他的怀里，我们开怀大笑，看起来开心不已。哪知道在那天之后，一切都发生了翻天覆地的变化。

我继续翻看抽屉里的其他东西，寻找与我有关的回忆。在一大堆信用卡广告单和加油站收据里，我发现了一张折起来的信纸。信是我写给比利的。我的笔迹和现在看起来没什么两样，但信的内容我已完全忘记。

比利舅舅，你好！

收到我的信有没有很惊讶？我们真的太久没联系啦！昨天是我高中毕业的日子，你敢相信吗？在毕业典礼上，几乎每个同学的亲友团都是一大家子人，而我只有爸爸和妈妈。我很想你，要是你也能来参加我的毕业典礼就好了。

这么久没见了，你有没有想过我？我经常会想起我们一起探险的美好时光。总而言之，我只是想和你打个招呼，要是你能给我回信就好了。放心，我不会告诉妈妈的，哈哈！

爱你的米兰达

我重温了这封信，幻想着他收到它时的心情。他从未回过信，这一点我是很清楚的，当时我应该坚持写信给他，不断地写，写到他回信为止。我想他一定很想回信给我，否则为什么要将我的信珍藏起来呢？出于某些我不清楚的原因，他明白自己无法回信。

我把信纸慢慢折起来。这难道就是比利想要告诉我的全部？大费周折地让我找到这张桌子，就是为了告诉我他从未将我忘记？如果这是我们的最后一次伟大探险，这样的结局也未免太平淡无奇了。

当我有些失望地把信扔进抽屉里时，不经意间发现桌子的边缘处写着几个小巧而精致的字：向下。我的大脑先是一片空白，然后立刻取出了刚才那几张照片，每一张的背面都写着：向下，向下，向下，向下，向下。在最后一张宠物店的照片背面，出现了一句话："和爱丽丝一起向下。"下一条线索出现了。

我像没头苍蝇一样在屋里找着书架或书堆，搜寻一本久经磨损的《爱丽丝梦游奇境》。但客厅里一本书都没有。

我深吸一口气，看样子只能再去卧室碰碰运气了。书架上的精装书常年被阳光照射，书脊上的字已经逐渐褪色，浅到快要看不清书名了。我凑近看了看这些书:《小妇人》、《尼罗河上的惨案》、《紫色》和《蓝调女牛仔》，不敢相信比利会喜欢这种类型的小说。这样一分神，我险些错过了夹在西尔维娅·普拉斯和科莱特著作之间的那一条窄窄的深红色书脊。我将它抽了出来，烫金的字体写着作者刘易斯·卡罗尔的名字。

这本书的封面设计非常简单，红色的封面中间，是小小的浮雕烫金爱丽丝肖像。我摸了摸她凸起的头发和蓝色蓬蓬裙，我曾经也有一条这样的裙子，由于太过喜爱，曾连续三年穿着它度过万圣节。后来随着年龄的增长，我的体形也发生了变化，这条裙子最终因为无法拉上拉链而被我忍痛放弃了。不知道比利是否见过这条蓝色连衣裙，是否记得我一直想要一只穿着小马甲的宠物兔，让它来扮

“白兔先生”。我翻开了这本书。

书中，爱丽丝一直不断向下，向下，向下，掉到了一堆枯枝败叶上，她毫发无伤，充满了好奇。她来到一个大厅，试着推开周围的几扇门，却发现它们全部上了锁。她找到了一把黄金钥匙，但对那些门锁来说，钥匙不是太大，就是太小。这时她发现了一道小布帘，布帘后面有一扇小门，她用这把钥匙试了试，发现正合适。只可惜这扇门实在太小了，根本进不去，更别说走进门后的花园了。看到这里，卡罗尔笔下的一段文字被黄色的笔标记了出来：

> 你瞧，一会儿工夫发生了这么多怪事，爱丽丝都以为没有不可能的事了[1]。

在爱丽丝跟着那只会说话的兔子穿过一条又长又黑的通道之后，她开始变得务实起来，或者尽可能变得务实起来。她希望可以找到一本教人如何缩小的书，却发现了一只小瓶子，瓶子上贴着一个标签，写着“喝我”。我快速翻阅了这本书，在接近封底的位置，塞着一个信封，上面写着“读我”。

信封里装着厚厚的一沓纸，我将它打开，第一页最上方印有洛杉矶希达斯西奈医院的标识。一位名叫纳塞里奥的医生对比利写道：“我会在这封信里告知你结果，我们的工作人员会尽快联系你，安排后续事宜。”纳塞里奥医生的名字被红笔圈了出来。接下来的几页详

1　本段译文参考黄健人译《爱丽丝梦游奇境》，长江文艺出版社，2018 年版。——译者注

细列出了比利在该医院接受检查的项目，包括对呼吸短促、胸闷以及主动脉瓣狭窄的初步检测，检查日期是两年前的三月。

我重读了书中标记的部分——“以为没有不可能的事了”。我在脑海中拼凑着童年时关于这本书封面的记忆——爱丽丝穿着蓝色的裙子，红心、黑桃、方块和梅花飘浮在她的四周。我总以为小时候看的那本书是比利从普洛斯彼罗书店拿来送给我的，后来才想起是妈妈从西岸的儿童书店买回来的。在那些有比利陪伴的夜晚，他总是给我掖好被子，让我由衷感叹原来真的没有什么是不可能的。虽然我们并没有一起读过这本书，但我想比利一定笃定地知道我会像爱丽丝一样，跟随他的脚步向下，向下，向下……直到平安降落。

6

除了本部以外，希达斯西奈医院在这座城市还拥有两家分院。当我查找信中提到的纳塞里奥医生时，发现他会在这三家医院不定期出诊，但接下来的6周他的时间已经被约满了。我试图向接电话的前台工作人员解释自己并不是要预约看病，只是想和医生谈谈我叔叔的事情，结果她便开始滔滔不绝地讲起《健康保险流通与责任法案》[1]的相关隐私条款来。

"请问如何才能联系上纳塞里奥医生？"我问。

"你可以给他发邮件。"她回答。

"他会看邮件吗？"

"不好意思，我不是他的秘书，你到底要不要他的电子邮箱地址？"

我以最快的速度给纳塞里奥医生写了一封邮件，将它发送到了无边无际的互联网中，一厢情愿地希望他能及时查看，甚至不敢奢望他会回复。

---

1 《健康保险流通与责任法案》：即 HIPPA 法案，要求医生保护患者的健康信息，不得随意将其告知他人。——译者注

早高峰期间，我从父母家开车到普洛斯彼罗书店花了一个多小时。不论是 10 号、110 号公路，还是 101 号高速公路都拥堵不堪，不知怎么，就连经市中心通行的 5 号公路都难以幸免。交通堵塞导致所有的车都堆在一起，以缓慢的速度向前爬行。洛杉矶的高速公路之所以能在世界闻名，大概都是拜交通拥堵所赐。在这种情况下，我多么希望可以在到达书店后立刻看到这样的画面：比利那标志性的圣安德烈亚斯断层图案的杯子就放在电脑旁边，常用的皮背包随意放在座椅下的地板上；电话铃声响了，李立刻向前台跑去，第一时间接起了电话，说出了那句再熟悉不过的问候语："您好！这里是普洛斯彼罗书店。我们爱书，胜过爱一切荣耀。"然而现实中，只有马尔科姆坐在前台看书。听到开门的声音后，他抬起头来，眼神中充满了期待，看到出现的人是我，不由得叹了一口气。

早晨的书店比下午安静很多。大约 9 点左右，几个辛勤的作家便准时出现在咖啡区，开始一天的写作。一群穿着时髦的人则在前台排成一队，等待一天中第一杯咖啡的到来。"普洛斯彼罗家族"的第三位成员查理正在操作台上忙碌地打着奶沫，磨着咖啡豆。

查理看起来 20 岁出头，左前臂上的文身是一个块头很大但看起来很友善的巨人，右边三角肌上则文着一头野兽。他在我身边的椅子上坐下，卷起裤腿，露出有些苍白、长着雀斑的小腿。

“我打算在这儿文个威利 · 旺卡[1]或者爱心树[2]，但我现在还没想好。”他说。

“我刚上幼儿园的时候，比利送给我的礼物就是一本《爱心树》。”我仍然记得在我正式入园的前几周，比利因圣克鲁斯山附近发生了地震而不得不前往加州北部勘查情况。他深知我对接下来要面对的新环境感到紧张——我觉得那些新同学彼此已经是朋友了，对不能陪伴在我身边，他的内心充满了歉意。于是，他便送了这本《爱心树》给我，想让我通过这本书了解什么是友谊，与此同时，也是最重要的一点，他想要借此机会告诉我：不管在学校遇到什么事，他都是我的“爱心树”。

“我记得比利以前特别喜欢读书给小孩子们听。”查理将卷起来的裤脚放下。

“在你的印象中，他给孩子们读过《爱丽丝梦游奇境》吗？”我问。

“他有一本旧旧的《爱丽丝梦游奇境》，只要他一打开，附近的孩子们便会立刻放下手中的事，以最快的速度跑来听故事，就好像他们之间有心电感应一样。”我从包里拿出那本《爱丽丝梦游奇境》递给他。“没错，就是它。”他十分确定，这本书火红的封面仿佛勾起了他的回忆，脸上流露出了怅然若失的神情。

---

1 威利 · 旺卡：《查理和巧克力工厂》的主人公之一。他是一位伟大的巧克力发明者和制造商，经营着全世界最大的巧克力工厂。——译者注

2 《爱心树》是谢尔 · 希尔弗斯坦创作的儿童绘本，是世界上最经典的绘本作品之一，于 1964 年出版，讲述了一棵有求必应的苹果树和一个贪心的孩子之间温馨又伤感的故事。——译者注

“你在这儿工作很久了吗？”我把书放回包里。

“三年了，从没想过我会待这么久，但事情往往就是这样的，我们都无法预料将来会发生什么。”

“你觉得是什么让你选择一直留在这里？”

查理在椅子上挪动了几下，找到了一个舒服的姿势：“那时，我读的都是肯·克西、亨利·米勒这类作家的书，有一天，比利来到我身边，二话不说把我手中的《发条橙》换成了《查理和巧克力工厂》。我看过这部电影，却没有读过原著。若不是他将这本书介绍给我，我可能永远不会知道这是一部如此令人难忘的作品。它的内容虽然暗黑，却不会让人因此产生愤怒。比利总是知道在那个当下你需要的到底是什么，他拥有一种神奇的力量，就像图书界的医生一样，用书本来为病人对症下药。”

“也可以说就像拥有神奇的魔法一样。”我说。查理认同地冲我挤了挤眼，然后起身去帮一位青少年结账。

我在角落里的一张桌前落座，观察上午的书店。编剧雷坐在我旁边的位置办公，我向他挥手致意。

“没记错的话，是米兰达，对吗？”他摘掉耳机向我打招呼，我点点头，仿佛记住我的名字就像完成了某件伟大的任务一样，“你在这附近住？”

“其实我住在费城，只是在这边待几个星期而已。”

“怪不得我们从来都没见过你。”

“你每天都来这里吗？”

“每一天都来报到，现在已经是第四年了。对比利的离开，我深表遗憾。他是个好人，是他把我引荐给了我现在的经纪人乔丹。要不是因为他，我都不知道自己会在哪里。”

我扫了一眼身边的客人们，想象着比利是否也曾改变过他们的人生，他们又会不会像查理和编剧雷一样仍然记得他，记得这样一个通过微小的善行来帮助大家过得更好的人。

这时，我的手机响了，是新邮件的提示，纳塞里奥医生竟然这么快就看到了邮件，我简直太幸运了。他在回信中表示，今天的一个预约被临时取消了，问我今天下午是否方便见面。我只快速回复了一句“好！”便匆忙出发，直到被堵在水泄不通的贝弗利大道上无法动弹时，我才意识到自己根本没来得及和马尔科姆告别。

纳塞里奥医生的个子很高，整张脸上的方下巴最引人注目，让人不由得浮想联翩：如果和他接吻，会不会被他的下巴戳到？他看起来就像个在电视剧里扮演医生的男明星，而不是大家印象中寒窗苦读、最终考取就医资格证书的医生样貌。不过，这里是洛杉矶，大街上随便一个擦肩而过的人都颇具明星风范，就连马尔科姆也不例外，他炯炯有神的双眼和高耸的颧骨比我想象中邋遢的书店经理形象强了不知道多少倍。

纳塞里奥医生办公室的墙上挂满了文凭和各种资格证书。我坐在他对面的一张椅子上，他打开抽屉，取出一封信。“比利生前给了我这份许可书，同意将自己的病历转交给你。”

在比利去世的前一年，以利亚为此做了公证。

纳塞里奥医生拿出了一个塑料心脏模型，将其打开：“主动脉瓣狭窄是心脏主动脉瓣出现的一种非正常狭窄情况。当瓣膜越来越窄，直到阻塞了从左心室流向动脉的血液时，就会引发一些心脏疾病。目前，我们有一系列瓣膜置换术来缓解此类病情，然而，比利来得太晚了。当他在前胸疼痛难忍时找到我，我已经无法再为他进行手术，因为风险实在是太大了。为了缓解他的肺部压力，我给他开了一些利尿剂，并密切关注他的病情。只能说，比利在这样的情况下又坚强地活了两年，已实属幸运。”直到纳塞里奥医生合上那颗塑料心脏之前，我的目光都无法从那些桃红色的内在纹理上移开。他快速翻阅了比利的病历，然后递给我一个信封。“这是他让我交给你的。”

他起身送我离开办公室。

“为什么一个身体健康、从未得过癫痫的人，会突然全身抽搐？”我跟着他从楼道往外走时发问，手中紧紧握着还未打开的下一条线索。

“你是说你自己吗？”

“不，是比利的妻子，她因突发急病抽搐而死。我很纳闷儿为什么一个年纪轻轻的女人会如此毫无征兆地死掉。”

“嗯……引发非癫痫性抽搐的原因其实有很多。神经性的原因是一种，药物过量、脑瘤、大脑血管畸形或是头部外伤，都有可能导致抽搐的发生。具体是哪一种，只有看过病历后才能定论。”

“我没有她的病历，你觉得哪一种情况比较有可能呢？”

纳塞里奥医生眉头紧锁，随后回答道：“如果没有更多相关信息，我恐怕无法轻易做出判断。”

我向他致谢道别。尽管他并没有明确告知我伊芙琳的死因，这番解释也足以证实我的猜测——父母对我有所隐瞒。如果她的死与药物过量有关，爸爸大可直言不讳说她是个瘾君子；如果她得了脑瘤，也没什么不可告人的；如果是头部外伤，则一定由事故造成。若是伊芙琳果真死于严重的突发性抽搐，事情一定另有隐情。

我在希达斯西奈医院的门外打开了刚刚医生交给我的信封。

科学是一切生命的根基，我的生命尤其如此。我由纤维、肌肉和大脑组成，身高 8 英尺[1]，强健有力，拥有乌黑的浓发和珍珠白的牙齿。然而，如果失去了这些外在的光鲜，我没有一点儿吸引力。

我对这段话毫无印象，将它们输入到谷歌搜索栏中，跳出的结果不是与神经和肌肉细胞有关的文章，就是教年轻人保持身材的网站，没有哪一处直接使用了“浓发”或“珍珠白”之类的字眼。这不是一段书摘，而是一道谜语。

其中有一些细节值得推敲：“纤维”一词用的是英式英语而不是美式英语[2]，异于常人的身高以及“科学”二字。他是想要把我引向某位伟大科学家的回忆录或传记吗？或是柏拉图或亚里士多德的哲学书？又或许是虚构作品？太久没猜谜，我已有些生疏了。

1　1 英尺 =0.3048 米，8 英尺 =2.44 米。——编者注

2　“纤维”一词在英式英语中的写法是“fibres”，而在美式英语中是“fibers”。——译者注

我把这条线索塞进了裤兜，打开另一份纳塞里奥医生经过律师授权后交给我的文件，试图寻找可以帮助我解谜的线索。以利亚在公证文件上的签名深深地吸引了我的注意——他到底有多了解比利，足以让他成为比利遗嘱的执行者和《简·爱》的保管者；足以让比利找他公证文件，托医生将病历交付于我？我希望他知道比利究竟想让我做什么。

以利亚的办公室离希达斯西奈医院并不太远。

“米兰达。”以利亚挠了挠头，将我带进办公室，本就蓬乱的头发被弄得更乱了。他仍然穿着灰色的细条纹西装，看起来和上次那件差不多，我想同样款式的西装他可能有很多件吧。“我们之前约过今天见面吗？”

“我是不是来得不是时候？”我问。

“当然不是，”他示意我进去，“我愿意随时为你效劳。”

我在一张硬皮椅子上坐下，把那封他签过名的公证信递给了他。

“他病的时间太久了，以至我都不记得自己公证过这个。”以利亚把信还给了我。

我又把那张谜语递给了他：“比利还把这个留给了纳塞里奥医生，让他转交给我。”

他快速浏览了一下。“这谜语出得不错。”他说，把它还给了我。

“你知道答案？”

“如果这是留给你的，我想他一定希望你可以凭借自己的力量找到答案。”

我将信将疑地看了他一眼，而他迎上了我的目光。“比利有没有和你说过，他为我策划了一场寻宝游戏？”

“没有，从来没听他说过。”

“那他说过为什么要把书店留给我吗？”

“你没收到那封信？”他面露惊讶。

“什么信？”

“比利去世后，我亲自寄出的信。”我想他说的一定是那个装有《暴风雨》的包裹。

“你是从什么时候开始为比利工作的？”

“我父亲曾是一名律师，15 年前他退休了，之后我便接管了公司。”以利亚的助理端着两杯温热的咖啡慢吞吞地走了进来，他尝了一口，面露苦相。“玛德琳！”他向秘书大喊，“这咖啡难道是昨天的吗？赶快帮我换两杯新的。”他伸手示意我把面前的咖啡杯递给他，“我不能用这个款待你。”

“你的父亲曾为比利做过哪些事？”我问，随即把杯子拿给他。

“一开始，他帮助比利处理了他妻子财务上的纠纷。在那之后，只要比利需要帮助，便会联系我的父亲。”

“纠纷？”

“嗯，好像是比利和伊芙琳父亲之间的纠纷。她是用父亲为她建立的信托基金购买普洛斯彼罗书店的，在她死后，他便跳出来以此为由争夺财产控制权。”

“普洛斯彼罗书店是伊芙琳的？”如此显而易见的事情我竟从未想到，我一直觉得比利开书店的行径有些诡异，不过话说回来，凡是与比利有关的事情，都十分奇特，有时甚至令人倾倒。

以利亚点点头:“比利对这家书店束手无策，于是伊芙琳的父亲便觉得他不配拥有这份财产。如果当初她提前写好遗嘱，就可以避免很多不必要的麻烦，但年轻人若不是家财万贯，谁会想到要留下遗嘱呢？你有遗嘱吗？”

“我又不是家财万贯。”我说。

“听我的，你应该立一份遗嘱，毕竟你现在拥有一家书店。”以利亚拿着两个杯子起身，并表示马上回来。我趁等待的空当重读了比利的谜语。“科学是一切生命的根基，我的生命尤其如此。我由纤维、肌肉和大脑组成。”“纤维”一词用了英式英语，是某种暗示吗？也许这句话出自某位英国科学家？赫胥黎、培根，还是达尔文？感觉都不是。以利亚只快速看了一眼便猜出了答案，很显然我错过了一些重要信息，和这道谜语有关的信息。谜语的真谛不过如此，它们其实非常简单，看起来很难的谜面不过是用文字巧妙地掩饰了它的简单性。我盯着“纤维”一词看了又看，直到它变成了奇怪的符号，变得毫无意义。每读一次，线索就变得愈加难以辨认，我只能把它放到一边，转移注意力，让自己暂时忘了它，这样才能以一种全新的思路再次面对它。

以利亚拿着一个文件夹和两杯咖啡回到了办公室。“可能还是有股喷气燃料的味道，但起码它是新鲜的。”他边说边递给我一杯咖啡，顺势坐在我身边的皮椅上，打开文件夹为我讲解，“趁现在有时间，我来为你详细介绍一下你接下来要面对的事情。”原来，他把书店过去两年的运营成本、销售记录、工资单和运费清单都打印了出来。露西娅和查理每小时的酬劳只有 13 美元，马尔科姆虽然拿固定月薪，却还没我这个私立学校的老师挣得多。“好消息是这处房产目前的价值已经远远超过了 20 世纪 80 年代购买时的水平，并且抵押贷款在两年半后才会到期，数额也小到可以忽略不计。另外，比利从来没有将二手书的数量录入到系统里，所以实际数量会有些出入。”

“坏消息呢？”

“在书店不景气的那段时间，比利卖掉了自己在帕萨迪纳市的房子，用这笔钱来支付书店的一些必要费用。我曾劝过他不要这么做，可他执意如此。虽然书店靠这笔钱维持了几年时间，但后来比利却不得不持续偿还信贷额度。我担心他留下了很多未偿还的债务，毕竟销售额已经大不如前了。”他翻到销售数据表这一页，尽管去年 12 月和今年初夏时的营业额大幅飙升，却仍入不敷出。而在淡季，尤其是 8 月份，营业额则呈大幅度下降趋势。

“书店不同于其他类型的零售业商店，你无法为了赚更多的钱而提高一本书的价格。一些珍本也许可以卖个高价，但这样的书毕竟少之又少。以前我一和比利说这些，他就采取逃避态度。”以利亚指向下一栏，“好在咖啡区是赢利的，但如果就指着卡布奇诺和杯子蛋糕，又能挣多少钱呢？”

“所以你的意思是……？”

“再这么下去，恐怕普洛斯彼罗书店的状况将变得惨不忍睹。如果你现在把它卖了，兴许在还清比利留下的债务后，手头还能有点富余。”

“可是，普洛斯彼罗书店已经开了……开了多少年了？”

“30年。我也不希望看到这样的结果。”听到这句话时，我的心情大概和比利当年听到坏消息时一样沮丧。见我面色凝重，以利亚特意补充了一句：“卖掉它不是你的错，大家不会怪你的。你可以拿着剩下的钱去夏威夷玩一趟，就当是舅舅送你的礼物了。”无论是劝我卖掉书店，还是建议我去夏威夷度假——安逸地躺在沙滩上，边品尝插着小雨伞造型搅拌棒的美酒，边为这个免费假期沾沾自喜——都代表以利亚并不像他以为的那样了解比利。他不会明白比利之所以把这家书店留给我，是因为他认定我不会把它卖掉，更不会让它变成一家鲜榨果汁店或银湖众多的精品店之一。

“我不会把它卖掉的。”我肯定地告诉他，“除非有人愿意把它买下，继续经营书店。”

以利亚把文件夹交到我的手中：“如果是这样的话，你最好尽快想出一个让书店赢利的方法，账户里的钱可以帮你撑到9月，再往后……”他不说我也早已心知肚明。

以利亚目送我出门时，我开口问他：“伊芙琳的财产纠纷后来是怎么解决的？”

“她父亲并没有一个充分的理由。即使这家书店是伊芙琳出钱买的，却仍然是夫妻共有财产，理所应当归比利所有。实际上，很多人会对遗嘱提出质疑，却没有充分的理由做出反驳。有些时候，这并不是钱本身的问题。这恰恰也是我们一直在努力追求的法律中‘好’的那一部分。除了遗嘱类的案子之外，离婚亦然。”走上大街时，他向我挥手告别，便转身回去了。

我往停车的地方走去，踢着散落在人行道上的长春花花瓣。虽然对财务一窍不通，我仍能感受到比利欠下债务的行为十分鲁莽。

走到车旁，我才意识到自己忘记了“蓝花楹法则”——不要把车停在盛开的蓝花楹树下。黏糊糊的紫色小花在风挡玻璃上落得到处都是，我打开了雨刷器，来回地清洁着玻璃，发出“嗖嗖”的声音，在刷过的地方留下一块块不透明的痕迹。我一边挤出更多的风挡玻璃清洗液，一边努力回想上一次我和妈妈关于普洛斯彼罗书店的对话。我只记得她当时提到伊芙琳很喜欢《暴风雨》，却并未提及她以《暴风雨》中的角色命名了这家书店。这绝不是一时疏忽，而是妈妈根本不想让我知道伊芙琳曾是这家书店的拥有者，就像爸爸不想让我知道她的真实死因一样。

我拿出手机，输入普洛斯彼罗书店的网址，打开它的官方主页，没有“关于我们”，没有任何搜索框和书籍推荐。只有一张书店外观的照片、营业时间（每天早 9 点到晚 7 点）、联系电话，以及书店的创建时间——1984 年。

普洛斯彼罗书店和伊芙琳的死是否有着某种关联？这和伊芙琳的父亲起诉比利有什么关系？以利亚为何如此轻易地解开了谜题？我需要一个倾诉的对象，一个除了体育赛事外，还沉迷于侦探剧的人。

“我只有一分钟。”这是杰伊接电话后说的第一句话。电话那边，一群青春期的男孩子对彼此大声喊叫，仿佛提高音量说话就更好玩一样。“他们马上就要跑完一英里了。听到你的声音我很开心。”

“可我还没说话呢。”我说。

“现在听到了，我很开心。你在干什么呢？”

“刚刚见过比利的律师，我们一起看了有关财务的……”

“泰勒！”他大声喊道，“别闹了！”声音在电话里格外清楚，“你刚才说什么？”

“比利的书店欠了很多钱，简直是一团糟。”

“泰勒，我不想让你在大家面前难堪，我刚刚已经提醒过你一次了！”他提高了音量，“对不起，米兰达，泰勒在捣乱。”

“他一直是个捣蛋鬼，一个聪明的捣蛋鬼。”泰勒也是我的学生，他喜欢坐在教室后排讲各种粗俗的笑话，论文的成绩却在班里名列前茅。“我现在也不知道该怎么办才好，如果有一天书店倒闭了，我一定会心碎的。”

“所以这周末你是不是回不来了？”

“你听见我说话了吗？我说我可能会关闭叔叔留下的书店。”

“也许这就是它的命运。”我听到他打了三下响指。

“能不能别这么说？”

“米兰达，我正在给孩子们上足球训练课，我们能晚点再说这事吗？”

“这件事对我非常重要，你能明白吗？”

“应该可以吧。我们晚上再讨论这件事好吗？我到家就给你打电话。”

“我现在就想听听你的想法。”我坚持道。

“怎么说呢……你以前从来都没和我提到过这家书店。”他的话给了我一记重击，就像一个巴掌打在了脸上，一拳直击到内脏。“听我说，孩子们马上就要跑完最后一圈了，我晚点儿给你回电话，好吗？”他直接挂断了。

雨刷器还在不停摆动着，一遍遍刷过被吹干的玻璃，发出刺耳的声音。这声音令人感到不适，就像指甲划过黑板或一具尸体被拖着游街的声音一样。我没有关掉雨刷器。杰伊是对的，我从来没有向他提起过普洛斯彼罗书店，在收到《暴风雨》的时候，甚至连我自己都没有唤醒对它的记忆。我从未问过妈妈她喜欢这部戏剧的原因，更没有将自己的名字与比利的书店联想到一起。我从来没有设身处地地替比利想过，没有意识到他在和我相处的那段时间里其实一直深陷在极大的悲伤中。爸爸妈妈在有意向我隐瞒与伊芙琳和普洛斯彼罗书店有关的一切，而从未对此表达过关心的我又有什么资格去揭开他们的秘密？

杰伊对我的看法也许是正确的，而对普洛斯彼罗书店却不尽然。我想要的答案不是耸耸肩，用轻松的口气说：“没关系，天下没有不散的筵席。”杰伊不明白书店对于我的重要性，也不会明白。只能说，助我一臂之力解救普洛斯彼罗书店的那个人，不是杰伊。

7

在我离开的这段时间，书店咖啡区的客人来了又走，只有编剧雷还镇守在原地，忠诚地遵循着朝九晚五的工作时间。几个年轻女孩坐在另外几位作家常坐的位置上边喝摩卡拿铁，边大声攀谈。我大概计算了一下，如果一杯咖啡的售价是 5.5 美元，那么书店可以从这些年轻女孩和打发午后时光的客人身上赚走多少钱？咖啡区确实处于赢利状态，但正如以利亚所说，仅靠出售拿铁和蓝莓司康来维持整个书店的生计是远远不够的。

我坐在一张空位上，打开以利亚给我的文件夹，再一次浏览着书店的财务报表。我不确定自己具体想找到什么，也许只是想寻找能为书店带来一线生机的可能性。几乎每一页报表的末尾都呈现赤字状态，假期前后亏损 2000 美元，8 月份情况最坏，亏损 8000 美元。即使是节日扎堆的时候，普洛斯彼罗书店的业绩都十分萧条。

我的电话振动了一下，杰伊发来了信息，是一头驴的照片，旁边的对话框中写着：好一个笨蛋[1]！当我还在想该如何回复他时，手机上又弹出了一条信息："你可以发自内心地原谅我吗？"

1　原文"ass"有"驴子"和"笨蛋"的意思，这里一语双关。——译者注

我回复他:“你费那么大劲找来这张图逗我笑，我怎敢拒绝？我不确定这句话的语气是否可以通过短信正确传达，也不确定他是否足够了解我，可以凭直觉感受到我虽接受了道歉，但还是想讽刺他一下。于是我赶快补发了一条:“早就原谅你了。”

在比利的葬礼上见过的那位戴双光眼镜的老者此时就坐在我旁边，他边用手帕擦着镜片，边哼着小曲。这首歌的旋律轻快而活泼，不像之前他在葬礼上唱的那首那般凄凉。他留着白色的山羊胡子，戴着金属框架的眼镜，脸颊上布满了断裂的毛细血管。他完美呈现了一位上了年纪的古怪知识分子应有的样子，很符合比利交朋友的标准。

我向他介绍了自己，表示自己是比利的外甥女。他自我介绍，说自己是霍华德博士。

“我喜欢你在葬礼上唱的歌。”

“恐怕我已经有点想不起来了，一个地方只要有威士忌，便会有我不醉不归的身影。”霍华德博士轻轻拍了拍自己的头，然后在笔记本上草草记下几行字。

“你和我的舅舅走得很近吗？”我提出疑问。

“他教会了我科学的艺术，而我则教给了他诗歌的艺术。我们对对方擅长的领域也许只是一知半解，却拥有源源不断的热情。”

我合上了文件夹。“你还记得比利最喜欢哪本科学类的书吗？与肌肉系统或肌肉纤维有关的，解剖类的也行。”

“解剖学对我们的比利来说简直太无聊了，他曾给过我一本查尔斯·里克特[1]的传记，只可惜我觉得它无聊透顶。”查尔斯·里克特的传记听起来与肌肉、纤维、不同常人的身高没有半点关系，更别说是《暴风雨》、《简·爱》和《爱丽丝梦游奇境》了。这三本书是举世闻名的文学巨著，几乎无人不知、无人不晓，相比较之下，地震学家的传记就不那么有名了。

“你是从什么时候开始来这家书店的？”我问霍华德博士。

他掰开手指头数了数：“10 年总有了吧。”

“那么……你认识书店最早的主人吗？”

“李？”

“不，是伊芙琳，比利的妻子。”

“比利结过婚？”霍华德博士捋着自己的山羊胡子若有所思，“‘因为月亮的每一丝清辉都勾起我的回忆，梦里那美丽的安娜贝尔·李；群星的每一次升起都令我觉得秋波在闪动，那是我美丽的安娜贝尔·李。’”

“好美的诗，”我情不自禁地感叹，“这是你写的吗？”

“你太抬举我了。如果你连安娜贝尔·李都不知道，恐怕也从未尝过爱的滋味。不过别担心，你还年轻。”见我面露尴尬之色，他轻声笑了，“亲爱的，这是坡的一首诗，”他解释道，“埃德加·爱伦·坡。这是一首他为深爱的妻子、美丽的安娜贝尔·李而创作的挽歌。”

美丽的安娜贝尔·李，美丽的伊芙琳·温斯顿。霍华德博士了

1 查尔斯·里克特：美国物理学家、地震学家。——编者注

解比利，知道比利心底最大的热爱并非科学，然而他不了解的，却是比利深爱的伊芙琳。此时，我想到了一个人，他在普洛斯彼罗书店工作，想必与比利交情匪浅；他还在比利的葬礼上读了诗，想必对比利的喜好了如指掌。这个人也许会知道那个在森林草坪纪念公园，与比利并肩而眠的女人的故事。

马尔科姆和我早上离开时看到的样子差不多，仍然捧着一本书专注地读着，几乎没有变换姿势。我从霍华德博士桌旁起身的时候，椅子不小心往前滑了一下。我向博士挥手道别，他冲我挤了一下眼，随后拿起桌上的一本精装书看了起来。我抓起文件夹向前台走去，是时候弄清楚马尔科姆到底在隐瞒什么了。

当我把文件夹扔到桌子上时，他吓得从椅子上弹了起来，就好像是我偷袭了他一样。

“如果你能成功说服接下来走进书店大门的10位客人各买一本书，我就给你涨工资。”我微笑着说。马尔科姆并没有嘲笑我的提议，而是大声咳嗽着，我这才意识到他的目光中充满了不安。

“你是对每一个人都疑神疑鬼？还是只针对我？”

“我想可能只针对你吧。”他的语气并不那么戒备，却也不太友好。他合上了那本看了一上午的样书，把它放在收款台下面，然后双手合十，靠在桌子上，似乎已经为接下来要发生的事情做好了准备。

“比利和你提起过伊芙琳吗？”我直奔主题。

“哪个伊芙琳？”他不动声色地盯着我。看来，他很擅长面无表情。

“伊芙琳·温斯顿。”

他耸耸肩，似乎在表示自己对这个名字毫不熟悉。我有些动摇，也许马尔科姆真的没有听说过她？毕竟连这家书店的元老级客人霍华德博士都从未听说过这个女人。不过，从马尔科姆不安的小手势和每一次看到我时都会流露的惊讶表情中，我可以看出，就算不认识伊芙琳，他也一定向我隐瞒了一些事情。

“比利以前在书店里策划过什么游戏吗？比如寻宝游戏？或是一些互动性较强的活动，猜谜之类的？”

“据我所知没有。为什么这么问？”他继续用那双大眼睛审慎地望着我，虹膜犹如宝石一般，光线照得它们熠熠生辉。一种动物的本能开始作祟，直觉告诉我不可以把比利交给我的任务告诉他。

“随便问问。”我打开文件夹，向他展示书店的财务情况。他用手指滑过这些数字，包括月毛利率、占用费、运作成本和页尾处被标成红色的净收益额——以目前的情况，还是叫“净亏损额”比较恰当。

“现在的情况非常糟糕，你知道吗？”

马尔科姆捏着拇指上一块脱下的皮：“比利从没给我看过这些。”

“你不是店长吗？”

“基本上，我只负责书店的日常事务，比如订购图书、会见销售代表、盘点库存、确保咖啡区符合卫生标准，而比利则负责钱的部分。”他用力拉扯着手指上那块松掉的皮，直到扯下了一小块肉，冒出血来。

“订购图书时，比利给过你预算吗？”

“我们会先买几本，如果在书店卖得好，便从批发商那边多预订一些。”他吸掉手指上的血，发现我在盯着他看，把手藏到了桌子下面。

“可你们哪有这些闲钱买书呢？”

“书款一般在一到两个月后支付就行，有时候可以拖三个月；如果销量不好，直接把书退回去就可以了。”

“退回去的书需要自行支付邮费吧？”

“对，是要花钱的。”马尔科姆把文件夹拉到面前，凑过去仔细端详着这些数据。“这些表是那个律师给你的？这些年来，他一直逼着比利关掉书店，你不要相信他说的话。”

“他唯一的目的就是提供建议。”我试图说服他。

“他是个目不识丁的，为两个钱折腰的雇佣文人。”

“律师是玩文字游戏的专家，你知道大部分律师的梦想职业是什么吗？作家。”

“离婚律师除外，那些家伙会榨干你身上的最后一分钱。”

“所以比利为什么选择相信他呢？”

“因为想要让比利放弃一个人真的很难。”马尔科姆的表情变了，突然充满了歉意。就算他不认识伊芙琳，也一定知道比利放弃的那个人是谁。他知道我的存在。“继续和他合作比找一个新律师容易多了，他们就像恶魔一样。”他试着将情绪平复下来。

“只是你觉得像吧？”我说。

马尔科姆放弃了对话，转身面向电脑，开始处理书店的相关邮件。我不明白他为什么会故意装出一副对比利的过往一无所知的样子，也不懂他为什么总是用一种高高在上的态度面对我。我仿佛置身于一场权力的斗争中，需要时刻注意他的一言一行。就算别无长处，教师生涯至少教给了我何为团队精神，何为协作。书店似乎是一个可以将团队精神体现得淋漓尽致的地方，尤其是这样一家被大家热爱着的书店，我相信没有人会忍心看着它分崩离析。

我留下了那个文件夹，希望在我离开的时候，马尔科姆可以仔细看看这些报表，意识到书店面临的危机。我对书店的了解十分有限，不知道怎样才能将它从危机中解救出来，所以非常需要马尔科姆的鼎力相助。然而在我临走前，他仍然紧盯着巨大的电脑屏幕，完全不理会我故意打开的文件夹，我不确定我们是否真能合作。

回父母家的路很畅通，却让我感到无比漫长。进门后，妈妈正坐在沙发上看网络节目。

“米兰达？”妈妈似乎没想到我会在这时回家，她按下暂停键，节目定格在一个迷人的实验室科研人员俯身看向显微镜的画面上。她起身走向厨房，经过我身边时掐了一下我的胳膊。“我去给你弄点吃的。”

我坐在厨房桌台边的高脚凳上，看妈妈切青椒和黄瓜。

“爸爸呢？”

“他还能去哪儿？”她抬起下巴往车库的方向扬了一下，那里现在是爸爸的木工车间，紧闭的大门里传来持续不断的锯木声。

妈妈专注地盯着切黄瓜的刀刃，而我则默默看着她美丽平静的脸庞。这是一幅岁月静好的家庭生活图景，好像我并没有刚刚从她已故好友的书店中回来。

“为什么你没告诉我普洛斯彼罗书店是伊芙琳开的？”

妈妈抬起头，困惑不解：“咱们上次不是讨论过这件事了吗？”

“你只说她给书店起了名字，压根儿没提是她开的。”

“我不是故意的。”她把切好的黄瓜片摆进盘子里，然后从冰箱里拿出一只装着酸奶蘸料的盒子，“我在里面放了你喜欢的小茴香。”她挖出一勺蘸酱放在盘子里，拿到我面前。我在妈妈的脸上寻找谎言的痕迹，然而她仍是那副一成不变的样子，充满耐心与慈爱，美丽的外表永远胜我一筹。面对马尔科姆的时候，我也会产生同样矛盾的情绪：直觉告诉我过去的确发生过一些事，但我又很想相信摆在眼前的一切。我虽然一直选择相信妈妈，却至今没有勇气告诉她比利为我留下的寻宝游戏。既然她选择了逃避，我也只能以同样的态度作为回应。

“书店的状况比较糟糕，财务方面一塌糊涂，我不知道该怎么办才好。”

“你不准备把它卖了？”她对此表示惊讶。

“我没办法这样做，这是比利留给我的东西。”

“宝贝，你不要这样想，这对你来说太不公平。”

“放心，我不会把工作辞了的，更不会眼睁睁看着书店破产。”

她封好酸奶蘸料的盖子：“你收拾不了比利留下的烂摊子，相信我。”她把盒子放回了冰箱。

“这话是什么意思？”我问。

“没什么意思。”妈妈转身面对着我，“我今天真的太累了，我的助理搞错了日程安排，今天预约了两个客户，导致我一整天都手忙脚乱。”她拿起遥控器，按下播放键，“我需要休息，好吗？”

第二天她仍表示自己过得很辛苦，和前一天一样筋疲力尽。第三天她感到头痛欲裂，再之后又是不堪重负的一天。就这样，在我连续回家的四个晚上，见到的都是妈妈呆望着电视机的背影。我受够了，我无法以这种方式继续忍耐她的秘密，更无法忍受她对自己或我的悲伤视而不见。

“你真的要搬走吗？在家里你还可以住原来的房间，这样不好吗？”当我告诉妈妈准备搬到琼妮家住时，她提出疑问。

“每天从西边开车到东边太浪费时间了，住在那儿会方便一些。”

“琼妮不是和男朋友一起住吗？你突然跑过去会不会打扰人家的二人世界？”

“苏珊，”爸爸打断了她，“孩子愿意去住，你就别管了。”

“我会回来参加周日的烧烤聚餐。”我向她保证。

“你准备在那儿住多久？”妈妈继续问。

“我也不确定，没准儿一到两周吧。我想在 4 号之前回费城。”很多情侣都对第一个共同度过的情人节期待不已，也有些情侣更看重新年或圣诞节，但对我来说，美国独立纪念日[1]就是我的情人节。这一天，我们可以坐在艺术博物馆台阶下的草坪上，手拉着手观看烟火表演，然后在温暖的夜色中回到属于我们的小公寓，途中可能会遇到很多喝了太多美国啤酒、吃了太多热狗的狂欢者。尽管 7 月

1 美国独立纪念日：每年的 7 月 4 日，也是美国的国庆节。——译者注

4 日能成为美国的生日实属偶然——它并不是签署或通过《独立宣言》的日子，但我仍深爱着这一天，尤其喜爱在费城度过这个盛大的节日。

“好吧。”妈妈勉强挤出一丝笑容，“咱们家的大门随时向你敞开。”

收拾行李箱时，妈妈来到了我儿时卧室的门口，倚在门边看我叠一条背心裙。

“要是在琼妮那儿睡沙发不舒服的话，你随时都可以回来，我们会为你一直留着这间卧室。”

“如果沙发睡得不舒服，我就搬去书店楼上住了。”我把叠好的裙子仔细放在已经打包好的其他衣服上，“书店楼上有一间公寓，比利原来就住在那儿。”

“比利住在书店楼上？现在你也要去那儿住？”

“因为挺方便的。”我没敢告诉她每当我走进那间公寓时，都有一种脊背发凉的感觉。这一半是因为比利直到去世都一直住在那里，但最主要的原因其实是那张伊芙琳的照片，我总觉得她那诡异的美貌会逼着我面对比利不为人知的另一面。

“你到现在都没放弃这家书店吗？”妈妈问我。

“先找到一个值得信任的人再说吧。”

“你要记住自己还有一整个人生要过，我不希望看到你孤注一掷，将好不容易建立起的生活毁在这家即将完蛋的书店上。”她离开前拍了拍门框，“周日见，好吗？”她微微一笑，仿佛刚刚那句略带威胁的话不是从她口中说出的。

琼妮和她的男朋友近期刚搬到一间小木屋，距离普洛斯彼罗书店大约一英里，位于水库旁的山上。他们租住的小屋与房东家之间隔着一片无花果树林，琼妮表示只要我需要，可以一直住在这里。如果现在她仍是单身，像以前一样独自蜗居在西好莱坞，我可能会毫不犹豫地在她家一直住下去，但现在租住的地方对两个人来说都已很小，更不用说住三个人了。除此之外，他们二人正处于甜蜜期，无时无刻都要亲吻对方，哪怕在进出房间时碰到彼此也不例外。他们还没有为谁看电视谁洗碗这种琐事而烦心。

说实话，我很羡慕他们现在的状态。我和杰伊只能分处两岸，在百忙之中抽空发短信给对方。有一次，我们好不容易抽出了时间，终于可以打一通电话时，杰伊已经昏昏欲睡，而我则站在琼妮和克里斯家门外的走廊上，在寒夜里瑟瑟发抖。我们一起回忆了去年国庆时独立大厅外的草坪野餐、云杉街海口公园的滚球游戏，以及当天晚上演唱会的明星阵容。那是我们在一起的第一个夏天，有潮湿的夜晚、漫天的萤火虫和一起创造的美好回忆。杰伊没有问起普洛斯彼罗书店，也没有提起比利。当然，我也没有问他对“纤维”“肌肉”和“大脑”有什么想法，没有告诉他书店目前的财务状况，希望他的经济学背景能够派上用场。当然，杰伊学习微观经济学已经是很多年前的事情了，而从前的他也谈不上是个好学生。听说我还站在门外，杰伊说想要在我感到寒冷时抱住我，帮我取暖，我安慰他我们很快就能见面了，然后就可以在费城热得让人汗流浃背的天气下拥抱彼此。

第二天，琼妮很早便起床为舞台剧《三姐妹》的试镜做准备。

她画了浓重的黑色眼线，挑了一件纯天然纤维材质的宽松米色连衣裙。

“你确定要穿得这么素？不加点颜色吗？”当她站在镜子前，来回踱步端详自己的装扮时，我提出疑问。

“相信我，自然的就是性感的，绝不能让人看出用力过猛。”琼妮拿起装得满满当当的背包——从小到大她每一次出门，包里的东西都多得像是要去度假一样。我陪她走出门。早晨的空气清新宜人，阳光从薄雾中穿透而出，投射在无花果树林里，蚀刻出黑色的影子。回洛杉矶这么多天，这好像是我第一次感受到这里清晨散发出的淡淡花香和胡椒味。

“晚上我请你们吃饭吧，就当是感谢让我留宿了。”我提议，心想也许可以借此机会告诉琼妮关于比利的事情。

“我得去帮珍妮，她好像卖了一幅油画还是什么的。”琼妮的另一个姐妹叫杰姬。琼妮、珍妮和杰姬，她们三姐妹的名字看似差不多[1]，却并非有意为之。我想她们的妈妈对待取名并不太认真，连为自己的三个孩子取几个可以区分得清的名字都如此缺乏想象力。

“那明天呢？”

“明天晚上克里斯不上班，我们准备去约会。”她握住我的手，“别着急，咱们有的是时间叙旧。”琼妮走向汽车时顺着无花果树的树根玩起了跳房子，突然她停下来，回过头问：“哦，对了，我忘了

1 琼妮（Jonie）、珍妮（Jenny）和杰姬（Jackie）三个英文名字的拼写和读音都十分相似。——译者注

和你说，我还记得小时候帮你制订‘公交车逃跑计划’的事，但真的忘了书店原来就在银湖。”

“你去过普洛斯彼罗书店吗？”

她慢慢摇了摇头：“只可惜我忘了书店的名字……”

“没关系，琼妮，这不是你的错。”

她郑重其事地低下头，苗条的身影消失在无花果树后。她没有义务记住普洛斯彼罗书店，更没有义务记住比利。

云层逐渐消散，白天的气温也随之升高。我简单收拾了一下，准备出发前往书店。山脚下，水库在阳光的照射下波光粼粼，旁边的狗狗乐园里，几个有几何图案文身的男人坐在一起抽烟聊天，他们的小狗在开阔的空地上追逐打闹，好不惬意。一排栏杆将银湖大道与水库隔开，我随意靠在上面，任飞驰而过的汽车带来的风吹乱我的头发。

我从兜里拿出那张写着谜题的纸。

> 科学是一切生命的根基，我的生命尤其如此。我由纤维、肌肉和大脑组成，身高8英尺，强健有力，拥有乌黑的浓发和珍珠白的牙齿。然而，如果失去了这些外在的光鲜，我没有一点儿吸引力。

我清空思绪，将之前所有的假设抛到脑后，尝试像第一次见到这道谜题一般，把它又读了一遍。“纤维、肌肉和大脑”，这句话蕴藏着某种深意。我用谷歌搜索“著名解剖学家”，达·芬奇的名字映入眼帘。难道比利指的是《达·芬奇密码》？这本书确实广为流传，却与前几本经典小说格格不入。

狗狗乐园里一个男人大声说笑的声音打断了我的沉思，他边和身边的人开着玩笑，边用帆布球鞋将烟头踩灭。我想得太多了，却不知该如何收回思绪。我把谜题塞进钱包，继续往普洛斯彼罗书店的方向走去。

不知不觉，我每天来普洛斯彼罗书店报到已有一周时间，慢慢摸索出了它的经营规律，却还没猜到比利指引我找出的下一本书。书店的运营节奏与太阳的起落一致：中午之前，六月阴霾让店里乏人问津；午后，随着气温的升高，店里开始变得熙熙攘攘；随着夜幕的降临，人潮慢慢散去，一切又回到了早晨时的状态，直到第二天周而复始，重新来过。这里的生活是如此规律，和我印象中比利的日常生活大相径庭。

马尔科姆像接纳一只流浪猫一样逐渐接纳了我。流浪猫虽非家养，却也不会带来多大伤害，当它决定要留下的时候，你是无论如何都无法把它赶走的。你只得卸下心防，留下一些牛奶在门口给它充饥，并祈祷自己不会染上狂犬病。马尔科姆就是这样，他除了每天早上打招呼外，其他时间都会刻意和我保持距离。我渐渐开始在午休时替他值班，外出和销售代表见面，这时他才会对我简单地说上一两个字，譬如：一会儿见，谢谢，马上回。在和马尔科姆朝夕相处的这段时间里，我认真地研究了书店的销售终端系统，自学了如何在存货清单中找到那些我闻所未闻的回忆录和从未读过的小说。在经历了一次次失败的刷卡机使用体验后，我终于可以独立帮助客户刷卡结账。一周后，无论顾客选择现金还是刷卡付款，我都能自如应对，尽管这对书店的亏损来说只是九牛一毛。马尔科姆和我都选择对书店的财务问题闭口不谈，直觉告诉我，他会持续对此事采取逃避态度。只要我们一天不谈论这个问题，书店就会像什么事都没有发生过一样照常营业，电灯照开，薪水照付，债务在不知不觉中累积得越来越多，直到某天我们不得不去面对。距离 9 月底还有三个半月的时间，感觉还遥遥无期，但时间总是会在我们松懈的时候神不知鬼不觉地靠近，像一个等待行动的刺客。

我几乎在每一个夜晚都无法安然入眠，只能静静躺在琼妮家客厅柔软的沙发上，听远处直升机的声音，或是偶尔从山坡上传来的呼啸而过的汽车油门声。我试着想象“珍珠白的牙齿”“乌黑的浓发”。琼妮几乎每天晚上都会去参加私人俱乐部的派对，那里总有名人出没，所以不能用手机。琼妮每次邀请我与她同行时，我都委婉地拒绝了。我受够了那些“虚伪的交际一族”，和他们相处会让我感到浑身不自在。昨天深夜，我还听到琼妮的男朋友克里斯下班回来后蹑手蹑脚开门进屋的声音，由于我占用了他们的客厅，他只能摸黑在厨房里找点吃的果腹。也许我不该过久地打扰他们的二人世界，但一想到回家后不但要面对父母死守的秘密，还要和他们进行避重就轻的对话，我就充满了抗拒。我更不想住在比利的公寓，整日和那个未曾谋面的女人的魂魄为伍，更何况只要一走进那个房间，我便会想到那道迟迟未能猜出的谜题，这让我深深地感受到了自己与比利之间的距离。

待在普洛斯彼罗书店时，解谜的事情也没有任何进展。我在书架之间来回踱步，面对着成百上千本书的书脊，却没有抽出任何一本。我听到马尔科姆在尝试说服两个年轻女孩掏钱购买《向伯利恒跋涉》和《冰箱里的灯》，我凑近了一些，心想也许他们的对话会对解谜有所帮助。女孩们嚼着口香糖，认真却懵懂地盯着他的脸，就仿佛他说的是古希腊语似的。

“有没有好玩点儿的书推荐？”其中一个女孩忍无可忍，打断了他的话。

马尔科姆没有放弃，做着最后的挣扎，为琼·狄迪恩（她的论文会不会讨论了“珍珠白的牙齿”？）和苏珊娜·凯森（她笔下精神病院里的女孩褪去外在光鲜后，会“没有一点儿吸引力”吗？）[1]勇敢辩护。说实话，我完全没听懂他在说什么，更别提那两个女孩了，她们像看着某种外来生物一样看着马尔科姆。最终，他选择缴械投降，拿出一本《饥饿游戏》。

“天哪！我爱这部电影！”两个女孩兴奋地击了掌。

“原著比电影更好看。”他郑重承诺。

“你不能着急，要慢慢来。”两个女孩走后，我向马尔科姆提议，“你不能指望她们一下学富五车，她们还只是青少年呢。”

当一名送货员推着几大箱书走进书店时，马尔科姆把我叫到前台：“这些书可能对你有所帮助。”

1　琼·狄迪恩：美国随笔作家、小说家，《向伯利恒跋涉》是她的论文集。苏珊娜·凯森：美国女作家，代表作《冰箱里的灯》曾被改编为电影《移魂女郎》，讲述了少女凯森在精神病院里的心路历程。这里米兰达为了猜谜，胡乱猜测这两位作家会不会与谜题有关。——编者注

他打开了其中一个箱子，里面放满了保存完好的二手精装书。

“这些都是比利订的书……我们不会将它们录入到系统中，而是直接存放在库房。”马尔科姆把箱子搬到柜台里面，然后示意我来到艺术类书架前，“比利好像天生就有发现值钱东西的本事，”他从“洛杉矶装饰艺术”区抽出一本精装书翻阅起来，“这本书是 3 美元买回来的。”而书上的价签显示它正以 25 美元的价格打折出售。马尔科姆向我滔滔不绝地讲述比利的商业头脑时，我感觉到他正在逐渐卸下心防，从潜意识中开始相信我了，最起码他愿意和我念叨那些与比利有关的琐碎往事。

他又抓起一本二手的《裸者与死者》。“也有些时候他会单纯因为喜欢一本书的名字，或与卖书人聊得投机而买下书。并且，我们只会购买保存良好、几近全新的书籍，虽然它们看起来和新书还是有些区别，但也绝不会破旧得像从其他书店偷来的一样——真的有书店会这么做哦！我们普洛斯彼罗书店绝对不会。”他的脸上写满了自豪。

我翻开了这本诺曼·梅勒的小说，想在里面寻找一位身高 8 英尺的人物，却发现了贴在版权页顶部的售价标签。

“一本二手书卖十几美元？”我问。

“嗯，加上税以后是 11.10 美元，11 月 10 日正好是梅勒逝世的日子。如果是涉及宗教的书籍，比利会将其定价为 6.66 美元[1]，将政

1 “666”被基督教徒称为“魔鬼的数字”，甚至比“13”更加令人厌恶。在《圣经》中，“666”是魔鬼的代号。——译者注

治类书籍定价 9.11 美元[1]。如果有人能在买书时猜到他定价的用意，他便会分文不收，大方地把书送给对方。”

我们走回前台，马尔科姆从箱子里取出另外 5 本精装书，然后把空箱子递给了我。“大部分二手书都在二楼仓库，如果你想找点事做，可以上去看看，顺便拿几本已经卖完的新书下来。”

“那岂不是要弄很久？”我问他。

“是的。”他笑了。我试图把他邀请我免费劳动的行为理解成他想与我一起共事，但他可能只是不想让我无所事事。

“不要再免费送书了。”我边搬着箱子上楼，边对他喊道。

我在仓库的柜子里找到了那些二手书，它们和其他复刻本放在一起。我在普洛斯彼罗书店这一周的时间里，这些书从来没有被拿下去过。这里的空间几乎全部被占据，各种闲置的书籍把书架挤得满满当当。我既没有看到任何一本与科学家有关的书，也没有任何可以让我高呼“尤里卡”[2]的意外发现。

按理说，我早就应该找到下一条线索了，我早就该发现科学、纤维和 8 英尺身高的意义为何。比利这道谜题的答案一定就藏在普洛斯彼罗书店的某个角落，然而书店本身就像个迷宫，这里有太多没有售完的书，而下一条线索可能就隐藏在任意一本里。

一周的时间很快过去，是时候从琼妮的小木屋中搬出去了。如

1 此处的 9.11 美元影射了“9 · 11”恐怖袭击事件。——译者注

2 尤里卡（Eureka）：意为“我找到了”。古希腊时期，阿基米德在澡盆里发现浮力原理后，喊出的第一个词便是“Eureka”，从此它便成了做出重大发现或意外找到难题答案时可以高呼的一句话。——译者注

果我不先开口，琼妮是永远都不会主动提出这个要求的。不过，我还是感觉到了她和克里斯之间因此事而产生的紧张气氛，甚至还听到了他们关起卧室门低声交谈的声音。每一次走进比利的公寓，我都有一种被监视的感觉，觉得好像会有什么东西，甚至某个人从阴影里突然跳出来一样。我只能安慰自己，住在那里可能会让我克服对比利的过去产生的恐惧，没准还能帮助我把谜题揭开。至少我是这么希望的，毕竟我已别无选择。

琼妮帮我把行李箱拖上咯吱作响的楼梯，搬到比利的公寓门口，我们在门外喘着粗气稍做歇息。

“准备好了吗？”琼妮问。

我深吸一口气，打开了公寓的门。顶灯发出的嗡嗡声在空荡荡的客厅里回荡。

“这地方简直太棒了，”琼妮来回端详着皮沙发和红木书桌，“让你一说，我还以为这里会像个陈旧的地下室呢。”

“今天你能陪我住一晚吗？可能你会觉得我有点蠢，可是我今天真的不敢一个人睡在这里。”我紧咬下嘴唇，等着她答应我的请求。

琼妮捏了捏我的胳膊：“你知道吗？我的旅行袋今天正好就在车里。”说罢，她飞奔下楼，不一会儿便带着她外祖母亲手用钩针编织的阿富汗毯子、一个小行李袋和一罐火山泥面膜赶了回来，我还记得高中时我们经常偷用她妈妈的这款面膜。

我心怀感激地抱住了她：“我有没有告诉过你，你是我在这个世界上最爱的人，没有之一？”

“从我记事以来就一直记得。”琼妮把阿富汗毯子铺在比利的皮沙发上，大面积的绿色使整个房间瞬间变得柔和起来。这个地方看起来仍然不像我的，但至少也不那么像比利的了。

我们换上了睡衣，坐在沙发上吃着泰国菜外卖，好像又回到了以前一起玩耍的时光。在琼妮和克里斯、我和杰伊同居之前，我们会聊天到天亮，讨论工作中遇到的不公平待遇，谈论我们的身体随着年龄增长而发生的变化，八卦那些出人意料一鸣惊人的高中同学，畅想着要一起游览这世界每一处遥远的地方，等等。这些开心的画面几乎（只是几乎）让我忘记了那间隐藏在大门紧闭的卧室里的一切，尤其是梳妆台上的照片。

琼妮一边哼着歌，一边从外卖盒里扒拉出一块鸡肉来。

“你在这儿一点都不觉得害怕吗？”我十分好奇。

“害怕什么？这些昂贵的家具吗？我只是觉得这里有点太干净了，让我有点不太自在。这里没有其他灵魂存在，否则我会感觉到的。”

“你现在是什么？灵媒琼妮吗？”

“不，我是天真无邪的琼妮。”她已经很久没有这样笑过了，这段时间来我第一次看到她发自内心展露笑容，“我得到了伊莉娜的角色。”说起这件事时，琼妮整个人都在发光。伊莉娜是《三姐妹》中最小的妹妹，饰演她两位姐姐奥尔加和玛莎的将是两位知名女演员。在她看来，这部舞台剧的导演是一个“很有远见的人”。“我有预感，这部剧将会大受欢迎。”

“太棒了，琼妮。”我的语气好像不够热情，于是我又补了一句，“我为你感到激动。”好像还是有些平淡。每一次当琼妮与我分享好消息时，我都会不自觉地有这种感觉——当她考入表演学校时；当她遇到克里斯，尔后二人同居时；当她开始花更多时间陪伴姐姐们时——我花了很长时间才肯承认，这是一种对“在她前进的步伐中没有我”的嫉妒心理。

琼妮嘴边挂着吃了一半的面条，沉浸在普罗左罗夫姐妹和契诃夫的世界里无法自拔。我只想让她静静地陪着我，在比利的公寓里，在他的谜题里，在他日益曝光在我面前的琐碎生活细节里，而琼妮美妙的白日梦却完完全全地将我隔绝在外。我起身走向比利紧闭的卧室，在门前犹豫了几秒后，我深吸了一口气，拧开了门把手。

距离我上次来到这里已有一周的时间，霉味比上次更浓了一些。路灯柔和的光线勾勒出家具的轮廓，在几乎全黑的情况下，这里看起来就是一间普通的卧室，毫无特色，没有个人印迹。虽然我知道没什么可害怕的，却还是起了一身鸡皮疙瘩。我鼓起勇气走向梳妆台，迅速抓起那张照片，然后以最快的速度冲出了房间。

“这是伊芙琳。”我把照片拿给琼妮看，简单讲述了一下我所知道的与伊芙琳有关的信息：在我出生前，她曾和比利结为夫妻，不久因突发急病去世，她从幼儿园开始就和妈妈是闺密。

“她太美了。”琼妮感慨，“以前怎么都没听你说起过她？”她的声音有些尖锐——看来不只是我，她也会因为害怕失去我而充满不安。我们之间的区别是，我从未将自己束缚在自我的世界里，至少我不想这样。

我找到钱包，把谜题拿出来递给琼妮。她像拆礼物一样小心翼翼地打开这张纸，生怕把它撕坏了。

“科学是一切生命的根基，我的生命尤其如此。我由纤维、肌肉和大脑组成，身高 8 英尺，强健有力，拥有乌黑的浓发和珍珠白的牙齿。然而，如果失去了这些外在的光鲜，我没有一点儿吸引力。”她念完谜题，脸上写满疑惑。

“这是比利的医生交给我的。”我本以为她会再次质问我为什么不早点儿向她寻求帮助，但很显然她已经迷失在了这道谜题里。

琼妮把手放在下巴上，在房间内来回踱步，就好像在表演一个陷入沉思的年轻女人。“‘珍珠白’一定意味着什么，‘8 英尺’也是。”她把胳膊径直举过头顶，“8 英尺有这么高吗？只有超人才会这么高吧？”她高举双手，绕着房间磕磕绊绊地走着，试图模仿一个拥有非同寻常身高的人。她的双腿僵直无比，如同没有膝盖一般。看着她沉重而缓慢地行走的模样，一个念头闪现在我的脑海里：一个拥有异于常人身高、超人般的人，一个由科学创造出来的人——或者更确切地说，一个由科学创造出来的生物。

我起身飞奔下楼，打开所有的灯，琼妮紧跟其后，也跑了下来。夜晚的书店和白日里有所不同，在没有自然光的情况下，看起来几乎是荧光绿色的。我在经典区寻找以“S”打头的书[1]，未果，又去文学区找了一下，也是一无所获。

“米兰达，是什么？”琼妮问，“你想到什么了？”

我顾不上回答，冲到桌子后面，反应迟钝的电脑发出嗡嗡的启动声，我等待着屏幕从沉睡中苏醒过来。紧张导致我在内部搜索引

---

1 S 是“Science”（科学）一词的首字母。——译者注

擎中输入书名时一直出错，老是多打了某个字母，不得不删掉重新输入。

“《弗兰肯斯坦》！在科幻小说区！”我激动地对琼妮大喊，她快步冲到那个书架，拿出一本光亮的黑皮书。封面上几行醒目的白色大字写着“弗兰肯斯坦——现代普罗米修斯的故事”和“玛丽·沃尔斯通克拉夫特·雪莱”。琼妮靠在我的身上，我打开了这本小说。

8

从银湖开车到加州理工学院大概需要20分钟。两个学生坐在库克博士办公室门外的走廊上，腿上放着打开的课本。

“库克博士在吗？”我问离办公室大门最近的一位学生。

“那边排队。”他的视线并没有从课本上移开。

我走到队尾，在几个神情认真、脸上刮得干干净净的男孩身后坐了下来，再次翻阅雪莱夫人的这本经典之作。我从高中后就没再看过《弗兰肯斯坦》，几乎已经忘了这本小说中对弗兰肯斯坦的描写与大众想象中的他有多么不同。我们总以为书中的怪物是弗兰肯斯坦，这似乎也很合理，毕竟维克多·弗兰肯斯坦才是小说中真正的怪物[1]。其实一开始，他只是一个儿子，一位兄长，一个因母亲的死亡而深陷悲伤的男人，直到有一天他听了一场与现代科学奇迹有关的演讲，这无疑成了鼓舞，哦不，毁灭这位年轻科学家未来大好人生的导火索。

我是通过小说第五章内夹着的一张与库克博士有关的传单找到

---

1 在小说中，弗兰肯斯坦是一位痴迷于科学实验的学生，在实验室中制造了一个怪物，之后却弃之不顾，任怪物自生自灭。而如今人们却常把“弗兰肯斯坦”用作怪物的代名词。——编者注

他的。这部分讲述了维克多·弗兰肯斯坦第一次看到自己辛勤劳动的成果时，发现那个在脑海中美丽无比的生物，在现实中竟是如此令人恐惧。在这里，比利将维克多·弗兰肯斯坦的一段内心独白标记了出来：

> 为此我牺牲了休息和健康，怀着极不寻常的热情苦苦追求。但是现在，我的工作完成了，那梦想的美好却消失了，充满我心里的是叫我喘不过来气的恐怖和厌恶[1]。

传单主要宣传了约翰·库克博士于1986年2月17日至2月20日在阿斯本中心进行的演讲，内容与物理有关，名为“弦论的研究进展”。虽然我对约翰·库克闻所未闻，但谷歌上关于他的搜索点击量却足足有6500万次。他于20世纪80年代末期便开始在加州理工学院教授粒子物理学，而他在年少时也曾就读于这所学校，并于1971年毕业。巧合的是，比利也在同一年毕业于此，换句话说，他们二人在同一时间拿到了学士学位。我隐隐觉得库克博士演讲中的某些言辞必定在某种程度上激励了比利，或是摧毁了他。

排队的学生们接连进入库克博士的办公室，最后只剩下我一个人留在空荡荡的走廊里。我看了一眼手机，已经下午一点多了，我已经等了一个多小时，这时杰伊应该已经结束了足球训练营的工作，开着他妈妈的沃尔沃穿行在费城西部的小路上。每次下班回家他都

1　此处译文参考孙法理译《弗兰肯斯坦》，译林出版社，2016年版。——译者注

喜欢抄近道走小路，殊不知这根本没比走高速公路快多少。我们同居后总是一起下班回家，每一次他在抄近道时走错路，我总会忍不住奚落他一番。“我只是不知道自己身处何处，这不代表我迷路了，好吗？”他不甘示弱地反击。话虽这么说，他却还是老实地将车子开回了我们刚刚经过的大街。“感觉这句话很适合印在T恤上。”我开玩笑地说。“像个不错的生意，考虑合伙吗？”杰伊问。我陷入了思考，我很愿意和他一起做任何事，但毕竟我们才刚约会了几个月而已，若要现在就对某些事做出承诺恐怕还太早了点。下半学期的时候，我已经完全适应了杰伊开车的节奏，甚至有些爱上了和他一起迷失在某条小路上的感觉，因为我可以借此将他嘲笑一番，而他也仍旧嘴硬，坚决不承认自己不认路的事实。只有在极少数的情况下，他才会承认自己拐错了弯，即使这样他也不会拿起手机求助导航，而是淡定地一直开下去。不过，奇妙的是，我们每一次都能顺利地找到回家的路。

“你又迷路啦？”杰伊刚接电话，我便开口问道。

“什么意思？”

“你不是正在从学校开车回家吗？我在想你是不是又拐错路了。”

“为什么你老是觉得我没有方向感呢？”

“我没有。我这是在逗你呢，难道你忘了每次我都会在你迷路时嘲笑你吗？”我不敢相信竟然要解释一番。

“好吧。”他说。接下来两人便陷入沉默，导致我突然忘了自己为什么要给他打电话。我本想告诉杰伊我正在加州理工学院，但转念一想，他肯定会问我为什么在这里，而我就要向他解释自己先是在书里发现了传单，又根据传单的内容找到了库克博士，并希望后者可以告诉我与比利有关的重要信息。不出意外的话，杰伊会再次提出，在一个我从未提起过的舅舅死后，执迷于寻找他留下的线索是否太奇怪了。想到这里，我把话咽回了肚子里，放弃了和杰伊聊起这个话题的念头，起码此刻不想。

“训练营怎么样？”我打破了沉默。

“挺好的，有一个新来的学生会在今年秋天入学，听说他很不错。”我等着他开口问我书店的事，结果却是：“你妈怎么样了？”

“她挺好的。”

“你没对她态度不好吧？”

“我对她态度一直很好！”我说。

杰伊发出了忍笑的声音。

这时，库克博士办公室的门开了，我前面那个脸上刮得干干净净的男孩在进去20分钟后终于走了出来，步伐轻盈地穿过大厅。

“我先挂了。”我连忙小声对杰伊说。

“晚点儿联系？”他没问我为什么要这么着急地挂断电话。

“好。”

库克博士探出身子往走廊的方向张望，看后面是否还有人排队。他本人比网上照片里的样子壮硕不少，和宣传单上那个留着小胡子的羞怯男人判若两人。

“你是……库克博士？”当我们四目相对时，我主动开口。

“你不是我班上的学生。”他说。

我赶忙起身，掸了掸裤子上的灰：“我是比利·西尔弗的外甥女。”

库克博士先是吃了一惊，随即收敛了表情，严肃地说：“对于比利的去世，我感到非常遗憾。”

“你和我舅舅关系很好吗？”

“我们从很小的时候就认识了。”库克博士示意我走进办公室。我环顾四周，发现里面摆满了书，其中大部分都是他撰写的。

“你们一起上的大学？”我问。

“是的，不过我们从小学开始就成了朋友。”

“所以你一定也认识我母亲吧？”

“你和她简直是一个模子刻出来的。”我的脸一下子红了。每当有人说我长得像妈妈时，我都默认他们是在夸我长得漂亮。

他仔细盯着我的脸看了看，就像刚刚才看见我一样。“你不会是叫米兰达吧？”

“你怎么知道？”

他走到房间的另一边，打开文件柜，从里面拿出一沓信封，然后逐一筛选，把不用的放回原位。“应该就在这儿，我应该不会把它扔了。”他抬头巡视房间，在书架上又发现了一小摞信封。“啊哈！”他拿出一个信封，向我走来。信封上写着：“给米兰达·布鲁克斯，假如她有一天到访于此。BS[1]。”库克博士继续说：“我妻子称我的生活‘杂乱无章’，而我则更倾向于说它是‘在无序中井然有序’，”，他比出“引号”的手势，“毕竟每一位伟大的科学家，都拥有剪不断

1 BS：比利·西尔弗（Billy Silver）的姓名首字母缩写。——译者注

理还乱的私人生活。要是一点儿都不杂乱，也许他们也成不了科学家了。”

我试图回想比利的生活是否也像他一样杂乱无序。我从未造访过比利的办公室，按说普洛彼罗斯书店如此干净整洁，大部分应该是他的功劳。我在库克博士的注视下拆开了信封。

> 无论发生何事，我深知自己将幸存。我知道，无论如何，我还有工作的陪伴。幸存代表着一次次的重生，然而这并非易事，每一次的蜕变都使人痛苦不堪，但是除了死亡，我别无选择。

“这封信是比利寄给你的？”我问。

“对，几天前收到的。”库克博士回答，“一开始我以为这是个恶作剧，却一直有种毛骨悚然的感觉。上周，我的学生们自发组织给停车场的车位重新喷漆，有一天我来上班，停车时竟然发现自己的车位神秘失踪了，这让我不由得想到了这封来自已故老友的信……”他断然地摇了摇头，“要知道，你舅舅在世的时候，可是个恶作剧高手。”

“比利吗？”细想一下也是，恶作剧和寻宝游戏之间几乎没什么分别。

“原来我们学校遍地都是橘子树，比利给这些橘子起了个名字，叫‘环保弹药’。一想到这里我就头疼，因为比利特意制作了一杆

‘土豆枪’[1]，每天下午，他都在校园里用橘子偷袭来往的同学，大多数时候，他的攻击目标都是我。他还曾经用一整块石膏板封住我的宿舍门，足有两次！哦，对了，还有一次他把我的全部家当都搬到了一个壁球场，然后把我的房间改造成了 T 台。不过不用担心，他最终为自己的行为付出了代价。”

“听起来你们两个的关系真是没话说。”

“那是当然，”说到这里，他怅然若失，“我们曾经有很长一段时间都走得很近。”

我把库克博士年轻时在阿斯本中心做演讲的宣传单拿给了他：“这是比利留给我的。”

库克博士将传单上自己年轻的面庞转向了我：“岁月不饶人啊，这张脸在年轻时就说不过去，现在更是没法看了。”

“这场讲座上是不是发生过什么事？”比利本可以留给我他们俩孩童时期或刚进入大学时的照片，抑或是他们的毕业纪念册、某次科学竞赛的证书，但他却选择留下了这张粒子物理学演讲的传单。我深知这是别有深意的。“那时比利也在现场吗？”

库克打了个响指，指着我说：“你说对了！他确实在。”他的目光凝视着远方，脸上的表情慢慢沉了下来：“他确实在。”我想，一定是某段回忆涌上了他的心头。

“库克博士？”我说，他回过头来，“到底发生什么事了？”

1　土豆枪：一种美国常见的“科学玩具”，它利用压缩或可燃气体作为推进动力，用土豆等材质较硬的蔬菜水果或网球当子弹，也被称为“spud gun”。——译者注

很显然，他正做着一番激烈的心理斗争，纠结是否要向我坦白实情。看来当时发生的并不是什么好事。“如果你想知道那天发生在阿斯本中心的事，最好先改口叫我约翰。”

“好吧，约翰，告诉我发生了什么。”我说道，希望这样的称呼能让他放松一些，“不管发生了什么，我都能接受。”看着库克博士，不，约翰将信将疑的表情，我又肯定地向他点了点头。

“一开始，我以为比利是来现场给我鼓劲儿的。”他的目光转向一座书架，停在了一本薄薄的红书上。他把书抽出来，快速翻阅了一下后递给了我，指着其中一篇由他和别人共同执笔的文章《反常消除》说：“那时我和我的导师刚刚发表了这篇论文。”我翻了翻，尽可能地去理解这天书一般的文字到底在讲些什么，“我的导师当天有事，我只能只身前往演讲大会。那是我人生第一次独自上台演讲，天知道我有多么紧张。”

约翰说，他紧张得双手颤抖，说话颤颤巍巍，这差点令他在汇报潜心研究的成果时功亏一篑。

“大家好，”约翰一边调整麦克风的高度，一边打量着人群，“今天，我想和大家分享一些最近我们在修改量子场的作用量函数上所获得的进展。”他心跳加速，有一种心脏马上就要从身体里蹦出来的感觉。放松，他提醒自己，一定要放松。

“就在这时，我看到了比利。”

如果约翰可以冷静下来仔细想一想，就会发现比利出现在演讲现场其实很奇怪。比利学习的是地震学专业，研究的是人人都害怕的地震，而约翰要讲的弦理论是粒子物理学中的一个分支，没有多少人了解。但约翰太紧张了。他平复了一下心情，继续阐述着规范场论，仿佛只是讲给比利一个人听，就好像他们又回到了大学新生宿舍，而不是身处一个气氛沉闷的演讲大厅。每当他的眼神与比利的碰在一起时，便会不自觉地露出微笑，但令他没有想到的是，比利没有做出任何回应。在灯光的映衬下，比利双颊深陷，泛红的双眼令约翰感受到了死亡的气息。他匆忙地把剩下的内容草草带过，故作镇定地解释了如何将位形空间中核心的非平凡线丛平凡化，内心却因感知到了一些已经发生的可怕事情而恐慌。约翰隐隐觉得既然比利来到了演讲现场，这些可怕的事情一定与他有关。

约翰伤心地摇了摇头，对我说："我早就应该想到的，我早就应该在第一时间想到是伊芙琳出事了。"

"伊芙琳？"

"她一直都是比利最在乎的人，也是他唯一在乎的人。"说出"一直"二字时，他仿佛是在做出一个承诺。

"'一直'指的是……？"

"这个可怜的家伙在小学时就无可救药地爱上了她。"

约翰表示，在他们的孩童时期，比利在自己的卧室里造了个小基地。他经常邀请约翰去他家玩，有时二人一起组装铁路模型，找出让火车跑得最快的组合方式；有时则一起观察比利的宠物蛇是如何将老鼠整只吞下。他们可以在昏暗而难闻的房间里待上好几个小时，什么也不做，只是静静地看着那条蛇将身体缠绕在一起，然后展开，嘲笑那只被困的老鼠。

约翰忍不住大笑："你知道吗？他还给那条蛇起了名字，叫'埃及艳后’，这名字我可以记一辈子。我还因此嘲笑他说，‘埃及艳后’可能是他长这么大以来第一个进入他房间的‘女生’。”

“那伊芙琳见过‘埃及艳后’吗？”

“比利在这方面虽然有点迟钝，但还没有傻到对女孩大谈特谈自己养在卧室里的爱蛇。伊芙琳没见过，她在屋外和你妈妈，以及其他正常孩子玩棍球。”

有时候，比利和约翰会在屋里听到外面传来的球棒断裂声和尖叫声，这种乐趣是他们无法融入的。比利会快速将窗帘拉开一下，偷望伊芙琳跑向堡垒，飘逸的金发在身后摆动。

“总有一天我会娶她为妻。”他信誓旦旦地对约翰说。

约翰对此不以为意，很多人还说“我要娶玛丽莲·梦露为妻”或“我要成为登月第一人”呢。“那么祝你好运喽！”他并没有把比利的话放在心上。

“没想到比利如此坚决，他从未放弃过追求她。”约翰告诉我。

随着时间的推移，约翰和比利成了高中生。伊芙琳是学校里最受欢迎的女生。她身材修长，十分符合十几岁男孩的审美。高二时，她破格进入啦啦队，并一举成为返校节女王。同在尖子班，伊芙琳每次在楼道看到约翰时，都会主动向他打招呼——她身边的朋友很多，但大多数美丽的女孩都会无视约翰的存在。可约翰只会呆若木鸡地站在原地，盯着她的脸，紧张得说不出话来，这让她身边的女孩都哈哈大笑，包括苏珊。

“你的母亲。”约翰特意补了一句，好像生怕我不知道自己的妈妈叫什么似的。那时的妈妈与现在判若两人，她年轻、貌美、广受欢迎，是一个并不属于我的人。“那时，伊芙琳和你母亲堪称校园里的绝代双姝。虽然她的外表和伊芙琳一样甜美可人，性格却是天差地别，你妈妈可是有着令人望而却步的暴脾气。”

“我妈妈？你确定我们说的是同一个人吗？”

约翰点点头。“只要发现有人盯着她看的时间过长，她便开口大骂，连老师都不放过。”

据约翰说，他和我的妈妈曾一起去过一家爵士俱乐部表演，约翰躲在舞台后面弹贝斯，苏珊则在舞台正中央演唱。她的臀部随着节奏左右摆动，完全吸引了约翰的注意力，让他一下子就跟丢了节奏。“只要我一弹错，她就会回过头使劲瞪着我，就好像在说我的思想有多肮脏，简直吓死人。”他打了个冷战。与他不同，我能感觉到一股熟悉的暖流遍布全身，我由衷喜爱那些苏珊年轻时的故事，它们让我十分思慕妈妈不为人知的另一面。

“那比利和伊芙琳后来是怎么在一起的？”我问。

“伊芙琳经常去比利家，这让他占尽先机。”约翰解释，伊芙琳的父亲常年不在家，母亲也经常见不到人——具体原因他也记不清了。虽然比利的房间仍然被飞机模型和爱因斯坦与牛顿的海报占据，有一些重要的事情却随着时间的推移发生着改变，那就是比利的外表。他足足长高了一英寸[1]，手臂和后背也慢慢增长了不少肌肉。学校的女孩子们都没有发现这一点，因为他只偶尔出现在走廊，大部分时间都在图书的海洋里埋头苦读，和女生碰面的机会简直少之又少。

1　1 英寸 =2.54 厘米。——编者注

但伊芙琳是个例外，她大部分时间都待在比利家里。“对他而言，还有另外一个优势：伊芙琳对理科几乎一窍不通。”

那天下午，伊芙琳独自坐在比利家的餐厅，一脸茫然地望着生物课本。苏珊不是还没放学，就是去爵士俱乐部演出了。伊芙琳经常在西尔弗家的餐厅打发下午的时光，一边念书，一边等着苏珊回来。比利站在门口，看着她坐在那里不时摇头、神情沮丧。

“我能帮上什么忙吗？”他忍不住开口问。

她猛地回头，双手捂在胸口：“你吓了我一跳！”

“对不起，”他借机勇敢地走进餐厅，“可能你从来没注意过，其实我对生物略知一二。”

“我当然注意到了。”尽管她的语气中有调侃的成分，比利还是对她居然了解自己感到惊讶。

他鼓足勇气又走近一步，近到可以闻到她头发上散发的洋甘菊洗发水的味道。（“你是怎么知道洋甘菊是什么味儿的？”之后，当比利把那天下午发生之事的所有细节讲给约翰听时，后者不禁发问。）而他将身体前倾，试图去读她的生物课本时，肩膀也在不经意间擦过了她的。原来伊芙琳是被线粒体难住了，这自然难不倒比利，他从她手中拿过铅笔，在一张小纸片上画了一个椭圆形，标出了内膜和外膜，中间是线粒体基质。

打那天起，只要伊芙琳在生物课上遇到任何问题，她都会去敲比利的房门，而他也会心甘情愿花上一下午的时间为她讲解什么是光合作用和基因复制。为了她，比利甚至可以放弃自己写作业的时间。“你真是个天才。”她每次都这样夸他，而他也会一字不落地把这些话转述给约翰。“一个天才。你敢相信吗？她说我是天才！”约翰有时根本懒得告诉比利，这其实只是伊芙琳为了感谢他这个蠢蛋而说的一句客套话而已。

“没想到结果是我错了。”约翰说，“在化学俱乐部，根本没有人能想到这辈子会有一个像伊芙琳一样的人爱上我们，这根本是连想都不敢想的事情。”更何况这个人是比利。

事情是从那天的晚餐开始的，忧心忡忡的伊芙琳看起来比往常更惹人怜爱。

“他说如果我不完成这项作业，就会给我不及格。”她告诉苏珊和比利的父母。

“但我真的做不来，”伊芙琳继续说，“你们知道吗？青蛙被拿到实验台的时候还是活着的！这简直惨无人道。”

“咱们举行个抗议活动吧。”苏珊提议。

“苏珊，听我说，”她的父亲忍不住说，“你不要再出馊主意了，你自己惹的麻烦还不够多吗？”比利忍不住笑了起来，被苏珊发现了，拿起一个小面包往他身上扔了过去。

“你们有没有和生物老师谈过这些？”他们的母亲问。

“他是一个没有同情心的人，竟会说死亡是生物学的一部分，而科学家则要学会适应自然规律。问题是，我既不想当一名生物学家，也不想学会习惯死亡这一事实。”伊芙琳沮丧地把脸埋进双手，比利将此认作一种真实而深刻的绝望表现。

“这一举动打动了比利，他坚定地认为这是自己做出决定的重要契机。”约翰说话时扬起双手，就好像在施展魔法一样，“他将以自己的方式赢得这个女孩的芳心，一种棒球队和橄榄球队的家伙们始料未及的方式。”

接下来的周末，比利几乎没有合眼，把自己关在房间里整整两天，地板上铺满了飞机模型的塑料插片、一杯绿色油漆，以及一张亲手绘制的图纸。由于时间的关系，他无法重建整个内部结构，只能将器官和整个循环系统的构造画在图纸上，然后将它们贴到已经组装完成的塑料青蛙内部。

周一一大早，比利在第一声上课铃响前便站在了生物实验室门前，他双肩紧绷，双脚紧张地变换着姿势。这时，伊芙琳和她的“跟班”从走廊的尽头缓缓走来，所幸苏珊不在其中。比利曾向约翰表示，如果自己的妹妹当时在场，事情应该会发展成另一种结果。

他静静地等待着伊芙琳身边的女孩挨个走进实验室，直到她独自一人慢慢向他走近。她向他挥挥手。

“你是特意在我被‘处刑’之前来祝我好运的吗？”伊芙琳开玩笑地问，“我真心觉得今天的考试我完蛋了。”

“别这么想。”比利把自己亲手制作的那只青蛙放到她的手上。

“你做的？”伊芙琳把青蛙放在左手手心，另一只手解开了比利系在上面的小方巾。“它有肺……以及所有的内脏。”比利解释。

“要想成为一名科学家，不一定要习惯死亡。”见伊芙琳没说话，他将这句在心中重复了无数次的话说了出来。

“虽然没有帮助伊芙琳成功通过生物考试，但这已经是发生在比利身上最好的事了。”约翰说。

“我想象不出自己有哪个学生能这么用心。”我不禁感叹。恐怕就连我的男朋友都做不出如此浪漫的事。

“你舅舅是位真正的绅士。”约翰惋惜地摇了摇头。在这一刻，我的脑海中全都是比利：绅士比利，无可救药的浪漫主义者比利，痛失爱妻的鳏夫比利。

“比利去演讲现场，就是为了告诉你伊芙琳的死讯吗？”

“在此之前我们已经多年没有联系了，但是鉴于我是他第一次失去伊芙琳时的见证人，而且那时非常理解他的感受，所以他再次为类似的事情来找我也是顺理成章吧。”

“‘第一次失去伊芙琳’是什么意思？”

“当时比利表现得就像自己是世界上唯一一个被甩掉的人似的。要知道，他起码还有过一个女朋友，我可是直到大四才有了第一次约会呢。”

约翰表示，在伊芙琳读高中的最后两年里，她和比利整天黏在一起。从伊芙琳家到加州理工学院只需一小时车程，她便经常造访比利。比利总会带她去学校的草地上散步，先是懊恼地表示那些橘子树成熟过早，令他们错失了品尝果实的最佳时机，转眼又自豪地向她展示自己几周前恶作剧留下的油漆罐头和砖头。对 20 岁的约翰来说，这就是永恒的爱情应有的样子。

“不过年轻的爱情都是如此，”约翰说，“太过强烈，以至它可能走向另一个极端。”或许比利的情况更糟糕一些。

之后，伊芙琳收到了瓦萨学院[1]的录取通知书，临行前她答应比

1　瓦萨学院：美国名列前茅的文理学院。——译者注

利每学期的假期都会回洛杉矶，和他共度整个夏天。他们都认为人生漫长，何必在乎分开短短的4年。起初，他们感情甜蜜，每周至少通一次电话。紧接着，寒假如期而至，和伊芙琳同住一层宿舍的姑娘们决定去佛蒙特州滑雪。伊芙琳从来没滑过雪，于是决定同行，破例留在东海岸休假，并向比利保证仅此一次，春天一到她就会回去。结果在那之后，她又为自己的失约找了一系列借口：参加在纽约和华盛顿的抗议活动，暑期在杂志社兼职机会难得，等等。没过多久，这些借口便随着逐渐减少的电话一起消失在了空气中。伊芙琳坚决表示这不是任何人的错，只是随着时间的推移，他们的关系转淡了。

那个夏天是伤感的，不仅伊芙琳向比利提出分手，约翰的父亲也不幸离世。大四开学那天，约翰带着失落而沮丧的心情回到了学校，几乎无法集中精神做任何事。父亲临终前最后的喘息声一直萦绕在他的脑海，令他久久无法忘记。他试图利用学校的功课来转移注意力，提醒自己生命不过是由算式决定的微粒，是一组可以生产悲伤情绪的方程式。一直以来，约翰都钟情于毫无情感的粒子物理学，然而父亲的离世却让他对此产生了怀疑。

只需一眼，约翰便知道比利也在夏天经历了悲痛欲绝的事情。比利瘦得脱了形，他走路的姿势不同以往，仿佛每一步都是一场痛苦的挣扎。想到自己的经历，约翰以为伊芙琳死了，结果他们只是分手了而已。

“当然，失去初恋的感觉犹如面临世界末日，但鉴于我自己的夏天过得也很糟糕，我并没有给予比利足够的同情心。”

大多数时间，比利都把自己关在房间里，大门紧闭。他只会在人们敲门时偶尔做出回应，大部分时间默不作声。

“相较之下，我对他可能更有耐心一些，而你舅舅则只关心自己的感受，也许我并不该这么说。”我连忙表示这并没有关系，并尽量克制自己不要急着为比利辩护。“也许他只是不知道该如何开口问我父亲去世的细节吧？过了一段时间后，我便不再是他的倾诉对象了，这一切转变得非常自然。比利读地质学科，而我则是学物理的。不久，我选择去东部继续攻读研究生，而他则留在了这里。我们偶尔联系，却基本没什么机会见面。说实话，自从那次演讲之后一别，我们好像就再也没有见过面。”

“那一次是他主动和你提起伊芙琳的吗？”我提出疑问，把话题转向伊芙琳的死亡。

约翰点点头，继续讲述他的故事。他说不记得自己是怎么做完演讲的，对同行们前来握手致意并祝贺他演讲成功也印象模糊。他只知道当时他满脑子都是比利，在想比利即将告诉自己的会是什么坏消息。

当人群慢慢散去，约翰走向比利。“发生什么事了？”他开门见山地问。

“咱们能找个人少点的地方说话吗？”比利小声问。

“比利，你别吓我。”

“是伊芙琳。”比利的眼泪夺眶而出，约翰当即便知，这一次，他是真的永远失去伊芙琳了。约翰回忆起比利和伊芙琳在过去几年圣诞节寄给他的贺卡，他们二人并肩坐在沙滩上，或穿着滑雪靴站在大熊山脚下的画面……

“我需要你的帮助。”比利神情绝望。

约翰和比利走到缅因街，找到了一栋粉色的维多利亚式建筑改造而成的咖啡店。在露台找到一张空位坐下后，比利拿出了一张写满公式的纸。

“我想听听你的专业意见。除非形成黑洞，否则粒子的排列方式是有限的。因此它们的模式一定会出现重复。”

“没错。”约翰对此表示肯定，却不确定面前的这位老朋友到底要表达什么。

“纸上写的是关于平行宇宙间距离的计算公式。关于多元宇宙的理论其实一直不绝于耳，”约翰向我解释，“但是当时我并不确定为什么比利要给我看这些。事实上，我有些惊讶于他写的那些简单公式，任何一个认真上过物理课的高中生都能将那些方程式解开。”

约翰抿了一口咖啡，等待着这位老朋友解释他这番并不稀奇的发现。

“首先，我们需要做一个假设——粒子的排列方式是随机的。这样，我们所在的宇宙没理由比其他宇宙复制得更加频繁。”比利指着这张皱皱巴巴的纸上的第一个数字说，“在这一距离内，我们可以假设有一个与我们现在身处的空间完全相同的宇宙空间，在那里，生命以相同的方式延续展开。”他又指了指另一个数字，“而在这里，我们也许可以找到一个我们所在宇宙的复本，但又不是完全相同的复本。”他的手指继续移动，“这个宇宙区域，便是与我们十分相似的另一个世界，由于粒子排列方式不同，所以生活场景和每个人的命运也是不尽相同的。”比利的手指最终停在最下面的一个数字上。

“是的，比利，从理论上来说，是这样的。”约翰说，“只不过关于平行宇宙的说法只是一种猜测，它在我们的视界之外，到目前为止都没有观测到任何证据。”

比利用力地指着那张纸：“在我们这个世界里，一切皆有可能。”

约翰盯着比利的指尖，好奇他会不会戳破那张满是公式的纸。

“这一理论在数学上与暴胀宇宙模型也相容。”比利咧着嘴笑了起来。约翰气不打一处来，此时的他只想立刻起身走人，今天本是他职业生涯中的大日子，却被比利这套永远也无法在现实生活中印证的理论草率打断。约翰意识到了自己的冲动，提醒自己比利正处在非常时期，一定要对他耐心一点。

“比利，你先稍微冷静一下，我不太确定你到底要问我什么。”

“她一定还活着，活在我们平行宇宙中的某个地方。”

“比利，”约翰的语气温柔了下来，“到目前为止，我们都还不知道宇宙视界之上有些什么，这一点你应该是很清楚的。即使有一个与我们相似的平行宇宙——即如你所说，已经死去的人在那里还活着，我们也无法确定它的真实与否。我们身处的宇宙中所发生的一切才是我们唯一确定的事情。”

“我知道了。”比利默默地说。约翰从他手中拿过那张纸，小心翼翼地叠了起来，放进了比利的衬衣口袋里。“只要知道她会在宇宙中的某一个角落过得很开心，我就心满意足了。”

约翰一时语塞，不知该说些什么。他一度想开口询问比利伊芙琳到底出了什么事，但想到比利目前最需要的是陪伴与安慰，又把话咽回了肚子里。伊芙琳的死亡已成事实，比利想尽一切办法要继续和她生活在一起。他希望约翰可以加入自己，帮助他计算出暴胀宇宙模型的变体。他来找约翰，既因为他们是多年好友，又因为他们过去总是用科学交流，而对比利来说，解出这些疯狂的算式，更是他倾诉伤痛的一种方式。约翰将咖啡的钱放在桌上，拍拍比利的肩。“走吧，”他说，“我请你去喝一杯。”

“千万别和悲伤的人促膝谈心，”约翰告诫我，“事实证明，悲伤的人只会更加悲伤，而我，只会比平时喝得更多，直到烂醉如泥，不省人事。”

正如维克多·弗兰肯斯坦，比利借科学为自己疗伤，减少悲痛。弗兰肯斯坦身边有位朋友时刻提醒他不要试图逆转生老病死的自然规律，这个人便是维克多童年的伙伴亨利·克莱瓦尔，在现实生活中，约翰充当了这一角色，时刻提醒比利不要越过科学的界限。数学算式无法让伊芙琳死而复生，即使可以，我们也知道弄巧成拙的维克多·弗兰肯斯坦造出了怎样一个生物。

“后来我们只是礼节性地偶尔问候一下，从未再见过面。”约翰从桌上拿了几本书和一个苹果放进自己的公文包，“对你舅舅的离世，我真的深表遗憾。”他将包甩到肩后，我跟着他走出办公室，顺着走廊朝大门的方向走去。

“为什么他会选择在你演讲的时候出现呢？约在别的地方不行吗？”

“学校的杂志社为了帮我宣传演讲，特意为我做了一篇专访，他一定是看了那篇专访，看到了我的演讲内容才决定来寻求帮助的。”

约翰也只是推测。我继续跟着他往前走，穿过玻璃门，走到被树荫遮蔽的小道上。

“你觉得当时的见面有助于比利缓解悲伤吗？”

“悲伤就像一个迷宫，你也许会走错路，但总有一天，你会成功地从里面走出来。”

不知不觉中，我们已经走到了人行道上，我的车停在了路的右边，而约翰则要往左边走。

“谢谢你给我讲了那么多舅舅的事。”我边说边与他握手致谢。

“他是个万里挑一的好人，只是永远无法从自己的小天地中走出来。”说罢，约翰便向我挥手道别，朝反方向走了。

我坐进车里，重读了下一条线索：

> 无论发生何事，我深知自己将幸存。我知道，无论如何，我还有工作的陪伴。幸存代表着一次次的重生，然而这并非易事，每一次的蜕变都使人痛苦不堪，但是除了死亡，我别无选择。

我试着用比利的语气读这段话，出乎意料的是，另外一个熟悉的声音在我的脑海中跳出。“我将幸存，这并非易事，然而我别无选择。”这句话用妈妈柔和而充满耐心的语气读出后，竟是如此完美。我又看了一眼演讲传单：1986 年 2 月 17 日至 2 月 20 日，刚好是我出生后的一个多月。以此推算，伊芙琳应该是在 1984 年普洛斯彼罗书店开业到 1986 年库克博士演讲之间去世的。那时的我还在襁褓之中，妈妈最好的朋友就这样撒手人寰，一定令她悲痛不已。随着我慢慢长大，她一定曾无数次在我面前强忍悲伤。既然伊芙琳是对我们家如此重要的一个人，为什么妈妈从来没有提起过她呢？为什么客厅的书架上没有她的照片？按理说她的照片应该要和祖父母、外祖父母，以及我伯父的照片放在一起才对。为什么我们不以同样的方式缅怀伊芙琳呢？

9

打我记事起，每逢星期天，我的父母都会腌上一大块肉，准备好烤炉，推掉所有邀约，将全部精力都投入到“布鲁克斯家庭露天烧烤”上。无论晴天或雨天，无论健康或疾病，也无论我在家与否，只要到了周日，他们便会严格执行这项传统，从未中断。

我在后院等着妈妈下楼，她种的月季花此时开得正旺，在我家四周营造出一派争奇斗艳的景象。我大概数了一下，不同品种的月季足足呈现出10种深浅不一的粉色，让草地黯然失色。鳄梨树也不甘示弱，6月下旬的时候，果实便挂上枝头，一个个绿色的小圆球和橄榄的个头儿差不多大。

妈妈端着两杯酒朝我走来，烫过的波波头刚好齐肩。她穿着在花园干活时的“工作服”——爸爸淘汰下来的旧马球衫和卡其短裤。我忍不住回想曾经的她，那个留着柔顺直发的“女士之选”乐队主唱苏珊，凭自己与众不同的独特魅力成功吸引了爸爸，舞台上的迷人身姿令约翰·库克神魂颠倒，将节奏全然抛在脑后；那个拥有强大气场、令自己的亲哥哥都望而生畏的苏珊——比利预备送给伊芙琳自己亲手制作的青蛙模型那天，若是苏珊在场，他一定会把青蛙揣进口袋，落荒而逃。妈妈走到我面前，我才回过神来。她端着两杯玫瑰红葡萄酒，头戴那顶与“花园工作服”配套的帽子，蓬松的卷发从帽檐两边散落下来，脸颊被热烈的阳光晒得通红。

“阿罗哈[1]今年开得真好。”我接过妈妈递来的红酒时说。好几株阿罗哈已经慢慢爬上了其他月季从后面的篱笆，粉色的花瓣将木板层层覆盖。

“你还认识阿罗哈？我怎么不知道。”妈妈说。

“我还知道它能培育出杂交茶香月季呢，你以为这么多年我这个女儿是白当的吗？”

妈妈皱了一下眉头，我们之间的气氛因为我这句略带挖苦的话而变得有些尴尬。我想让她像以前那样帮我把滑落到脸上的头发拨到耳后，她却刻意和我保持着安全距离。

虽已临近黄昏，刺眼的阳光仍没有要退却的意思。门廊里有一片阴凉，我们移步到露台的桌子旁坐下休息。

“在琼妮家住得怎么样？”妈妈问我。

“我已经搬到比利的公寓了。琼妮家太小，住不了那么多人。”

“住在那儿感觉怪怪的，是吧？”

“有点儿。”我坦诚回答。

“你可以随时回家住。”妈妈说。

“我知道。”

对话暂时告一段落，我们假装若无其事，抬头看着万里无云的天空，偶尔拿起酒杯喝上两口，尽可能避免眼神上的交流。我不断

1 阿罗哈：月季花品种。一般为杏色和粉红色。——译者注

回想着约翰·库克给我讲述的那些过往，以及他想起妈妈时打的冷战。少年时代的约翰·库克和比利都对妈妈十分畏惧。我 12 岁生日那天夜里比利突然造访，妈妈忍无可忍，愤怒地向他大喊时，他那畏惧的眼神至今让我记忆犹新。比利身为成年人都对妈妈惧怕三分，可我却不一样，我从来没有怕过她，现在不怕，以后更不会。

“我很纳闷儿你为什么从不愿提起伊芙琳。”

妈妈晃了晃手中的酒杯，仔细审视杯中的液体，它在阳光下闪闪发光。

“我没有任何理由和你谈论与她有关的事。”

“她原来不是你最好的朋友吗？”

“她确实曾是我最好的朋友。”妈妈没有否认。

“也曾是比利的妻子？”

“也曾是比利的妻子。”她再次重复。

“可我以前从来没有听说过这个人，你不觉得这很奇怪吗？”

妈妈啜饮了一小口酒，目光继续停留在杯子上。

“也许吧。”又是一个模棱两可的回答。她看了一眼手表，起身准备进屋。“你想让我说什么？我不想说，我还有日子要过。”迈进玻璃推拉门时，她眉头紧锁。

我紧随其后，跟着妈妈走进厨房：“她死了以后，比利是何表现？我记得小时候他总是满脸悲伤。”

“你不是觉得他充满魔力吗？”妈妈打开烤箱，把一玻璃盘奶油焗土豆放进烤架最上层。

“是因为伊芙琳吗？他总是那样郁郁寡欢。”

“比利所做的一切都与伊芙琳有关。”烤箱门挡住了我的视线，妈妈说这句话时的表情不得而知。当她把门关上时，脸孔因烤箱内的热气而阵阵发红。她把计时器设为40分钟，然后对我说：“我得在晚饭前冲个澡，一会儿去告诉你爸爸，10分钟之后把肉烤上。”她往车库的方向瞟了一眼，爸爸正在那里面做手工活儿，带式砂磨机的轰鸣声不绝于耳。

我没有放弃，跟着妈妈走向楼梯，继续追问道：“你为什么不愿意和我说话？”

她走到一半时停了下来，转身望着我说：“亲爱的，我已经在花园忙了一下午了，只想在吃饭前洗洗身上的土。”

“可是今天又没有外人，我根本不在乎你的身上到底有没有土，如果你愿意，可以一直穿着‘花园工作服’——哦，该死，你就算不穿衣服都行。我们可以变成裸体之家。”换作以前，妈妈早就被我这句话逗乐了，但今天却没有。

“我只想一个人待会儿。”她坚决地说，头也不回地快步走完最后几级台阶，消失在卧室门后。我仿佛听到了水流冲刷墙壁的声音，它们争先恐后、迫不及待地从水管冲进浴缸里。我想象着妈妈把大脚趾伸进浴缸里测试水温的场景，好奇她是不是在想伊芙琳和我。也许妈妈早已接受了伊芙琳离世的事实，但她显然还没有释怀。

“爸爸，”我使劲敲着车库门，大声喊着，“爸爸！”带式砂磨机的声音还在继续。我打开门，只见爸爸站在远处的墙边，上上下下地打磨书架的一侧。我向他挥挥手，过了好半天他才注意到我，关掉了机器，将护目镜拉到头顶。“妈妈让你把肉烤上，她去洗澡了。”

爸爸给了我一个失望的眼神，就连我都觉得自己的语气有些无礼。“我什么都没做错。”我嘴上不服输，不愿承认自己的错误。

“这不是你做没做错的问题。”爸爸拔掉带式砂磨机的插头，把它放在工作台上，随后往外走去。我跟在他身后，穿过厨房和客厅，来到后门廊。“最近无论做事还是说话，你都太莽撞了。”

“就因为我想让她多和我说说话？我只是想知道那些过去的事情。”

“有时候，我们需要放手，过去的就让它过去吧。”爸爸用点火器为烧烤架点火，炭火被点燃后，嗞嗞的声音才停下来。

“我才不信这种话呢，你信吗？”我反驳道。“历史”在我们的家庭关系中有着举足轻重的地位。我记得爸爸买给我的第一本书是《图说美国历届总统》，每天晚上，爸爸抱我上床、哄我睡觉时，都会拿出这本书为我讲述历届总统的人生故事，从他最爱的华盛顿开始，一直讲到时任总统老布什。

“把肉递给我，好吗？”他用下巴指指厨房的方向。

我走向厨房，在过道的餐台上找到一碗正在腌制的牛腩排。

我走回去，把这碗肉递给爸爸时，他对我说：“听我说，我和你妈妈现在的身体都好好的，也一直没有分开过，这对你来说是一件多么幸运的事情啊，这是大多数你这个年纪的孩子都羡慕不已的事情。”爸爸很少提起自己的父母，他们的去世对他来说就像是一道伤口，每天都会让他感到疼痛。“我想比利把书店留给你的主要目的，不是为了伤害你的妈妈。”爸爸拿起一把巨大的叉子，戳向碗里的肉，把它拎了出来。他刻意多停留了一会儿，好让多余的肉汁滴进碗里，然后才不紧不慢地把肉放在烤架上。肉顿时发出了令人满足的嗞嗞声。“但是比利有个缺点，就是他从来不会考虑别人的感受，他只把自己的感受放在第一位。”

“放在第一位的还有伊芙琳。”

“那就要另当别论了。”

“我很想知道为什么你和妈妈总喜欢放大他的缺点。”

“因为我们太了解他了。”爸爸合上烤架的盖子，走到露台上的桌子前，坐在我对面，空气中弥漫着烤肉上香甜的酱油味，“你还是个孩子。”

“我承认比利没有我想象中那么完美，但是我每天都和孩子们打交道，他们比你想象的见多识广得多。比利在我心中的位置是不会变的，我只是最近才意识到他会这样都是因为伊芙琳。”我和爸爸盯着彼此，就像两个正在谈判的律师，“我记得在我刚回家的时候，你告诉我伊芙琳是突然抽搐而死的。”

爸爸咳嗽了几声，试图用它来掩饰自己的惊慌：“我说过这话吗？”

“比利和妈妈是因为伊芙琳的死而吵架吗？”爸爸盯着玻璃门，一言不发，似乎想要把它看穿。此时他也许无比期盼妈妈的出现。“爸爸，求求你了，告诉我妈妈为什么不愿意和我聊这件事。”

“伊芙琳就像比利和你妈妈之间的导火索。”爸爸终于松口了。

“她和比利在高中时谈过恋爱，对吗？”若是爸爸问起我是如何知道这个的，我准备向他坦白约翰·库克的事，以及比利留给我的最后一场寻宝游戏，还有我用目前收集到的线索拼凑而成的故事。

我会向他坦白一切。

“那时候我还不认识他们。”爸爸如此回答。

“妈妈也没给你讲过？”

“讲过，她认为这件事从一开始便是错误，只不过没有人听她的话罢了。”

“她没资格棒打鸳鸯。”我说。

我以为爸爸会失望地说：“别这样，咪咪。”不过他却认可了我的观点。

“你说得对，她没资格。”

“后来比利和伊芙琳是怎么和好的？”再一次，我等待着爸爸开口问我是如何知道他们两个曾经分过手的；再一次，只要他肯问我，我便愿意向他和盘托出。

“是因为你妈。”他边说边走到烤架旁边，打开盖子检查肉的情况，看样子火候未到，便又合上了盖子，“这件事特别巧，我们搬到洛杉矶后，她和伊芙琳重逢了。”

“这是什么时候的事？”

“大概是1975或者1976年吧，伊芙琳出现在我同事的鸡尾酒派对上。你妈妈最讨厌那种聚会，坦白说，我也是。”

爸爸说妈妈在刚到酒会的瞬间就有了离开的念头。

“最后一杯，喝完我们就走。”爸爸排队拿干姜水的时候，妈妈在他耳边低语，“我是认真的，我现在只想回家。”

爸爸点点头，妈妈随即表示想要去洗手间，便消失在了人群中。爸爸拿到了干姜水，在拥挤的客厅里闲逛。此时，大部分的社交常客已经三杯马天尼酒下肚，平时轻声细语的律师也不禁提高了音量，主妇们自觉脱掉了累人的高跟鞋。就在这个时候，杰瑞·霍尔兹布鲁克出现了。

“这个男人特别自以为是，把自己当作乔治·汉密尔顿[1]。”爸爸走回来，再次坐下，惬意地靠在椅背上，抬起胳膊将双手交叉在脑后。爸爸天生就是个善于讲故事的人，总是可以完美地把握故事的节奏，在适当的时候停顿，并将枯燥乏味的部分一带而过。他也是个喜欢回忆往事的人，尤其是与妈妈有关的事，他似乎忘了正在讲的故事并不是妈妈想让他讲的，对此我心存感激。同时，我也不由得庆幸，还好妈妈在楼上洗澡，不紧不慢地享受独处的时光，否则爸爸的精彩故事一定会因她的出现戛然而止。

“你是没看见他刻意晒得黝黑的皮肤和白到不行的牙齿。”爸爸补充道。当时的场面就好像杰瑞·霍尔兹布鲁克故意要在律师和主妇们喝到微醺时出现一样，就好像他在等待着大家生硬的客套转为酒后闲谈。他不是独自现身，一个美若天仙的女人挽着他的手臂同时出现。她太过美艳，以至让身边的杰瑞·霍尔兹布鲁克有些多余。她身材高挑，金发碧眼，白色的连身裤在一片黑漆漆的晚礼裙中脱颖而出，让人过目不忘。

爸爸望着伊芙琳在房间中穿梭，她的脚步仿佛像是要飞起来一般轻盈。他将目光转向杰瑞，二人四目相对，杰瑞举起手中的酒杯

1　乔治·汉密尔顿：美国影星，代表作有《情海波澜》《海滩春光》《罪与罚》等，至今仍活跃于银幕上。——译者注

向爸爸致意，他也举起了干姜水。“这个浑蛋。”爸爸心想。

爸爸去院子里寻找妈妈未果，又回到餐厅和厨房，仍然不见妈妈的踪影。当他准备走向卧室时，听到了两个女人聊天的声音。

伊芙琳和妈妈重逢了。

“亲爱的，这位是伊芙琳，我的高中同学。”妈妈边介绍边紧紧握住伊芙琳的手。

“从那时起，伊芙琳和你妈之间的关系又像是回到了高中，无话不谈。”爸爸说。

那次聚会后的周末，伊芙琳便邀请他们去她在帕萨迪纳工作的书店参加读书会。每个周六晚上都是爸妈雷打不动的“约会之夜”，每一次的约会内容无非就是吃饭和看电影，这一次由于收到了伊芙琳的邀请，妈妈表示“让我们来一次文艺点儿的约会吧，就一次”，爸爸妥协了，尽管他对《总统班底》的上映期盼了数周之久。

依旧身材高挑，金发碧眼，不同的是她这次换了一条深红色的涤纶连衣裙，伊芙琳在人群中依旧出挑，是整个房间的焦点。

“你们能来真的太好了。”伊芙琳上前拥抱他们，挽着他们的胳膊，领他们去见作家。

他们围着一位作家站成一圈，听他讲述那些对他影响深远的人物——托马斯·品钦，詹姆斯·乔伊斯、贝尔托·布莱希特，都是爸爸闻所未闻的文艺理论家。这位作家讲完后，其他作家也陆续上前谈论了同一话题。之后，他们对最近出版的小说进行归类，列举了那些被过誉的书，并对那些可以预见很难获得成功的书进行了一番吐槽。爸爸一边喝着干姜水一边忍不住思考，也许自己天生就憎恶各种形式的派对，并不只是他同事举办的那些。

第二天清晨，妈妈匆忙和爸爸吻别，就迫不及待地出门去和伊芙琳约会了。

“现在是什么情况？我要和伊芙琳共享你了吗？”爸爸开玩笑地说。妈妈并不觉得好笑。爸爸有着山一样高的文件要处理，每周日他都会把这些文件摊在客厅的地板上，一叠一叠地看。在这种时候，妈妈应该做什么呢？难道只是无所事事地坐在一旁，或是不时给爸爸的咖啡续杯？“帮我给伊芙琳带个好。”爸爸亲吻了妈妈，说道。

“你不喜欢伊芙琳吗？”爸爸讲到这里，我不禁发问。

“几乎没有人会对她生厌。不管是她带我们去参加的文学活动，还是在城里和作家们共赴的晚宴，她都是在这些场合中唯一一个不谈论自己私事的人。”爸爸再次起身走向烤架，从他的表情可以看出，他对烤肉金黄色的表皮十分满意。他把肉翻了过来，开始烤另外一面。“说实话，我确实有点嫉妒你妈妈和伊芙琳亲密无间的关系，因为我能感觉到她好像更喜欢让伊芙琳陪着她。”这当然并非实情，爸爸也深知不让妈妈和闺密见面是不对的。

“所以她和比利也是因为妈妈而重逢？”

“你妈一直觉得将伊芙琳回来的消息告诉比利是一件大错特错的事情。”

每当他们在我的外祖父母家共进晚餐时，妈妈总是坐在比利对面，谈论《夜访吸血鬼》《普通人》《所罗门之歌》等等自己当时在读的书，却没有告诉他是谁帮她在帕萨迪纳一家偏僻的书店以折扣价买到了它们。

“你不觉得应该告诉比利，你和伊芙琳现在已经重逢并重新成为朋友了吗？”那天回家路上，爸爸忍不住问妈妈。

“你没有经历过那样的事情，自然是不会明白的。”妈妈回答。

“他迟早会发现的。”爸爸说。

“我只是不想让他再受到伤害。”

“最好你是第一个亲口告诉他这个消息的人。”

“这件事不需要水晶球预测就能知道结局。”爸爸对我说。他一直保持着“说书者”的姿态：手肘搭在椅背上，身体后仰，娓娓道来。

妈妈接到了一场演出，地点是日落大道上的一间酒吧，这是她搬到洛杉矶 18 个月后接到的第一场演出。在此之前，她去了数不清的乐队面试，有一些反馈还不错，另一些则让人垂头丧气。在洛杉矶加入一支乐队比纽约难，主要是拜那个时代所赐。20 世纪 70 年代初期的风潮早已过去，人们不再需要她这种类型的声音和外表，不管它们曾经多么使人着迷。外表是可以改变的，好听的嗓音也经得起时间的考验，但很多乐队并不看重。就在她几乎要放弃的时候，她接到了一个电话，是一位乐队主唱兼经纪人打来的。由于备选的一个伴唱女孩食物中毒，她询问妈妈当晚是否可以帮她们救场。

妈妈立刻将这个好消息告诉了父母和伊芙琳。伊芙琳一定会出席，而她的父母则一定不会。在接到电话时，外祖父母用极不情愿的语气对妈妈事业上的进展表示了祝贺。妈妈意识到，外祖父母很失望，因为她已结了婚，丈夫又这么好，却仍沉溺在从前的人生阶段里。

演出当天，妈妈和其他成员一起挤在后台狭小的休息室候场，身旁是乐队找来的另一位候补歌手，个头比妈妈高一些，年龄也大一些。妈妈一整天都和她待在一起，学习乐队所有歌曲的和声部分，并试图在意识到这支乐队的歌是如此乏味和毫无新意后仍然保持乐观心态。不过演出就是这样的，你无法预知台下的观众都是些什么人，这间小酒吧也不例外。妈妈没有想到外祖父母会把自己演出的消息告诉比利，也没想到比利竟会带着女朋友来妹妹的演出现场消磨时光。

演出结束后，大家聚在一起等着妈妈出来。也就是在这个时候，比利见到了伊芙琳。当她开口向他打招呼时，他整个人都容光焕发。爸爸看到这一幕，默默为站在比利身旁目睹了一切的女朋友感到难过。这时妈妈从酒吧里走了出来，当她注意到站在路边聊天的比利和伊芙琳时，表情变得警觉起来。

“苏珊！”伊芙琳看到了妈妈，先是向她挥手致意，随后迎上前去给了她一个大大的拥抱。爸爸注意到，当伊芙琳背对着比利时，他赶忙用胳膊搂了一下女朋友，吻了吻她的脸颊；而在伊芙琳转过身来的瞬间，比利迅速把手从女朋友的腰上拿开，顺势插进了兜里。

“你们不觉得她今天的演出实在是太精彩了吗？”伊芙琳问大家。

“我的麦克风声音太小了，你确定听到的是我的声音吗？”妈妈问。

“好听极了。”比利说，爸爸摸不透他的语气，“伊芙琳也来了，这真是个惊喜！”

妈妈的脸色不太好看。

“杰瑞怎么没来？”妈妈故意问伊芙琳。爸爸瞪了她一眼，她耸耸肩，仿佛自己不是故意的。

“我也不太清楚。”伊芙琳回答，有些尴尬地瞥了比利一眼，“可能在忙工作上的事吧。”

他们又尴尬地聊了几句，直到比利的女朋友打破了僵局，她表示自己累了要先走一步。比利和爸爸握了握手，敷衍地亲了亲妈妈的脸颊，最后拥抱了伊芙琳。很显然他们拥抱的节奏并不一致，比利想紧紧地拥抱伊芙琳，而她只是礼貌地拍了拍他的后背。

“比尔[1]，咱们真的得走了。”他们拥抱得太久，以至于比利的女朋友忍无可忍地开口催促。

“你现在叫比尔了？”伊芙琳逗他。

“人都是会长大的。”比利一本正经的回答惹得她忍俊不禁。爸爸虽然没搞懂伊芙琳从比利的话中解读出了什么，却和比利的女朋友一样明显感觉到了二人之间的化学反应。

“你哥哥看起来挺帅。”望着比利和女朋友远去的背影，伊芙琳喃喃地说。比利回过头来，给了她一个羞怯的微笑。“开心，我的意思是说，他看起来很开心。”

“就让他开心下去吧。”妈妈接话。

“苏珊，我在和杰瑞·霍尔兹布鲁克谈恋爱呢。”但明眼人都看得出，她不会再去和杰瑞·霍尔兹布鲁克约会了，何况两个人也没谈多久。

---

1 “比利”和“比尔”都是“威廉”的昵称。——编者注

“很显然，伊芙琳的出现之日，便是比利的女朋友出局之时。”爸爸从烤架上取下烤好的牛腩排，用玻璃碗接着，把它拿进了屋。

我跟着他走进厨房，爸爸把肉放在瓷盘上冷却。我看了一下烤箱上的时间，土豆还有 7 分钟就烤好了。我的时间不多了，妈妈马上就会下来。

“我讲到哪儿了？”爸爸问。

“伊芙琳和比利重聚了。”

“哦，对。”爸爸接着讲了起来。见过伊芙琳后的第一场家庭聚会，比利只身前往。在整个晚餐的过程中，妈妈一直试图和比利聊天，而他却始终逃避她的目光，更不用说回答她的问题了。

妈妈没有放弃，命令比利陪她去准备甜点，他这才勉为其难地起身，和她一同往厨房走去。

“足足一年，”比利忍无可忍地表示，“你和伊芙琳一年前就重逢了，难道你从来都没有想过要和我提起她吗？哪怕一次？”

“我这也是为了保护你。”妈妈冷静地回答。

“我不需要你的保护。你总是自作主张地认为哪些事对我好，哪些事对我不好，请你不要再这么做！”他怒气冲冲地走出了厨房。

“妈妈经常这么做吗？擅自保护他？”我问。

“她的出发点是好的，却从未意识到没有人愿意被自己的妹妹像妈妈一样管着。”爸爸递给我三只盘子和几套镀银餐具。

“我想我可以在这方面和他达成共识——不想被妈妈以‘妈妈的方式’管教。”我开玩笑地说。爸爸扬起眉毛，警告我不要得寸进尺。“所以在这之后比利和伊芙琳和好了？”我赶快岔开话题。

“嗯，几周后，伊芙琳随比利一起出席了家庭聚餐。”

伊芙琳为比利的妈妈准备了一束花，为他爸爸准备了一瓶苏格兰威士忌，他们在表示感谢的时候，试图掩饰着自己的惊讶之情。妈妈前一天还和伊芙琳在一起，但伊芙琳并没有透露半句自己要出席他们家庭聚餐的消息。

在比利去拿啤酒的时候，妈妈趁机把伊芙琳拽到一边。“昨天你怎么不告诉我今天要来？”

“因为我是今天才决定的。”伊芙琳表示她和比利相约外出兜风，结束后比利意犹未尽，便邀请她共同出席家庭聚餐。

“这么说你们又在一起了？”

“我也说不好。”

妈妈一眼便看出她在撒谎。“你男朋友怎么办？”

“杰瑞从来都不是我男朋友。”伊芙琳云淡风轻地说。

“唉，可怜的杰瑞·霍尔兹布鲁克。”我不禁感叹，摆出三只盘子。

“你要是认识他，就不会为他惋惜了。”爸爸扔给我三张餐巾，以及高级餐巾扣，我学着妈妈娴熟地操作起来。

“其实我不太理解妈妈为什么一直极力阻止他们两个重归于好，难道是担心伊芙琳会再次伤了比利的心吗？”我放弃了，把餐巾铺在桌上，再把餐具放到餐巾上。爸爸在我对面坐了下来。

他摇了摇头说：“在我看来比利和伊芙琳之间有一种特别的火花，好像这个世界上的其他任何人都不再重要。我觉得这无形中让你妈妈有了一种被排挤在外的感觉。”

从那时起，那些由伊芙琳举办的作家活动上便多了比利的身影，他和伊芙琳形影不离，共同出席了每一次家庭聚餐。以前妈妈会滔滔不绝地谈论她上的钢琴课、吉他课和贝斯课，如今这些时间完全被比利的故事占据。

伊芙琳会握住比利的手，温柔地说："快给大家讲讲秘鲁的事。"

"大家才不想听呢。"比利半开玩笑地说，就好像整个国家，乃至整个安第斯山脉地区，都可以成为他们谈笑风生的话题。

"才不是呢，"伊芙琳坚持，"大家都想听秘鲁的故事，对吗？"她面带微笑地问大家，显然已经忘了比利在开胃菜上桌的时候就已经讲了很多关于实验室的故事，比如地震的短期预测和一些爸爸听完就立刻忘了的专业问题。

"我们当然愿意听。"爸爸给予了肯定的回答。他把手搭在妈妈肩上，她回敬了一个假笑，仿佛在说："你看看，又来了吧？"

于是，比利便展开了与秘鲁有关的长篇大论，大致是说某位美国地震学家预测秘鲁将发生特大地震，消息一经公布便在全球范围内引发了不必要的恐慌。这是一个漫长而复杂的故事，贯穿了整个主菜和甜点的时间。

"他这么做简直太鲁莽了！"比利激动得手舞足蹈，险些打翻了面前的红酒杯。

"简直太鲁莽了。"妈妈故意用嘲讽的语气重复着他的话。比利全部的注意力都集中在快要翻倒的红酒杯上，并没有注意到这个细节。而伊芙琳就算听出了闺密的挖苦之意，也选择置之不理。

在这些一起吃饭的场合中，比利从来没有问过爸爸关于他的工作室和他的法律团队的事，也从没问过妈妈她正在上的歌曲创作课，或是她正在寻找的经纪人。尽管如此，他们还是常常与比利和伊芙琳见面，毕竟对妈妈来说，周六晚上和最好的朋友共度时光，比参加那些无聊的派对有意思多了。

从爸爸的讲述中不难听出，比利从未觉得，身边的人其实和他一样有着同样真实的生活。他对他们的生活毫不关心，这一点和我从约翰·库克口中听到的相差无几。

“从某种程度上说，比利一直为你妈没有及时将伊芙琳回来的消息告诉他而耿耿于怀。”爸爸说。

“这一点倒是可以理解，”我试图为比利说些好话，“就算妈妈的出发点是保护他，他也有了解事实真相的权利。”现在我面临着同样的情况，妈妈也想以同样的方式来“保护我”，“人们都不喜欢被蒙在鼓里。”

“没错。”爸爸表示赞同，我们头顶的地板一阵嘎吱作响，我和爸爸同时抬头看了上去，“只不过比利将这些情绪都转化为了怨恨。”

“这就是他们后来老死不相往来的原因？”这听上去不太可能。就算比利再怎么对妈妈不满，甚至产生了怨恨情绪，他也如愿和伊芙琳重修于好了啊。就在这时，计时器响了起来，我快步冲进厨房把土豆从烤箱里拿了出来，它的表层被完美地烤至焦黄，不用品尝便知美妙滋味。

楼上的卧室门没有关紧，我能听见妈妈的一举一动。看样子她已准备就绪，马上就要下楼了。

“比利和妈妈变得疏远和伊芙琳有关系吗？”我回到餐桌前，坐在爸爸对面。

“不完全因为她。就像我之前和你说的那样，伊芙琳就像比利和你妈妈之间关系恶化的导火索。”爸爸不时望向楼梯，“今天这场谈话是我们之间的秘密，好吗？”

“没问题，这是我们两个人之间的秘密。”我向他保证，却感觉听完故事后离他更远了。我并没有从中了解到更多妈妈与比利产生争执的细枝末节。不过，就算没有爸妈的帮助，我也可以凭借比利留下的线索揭开故事的真面目。

“她来啦！”爸爸转过身来，妈妈的样子让他很惊讶。她素面朝天。看见她遍布脸颊的雀斑和苍白的唇色，我才意识到刚刚她脸上的妆有多浓。她将丝绸睡袍上的腰带拉得更紧了一些，然后小心翼翼地走了下来。

“我知道比利的死令你心中充满疑问，”她在我面前坐定后开门见山地说，“如果我能想到对你有用的答案，我一定会开诚布公，但是与比利有关的一切过往都是痛苦的。当他不再与我交流时，我感到痛不欲生，这不是我想要的结果。他在我们之间划出一道裂痕，但我不想认同他，所以我不想谈。”

“所以你就打算当他从来没有存在过？就像你当伊芙琳从没存在过一样？”

“胡说，我们从来都没有。”爸爸被我的提问激怒，振振有词地说。刚刚的20分钟里，他让比利和伊芙琳的故事鲜活起来，结果妈妈一开口，那些与他们有关的对话便烟消云散了。

“你到底想知道什么？”妈妈问我。

“对自己的过去产生好奇很正常。”我说。

“你知道你的过去。”妈妈说，爸爸赶忙握住她的手。他们二人坐在我的正对面，一言不发地注视着我。“二对一”的“不公平竞争”再次出现，我依然处于劣势，就像往常一样。

“今晚我们看看道奇队的比赛，怎么样？”爸爸打破了这个尴尬的局面，这是他缓解紧张氛围的常用手段——谈论棒球或历史。而很显然，他并不想谈论历史。“我希望咱们一家人坐下来一起看这场比赛，好吗？”

“我没问题。”尽管在我搬到东部以后就没有再关注过棒球比赛了。和父母吵架不会为我带来任何好处，只会让他们与我更加疏远，而这并不是我想要的。

“我也没问题。”妈妈说，尽管从我记事起，她就从来没有看过棒球比赛，没有长途跋涉前往道奇体育馆的经历。

晚饭吃罢，我们把盘子放到一边（这对布鲁克斯家来说实属罕见），集体移步客厅，坐在沙发上。爸爸打开电视，比赛正如火如荼地进行着，道奇队的投球手展开了一波又一波的攻势。爸爸在第八局结束时便打起盹儿来，脖子频频后仰，呼吸声越来越重，最后打起鼾来。我和妈妈先是被这不小的动静吓了一跳，紧接着便同时笑了起来。这种感觉真好，我们竟然为这件微不足道的小事笑得如此开心。此刻，我是多么想把头靠在妈妈肩上，为自己的所作所道歉。我想告诉她我不应该为比利的事情不依不饶，也不应该如此伤害她的感受。同时，我也希望她可以对我说声抱歉，告诉我她不该对我隐瞒比利的事，从而伤害我的感情。不过，我知道她是不会这样做的。可能我们都不会。我当时不理解背后的原因，直到后来发现了她隐藏的秘密，才恍然大悟。

比赛在第九局的中场结束，已经接近11点了。妈妈起身，握住我的手，把我从沙发上拉起来。“今天要不要就在家住下？”她的眼神中充满了期待。

“我得回去。”我没敢提任何与“比利的公寓”有关的字眼，比利的名字又成了禁忌，任何与他有关的话题都成了不能提的阴影，“早上去书店太堵了。”

“好吧，”妈妈慢慢松开我的手，“我理解。”

我跟着她向客厅走去，走到门口时，妈妈出其不意地拥抱了我，用力到令我有些喘不过气。

“我真的不想和你吵架。”她在我耳边喃喃说。

“我也是。”我轻声回答，将她抱得更紧。我深知这一举动无法将我们激烈的争吵抹去，也无法令我们把“你真是个差劲的母亲”或“我怎么养了你这么个忘恩负义的女儿”之类的话抛诸脑后。我们曾为彼此说出的每一句话争吵，吵得昏天黑地，然而今天这个热烈的拥抱似乎是一种暗示：最终我们都将卸下心防，不再将自己的意志和想法强加于对方，对彼此放手。

10

我被咖啡浓郁的香气吸引到了楼下，查理正在娴熟地切着西红柿，洗着生菜，为书店开门做准备。他一边哼着鲍勃·迪伦的歌，一边清洗着装过洋葱的塑料容器。

“我很喜欢这首歌，”他听到了我下楼的声音，“歌声响起的时候，洋葱都变得格外香甜。”

他边哼歌，边把玛芬摆进橱窗。这画面让我想起了妈妈在厨房做饭时唱歌的画面，悠扬的歌声从打开食谱的那一刻开始，一直到一盘盘热腾腾的美味端上桌来才告一段落。但如果我开口询问妈妈歌曲的名字，她便会陷入沉默，然后对自己竟然真的将脑海中的旋律哼唱了出来感到讶异。于是我不再追问下去，毕竟也只有在这时我才能听到她唱歌。

查理将每天早上面包房送来的装甜点的盒子拆开放在一边，然后递给我一个玛芬。“这是无花果和山羊乳干酪口味的，这个搭配听起来有点恶心，但味道出乎意料。”

我从玛芬最甜的那部分捏了一小块放进嘴里，味道确实很不错。查理把空包装盒扔进垃圾桶，然后在紧身牛仔裤上蹭了蹭手。

“这曾经是比利的最爱。‘我这一辈子有两样东西就够了’，他总是这样说，‘一本好书和蒂芙尼家的无花果玛芬’。”查理一丝不苟地把操作台擦干净，把咖啡准备好。

“蒂芙尼是谁？”

“一位亚特华德的面包师。比利曾经煞有介事地告诉她，她深知如何俘获男人的心。”查理笑着说，“结果得到的回复却是‘很遗憾，我只喜欢女人’。”

“比利就没有过女朋友吗？”我继续啃着玛芬，细细品味它的滋味。

“据我所知没有，比利的心思都在书上呢。地震也算吧！只不过地震这种事儿只有严重到被新闻报道了，比利才会有用武之地。”

“还有无花果玛芬？书、地震和无花果玛芬。”我补充道，查理走到我身边挨个将椅子从桌上取下来放好，冲我挤了挤眼睛表示同意。“那么比利说过自己妻子的事吗？”我又问。

“比利结过婚？”查理似乎吓了一跳，手里的东西哐的一声落到了地上。

“和伊芙琳·温斯顿，她才是这家书店真正的主人。”

“真的？你确定？”见我点头，查理说，“哈！我竟然从没听说过这事。”他似乎对比利和普洛斯彼罗书店之间真正的关系无动于衷。

上午9点一到，我们便准时开门营业，三个等在门口的女人迫不及待地冲进店里买走了今天的第一批无花果玛芬。

“怎么没看见马尔科姆？”我问查理。平时这个时间，他早已坐在自己的“地盘”——前台后面的椅子上了。

“他发短信说要和一个销售代表开早餐会，让我告诉你他今天晚一点儿到。”查理将无花果玛芬挨个递给客人。

“哦，好吧，我一个人也应付得了前台的事。”我嘴上毫不服输，我当然不指望马尔科姆会亲自发短信给我，他连我的手机号码都没有。不过，细想起来还是有些别扭，仿佛我被排除在了普洛斯彼罗书店的日常经营之外。

“那是自然。”查理回答。

早高峰时期的客人来了一波又一波，我不在一旁指手画脚，查理反而可以得心应手地掌握整个咖啡区的节奏，于是我便也找了一些事做，好让自己也忙碌起来。

> 无论发生何事，我深知自己将幸存。我知道，无论如何，我还有工作的陪伴。幸存代表着一次次的重生，然而这并非易事，每一次的蜕变都使人痛苦不堪，但是除了死亡，我别无选择。

这段话出自埃丽卡·容的小说《怕飞》。在此之前，我从没听说过这本书，但它的全球销量已经达到了两千万本。在我们的书店里一共有两本，一本在文学区，另一本则在女性小说区。我找出这两本书，大概翻了一下，没有在书页之间发现任何隐藏的线索，电脑系统显示，楼上的仓库里也没有多余的库存。但我清楚地知道，比利指引我去寻找的下一个人，就藏在这本书里。我拿起其中一本，坐在马尔科姆“御用”的位置上，开始读了起来。

没看几页，我就被主人公伊莎多拉·温的大胆言辞深深震撼。

1973 年，她便敢于开诚布公地谈论自己的性欲望，内容之大胆、直白令人在 40 年后重读时仍会不自觉地脸红心跳。小说通篇引用了不少参考文献，伊莎多拉通过她读过的小说和小说中的角色来审视自己的生活。既然比利没有在书中留下任何显而易见的线索，也没有标出任何内容，我推断线索一定藏在书中伊莎多拉引用的某句话中。只不过这里引用的段落和书目太多，它们环环相扣，为我的寻找增加了不少难度。

我需要分散一下注意力换换脑子，然而几乎空无一人的书店似乎没有什么事可忙。这时我想起了那个书店里最不起眼的、以字母排列书籍的历史区，每一次不经意间走过那里都让我很烦心。我果断把书架上的书全部拿了下来，先把它们按世纪分类摆放，再按从远到近的顺序依次放进书架里（印第安历史类的书籍被摆放在书店另一侧，属于“边缘文化”的一个分区）。我将有关茶壶山丑闻、《林白征空记》和 1929 年大崩盘事件的书籍拿了出来。的确，将历史书籍精确分类并非易事，我不确定应该将与富兰克林·德兰诺·罗斯福有关的书籍归入“二战前历史”还是“历史人物传记”。总之，我只能尽我所能将它们整理好，虽然看起来还是有些混乱，但总归比以前按字母分类顺眼多了。

这时，书店的门铃响起，是以利亚来了，我一时竟没有认出没穿条纹西服的他。他穿得十分休闲，T 恤和沙滩裤与他不羁的发型倒是有些相配。当他发现跪在历史类书架前的我时，便径直走了过来。

“我正好路过。”他解释道。接下来，我们进行了一系列关于我是如何在二层安顿下来，以及他这个夏天过得如何的尴尬对话。

“你要喝一杯咖啡吗？”我这才想起来问。

“不了，我约了朋友在天文台那边见面，一起徒步远足，现在已经快迟到了。”他靠在我刚刚整理好的书架上，弯腰将袜子拉到小腿的位置，“你都没给我回过电话。”

“你给我打电话了？”我将书架上几本放得过于靠前的书往后移了移，确保它们和其他书脊保持在同一条水平线上。按年代分类的书籍看起来的确舒服多了。

“打了起码有6次吧，每一次都是马尔科姆接的电话。当时有一家餐厅在四处寻找合适的店面。不过，他们后来租下了另一家。”

“他们是从哪儿知道普洛斯彼罗书店要转租的？”

“是我一个朋友的朋友告诉他们的。”

“你告诉他们我要卖掉书店？”我不知道以利亚背着我卖掉书店和马尔科姆擅自替我做主哪一个更值得生气，“我还没有将书店卖掉的计划，如果要卖掉，至少也要先找到一个愿意继续接管这里的人。”

以利亚皱了皱眉：“我们必须要提前采取行动，一旦银行取消抵押品赎回权，我们就真的要吃大亏了。”他用了“我们”二字，就好像我们真的已经结盟、并肩作战了一样。

“谢谢你为书店做的一切。”我把手放在他的背上，想将他引到门边。可他过于魁梧，站在那里一动不动，并没有想要离开的意思。“但是请不要再找什么朋友的朋友了，等时机成熟，我们自然会找到一个愿意接管书店的买家。”

“没有人愿意买下这里的，起码据我所知，没有哪个明智的买家会如此决定。”

“那我就卖给不明智的买家好了。”一个念旧的买家，一个藏书家，或者一位慈善家，“只要他还愿意把这里当成一家书店来经营，这是至关重要的一点，也是我最关心的一点。毕竟，这是比利留下的遗产。”

“米兰达，”以利亚的语气就好像我们在玩捉迷藏游戏，而他想引诱我从躲藏的地方现身，“可能你还没有搞清现在的状况，书店一旦破产，你就是那个需要站出来承担责任的人。”

门铃再次响起，我不用回头就知道是马尔科姆回来了，他正瞪着那双清澈的眼睛，脸色铁青地看着我们。上一次他是如何形容以利亚的？“目不识丁的家伙”？他现在会如何看我？在他去见销售代表的早晨将“目不识丁的家伙”邀请到他的“地盘”单独会面？而我也想问问马尔科姆，为什么不告诉我“目不识丁的家伙”打电话找我了？

“以利亚。”以利亚主动打招呼后，马尔科姆回了这一句，然后朝我冷冷地点了点头。在我们的视线交汇后，他便消失在了前台的桌子后面——一个他既可以听到我们的对话，又可以安全地躲在我们视线范围之外的地方。

“我会继续跟进这件事的，”以利亚边说边往大门走去，“我还会给你打电话的，这次记得一定要接啊！”他的运动鞋踩得木地板吱吱作响。

我走回前台，马尔科姆正在电脑上审阅一份图书目录。

“你是不是有什么留言忘了告诉我？比如刚才离开的那位律师给

我的留言？”

“本儿里都有。”他目不转睛，不时点击着鼠标。

“什么本儿？”

马尔科姆递给我一个粉色的活页笔记本。在过去的10天里一共有8条留言。而在我的名字下面，马尔科姆只记下了一条留言：秃鹰来电。“你是不是在逗我？”我把笔记本摔到他面前。

马尔科姆笑着回答：“你不觉得这个描述很准确吗？”

“马尔科姆！你觉得这很好笑吗？”

“有点儿。”他耸了耸肩，还不忘一边继续浏览图书目录，一边做笔记。

“恐怕等到我们破产的那天，当你需要一个人把现在预订的所有书都挨个儿退回去的时候，你就乐不出来了！”马尔科姆收起了笑容，一脸严肃，我这才意识到自己刚才的音量有一点儿大。他的肩膀变得很僵硬，明显是被我吓到了。

马尔科姆环顾四周，看看书店里是否有其他人听到了我刚才所说的话。上午的这个时候店里没什么人，整个走廊空空如也，坐在咖啡区的作家们也都完全沉浸在想象的世界里，查理则在专心忙着做百吉果。

“跟我上楼。”他的语气就像在跟一个孩子说话。

我跟着他上楼，来到比利公寓门外昏暗的走廊。

“我上来不是为了听你训斥我的。”我表态。

“我不会当着客人的面和你吵架。”他回击。

“为什么？因为他们不知道我们已经岌岌可危了吗？我们这个半

死不活的书店即将走向破产可不是什么令人震惊的秘密。”

“它没有半死不活。”走廊太黑了，以至我无法看清他说这话时脸上的表情。

“昨天你卖了几本书？ 10本？”

“17本。”他像往常一样目中无人。

“这本该是我们一小时内卖出的数量。”

“米兰达，现在正是夏天最热的时候。”我不喜欢他直呼我名字的语气，就像我不喜欢以利亚喊我名字时的语气一样。

“你错了，现在正是夏天的黄金销售期，我们要在7月结束之前把握住这个机会。”

“怎么？你突然就成了这方面的专家了？”他怒气冲冲地说。

“我研究过调查报告，那里面写的东西比这多。”

“那破报告一点都不准确，二手书的销售额根本没有算进去。”他被我气得来回踱步，地板在他的脚下吱吱作响，仿佛在替他释放着积攒已久的愤怒。

“所以，你打算告诉我的是，咱们大部分的收入都是靠卖二手书得来的？”我气急败坏，也几乎到了崩溃的边缘。

“至少有些收入。”

我尽力让呼吸平稳下来，保持冷静：“听着，马尔科姆，我明白了。在你的心目中，我可能就是个从大街上冒出来，突然出现在这里想要掌控一切的陌生人。但是告诉你，在我小的时候，我大部分的时间都是在这里度过的。普洛斯彼罗书店在我心中有着十分重要和特殊的位置，所以我从心底里不想让它倒闭，你明白吗？”我的眼睛已经逐渐适应了这里昏暗的光线，隐约可以看到马尔科姆的一举一动：他双臂交叉抱在胸前，头转向另一侧，即使在这样的黑暗中，他仍然无法直视我。“我们不能假装这里一切都好，如果想找到一个能继续经营普洛斯彼罗书店的人，我们必须主动做出一些改变。”

“我还以为你不准备卖掉书店呢。”他的语气中带着一丝惊讶，又像是有些失望。

“我是说过我不会关掉这里，也不想这么做，但我毕竟只是一个历史老师，我的银行卡里大约只有800美元，这点钱不足以帮我们把书店的生意维系下去。”见他沉默不语，我继续补充，“但是我想，你是知道我不会接受以利亚的提议的，对吧？”

“嗯，我知道。”这一次他回答得很干脆，不带一丝谨慎和防备之意。这就已经足够了，起码他相信我不会背着他把书店卖掉。马尔科姆终于转过头来看着我，我仍然只能看到漆黑一片的走廊里他身体的轮廓。我们在昏黄的灯光下对视，我不确定这是否代表着我们从此将并肩作战。我们拥有同样的目标，却并不是盟友。只要我们仍然对彼此有所隐瞒，就不可能成为盟友。

“这人简直是不可理喻。”杰伊刚接起电话，我便开始一通抱怨。我在比利的公寓门口来回踱步，愤怒犹如肾上腺素一般涌入我的身体。这也许是一种让我感觉到自己还活着的方法，使我不得不紧紧抓住它，即使我根本不确定自己为何如此义愤填膺。

“你这是在说谁呢？”杰伊问，从他的声音可以判断出他刚才睡得正香。

“你在睡觉吗？”

“嗯，也不是，就是打个盹儿。我一会儿还要去找小伙子们。”我讨厌杰伊管他的朋友叫“小伙子们”，这会让我想起他也曾是个“兄弟”“哥们儿”，是那种喜欢踢足球和穿工装裤的男人。他打了个哈欠，对着话筒深深吐了一口气：“谁不可理喻？”

“什么？”

“刚刚你不是在和我抱怨一个人吗？”他把“抱怨”二字说得就好像我经常干这事似的。

“哦，书店经理。”我不屑一顾地说。突然之间，我并不是很想继续谈论马尔科姆。

“马尔科姆？”我停止了踱步，在原地站定。我和杰伊提起过马尔科姆这个名字吗？也许只在某次谈话中轻描淡写地一笔带过，并不足以让杰伊记住。

“我真的不知道比利原来是如何忍受这个人的。”

“为什么这么说？他做了什么？”

“他……他……”我竟一时语塞。马尔科姆做了什么？“他就是一个浑蛋，仅此而已。”

“你觉得一个什么都没对你做过的家伙是个浑蛋？”

“可能大部分男人都不喜欢我吧。”

“首先，你这种想法是错误的；其次，大部分男人在你眼中都是浑蛋。”我承认，不管他以前是不是“哥们儿”，杰伊总是那个能把我逗笑的人。

我顺着墙滑坐到布满灰尘的地板上，靠着比利公寓的大门。

“我想你。”杰伊对我的评价是错误的。我不是那种会在酒吧里被人注意到的女孩，通常琼妮才是最受欢迎的人，然而我却为自己能够发现每一个人身上的优点而感到自豪，如果我想继续做一名教师的话，这也是一项必备的技能。要知道，当你开始怀疑美国未来的那一刻，便是末日的开始。

“我们很快就能见面了，对吗？你定好回来的具体时间了吗？”

什么具体时间？在我几乎要问出口的时候，恍然想了起来：7月4日。我答应杰伊在那一天回家，我跟他说过我很想回家。“我还没来得及订机票呢。”

“订下周的机票？”

“你根本就没注意我最近有多忙。”

杰伊停顿了一下，似乎在等着我为自己的唐突道歉。在一阵沉默后，他说：“出门前我还得冲个澡，晚点儿再打给你吧。”

电话挂断后，我坐在地板上发愣。如果身份互换的话，我也许会为杰伊仍未购买机票而大发雷霆，也许会指责他不把我放在心上。但即便如此，我也很难说服自己为此而感到抱歉。最近发生了这么多事，我忘了买机票是很正常的，杰伊应该体谅我的。

当天下午，马尔科姆一直和我保持着距离，他将自己完美地隐藏在前台后面，唯有在客人寻求帮助或需要他签收快递时，才把手头读了一半的书放在一边。一点钟的时候，露西娅来换查理的班，我坐在书店后面，一边重读《怕飞》，一边观察着冷冷清清的书店。这里冷清到可以听见钟摆的声音，冷清到如果我们想要延续普洛斯彼罗书店的生命，就必须做出一些改变。

时间一分一秒地过去，咖啡区的作家们也一个接一个地离去了，只剩下一对很明显是在初次约会的情侣和霍华德博士。马尔科姆告诉露西娅可以早些收工回家，听闻此言她赶忙将空桌子挨个擦干净，赶在他改变主意之前匆匆离开了书店。我继续阅读埃丽卡·容的性爱著作，书中令我印象最深刻的是主人公与母亲之间的关系。伊莎多拉对母亲又爱又恨，崇拜她的同时又对她充满了责备。她说自己拥有两个母亲，一个是对她疼爱有加，给予她无限安全感的母亲；而另一个母亲，若不是为了伊莎多拉和她妹妹，早就成了一个放飞自我的艺术家。也许世界上所有的母亲都和伊莎多拉的母亲有着某些共性。我的妈妈当然也不例外，她有着极为明显的两面性，有时候我也会觉得她与平时判若两人，是一个我从没机会了解的陌生女人。

“短暂而猛烈的性爱[1]？”霍华德博士不知什么时候出现在我身边，我连忙把书合上，下意识地用手挡住了书名。“哦，亲爱的，我让你感到难堪了。”

“我想我不该在公共场合读这本书。”我老实回答。

“快别说这种傻话了，这部小说改变了不知几代女性对性的看法。它鼓励她们自慰，做自己欲望的主人、享受短暂而猛烈的性爱。这是一张走向自由思想的通行证，你应该多读几遍，读到书脊裂成

1 原文为“the zipless fuck”，这是埃丽卡·容在《怕飞》中提出的一个著名概念，指一种与陌生人快速而无果的露水性爱。——编者注

两半，让伊莎多拉·温彻底地展开双翼[1]，自由翱翔。”

幸运的是，尽管离得很近，那对第一次约会的情侣却正忙着猜彼此的心思，完全没听到霍华德博士的这番独白。不过，我还是很想找个地缝钻进去。

“女人们的欲望，已经被男人们书写了好几个世纪。一位女性可以如此坦率地站出来表达心中所想是再正确不过的事，而你也应该为之赞美。”话音一落，霍华德博士便激动地站了起来，握紧拳头挥向头顶，“纵观历史，大部分的书籍都是被那些精子持有者写出来的，而不是那些拥有经血的女人。”他放声大喊，就好像埃丽卡·容的这句名言是一首颂歌。

霍华德博士最终还是成功引起了这对情侣的注意，他们强忍笑意，紧盯彼此，终于有了个“心有灵犀”的瞬间。正在一旁掸掉书架上灰尘的马尔科姆也被逗得咯咯笑了起来。我赶忙把霍华德博士拉回到座位上。一谈到与性有关的话题，我总会十分尴尬，尤其是这位跟我父亲年龄差不多大的男人在我面前滔滔不绝地谈论射精和例假，更是让我难堪不已。我合上那本《怕飞》，暗暗提醒自己千万不要再在霍华德博士面前阅读这本书，除非我想让这位年迈的“啦啦队长”为我的性觉醒欢呼。再说，这本书中似乎没有任何线索。按理说，一定会有一道谜语，或者某个信物藏匿在书中的某处，指引我找到下一条线索。也许比利太高估我了？我试图让自己忘掉这

1 英文中“wing”一词有翅膀的意思，也是小说主人公伊莎多拉·温（Isadora Wing）的姓氏。——译者注

个念头带来的恐惧感。

那对情侣在喝完咖啡后离开了书店，霍华德博士将他桌上的书整齐地码放成一堆，这是他每天离开书店前要做的最后一件事。所有的书都被他读了无数遍，裂成两半的书脊就是最好的证明，它们被打开的时候都会发出“咔嗒咔嗒”的声响。破裂的书脊让我想到了店中成百上千本二手书。以利亚曾说，有一些书因版本过旧而没有被登记到电脑库存系统里面，马尔科姆也坚称这些二手书可以帮我们摆脱债台高筑的现状。如此说来，书店里一定还有另外一个版本的《怕飞》被我忽略了。

“我亲爱的朋友们、谦卑的同伴们，再见了。”霍华德博士向我们鞠躬致意，然后向门外走去，只留下我和马尔科姆两人。

“只要有他在，这一天便不会觉得无聊。”马尔科姆在霍华德博士离开后说道。

“你看过这本书吗？”我合上《怕飞》，朝着马尔科姆的方向快速晃了一下封面。

马尔科姆不禁打了个哆嗦：“这曾是我妈最喜欢的一本书。想象一下，当十几岁的我知道这本书在说什么的时候，我那幼小的心灵充满了怎样的恐惧。”

“你妈妈一定是位思想开放的女性。”

马尔科姆又打了个哆嗦：“拜托你不要把‘思想开放’和‘我妈’放在同一句话里。”

他放下掸子，示意自己马上会回来，然后便消失在了厨房里。我抓住这个独处的机会，在文学区和女性小说区寻找是否还有二手的《怕飞》，结果令我十分失望。

“你在找什么吗？”马尔科姆端着两个杯子回来了。

“随便看看。”我说。他将其中一个杯子递给我，里面装着一些琥珀色的液体。

“如果非要谈论我妈，我必须先喝上一杯。”他在咖啡区的一张空桌子边坐了下来，“比利会在厨房常备一瓶苏格兰威士忌，以度过那些无聊的下午。”

我举起杯子向他致意：“雨果老兄，我其实不太在乎你那套法律，不过，老天爷啊，这波旁威士忌可真不赖！”马尔科姆一脸茫然地看着我。“这是杜鲁门的一句名言，是他对雨果·布莱克大法官说的。”他仍旧是一副目瞪口呆的神情，像极了我的一个学生，在他们眼中，历史像微积分一样抽象，像语法一样枯燥，像拉丁文一样无关紧要。“最高法院法官？美国的？”他问。我用双手捂着脸，沮丧极了。

“你这人有点怪怪的，你承认吧？”马尔科姆取笑我。

“所以我只能留在中学里教书。”

“别忘了你还是个卖书的。”马尔科姆放下杯子，将双手平摊在桌子上，“我想……可能我们都迈错了第一步，这都是我的错，主要是因为……当你出现在这里时，一切变得如此真实，总而言之，真实到超乎想象。”他听起来很真诚，就好像他真的相信第一次见我是在书店，完全忘了和我在比利的葬礼上对视过一样。他紧张地撇着嘴，肩膀紧绷，但他与我之间还是隔着一堵墙。如果不是因为隐藏了什么秘密，我真不知道还能是因为什么。

我的电话突然响了起来，杰伊的名字在屏幕上闪动，我在第一时间将手机调成了振动模式。苏格兰威士忌很浓烈，我强忍着不让自己咳嗽出来。马尔科姆将一口酒含在嘴里，随后咽了下去："我敢打赌，你的男朋友已经迫不及待地想让你回去了吧？"

"他能自己独处一段时间，可开心了。"我不知道为什么要这么说，不知道为什么我不想让马尔科姆知道杰伊和我之间的关系是严肃且认真的，"你为什么不愿意谈起你的妈妈呢？"

"我以为你已经把这事忘了。"

"我的记性可好了。"我说，并不确定这句话意味着什么。马尔科姆还是明白了我的意思，转过了身。"你妈妈住在洛杉矶？"

"不，她住在旧金山湾区，我是在那里长大的。我爸在伯克利工作，在我小的时候他们就分手了，但我们住的地方相隔不远，可能因为我妈不想让我小小年纪就见不到爸爸吧，她尽力了。"我想这短短几句话背后一定有一个复杂的故事，一段马尔科姆不愿提起的往事。不过，这几句话已经比他平时对我说过的话加在一起还要多了。也许我眼中的"秘密"，只是我们不够了解彼此的体现。

"那你为什么会选择留在这里呢？我以为每个从北加州来的人都对洛杉矶憎恶有加。"我问。

"我只喜欢洛杉矶东部，其他地方无所谓。"

"还有普洛斯彼罗书店吧？"

"我从上大学时起就在这儿打工了，到下个月就满 10 年了。"马尔科姆不停地喝着杯子里的酒，"一想到这里有一天也要关闭，就感觉十分不真实。但是这个残酷的事实却一次次在我们身边的商店中陆续上演。"马尔科姆列举了几家店，比如颇具年代感的汉堡店现在已经被砖炉比萨店所替代，以组织象棋比赛闻名的甜甜圈店如今废弃待租，曾经是抗议者聚集点的同性恋酒吧现在也已改头换面，成了提供精致食物和鸡尾酒的场所。“面对改变，你无法做出任何抵抗。”

“当然可以。”听到我如此肯定的回答，马尔科姆瞟了我一眼，那双炙热的眼睛在半信半疑之间带着些许希望。“我是认真的。即使我无法保住这家书店，我也不会让它就这么倒闭了。直到9月底我们都是安全的，这为我们争取到了一些时间。”那时我应该已经回学校教书一个月了，但有了马尔科姆和以利亚的帮助，我可以轻松处理国家另一边的销售问题。

“如果这样一来，我们的销售额能够提高，也许我可以找几个人谈谈，几个比利也能接受的人……”他的声音逐渐弱了下来。他咬着下唇，将所有的注意力都放在面前的空杯子上。“他曾是我最好的朋友，我知道这听起来有点可怜。”他屏住呼吸。我在想，如此清澈湛蓝的双眼，如果饱含泪水会是什么样？它们会变成蓝色的、温暖的大水池，让人们在里面自由地漂荡吗？“当时我知道他生病了，但是他从来不主动谈论自己的病情。可是你知道，当你每天与一个人共处一室，很快便能察觉到他哪里不对劲。”

当你每天与一个人共处一室，很快便能察觉到他身上是否背负着过去的重担。

“比利真的从来都没提起过我？”我对他的回答仍然充满了期待。

他轻轻地摇了摇头，我的胃仿佛被人拽着猛地下沉。后来，我们又陆续谈论了他的母亲，以及他父母分开的经过。不过，马尔科姆仍然没有做好准备和我开诚布公地谈论比利，而我既没有向他坦诚公开杰伊和我的关系，也没有告诉他比利生前留给我的寻宝游戏。或许是因为我怕他会以为我拯救书店的心愿没有他想象的那般真诚，认为我别有用心；或许他会帮我解谜，替我分担一些忧虑；或许他和比利的关系比我想象中的还要亲密，他熟知每一个我永远不可能知晓的与比利的生活有关的秘密；或许，我只想以一种他永远也不可能做到的方式来了解比利。

我伸手给马尔科姆又倒了一杯威士忌。

“普洛斯彼罗书店永远都不会关闭，”我向他郑重承诺，“我们不会让它落入那样的境地。”我们就这样坐着，边喝酒边对彼此许下一些根本无法守住的诺言，隐瞒一些本该向对方坦白的真相。

马尔科姆离开的时候，外面已经漆黑一片。黑暗将整个书店明亮的内部映衬出一种彩色电影的感觉。当夜幕降临，书店不再是一个商业场所，也不再面临那些迫在眉睫的危机时，它变回了我小时候的样子，变成了一座图书馆，一个只属于我的、拥有无尽可能的、集所有千奇百怪的故事于一身的地方。

我并没有在女性小说区和文学区的书架上发现二手的《怕飞》。也许有人认为，既然伊莎多拉·温和埃丽卡·容都是诗人，那么这部作品其实也是一本费尽心思写出的诗集，想到这里，我来到诗歌区的书架前查找，并没有发现容的名字。我干脆又来到禁书区碰碰运气，可尽管这部小说在出版时引发了不少争议，它却并没有和《北回归线》与《洛丽塔》摆放在一起。最后，我只能寄希望于非虚构作品区，也许有人会忘记，尽管伊莎多拉被塑造得栩栩如生，她毕竟不是真人。可惜，结果又是徒劳。之前我在文学区和女性小说区书架上发现的两本《怕飞》，是书店中仅剩的两本。不过在这个书店里，一楼并不是唯一一个存放图书的地方。

楼上那间没有窗户的储藏室散发出强烈的霉味，也许在很久以后，当我再次闻到这股醉人的味道时，便会在第一时间想到普洛斯彼罗书店。女性小说被放在了书架的最远端，果然不出我所料，一本挤在《第二性》和《金色笔记》之间的《怕飞》赫然出现在了我的面前。

这本小说的封面是一个女人裸体的一部分——她那丰满的胸部的下半部充分给予了读者一种含蓄的暗示。我不由自主地低下头来，看了看自己T恤下扁平的胸部。我想可能永远都不会像封面上的这个女人一样充满性感的女人味。

一个信封被塞在了封底前面，里面装着一沓信纸，上面满是褪色的蓝墨水字迹。

1986年6月6日

比利：

昨天我开车去你家，准备向你道歉。透过厨房的窗户，我看到了你的身影。我能清楚地看到你站在灶台旁，俯身用煎锅煎着鸡蛋。你总是担心会把蛋煎煳，而事实是，你的鸡蛋永远都煎不熟。我想，这个小片段象征着我们曾在一起度过的时光，但是我会尽量不让自己的作家职业病发作，将你糟糕的厨艺诗意化。我坐在车里，静静地看着你，看了将近22分钟，之所以如此精确，是因为我一直在盯着自己的手表。随着时间的流逝，我暗暗告诉自己：当分针再次走完一圈的时候，请鼓起勇气下车，敲开比利的大门，并向他道歉。然而，我失败了，我甚至连走下车的勇气都没有。

我想为发生的一切道歉。我们做过的那些傻事，全都是错误的。从我们第一次在你客厅的地板上享受鱼水之欢的时候，我便知道这是个错误的决定。也许在更早的时候，当我第一次感觉到对你产生了欲望时，这便是个错误。那些欲望是真实的，却仅此而已。欲望，对你的欲望，对丹尼尔的欲望。这欲望让我们同受苦楚。然而，我们始终拥有着各自的悲伤，它将是一种无形的阻碍，使我们永远无法联结到一起。

尽管我们所做的一切都是错误的，但有一部分从根本上却是正确的。是你在关键时刻向我伸出援手，你帮助我撰写回忆录，帮助我接受了丹尼尔的死亡。我是否已经告诉过你丹尼尔是自杀而亡？我们因彼此挚爱之人的死走到了一起，但是我们从来没有告诉过彼此当时究竟发生了什么，我们又是因为什么而责怪自己。丹尼尔走的时候，是我发现了他的尸体，然而我不知道的是，他竟然拥有一把枪。在我们共同生活的10年里，这些子弹就被藏在生活中的某个地方，也许在床下，也许在橱柜的盒子里，又或许在他的书桌抽屉里。我现在终于明白了，他的死并不是我的错，我对此深信不疑。可以肯定的是，伊芙琳的死也不是你的错，你必须要相信这一点，只有这样你才可以继续好好地活下去。

认识你是我一生中最大的荣幸。你一定可以顺利地度过这段时期，我们都会。当那一天到来的时候，我相信我们会再次见面的。

你的朋友希拉

确切地说，应该是“那个和你上过床的朋友希拉”。除了伊芙琳之外，比利还曾经拥有过另外的女人，这一点并不令人感到惊讶。伊芙琳去世的时候，比利仍然年轻，相貌堂堂、身体健壮，有其他女人出现在他的生命中不足为奇。他曾经悲痛欲绝，却选择继续活下去，尽管身边出现了别的女人，尽管希拉和他曾经有过一段恋情，他内心的悲伤从来都不曾退去，并逐渐演变成了内疚。“伊芙琳的死不是你的错”，这句话好像是在说，比利找不到逃脱内疚的方式，他确信自己要为伊芙琳的死负全部责任。

在这封信中，希拉提到自己是一名作家，我火速冲下楼，希望可以按照这条线索，在普洛斯彼罗书店的作者群中找到她的名字。就在狂奔的时候，我的手机突然响了起来，我瞥了一眼屏幕上的名字，心中不禁闪过一丝自责。

“我正忙着呢。”我接起电话说。

“嘿，你好啊。”杰伊的嘴里就像含了个热茄子。

“你那边是不是已经凌晨两点了？”我来到了一楼，快步走到前台的办公桌前点击着鼠标，试图唤醒沉睡的电脑。

“哈？怎么？你什么时候成我妈了？”杰伊说话的这种语调我从来没听过，这是一种我再也不想听到的语气。

“咱们还是明天再聊吧，我起床后打给你。”我打开书籍列表，在作者一栏输入“希拉”，等待系统为我查找匹配的结果。

“我现在就想和你聊天，不是每件事都得顺着你的心意。”杰伊一副要吵架的劲头。

“杰伊，你喝醉了。”电脑轻轻地“嗡嗡”了两声，仿佛在对我叫醒它起来工作的行为表示抗议。

“所以呢？”

“所以等你明天清醒了，咱们再聊。”我的心情开始变得急躁，我使劲点了几下鼠标，希望搜索结果可以快点出来。

“你买回家的机票了没有？”

“距离咱们上次打电话还不到7个小时。”所幸“希拉”是一个冷门的名字，起码在作家中算是冷门。搜索结果中有好几个名为“希拉”的人，我滚动鼠标依次查看。

“你为什么不想回家？”

“你为什么老是揪着我回家这件事不放？就好像你每天晚上都没有跟你的‘小伙子们’出去混似的。”我滑动着鼠标。

“我必须每天都得在家待着才能代表我想你？”

“杰伊，我现在真的在——”

“你是不是和那个叫马尔科姆的上床了？”

我惊讶地将头转向一边：“什么？谁?!”

“马尔科姆。”杰伊喝得酩酊大醉，不可能记得马尔科姆的名字，然而这确实是他在我们间断而混乱的对话中发音最清晰的几个字。

“别跟个小孩儿似的行吗？”

“你这么不着急回家一定有别的原因。”

“你是不是有毛病啊？我不着急回家是因为我舅舅，你怎么到现在还不明白呢？”我一怒之下在他做出回应之前挂断了电话。我心中有一点希望他可以给我回个电话，这样我们就可以为比利和马尔科姆的事情好好吵上一架，把话都说明白。但是此刻的杰伊很可能已经昏睡在床上了，牛仔裤都没有来得及脱下来，还套在脚踝上。也许所有的男人喝醉酒并被无情嫌弃的时候都是这副鬼样子，可我却无论如何都想象不出马尔科姆的牛仔裤套在脚踝上的样子，起码他不会喝到烂醉如泥。

此时夜已经深了，一些穿梭在日落大道酒吧之间寻欢作乐的人在街边已经打烊的店铺门口随意聊着天。杰伊在电话中大喊“马尔科姆”的声音一直在我的耳边回荡，每一个音节都是如此清晰，就好像他早已练习了很多次一样，这让我忍不住想要尖叫，淹没掉楼下安静店铺外传来的聊天声。我暗自下定决心不再去想杰伊和马尔科姆，把精力重新放在手头正在进行的任务上。我迅速核对了名单上出现的9个“希拉”，逐一查看她们的年龄和出版过的作品，最终筛选出两个从年龄上看最有可能在1986年与比利产生情愫的人。这封信写于约翰·库克演讲后的几个月，由此可以推算那时伊芙琳至少已去世三个月了，而最多可能已经超过两年。比利究竟用了多长时间来哀悼她呢？答案也许只有希拉知道，而她就在我筛选出的两个人中间，只有一位曾经出版过一本名为《丹尼尔》的回忆录。

我在文学区和回忆录区都找到了希拉·克罗利的作品。《丹尼尔》是一本关于她丈夫的回忆录，后者患有双向抑郁症。她的文风很煽情，让人沉醉其中，我既不忍见证希拉在丹尼尔开始服药时表现出的乐观精神，也不愿看到他选择放弃服药的那一天，但是我根本无法停下来，直到人行道上空无一人，黑暗渐渐散去，黎明悄然而至。餐厅和咖啡店还没有开始营业，整条大街静谧无声。

希拉在洗手间的地板上发现了丹尼尔的尸体，他的手中还握着一把手枪。

在日落大道的交叉路口，街对面的商铺打开了卷帘门，咖啡师也擦起了人行道两旁的桌子，为开门做准备。

希拉站在丹尼尔的墓地旁边，从一群仅此一次出现在这本回忆录里的朋友中抽身而出。此时，一股孤独感涌上她的心头，她想象着是否这种感觉丹尼尔也曾经历过，即使当时她就在他的身旁。

在回忆录封底的一张黑白照片中，希拉长长的头发映衬出她玲珑的小脸。她毫无掩饰地盯着镜头，仿佛在坦率地表达心中所想——“我就是这样，不会为了让你喜欢我而刻意讨好”。这让我反而对她充满了好感，甚至有一种似曾相识的感觉。

我拿着回忆录走回前台的书桌前，找到了希拉的个人网页。网页介绍了 7 本她曾经出版过的小说和 3 本回忆录，其中 1 本刚刚问世。网站上有她的新头像，现在的希拉不仅身材发福，年龄也大了不少，照片比本人更好看一些——我一眼便认出她就是那个在比利的葬礼上搂着霍华德博士边哼唱爱尔兰民谣，边随着旋律摆动身体的女人。

我重读了约翰·库克交给我的那条线索，它确实和希拉的经历十分吻合。“无论发生何事，我深知自己将幸存。”在某种程度上，比利已经学会了从悲伤和内疚中自我救赎，而希拉一定也做得到。除此之外，她也一定知道发生在伊芙琳身上所有事情的来龙去脉。

11

“你认识希拉·克罗利吗？”早上，当马尔科姆正在整理最近刚刚送到的一箱新书时，我抛出了这个问题。

“当然认识啦。”他掸了掸手，除净搬纸箱时沾上的灰尘。这时他抬头看了我一眼，竟让我不自觉地脸红了起来，并感到十分尴尬，就好像他知道杰伊和我因为他而吵架，就好像他知道我暗自幻想了他的裤子套在脚踝上的画面。

“你知道怎么能联系上她吗？”

“她在纽约呢。”马尔科姆从裤子后面的口袋里掏出一把开箱刀，把箱子翻了个个儿，用刀划开了绑在中间的胶带，“也有可能在旧金山，我不确定。她刚出了书，正在举行全国签售活动，14 号才回来呢。到时候我们会为她举办一场新书发布派对，庆祝一下。”

“7 月 14 号？”那已经是两周半以后的事情了，“她真的只有到 14 号才会回来吗？”

“现在正是暑期中旬，大家都忙着四处旅行奔走呢。”

确实，编剧雷已经有一周没来书店报到了，就连霍华德博士也在某天早上缺席。他的书还摆在“专属座位”上，人却已不见踪影，这让我无法逮住他“拷问”希拉·克罗利的事。

“你那么急着要找她干什么？”马尔科姆问。

我摆弄着衬衫的下摆：“没什么。”

马尔科姆继续拆着箱子，对我敷衍了事的回答无动于衷。这是一场不平衡的较量——我想知道他所有的秘密，而他却对我完全没有兴趣。这时我的手机又响了，我起身走到门外去接电话。

我接通电话，像一个业务娴熟的电话销售员一样说了一声“你好”。早晨还是有一些寒意，人行道上到处都是家长和婴孩，对于没有孩子的人来说，这个时间出来遛弯太早了。

“我的天，这代表我昨天一定表现得很糟糕。”杰伊说。

“这算是一个道歉吗？”我比想象中的更加生气。

“别这样嘛，我没有你想的那么坏。”

“我想你恐怕是什么都不记得了吧？”我避开了两个推着婴儿车经过的女人。

“我当然记得了，你挂断了我的电话。”

“因为你表现得就像个浑蛋！”书店里的一个女人瞬间转向了我，充满责备地瞪着我，就好像她的孩子真能听见我说话一样。我也不服气地瞪了回去，我知道她的孩子肯定听过比“浑蛋”还糟糕的词。

“我表现得像个浑蛋，对吗？”杰伊用一种可爱的语气向我撒娇，然而我并不想领情。

“昨天你说我跟书店经理上床了。”我不确定如果我大声说出马尔科姆的名字会是什么后果，也不知道杰伊会从我的语气里听出些什么。

“你不觉得嫉妒心让咱们的关系更加甜蜜了吗？”他仍然是一种

撒娇的口气。

“只有你对我好点儿，我才会感觉到甜蜜。”我踢着人行道上的石台阶。

“我查了下周的机票，价钱不便宜，我的积分卡里还有一些里程可以给你折现。”

“杰伊……”仿佛我要和他提分手一样，“我这边发生了太多事，我可能还需要再待上几周才能回去。”

“我去找你怎么样？”

“什么?!”我的声音听起来比想象中的更加惊讶。一连串拒绝他的理由迅速出现在脑海：机票太贵了；他来了以后一定会非常讨厌洛杉矶；他还有足球夏令营要参加；如果他缺席了父母的烤肉派对，他妈妈一定会失望透顶，而我们都知道他讨厌让自己的妈妈失望。不过，这些好像都不足以成为他不能来看我的理由，除了一个最简单而不幸的事实：我不想让他来。而更糟糕的是，连我都不知道为什么自己会有这样的想法。

“我只是随便说说而已。”见我没有回答，他继续说，“我得挂了。”

“杰伊，”我在他挂断前赶忙喊出了他的名字，“我是真的很想见你。”话音一落，我便有些后悔，“真的”二字显得我好像要证明什么似的。

挂掉电话后，我靠在普洛斯彼罗书店的橱窗上，看着角落里灯下的一对情侣。也许我可以发一个表情给杰伊，以此弥补身为女友的粗心大意：一只流泪的小猫或猴子，一阵接连不断的爱心雨，甚至是一张委屈巴巴的可爱自拍。

不过，杰伊自始至终都没有询问我关于比利的任何事情，也没有提到与普洛斯彼罗书店有关的任何话题。如果他连这些都不感兴趣，我又为什么会希望他来这边看我呢？似乎马尔科姆才是他最感兴趣的事，所以他才会质问我是否和马尔科姆发生过关系，就好像他希望我这么做一样。

等待希拉的日子尤为漫长。我游荡在书店里，像一个不愿离开但又不想花钱买任何东西的客人。即使没有下一条线索，我也不想在此期间无所事事，干坐在那里把玩自己的手指头。到目前为止，希拉的信为我提供了一个至关重要的新细节：比利为伊芙琳的死感到自责。难道是因为他喝了太多的酒，在伸手不见五指的夜晚飙车，导致伊芙琳心脏病发作？抑或是当她抱怨自己总是头痛时，他并没有把这当一回事，安慰她这没什么大不了的，结果却发现这其实是动脉瘤的初期症状？

我将近期收集到的与伊芙琳有关的信息输入谷歌搜索引擎：伊芙琳·温斯顿，洛杉矶人，已故，普洛斯彼罗书店，20 世纪 80 年代。它们对于互联网来说似乎仍然不够。市区的中央图书馆收录了创刊以来每一期的《洛杉矶时报》和《洛杉矶周刊》，其中并没有伊芙琳的讣告。因此就算伊芙琳死于一场意外的悲剧，它也并不足够耸人听闻或异乎寻常，值得被刊登在报纸上。我浏览了一篇发表于 1984 年的文章，里面介绍了洛杉矶最新开业的书店——普洛斯彼罗书店，也许这是伊芙琳特意为书店做的一则广告。另外一篇提及普洛斯彼罗的文章则刊登在《洛杉矶周刊》上，评论了当时正在阿孟森剧院上演的舞台剧《暴风雨》。而《洛杉矶小报》于21世纪初期才问世，不用找也知道里面不可能出现我想要的信息。

我在图书馆的寻找碰了壁，便又不甘心地彻底搜查了比利的公寓。衣柜的最上层，没有；塞满东西的咖啡桌抽屉，没有；放着一次性筷子的餐具抽屉里，也没有任何与伊芙琳有关的东西。在普洛斯彼罗书店中，她的踪迹更是无处可寻，既没有出现在记录营业额逐年下降的文件夹里，也没有出现在桌面上的任何文件里。

“你在找什么呢？”马尔科姆发现了前台书桌后地板上被文件包围的我，文件柜里的一张张纸如瀑布一般从我身边倾泻而下。

“为什么没有2000年以前的文件？”我抱着2002年的订货单发问，这是我能找到的最早的文件。

“我们这儿空间实在有限。”马尔科姆从我手中拿过文件，逐一审视了一番。

“竟然还有这个，真令人百思不得其解。”他把订单揉成一团，扔进了垃圾桶。

“嘿！”我赶忙把这团纸从垃圾桶里捡出来，尽可能地将它展开铺平，“没准我们哪天就能用上它。”

“用它干吗？审计只需要6年内的文件。”

“它见证了书店的历史。”我告诉他，拒绝透露更多细节。

“书店的历史？”他再次从我手中拿过订书单，“你告诉我，订购20本《可爱的骨头》告诉了你书店的什么历史？”

依我看，书店就像这本小说那样充满了悲剧色彩。虽然苏茜·沙蒙[1]的灵魂可能并没有盘旋在书店上空，死亡的阴影却真实地笼罩着这里。

然而，我并没有把这个想法说出口，整理了一下思路后，我说："对后人来说，那些看似不重要的文件往往可以揭示当时人们的日常生活，以及那个时代的品位，这些细节往往是官方文件容易忽略的。而我所说的'看似不重要的文件'就是这样的——"我指了指他手中捏着的皱皱的纸，"这上面的内容往往才能更好地展现这里的过去。"

"需要帮你搭一座即兴演讲台吗？"

"你这态度是想吃我一拳吗？"我握紧拳头，摆出一副抗议的架势。马尔科姆回了我一个白眼，随即像投篮一样把订单扔进了垃圾桶。

自从那晚我们敞开心扉畅谈了彼此对书店的想法之后，我和马尔科姆之间的关系发生了确凿无疑的变化。每天早上，当我下楼开始一天的工作时，他会主动递上一杯咖啡。他仍然坚守着自己在收款台后面的"御座"，却会在客户有特别订货要求时喊我过来一同处理，当我在电脑上搜索书籍记录时他会凑过来查看，距离近到我可以闻到他身上混合着肉桂味体香剂的淡淡汗味。书店收到了三本关于肯尼迪遇刺事件的书，他让我挑选一本，以纪念即将来临的悼念日。

---

1 苏茜·沙蒙：小说《可爱的骨头》的女主人公，是一个被人杀害的14岁少女。苏茜死后，灵魂徘徊于世上，看着凶手逍遥法外却无能为力。——译者注

有时候，在他去和销售代表开午餐会之前，我们会坐在一起，仔细阅读出版商的图书目录。马尔科姆会教我如何将与某些书目相关的问题反馈给对方，以及在哪里记录我们认为应该采购的书籍数量。除此之外，我们还将最新的季度报告打印了出来，一起查看哪些书籍销量不佳。然后我们会将它们下架，并在打包寄还给出版商之前向它们致敬。

在一天的末尾，当露西娅也离开书店后，我们会将打烊的标志挂在门外，结束一天的营业。随后，他会为我递上一杯苏格兰威士忌。在我们为如何拯救书店的未来而共同开动脑筋时，我会试着去享受这浓烈的酒精为喉咙带来的灼热感。经过在各大书店网站上的一番调查，我发现我们的竞争对手不断开发出了各种营销方式来扩大自己的客户群体，比如朗读会、读者开放日、图书俱乐部、写作沙龙，以及忠实买家奖励机制等等，让人眼花缭乱、目不暇接。

“绝对不能有读者开放日，”马尔科姆毅然决然地提出反对，“要是有人敢在这儿大声读诗，我就把自己的耳朵扯下来。”

“真可惜我们不卖酒，不然就可以从人们的恶习中大赚一笔了。”我说。

“我觉得忠实买家奖励机制还不错啊，”马尔科姆补充道，“不过，买《暮光之城》可不能积分。”

“你可真是个自命不凡的知识分子。”

“谢谢夸奖。”他一脸笑容，毫无羞愧之意。要知道买十本送一本，或者为俄罗斯作家的书、罗尔德·达尔的系列作品，或是我们的畅销书举行限时抢购活动，并不足以让这家书店继续运营下去。

“咱们在街对面的咖啡店放一些常客优惠券怎么样？”我提议。

“你确定想和一家提供品尝说明的装腔作势的咖啡店扯上关系吗？”

比起给书店的未来支招，马尔科姆更擅长拆台，他不断否定着我的建议——除了偶尔的读书会和每月的读书俱乐部活动，他不想举办任何活动；他拒绝出售任何文学主题的火柴盒或环保袋，认为这些东西会让经典作品变得俗气；他不愿在替换掉现在所使用的本地咖啡豆一事上做出让步，即使它的成本比全国分销的咖啡豆贵了一倍；关于为普通员工提供的健康保险计划，他剥削了露西娅和查理去看牙医和眼科的福利待遇。他将自己的反对意见称为“出于理智而做出的决定”，而我却觉得这根本就是借口。我用“精英主义”和“自命不凡”来形容他。很显然，我们都刻意回避了一个显而易见的事实：改变这家书店的任何一项传统，都意味着我们将紧握比利的手又松开了一点。所以，我们只能围绕着比利来修一条大路，以此守护那个曾经每天与马尔科姆朝夕相对，为童年的我策划野外探险，在我长大成人后仍然为我描绘蓝图的比利。比利是连接马尔科姆和我的纽带。除此之外，我们还拥有一个共同的兴趣，可以让我们敞开心扉、从容讨论，那就是普洛斯彼罗书店。

如果说有一件事能让我和马尔科姆达成共识，那便是我们一致同意，我们需要向他人寻求帮助。这就意味着要让露西娅和查理也参与进来。我希望他们可以劝劝马尔科姆，让他明白为书店做出改变不代表忘记比利，恰恰相反，它给了我们延续这里生命的可能，向比利致敬。

书店在7月4日闭店休息，这也是整个夏天书店唯一关门的一天。那天一大早，我在醒来后看到了杰伊发来的表情：一束燃烧的烟花。这是整个星期以来，杰伊第一次主动联系我。当然，我每天都会打电话给他，而他也会一次不落地接起电话，只不过他不再谈论野餐、草地滚球、沙滩旅行等与我们今夏计划有关的事。我可以理解他受伤的心情，但其实他也是一个以家庭为重的人。如果他的姐姐需要他帮忙组装梳妆台，或是他的妈妈邀他去吃早午餐或参加画廊开幕式，他都会义无反顾地取消一切安排（与足球有关的除外）立刻前往，包括我们早就约好的烛光晚餐、一场已经买好票的电影，以及去斯古吉尔河畔漫步的浪漫之约。所以我希望他也可以换位思考，理解我的所作所为其实和他去组装梳妆台和书架没什么区别。当手机屏幕上的烟花逐渐消散时，我把它扔到了床的另一边，准备睡个回笼觉。

刚刚睡着，我便再次被手机的振动声吵醒，爸爸的短信总是以一种命令的形式出现，没有标点符号，没有任何客套话——“回电”，“看邮件”，“给我讲讲学校的事”，“快点好起来”。我查看了最新信息，发现收到的内容不出意料地言简意赅：“今晚几点？”爸爸的年龄出卖了他，他对现代通信方式一无所知。但尽管如此，从他发来的信息内容上，我仍嫌他的态度太过冷淡，对于即将看到我没有任何兴奋之情。

每年的国庆日，爸爸妈妈都会在步行前往沙滩观看烟花之前，邀请他们的邻居兼老友康拉德一家来家里一起烧烤。我并不记得妈妈邀请过我加入他们的晚餐，我想她一定是觉得我在家，便默认我会和他们一起度过节日。细细一想，自从我们在沙发上观看道奇队比赛，爸爸睡着打呼噜的那一次后，我已经有11天没和他们联系过了。周日的时候，我也没有打电话给妈妈，告诉她我不回家参加周末烧烤；而她也没有打给我，问我为什么没有回家。

“我今晚不回去了，书店还有事。”我给爸爸回复了短信。

“好吧。”很快我便收到了爸爸的回复。短信中没有寒暄的话，比如“下次见”或是询问我下周日是否回家，只是简单的两个字，“好吧”。得不到来自家庭的无条件支持，分离疏远的种子只会埋得更深。每周日的家庭烧烤和棒球比赛节目并不足以让我们回到原来的样子，唯有交谈与沟通才能解决问题，而这恰恰是我们所欠缺的。既然一时无法解决，我决定暂时远离那些和爸妈以及杰伊有关的纷纷扰扰，将注意力集中在普洛斯彼罗书店上。与其回家面对尴尬的局面，不如在今天下午组织一场内部会议。

露西娅和查理勉强答应了在午餐时开会，但要求我们必须在下午三点前结束会议。为了准备这次内部会议，我特意打印了内部销售网站上的报告，不仅包括我们的日均销售记录，还有几家比我们经营有道的独立书店的平均销售额。我还特意制作了一份电子表格，列出了我们的运营成本和盈亏平衡点，由此计算出如果我们只靠售卖精装书维持生计的话，每天需要卖出65本才可勉强过活，这意味着我们每三分半钟就必须卖掉一本书。我不敢想象如果将这些折合成咖啡的话，一天要卖多少杯。

我在日落大道路口的奶酪店买了些三明治，又买了马尔科姆最喜欢的6罐装北加州产IPA啤酒。马尔科姆是第一个到书店的人，来了以后就一言不发地坐在电脑后面为会议做准备。我打开了一罐啤酒递了过去。

“哦？我最喜欢的啤酒。”他盯着外包装端详了一番，“你觉得这次会议会有用吗？”

“我们必须试一试。”我只能这样回答。

门铃响了，露西娅风风火火地走了进来：“先别和我说话，我必须先吃点东西。”

“这个人总说自己低血糖绝不是空穴来风的。”查理紧跟其后。露西娅见桌上有现成的三明治，二话没说就狼吞虎咽地干掉了一个，甚至都没来得及坐下。

“我敢肯定你身体里有一部分和正常人不一样。”查理在露西娅咽下最后一口三明治时发出感慨。

露西娅大大咧咧地擦了擦嘴：“咱们开始吧，一会儿我和查理就得出发去看烟火了。”

“还有4个小时才放烟火呢。”

“没有冒犯的意思啊，只要不让我在这儿干坐着，我有1001件事可做。”面对她的口无遮拦，我耸耸肩，装出一副无所谓的样子。

“我会尽快把话说完的。”我说，心想如果现在就告诉她即将失业的噩耗，也许她就不会那么心急如焚地赶去沙滩看烟花表演了。

“是不是发生了什么？”查理问，“你们俩最近好像走得很近。”我偷偷瞥了马尔科姆一眼，发现他脸颊通红，我敢打包票自己也没好到哪里去。“你们不会签约了一个真人秀的拍摄吧？”

“查理，”马尔科姆开口了，语气中带着一丝厌恶之情，“我几乎把所有想在咱们这儿拍摄的媒体都拒绝掉了，你以为我会为了这点利益就把普洛斯彼罗书店卖给那些破真人秀？”

“没有最好。”查理小声嘟囔着。

“电视台想在咱们这儿拍摄？”我问马尔科姆。

“别想了，肯定好不了。”

“想想咱们能因此挣到的钱。”

“反正咱们早晚都得把这儿关了，何必在这些事情上浪费口舌？再说，这样做对我们的读者也太不负责任了，我不会同意的。”

“我想他们会理解的，就拍一两天，他们会找到去处的。”

“米兰达，这是不可能的，你放弃这个念头吧。”一旁的查理和露西娅有些不知所措，一会儿看看我，一会儿又看看马尔科姆，就像两个被夹在父母中间的孩子，不知该如何做出选择。

“好吧，那我们不如现在就想想到底怎么做才能在大家都满意的同时，不让这家书店倒闭！”我气急败坏地大声喊着。露西娅倒吸了一口凉气，我们集体陷入了沉默。“对不起，我本不想以这种方式告诉你们，”我向露西娅和查理解释，“但是我们现在的情况确实如此。”

我随即向他们展示了下午制作的电子表格，并开始了我事先准备好的演讲：我们拥有一群忠实的客户，而他们的存在又是多么重要。当务之急，便是将我们的客户群体扩大两倍甚至三倍。我们甚至要吸引那些在咖啡区等待昂贵拿铁的人，让他们将注意力放在我们的书上，而不是将书店当风景来看。露西娅听后十分赞同地点了点头。我于是将前几天向马尔科姆提出的建议再次提了出来——朗读会、读者开放日、图书俱乐部、写作沙龙，以及忠实买家奖励机制……我就像电影里做开庭陈述的律师一样振振有词。我们可以考虑售卖电子书，将营业时间延长到晚上，或组织任何活动。总而言之，如果我们想将普洛斯彼罗书店继续经营下去，就要在决定命运的10月1日到来之前让接下来的每一天都发挥作用。

演讲结束后，我给了每个人几分钟的时间来消化这个消息。查理一言不发地抠着桌上两块马赛克图案之间的水泥浆，直到露西娅命令他停下。马尔科姆在喝完手中的啤酒后，又接连打开了两罐，并将其中一罐递给了露西娅。他们一言不发地喝着各自手中的酒，这让我意识到6罐啤酒可能很快就会被喝完了。

“我们真的要倒闭了？”查理终于忍不住发问。我并没有心情回答这个问题，很显然马尔科姆也不想回答，只是低着头，专心抠着自己结痂的拇指。

“我觉得啊，”露西娅似乎突然想到了一个好主意，“我们是不会不战而降的！”

“这话说得就好像我们已经输了一样。”马尔科姆说。

“这确实将会是一个挑战。”我坦诚，并强调了以后我们每分钟需要卖出的童书数量。

“你这样分门别类是不科学的。”马尔科姆果然有话要说。

“我只是举个例子。”我拿出了全美其他类似独立书店的销售额，同我们的进行了对比。

“这么比较不够严谨。”马尔科姆又说。

“为什么你总跟我对着干？”

"因为你的提议对于书店来说是不公平的。"

"这些书店为什么能卖出这么多书？"露西娅忍不住开口，"我们有着得天独厚的地理优势、忠实的客户群体和如此丰富的图书储备量，我们的问题到底出在哪里？"

查理翻看着财务报表。"比利知道这些情况吗？"他听起来就像个刚刚失恋的人。

"别这样行吗？"马尔科姆说，"这又不是比利的错。"

这的确是比利的错，但是将这一事实摆上台面似乎并不会对大家有任何帮助。"账户里的钱足够我们撑到9月底。如果大家想在秋天过后仍然每天来这里上班，那就必须要认真做出一些改变了。"我说。

"这是不是代表你准备留下来了？"查理问我。

"我8月底说什么都得回费城了。"话音一落，我便意识到其实自己早已在心中做出了决定，要在这里度过整个夏天。我试图摆脱这种负罪感，并对于接下来不得不和杰伊进行的对话忐忑不安，这一决定将令我们持续紧绷的关系变得更加糟糕。

"但你并不一定要卖掉这家店，只要我们可以努力让它赢利，它就不会离开我们这个大家庭了。"查理的声音带有一丝颤抖，我好想给他一个拥抱，因为他将我视为这个"大家庭"的一分子，认为书店由我来经营，比将它卖给一个外人（甚至是一个好心的，愿意继续经营书店的外人）强太多。

"但是我没法在千里之外继续经营这里的生意。"我说。

"放心，有马尔科姆在。他已经在这儿这么多年了。"

“查理，”马尔科姆责备道，“我们会找到合适的买家的。”

“如果我们好好挑选的话，书店会找到合适的接管人的。”我说，“但是很抱歉那个人不是我。”

一时间，大家陷入了沉默。露西娅突然起身，表示自己很快就会回来。几分钟后，她带着一箱啤酒、一瓶龙舌兰和四个烈酒杯回到了我们面前。我一定是露出了一丝不可思议的神情，因为她在递给我酒杯时说：“没关系，我们一起面对。”

我们碰杯，将龙舌兰一饮而尽。

日落时分，奶酪店、咖啡厅和餐厅陆续结束了一天的生意。露西娅看了看表，欲言又止。我们列出了顾客们知晓普洛斯彼罗书店的方式：路过时看到，通过偶尔举办的读书会和新书发布会，以及点评网站上的介绍。露西娅为大家斟满第二轮的酒，瓶中的液体已经消耗过半。我们接着列出了扩大书店知名度的其他途径：在本地报纸上刊登广告，举办每周活动、图书俱乐部、作家研讨会、杂志发布会，更新每月特刊和博客。

“我们需要好好运营书店的官方网站，”我充满了斗志，“它不应该只是一个摆设。哦，对了，一定要在脸书和 Instagram（照片墙）上都注册官方账号。”

本以为马尔科姆会为此与我争论一番，没想到他却说：“我一直想开一个关于黑色小说的博客。”

“我也一直想开一个关于钩针编织的博客。”露西娅满怀期待地说。

“咱们还是别跑题了。”马尔科姆警告她。露西娅朝他吐了吐舌头。

“咱们可以专门为孩子们做点儿什么。我可以组织一个苏斯博士[1]活动日。”查理的提议让我又想抱抱他了。

最后，我们汇总了一系列可以发布在新网站上的活动预告，就从希拉的新书发布会开始，之后还有一系列为纪念雷蒙德·钱德勒、海明威和其他一些员工挚爱的作家的诞辰举办的庆祝活动。

“每个月最多只能为一位作家举行庆祝活动，”马尔科姆提出异议，“如果排得太满，会让人产生审美疲劳。”

“还不是你提出钱德勒和海明威的生日都不能错过？”我反驳道。这两位大作家的生日只相隔两天。

“这是头脑风暴的结果。”马尔科姆说。

“这是头脑风暴的结果。”露西娅模仿他的语气重复道。在酒精的作用下，她的声音听上去有些含糊。

马尔科姆噌地从座位上跳了起来，露西娅掉头就跑，他紧随其后，一副势在必得的样子，一直把她逼到文学区的角落里。马尔科姆向前扑去，露西娅灵敏地躲开了他伸出的手。他们喘着粗气，就当露西娅歪过头来冲我傻笑时，马尔科姆抓住机会飞快扑向她的双腿，一下子就把她抱了起来，大头朝下扛在了自己的肩膀上。她挣扎着要下来，纤细的双腿在空气中胡乱踢着，像一条垂死挣扎的鱼。

“马尔科姆，快放我下来！我是认真的！”她越是尖叫，他越不

1 苏斯博士：美国著名儿童文学作家、教育学家、漫画家。——译者注

肯放她下来，反而走向了垃圾桶，作势要将她扔进去，直到距离垃圾桶只有几英寸时，才将她放下来。露西娅猛捶他的肩膀，却并没有真的用力。“你这个幼稚鬼！”她边捶边说。

马尔科姆带着依旧沉重的呼吸声回到了座位上。“8月总是那么漫长。”他指了指作家生日表上列出的那些名字：詹姆斯·鲍德温、查尔斯·布可夫斯基、桃乐丝·帕克。8月光是过生日的作家就有三位，意味着我们要为他们举行三场活动。“我觉得我们不该安排得太满，一场就足够了，就选布可夫斯基怎么样？”

“但是我们必须要在8月提高销售额，只举行一场活动肯定不够。”我说。

“如果人们都出去玩了，你总不能逼着他们回来吧？”他提出质疑。

“城里的所有人都出去玩了？洛杉矶的每一个人都不在家？”

“差不多吧。”

“我可还在家钩毛衣呢。”露西娅替我出头。

我们将日程一直安排到了9月底。先是在8月的时候试探性地增加一些活动，然后彻底填满整个9月，让书店完全活跃起来。这其中包括一个“罗尔德·达尔图书日”（查理承诺将会为此准备一座巧克力喷泉，并表示如果成本有限，他将自掏腰包），一个“肯·克西小说之夜”，以及一些常规的图书俱乐部活动和作家小组讨论会。这些活动将一直持续到10月1日，也就是按揭付款和信用额度到期的日子。我们还约定在9月底举行一场狂欢派对，无论结局是成功还是失败，我们都将在这一天忘记所有，大肆庆祝一番。因为无论如何，这将是我最后的告别。

此时我们早已饥肠辘辘，肚子轮番咕咕叫了起来，查理赶忙起身到“普洛斯彼罗陋厨”为大家制作火鸡三明治。晚餐时分，露西娅、查理和马尔科姆分别分享了珍藏在各自心中的“普洛斯彼罗书店最佳瞬间”。露西娅回忆自己曾经对读书并不感冒，直到发现了《加西亚家的姑娘不再带口音》，她甚至可以将与这本书有关的回忆像照片一样珍藏在心中。她至今都能清晰地记住每一位购买此书的客人样貌，包括他们眉毛和嘴唇上穿孔的位置和数量，以及几周后他们再次回到书店，询问是否还有其他的书推荐时，手戴银戒指、脚踩短靴的装扮细节。而查理最记忆犹新的时刻，是他来这里上班的第一天。当时由于客人很多，他太过手忙脚乱，以至于忘记了烤箱里加热的百吉果，导致整个书店都被烟雾笼罩。当他以为自己会被比利立刻开除时，却发生了意想不到的一幕：比利不但没有赶他走，反而送给他一个计时器，告诉他使用方法，避免同样的事件再次发生。

马尔科姆则回忆起了当时一位常驻咖啡区的作家，离我们不远的那张桌子便是他的地盘。后来此人飞黄腾达，现在早已拥有了属于自己的办公室，因为工作的关系，他已经很少来这里了。当他成功卖掉第一本自己撰写的剧本时，比利比谁都开心，还特意买来了香槟和大家一起庆祝。还有另外一位经常光顾的作家，当他得知父亲不幸离世后，比利特意为他临时关闭了咖啡区，只为留给他一个安静的空间独自悲伤。还有一次，一个年轻的男人在文学区转悠了很久，撕毁了一本又一本的书，他将每一部爱情小说中自己喜欢的书页全部撕了下来。马尔科姆试图劝阻，却被比利制止了。男人在撕了10本书后逐渐冷静了下来，他支付了图书的费用，没有继续失控。在他走后，比利将他撕下的书页全部收集起来，放在一个盒子里，收进了储藏室。据马尔科姆所知，盒子至今仍然保存在那里。

轮到我时，我讲了自己小时候是如何被比利带到这里的。他告诉我可以选一本书，任意一本，而那些小说比我在其他书店里买到的都更具有魔力。我还告诉了他们当年的书店经理李和比利是如何接听电话的——“我们爱书，胜过爱一切荣耀”。露西娅将这句话重复了一遍，仿佛这是一句战歌中的歌词。她挥舞着拳头，一遍又一遍地重复着图书与荣耀，把啤酒洒得到处都是，直到马尔科姆劝阻她时才安静下来。

我为他们讲述了银湖区在20世纪90年代时的样子。那时这里并没有咖啡馆和奶酪店，反之，车内财物被盗事件屡屡发生，有时你甚至可以听到枪声的回响。

马尔科姆不禁为银湖区的中产阶级化和居民的背井离乡而扼腕叹息，露西娅夸张地打了个哈欠，拿手中的餐巾纸扔他。“你住在回声公园[1]，”她说，“就别这么义愤填膺了。”

我们就这样分享着与书店有关的各种美好回忆，外面已经彻底黑了下来，有人开始偷偷放起了烟花。我们循声来到屋顶，在那里可以清晰地俯瞰回声公园和整个市中心。放烟花的人越来越多，此

1 回声公园：洛杉矶市郊住宅区，拥有时尚的餐厅、酒吧和精品店，公寓风格精致。——编者注

起彼伏的炸裂声将我们层层包围，仿佛置身战场。

露西娅和我坐了下来，把脚悬在屋顶的边缘。“我想知道从这里能看到多少烟花，”她指着东边，“一定能看到道奇体育馆放的烟花。”随后她又把手指移到西边，激动得语无伦次，“也许连世纪城购物中心和圣莫尼卡海滩上放的烟花都能看到！”马尔科姆和查理则坐在屋顶的另一边，热烈地聊着什么。“又在说秘密，你们聊秘密不叫我，那还有什么意思？”露西娅冲他们大喊。

“想知道我们在聊什么吗？那你就过来呀！”查理也喊了回来。

“我动不了了，我的腿全麻了，”她使劲敲打自己的腿，“但是无所谓啦。”我们被黑暗笼罩着，我的腿没有麻，但是也不想动。“你原本是打算这样庆祝国庆日的吗？”她边问边将又一杯龙舌兰一饮而尽。

“你的意思是说，我有没有想过会在这一天拼尽全力拯救我已有16年未曾谋面的舅舅留给我的书店？不，我从来没想过会这样。”在酒精的作用下，我的声音大到失控，露西娅用双手捂住了耳朵。

“我就在你旁边呢，不用喊啊。”我们不约而同地笑了起来。露西娅止住了笑：“等一下，你说你和比利16年都没见过面？”

“我骗你干吗？”

“真是个悲伤的故事。”她把头靠在我的肩膀上。

“确实很悲伤，”我也顺势把头靠向她，“真的很悲伤。”

查理不知道什么时候蹭了过来，踉踉跄跄地坐到了露西娅旁边。他伸出双手搂住露西娅，顺势把她手中的酒瓶抢了过来。

“原来你找我只是为了我手里的酒。”她略显失望。

马尔科姆仍在屋顶的另一边来回踱步，我走到他跟前，我们一起默默地看着烟花在远处闪闪发光。虽然我们承诺要合作、同甘共苦，但除去与普洛斯彼罗书店有关的话题外，我不知道还能和他说点什么。

“对不起，我并不是想在这儿故意刁难你。”马尔科姆打破了沉默。

“你？刁难我？”

“以前比利在的时候，凡事都是他拿主意，我什么都不用操心。现在，他就这么走了……”他落寞地看着遥远的天空中腾起又四散的烟花。

“没关系，我懂的。”我说。

“不过啊，我还是不支持设立读者开放日，要知道并不是每个人的心中都住着一个艺术家。”

我用胳膊肘捅了捅他：“比利有你在身边陪伴，真好。”

马尔科姆盯着我，仿佛这是他第一次见到我。“你知道吗？你和我想象中不太一样。”

“哪里不一样？”我的声音充满期待，超乎我的想象。

“你——”一枚烟花在我们身后腾空而起，打断了马尔科姆的思绪。露西娅兴奋地跳了起来，跑到我们身边。我们一起转身凝望着被染成了粉蓝色的天空。她伸开双臂将我们一把搂住，开心得大叫。

“我到底哪里不一样？”我隔着露西娅的肩膀朝马尔科姆大喊，他什么也没有说，只冲我挤了挤眼睛，便又转身望向天空。我想冲动地牵起他的手。我在想如果我就这样拉着他的手下楼，一直跑到文学区，一把将他推到书架前会发生什么。我在想如果我就这样吻下去，他会不会亲回来。从客观角度上说，他并不如杰伊那般拥有强烈的吸引力，但他柔软的内心却将我深深吸引。

他微微拱起的肩膀让他看起来总是一副不太舒服的样子，他身上总有一种我无法撼动的特质，同时也是一种我无法否认的特质。我在想什么？我大概永远都不会去牵他的手，永远都不会和他发生“短暂而猛烈的性爱”，甚至连一个短暂而猛烈的吻都不会有。不仅是因为我和杰伊正处在一段关系中，而是我一直都缺乏那种抛下一切的勇气。尽管如此，我还是忍不住幻想如果自己是那种做事不考虑结果的女孩，结局会是怎样。

“快过来！”查理指着西边，不远处有三组不同颜色的烟花竞相绽放，它们毫无规则地在天空中爆炸开来，三组色彩各异的圆形图案同时出现在我们面前。想不到在普洛斯彼罗书店的屋顶竟可以欣赏到道奇体育馆上空的烟花表演，此等美景想必在城市的哪一个角落欣赏都是一样绚烂多彩。我想象着在海边的妈妈，她惬意地坐在毯子上，靠在爸爸身边。当亮白的火花四散掉入海中时，他们的双手也紧紧地握在一起。她欣赏烟花的时候是否想起了我？她又是否想起了伊芙琳和比利，想起了那些从来不曾向我提起的往事？

这时，又一轮烟花腾空而起，露西娅举起手中的啤酒。“让我们干一杯！”她放声大喊。黄色的烟花在国旗蓝的烟花中爆裂，然后如细雨一般落下，紧接着礼炮声响起，大概有十几发。我们紧紧依靠着彼此站在房顶上，看着数不胜数的烟花不断在眼前绽放着，长达两分钟之久，仿佛整片天空永远不会平静下来一样。渐渐地，随着最后一束烟花的熄灭，露西娅再次大喊：“让我们再他妈的干一次杯！”

我们听到有几个人在后院欢呼庆祝，便和这群陌生人一起不管不顾地喊着、笑着。我们尖叫着，直到喉咙沙哑、嗓子疼痛才罢休。

疯狂的烟火表演持续了几个小时，不知什么时候，我们跌跌撞撞地下了楼，在早已沉睡的书店里放声大喊。可能这一切都是酒精在作祟，我不知道自己喝了多少，也不知道是什么时候、怎么上的楼。第二天一早，我发现自己躺在比利的床上，身上还穿着昨天那条牛仔裤。我模糊地记得我昨天半夜给杰伊打了电话，他在睡梦中用迷离的声音告诉我偌大的床上只有他一个人。我隐隐约约地记得，在电话中我主动提议要做一些让他感到不那么孤独的事情，努力不让自己在无意中说出马尔科姆的名字，说出整个夏天我都将和他分离的决定。杰伊则先是嘲笑了企图开黄腔的我，随后表达了对我的想念之情。我们借此达成了和解，尽管我们在交往的过程中难免会出现失望的情绪，并偶有争吵，但我们之间仍有一种奇妙的东西一直存在。

比利的卧室在阳光照耀下渐渐亮了起来。我躺在床上，想着杰伊。想着在夏天结束的时候，他会带着鲜花在机场等我。当我看到鲜花和杰伊的刹那，便会发现自己有多么想念他，同时庆幸自己成功地抑制住了对马尔科姆的感情。学校在那个时候很快就要开学了，我们会一起备课，在下班回家的路上为了抄近道，一起在费城西部的小路上穿行，尽管这并不能为我们节省多少时间。在学校大厅碰面时，我们仍会假装彼此只是普通同事，然而在回家后，我们便成了恋人，打得火热。这一切的一切都令我感到生活无比完整。

当我想象着这些画面，试图回忆费城的快乐光景时，那些与普洛斯彼罗书店有关的事却不时跃入我的脑海——马尔科姆意味深长的凝视、查理的酒窝、露西娅的手忙脚乱和比利的线索。假如最终没有解开比利留下的谜题，我真的可以洒脱地离开这里吗？假如我直到最后都没有发现与伊芙琳有关的真相，又该怎么办？比利和妈妈争吵的真正原因到底是什么？假如我和妈妈仍在冷战，我真的可以一走了之，头也不回地回到东海岸吗？如果我们的关系永远都不会再像以前一样怎么办？书店被我们成功拯救后我又该如何离开？我们能成功拯救它吗？图书俱乐部、派对、读书会，这些真的能帮上忙吗？也许所有的反抗都是徒劳的，普洛斯彼罗书店也将和银湖区往日的那些商店一样，因无法适应这个快节奏的时代而最终沦为一座废墟。我试着安慰自己，这些只是宿醉后的傻念头而已，但昨夜狂饮龙舌兰带来的多巴胺已经慢慢消退，在这样一个灰蒙蒙的早晨，一切都显得那么遥不可及。

“以为没有不可能的事了。”难道我这么快就把爱丽丝的话忘记了吗？比利对此深信不疑，并希望我也一样。我必须要咬紧牙关坚持下去，竭尽全力拯救普洛斯彼罗书店。

12

短短一周内，我们便将传单和明信片贴在了卢斯费利斯、银湖和回声公园每一家咖啡店和公共图书馆内的每一块公告板上，除了普洛斯彼罗书店的标志外，我们还选取了一些与文学有关的名言印在了上面：

学会阅读就是点燃篝火。——维克多·雨果

拥有好朋友、好书籍和一颗宁静的心，就是理想的生活。——马克·吐温

阅读，让我们感觉不再孤单。——C. S. 刘易斯

我一直想象天堂应该是图书馆的模样。——豪尔赫·路易斯·博尔赫斯

一旦你学会了读书，你就永远获得了自由。——弗雷德里克·道格拉斯

没有书，我将无法生存。——托马斯·杰斐逊

最后两条名言是我贡献出来的。

在书店入口，马尔科姆正在张贴我们新组建起来的图书俱乐部

海报。图书俱乐部共有四种类型：一种为小型出版社和新人作家开设，希望借此吸引他们的注意力，并和他们建立联系；一种讨论洛杉矶文学作品，这也是马尔科姆坚持一定要创立的类别；一种讨论世界文学，由露西娅负责管理；一种讨论经典文学作品，无论年代久远与否。对于一家以莎士比亚笔下的人物命名的书店，开设这一类别的读书会是毋庸置疑的。

此外，我们还最终决定了一些与慈善晚宴有关的细节。时间：9月28日，周六。衣着要求：文学人物主题装。票价：每张20美元，一共200张。尽管单凭门票无法弥补我们每个月的平均亏损，但这毕竟是一个开始。我们将为未售出的门票举行一场无声拍卖。马尔科姆给一家本地家具店、几家沙龙和自行车行都打去了电话，询问是否可以得到他们的赞助；我起草了一份新闻稿，发给了当地的报纸和博客；露西娅和查理则委托了他们的朋友——整个东区的调酒师和服务员，让他们问问自己的老板，是否可以为当天晚宴提供免费的小吃和鸡尾酒，以拍卖固定价格的套餐。我们不仅需要这些赞助，更需要来自整个社区的支持——从当地花商到五金店店员，每一个不想眼睁睁看着我们关门大吉的人的支持。

马尔科姆恰好有个朋友在KCRW电台工作，他表示只要我们同意成为电台福利计划的一部分，便会帮我们安排在早间音乐节目中播放15秒广告的机会，以此宣传希拉的新书发布活动。虽然马尔科姆对“打9折”之类的字眼嗤之以鼻，但总体来说这样的安排还是利大于弊的，电台广告将会吸引一批新的“洛杉矶收音机爱好者”前往普洛斯彼罗书店。

希拉的新书发布会将于周日晚上7点举办，刚好与布鲁克斯家庭烧烤聚餐撞在了一起。就在发布会的前几天，我收到了爸爸发来的命令式短信："周日来。"这句话犹如一句指令，但我只能这样回复："我尽量吧。"他补充道："为了能让你妈高兴。"我很想回复爸爸，"我也希望妈妈能让我感到高兴"。我无法想象，如果自己发给他的是最终无法赴约的信息，爸爸会做何举动。我也打心底里希望，主动来和我沟通的人是妈妈。

我已经有三周没和妈妈说过话了。记得高一时，我们在美术老师的陪同下前往意大利旅行，在那里，我有一周的时间都没有和妈妈通话。她坚持让我每天都发邮件给她报平安，这样她就不用给美国大使馆打电话询问我是否被人绑架了。为了让妈妈放心，我会定期报告身边发生的一切，包括哪些同学偷偷喝了酒，哪几个人身上可以明显地闻到烟味，又有哪些分分合合的小情侣每天上演泪水纷飞，甚至还有一次大打出手的戏码。在费城时，只要36小时没和我通电话，妈妈便会精神紧张，而一旦超过48小时，紧张便会升级为歇斯底里。对此我倒是从不在意，反而把它当作与妈妈保持联系的一种方式。即使在我长大离家后，即使分居东西两岸，也不妨碍我和妈妈成为彼此生活中不可或缺的一部分。但现在，我们近在咫尺，关系却反而变得疏远。我想，若想让我们之间的关系再次回到原来的样子，势必要主动做些什么才行。

电话拨通后，刚响了一声便被妈妈接起了。"米兰达，我在超市呢。这里有卖大黄的，我打算买点儿，周日做个水果馅饼。你觉得草莓馅怎么样？想吃吗？"

我在比利的房间里来回踱步，努力寻找着最委婉的措辞。“妈妈，实在很抱歉，周日我可能去不了了。”话音刚落，我便听到电话那边超市购物车吱吱作响的声音戛然而止。“周日是书店第一次举办活动的大日子。这么重要的场合，我真的不能缺席。”

“好吧，我知道了。”妈妈似乎平静了下来，我听到了购物车再次被推动的声音。

“不如你们来找我怎么样？我们当天会为希拉·克罗利举办一场新书发布会。”一时间，我突然觉得这是一个完美的解决方案：父母来参加由我策划举办的新书发布会。妈妈会忆起伊芙琳在世时普洛斯彼罗书店的样子，告诉我店里哪些地方不一样了，哪些又是完好保留下来的。而我会兴奋地告诉她我们重整旗鼓的伟大计划。

“希拉·克罗利？”妈妈说出这个名字时的语气仿佛她们是许久未见的旧相识。

“她出版了一本新的回忆录。她是20世纪90年代的畅销书作家。”

“我知道她是谁。”她听起来似乎有些不悦，就好像我在指责她不怎么看书似的。

“所以你们会来吧？”我坐在比利的沙发边缘上，热切盼望着能够得到一个肯定的答复。

“明天晚饭的鱼我都买好了。”

“周一再吃也不迟。”

“周一我们要去康拉德家吃饭。”

“那就周二再吃。”话筒那边传来了超市购物车轮子的回声。

“鱼放不到周二就该坏了。”

“那就把它冻上。”

“怎么可以把已经解冻的鱼再冻起来呢？这会完全改变它的品质和口感。”妈妈似乎对我的建议感到十分震惊。

“那就把它扔了！拜托，我是真的想让你们来。”我焦虑地抓紧自己的短裤，期盼妈妈不要再寻找任何借口，答应就好。

“我再也不想见到那个女人。”结果似乎是妈妈先抵达了崩溃的边缘。这句话颇有一种忍无可忍的意味。她失去了冷静，这几乎是非常罕见的。

“你认识她？”

“原来见过面。”她回答，情绪平复了下来。

“她和比利是在什么时候开始约会的？”

“他们并没有……”我以为她会问我是如何知道他们曾经约过会的，然而她却说，“那个女人没有给比利带来任何好的影响。”说罢，她深吸了一口气，将自己从回忆中抽离出来，“这样吧，咱们暂定下周日见面，你觉得可以吗？”

“好，说定了，下周日。”我嘴上答应了，心里却有一种不祥的预感，隐约觉得下周会发生些什么。“妈妈？”在她挂断电话之前，我叫住了她。

“嗯？”

“我想你。”

“我也想你，”她的声音竟带着一丝颤抖，“我们下周日见。”

我挂断了电话，靠在沙发背上，思索着我和妈妈之间的关系是如何落到此种境地的。妈妈熟知我与医生的每一次预约时间，知道我看过的每一部电影，以及我最近看完的书。从某种程度上说，她是我的精神支柱，我从来不会向她隐瞒与自己有关的任何事，什么都和她分享：班上的“小霸王”山姆在我的办公桌上放了一个卫生棉条，还特意蘸上了红色的油漆，就因为他觉得“老师”一词可以和“潜在受害者”画上等号；我发现两个女生午饭期间躲在洗手间催吐；我最喜欢的学生抄袭别人的作品被我抓到现形，这些我都会告诉妈妈。有一次我的胳膊上出现了一个奇怪的肿块，吓得我以为自己马上就要死掉，尽管最后的检查结果显示这是一个良性囊肿，妈妈还是千里迢迢地赶来费城陪我做完了这个门诊小手术。不仅如此，我和杰伊第一次亲吻彼此时，我们的牙齿撞在了一起，我不确定自己能否和一个这么不同寻常的人发展感情、继续约会——就连这些我都告诉了她。妈妈是我最信任的人、我的知己、我的军师、我的啦啦队长。而我也知道妈妈何时约见了新客户，发现了一家新餐厅，与桃乐丝·康拉德驱车前往亚利桑那州淘古董。对于她买下的每一盏吊灯、每一个大衣橱和每一只花瓶，我都了如指掌，然而，它们和良性囊肿、尴尬的初吻以及对职业生涯的自我怀疑不同——妈妈喜欢与我分享趣闻逸事，而我则毫无保留地将自己所有的不安向她坦白。也许我们再也无法回到从前，因为我们的关系其实并没有我想象中那般亲密。妈妈知道与我有关的一切，而我却几乎对她一无所知。

希拉新书发布会当天下午，琼妮提前来到书店帮忙，为晚上的活动做准备。自从她开始了《三姐妹》的彩排后，我就一直没有见到她。此刻她靠在比利卧室的梳妆台前，边把玩着自己的头发，边喋喋不休地谈论着她和扮演玛莎与奥尔加的著名女演员共进午餐的趣事，描述了与名人在公共场合用餐时，享受周遭人们好奇眼光的感受。

“我的导演说，提前体会一下这种滋味未尝不是一件好事。有很多人直到成名之时才体会到了名气带来的负累。”提及“导演”之类的字眼时，琼妮总是用一副老练的口吻津津乐道：我的导演，我的舞台剧，我的职业生涯，我的名气。我真希望这部剧能如她希望的那般名声大噪。

说话间，她从包里拿出一支口红，伸手示意我到她跟前去。我坐在床角，仰起头来任她摆布，直至她找到一个面向光线的最佳角度。

“新书发布会是一个好想法，绝对可以吸引很多人来书店的。”琼妮表示。

“都是马尔科姆的功劳，在我回到这里之前，他就开始着手策划这件事了。”

“看起来你俩现在相处得不错啊！”琼妮将新口红轻轻按到我的嘴唇上。

“看样子我通过了他的测试，事实证明他也并不是个浑小子。”琼妮退后了几步，欣赏着自己的杰作，就好似可以借此看穿我，甚至比我还了解自己似的。“怎么样？”我问。

她用食指蘸取了一些口红，涂在我的下嘴唇上：“男人只要见到大红唇，就会忍不住想要吻你。”

“那你还真是大错特错了。”她始终保持着经典的琼妮式微笑，只要露出这种笑容，那么无论从逻辑还是事实上，我都无法说服她。“琼妮，我有男朋友，这一点你又不是不知道。”

“所以这名优秀的进攻选手最近怎么样？哦，不对，在足球场上应该叫……前锋！如果你一直和他交往下去，恐怕我要好好学习一下这些足球术语了。”她为口红盖上盖子，将它扔进塞得满满当当的手包里。

“他负责的是防守位置啦。我还没想好该如何告诉他接下来的 6 周我仍然回不去的消息，不知道他听到后会做何感想。”

“他能怎么想？当然除了想你，还是想你喽！”琼妮拿出手机，在自拍前先好好端详了自己一番，“长距离恋爱总是失败，这可不是空穴来风的。”

“我们不算长距离。”我反驳。

琼妮看上去想要争辩，却欲言又止。我很想追问她心里到底是怎么想的，但又不想听她说杰伊和我之间的感情即将无疾而终。

“你觉得下一条线索会在希拉手中吗？”琼妮换了一个话题。

“希望是吧。”我打开梳妆台最上面的抽屉，拿出了希拉写给比利的那封信。

她接过信来，边读边在卧室里来回踱步：“‘从我们第一次在你客厅的地板上享受鱼水之欢的时候’，哦，我的天哪。”琼妮擦了擦自己的额头，就好像她是斯嘉丽 · 奥哈拉[1]一般。

1　斯嘉丽 · 奥哈拉：小说《飘》的女主角，又译郝思嘉。——译者注

“继续读，精彩的还在后面。”

“‘认识你是我一生中最大的荣幸。你一定可以顺利地度过这段时期，我们都会。当那一天到来的时候，我相信我们会再次见面的’？”琼妮眯起眼睛，试图分析这段话背后的深义。

“不是这句啦。”我抢过信，“‘伊芙琳的死也不是你的错，你必须要相信这一点，只有这样你才可以继续好好地活下去’。”琼妮疑惑地耸耸肩，表示不解。“比利一直觉得伊芙琳因他而死，他需要为此承担责任。”我解释道。

“这听起来像是一种幸存者的负罪感。”琼妮扑通一声倒在床上，显然已经对这个话题感到了厌烦，“再说，这跟他和你妈妈之间的争吵有什么必然关系吗？”

“我也不确定，反正每次只要一提伊芙琳，我妈妈就会立刻沉默，对此避而不谈。”

“那她对寻宝游戏的事儿怎么看？”

“我根本没敢告诉她。”听我这么说，琼妮一下子又来了精神，“最近我妈和我的关系有点奇怪，我们几乎都没怎么说话。”

“不告诉你妈妈真的好吗？”

“不好，可是我也没有办法。你又不是不知道我妈，当她不想谈论一件事的时候，是谁都无法动摇她的。”

“所以你索性就不再拿那些她不会回答的问题烦她啦！”琼妮说，我白了她一眼，正撞上了她嘲讽的目光，“你和你妈关系那么亲密，我真是不明白你为什么要为了那个几乎已经被遗忘的舅舅，一次又一次地挑战她的底线。”

“你是认真的吗？”孩童时期，琼妮不仅了解比利给我出过的各种谜题，有时更是参与其中，和我一起解谜。而在比利失联的那段时间，她也一直陪伴在我身边，甚至还帮我制订了横跨整个洛杉矶的“公交车逃跑计划”。她记得所有这一切，却仍然觉得只因为解谜陷入了瓶颈，或是妈妈和我之前出现了问题，我就该选择放弃比利留给我的最后一道谜题。“你是从什么时候起这么轻易妥协的？”

“你先不要急着否定我嘛！我会这么说，只是觉得你能拥有这样一个对你关怀备至的妈妈，应该感到幸运。”在我们共同成长的过程中，每当琼妮的妈妈和最新交往的男朋友一同前往夏威夷或圣巴巴拉时，都会把琼妮这个小拖油瓶送到我家。她在我家度过了数不清的周末。有时，当姐姐们忘记去接她放学时，她也会和我一起回家，与我们共进晚餐。高中时期，每当她主演的戏剧结束后，都会发现我和妈妈手拿鲜花在停车场等她凯旋的身影。“别让一个谜题影响了你和妈妈的关系，那不值当。”

“好吧，不过你可别因为你和你妈处不来，就表现得像个母女关系专家似的。”琼妮眉头一皱，将所有的情绪都写在了脸上。“我不是那个意思。”我说，走到床边，在她身边坐下，她赌气地转过身去，背对着我，“你知道吗？通过这件事，我突然感觉我和妈妈之间的一切都显得那么虚假。我希望一切都可以顺利地进行，而她却向我隐瞒了各种各样的秘密。”

“那是她的秘密，”琼妮语气冷漠，“你不应该仅仅因为好奇就非得追究到底。”

“那是我们家的秘密，不是她一个人的秘密。”

“比利这事对你来说就这么重要？”

“在他离开以后，家里就只有我和父母了。我没有兄弟姐妹，也没有祖父母或表兄妹，所以一直以来，我总觉得在某些方面有所缺失，我想弄明白为什么我们家从来都是孤零零的几个人，为什么我们不是一个大家庭。”

“如果告诉你比利当年为什么会失踪，你的人生就完整了吗？米兰达，生活不是这样的。”

“但这起码能让我更了解妈妈吧。”琼妮听罢点点头，将膝盖转过来了一点，我也将膝盖转向她，与她促膝而坐。“对不起，我刚刚不应该那样对你说话。不如这样吧，我们交换母亲怎么样？我把你妈妈当成我妈妈，这样在你演《三姐妹》的时候，我妈就可以每天都坐在第一排为你捧场了。”

“还第一排？那些座位可是预留给各界名流的。”她噘着嘴。

“坐后排她肯定也不会介意的。”我向她眨眨眼，竭力表达着悔过之意，“你可以真心原谅我吗？”

琼妮无奈地叹了口气：“谁叫你这么可爱呢？”

下午5点，我们提前关闭了书店，开始为晚上的新书发布会做准备。马尔科姆和我负责搭建临时吧台，而查理、琼妮和露西娅则负责将所有桌台打扫干净。为了强制来宾们捐款，我们还破例提供了红酒和啤酒——要知道，我们既没有酒类营业执照，也无力承担罚款。各式各样的红酒瓶、白酒瓶、啤酒瓶被码了长长一排，我们的身体随着音乐节拍自然而然地扭动着。每杯酒售价7美金，可以说是非常划算了，然而与书店日益累积的债务相比，仍然显得微不足道。

新书发布会开始的一小时前，粉丝们就已前来报到。每一位客人开门时，门上的铃铛都会响，每一次我都会下意识地去看来者是不是妈妈，而那不过是又一个将希拉的书抱在胸前的年轻女人。我责备自己不该抱有如此希望，然而每当铃声再次响起时，我还是会不由自主地转过身去。

当马尔科姆示意大家一切准备就绪，活动即将开始时，咖啡区已座无虚席。没有占到座位的客人则簇拥在座椅后方，侧着身子以便看清讲台。当希拉最终闪亮登场时，大家纷纷转过头去，只见她戴着一副墨镜，裹着一条鲜艳的披肩，经过拥挤的人群时，她不时挥手向粉丝们致意。我正要向她打招呼，手机却突然响了起来。隔着人群，我找到马尔科姆，举起手机向他示意我要上楼一趟，他点了点手腕，让我注意时间，快去快回。

我快速离开人群，钻进楼梯里接通了杰伊打来的电话："嘿，我现在有点忙，一会儿给你回电话，好吗？"

"我一会儿就出门了。"他冷冷地说。

"好吧，你找我有事？我只有两分钟时间。"我靠在楼梯上，年久失修的栏杆慢悠悠地晃了几下。

"我妈要去买富兰克林科学博物馆木乃伊展览的票。展览 8 月就结束了，她怕票卖得太快，想早点儿去买。"

虽然木乃伊展览正对我的胃口，但就算那时我已回到费城，肯定也会想方设法推掉这个活动。杰伊的妈妈对我并不坏，她只是对我视而不见，以免展现出粗鲁的一面。这并非因为我有什么讨厌之处，而是她认为，我是她和儿子之间的一个障碍物。如今我拥有了缺席活动的完美借口，然而我宁愿自己用不上它。

“有件事我一直想和你说，但一直没有合适的机会。我可能要在新学期开始之前再回费城。”我咬着下唇，尽量克制着自己的歉意。

杰伊沉默良久，然后开口道：“我觉得其实我已经挺有耐心的了。”我不由自主地咳嗽了一声，他接着说：“大部分男生可能不会让自己的女朋友离开一整个夏天。”

“难道我回家还得经过你的批准吗？”我生气地说。

“我知道，你以前从来没有和别人长久地交往过。”突然间，他带上了老师的派头，语气中透露着一种“如果你按照我说的做，一切都会变得很简单”的暗示，“但是，如果你已经对别人做出承诺——”

“你现在和我谈承诺？有多少次周六早上我陪你去踢球被冻得半死？又有多少次我们临时取消约会，就因为你妈突然给你打电话说要你陪她去出席晚宴或看艺术展？我已经来加州这么长时间了，你问过我一个关于比利或者普洛斯彼罗书店的问题吗？你有什么资格和我谈承诺？”

“原来成为我生活的一部分对你来说只是一种义务。”他换了一种语气，一种老师专门用来对付不听话学生的语气。

“哦，杰伊，去你妈的！”

马尔科姆将头探进楼梯间，他一定是感受到了我的情绪，脸上的不耐烦迅速变成了抱歉。“时间差不多了。”他轻声提醒道。

“杰伊，我得挂了。”

“你这个人简直是不讲道理。不如这样吧？你去忙你的吧！最好一夏天、一辈子都不要再回来。米兰达，你愿意干什么就干什么去吧，我再也不会在乎你了！”

“很好，杰伊，你可真是个成熟的大人。真他妈的成熟！”我在他还没来得及开口反驳之前便愤愤地挂断了电话。

马尔科姆简直是天生的演说家。他将希拉的优美文字比作曼妙的芭蕾舞曲，并极其自然地引用了奥地利诗人里尔克的诗句，没有一丝做作的姿态。他更是进一步表示，希拉的写作功力可以与琼·狄迪恩和苏珊·桑塔格等著名女作家媲美。我试图将注意力放在马尔科姆流利的开场白上，或是与希拉进行一些眼神上的交流，以便她等会儿认出我来，但是一想到杰伊那通电话，我就气不打一处来。难道杰伊真的认为现在的一切是我想要的吗？整个夏天都不在他的身边，舅舅死后才重新与其取得联系，母女关系陷入僵局，甚至还要负担拯救普洛斯彼罗书店的重任……难道他以为这些都是我想要的吗？

“她笔下的文字引人入胜，鼓舞人心，点燃了我们内心澎湃的激情。所以，话不多说，让我们请出独一无二的——希拉·克罗利。”马尔科姆为这段开场白收了尾。

台下的读者纷纷鼓掌，马尔科姆也一本正经地向大家致意，目光扫过每一位观众的脸，直到与我四目相对，就连希拉上台亲吻他的脸颊时，他的眼神也没有从我身上移开。我向他微笑。与杰伊吵得不可开交，与妈妈持续不断地冷战，这些都不是我想要的——此刻才是，我想要和马尔科姆进行眼神上的交流，想要坐下来认真聆听希拉朗读她的新书，并在心中默默记下这个与她如此接近的时刻。除了留在这里，我别无他求。

在接下来的20分钟里，希拉为大家朗读了她母亲被送去康复治疗中心前的那个夏天发生的故事。那一年她12岁，和妈妈一起住在阿尔塔迪纳镇的一间平房内，她妈妈养了一些牧羊犬，其中一条母狗身怀六甲。巧合的是，希拉的妈妈刚好在母狗即将临盆时晕倒在了走廊上，于是，年幼的希拉只得接过重担，独自一人帮助这条母狗生产。希拉的声音仿佛一位爵士女歌手，我一连听上好几个小时都不会厌倦。妈妈有着民谣歌手的声音，也让我听不厌——只要她愿意同我讲话。

读完这一章后，希拉摘下眼镜，起身向为她鼓掌的粉丝们鞠躬致意。问答环节开始后，大门上的铃铛响了起来。来者并不是我的父母，而是以利亚。看见我后，他立刻向我挥手致意，我也向他挥挥手，并下意识地四下张望，以防马尔科姆看到后认为我在与“秃鹰”勾结。所幸，马尔科姆正在忙着布置签售时要用的桌子，没有注意到以利亚的出现。

“最后一个问题。”马尔科姆大声宣布，指向一个留着棕色长发、倚在青少年图书区书架上的高个儿女孩，她看起来就像个模特，也许她就是个模特。看到马尔科姆对在场最漂亮的姑娘点头示意，我心中竟然闪过了一丝嫉妒之情。这个女孩问了希拉一个与其写作过程有关的问题。希拉对此进行了简短的回答，表示写作并没有捷径，也没有什么神奇的公式，每一位作家都需要找到属于自己的写作方式，仅此而已。女孩显然被希拉的回答震慑住了，看到她泄气的样子，我竟感受到了一丝愉悦，这让我内心涌起一种罪恶感。我瞥向马尔科姆，他的目光已经转移到了签售桌上一排整装待发的新书上了。当希拉开始收拾她放在演讲台下的东西时，我从人群中悄悄地溜了过去，拦住了她。

“克罗利女士？”我主动开口。

“如果你想要签名，可以去墙那边找马尔科姆排队哦。”她头也没抬地回答我。

“我是米兰达·布鲁克斯，比利的外甥女。”

希拉抬起头来朝我微笑，门牙间巨大的缝隙清晰可见。“米兰达，你怎么会在这里？”她的语气透露出一丝惊讶之情，面部表情却格外冷静，“对于比利的离开，我深表遗憾。今天来这里，我本还期待着可以见到他，没曾想听到的却是这样的消息。”

“你的心情我十分理解。”

“你知道吗？在你还是个小婴儿的时候，我就见过你一次。”她合上了那本她刚刚朗读过的回忆录。页面上满是铅笔修改过的印记，是图书出版前对草稿的修改。

“是在你和比利经常约会的那段时间吗？”我努力控制着自己，让这句话听起来尽可能云淡风轻一些，结果却并不然。

“也许我们所做的那些事并不算是约会。抱歉，可能你并不想听这些。”

“我当然想听，我想知道你们之间发生的所有事，我和比利已经很久都没有见过面了。”希拉在我说话的空当示意马尔科姆自己很快就可以过去签名。

“我会告诉你所有的一切。”她拍了拍我的手，像是在给我一剂定心丸，“但是现在我必须要去找一杯红酒喝，等一下如果再有人问我关于‘写作过程’的问题，我可能会用得上。”当我表示可以帮她去拿酒的时候，她说：“你方便把那一整瓶都拿给我吗？”

不一会儿，我便拿着一次性塑料杯和几乎是一满瓶的马贝克葡萄酒回到了希拉身边，她已经在签售桌后坐好，面前是一大摞需要签名的书和若干支黑色签字笔。迫不及待的粉丝们早已排成了长长的一队，蜿蜒地穿过小说区，绕过书店中心放着推荐图书的小桌子和历史书区，形成了一条蛇形的队伍。

“我想我们一定会相处得很好。”我给她倒酒时，希拉缓缓地说。

“我是真的很想和你聊聊与比利有关的事。”我忍不住再次强调。

“希拉，你准备好了吗？”马尔科姆一边把另一厚摞希拉的回忆录放到签售桌上，一边回头询问。

“明天我们相约在这里喝一杯咖啡，如何？”我欣然接受了她的提议，相约明天早上一起喝咖啡。

“克罗利女士。”一位年轻的男士紧紧抓着一本新书走到希拉面前。他留着鲻鱼头，戴着一副玳瑁眼镜，看上去挺真诚，但我怀疑他是有意为之的。他是签售会上为数不多的男性粉丝之一。“你可以帮我为我的母亲签个名吗？”

希拉转过身来，对着我小声地说：“我可能需要再来一瓶红酒了。”

希拉签了名，并示意下一位激动不已的粉丝上前。她签售的效率非常高，与此同时又不会给人一种拒人于千里之外的苛刻感觉。

以利亚不知在何时出现在了我的身边："来的人挺多嘛！"

"希望是一个好的开始吧，你能来真是太好了。"

"我当然要来。"对于我以为他将缺席今天的活动，他表现得很惊讶。这让另一些无故缺席者更显眼了。"虽然我不赞同你想要继续将这家店开下去的决定，但你是比利的外甥女，我想他也一定会做出同样的选择。"我们并肩站在一起，看着缓缓向前的队伍不断向希拉靠近，"接下来你还有什么其他的计划吗？"

我将读书俱乐部、读书会和在《洛杉矶周刊》上刊登广告的计划向他娓娓道来，他不时点点头。我本以为他会告诉我这些费用我们根本负担不起，结果他的回答却出乎我的意料。

"我认识《洛杉矶周刊》的一名编辑，让他帮我们刊登一则小小的广告，应该不是什么难事。"他的回答是我完全没有想到的。紧接着，在和我握手道别之前，以利亚将之记录下来，以便随后交给秘书，请他帮忙跟进后面的事情。"祝你好运！"他对我说，就好像我真的非常需要好运似的。

当以利亚的身影消失在日落大道上后，马尔科姆在历史书区找到了我，惊讶这里仍然有排队等待签名的粉丝。他问我："'秃鹰'要干吗？"

"其实，他是来帮咱们的。"

"你和我们的敌人结盟了。"他很惊讶。

"可能我有一种让人愿意主动接近的魔力吧！"

马尔科姆冲我挤了挤眼，转身又回到了希拉的签售桌旁。源源不断的粉丝们仍在耐心地排着队，等待着偶像为自己写下专属的问候。

活动顺利结束后，我们将所有的椅子扣到桌上，并把地板打扫干净，时间已接近午夜。马尔科姆将希拉送到日落大道上，她向我们挥手道别。我原本希望希拉在为最后一位读者签完名后，可以瞬间恢复活力，结果她却一脸疲惫地看着马尔科姆，嘴唇上沾着红酒，表示这是她此生最累的一天。似乎是为了证明这一点，希拉在马尔科姆搀扶她起身时栽倒在了他的怀里。

当这一切终于结束后，我重新打开手机，心想一定会收到杰伊发来的短信，他要么会发来一些我从未见过的表情符号进行道歉，要么会发来一条气急败坏的语音留言——从他愤怒的声音中，我能感受到他对我的渴望。结果却只有一条来自琼妮的短信："不好意思，我有事要先走了。希拉的表现很棒，如果她说了什么和比利有关的事，记得和我分享！"

我独自一人向楼梯走去，准备回到比利的房间休息。我将毛衣抱在胸前，以抵挡从整晚都开着的后门中吹进来的阵阵冷风。我喜欢洛杉矶这样的夜晚，无论白天的气温有多高，夜晚总会有那么一个清冷的瞬间让人感到清醒。这一股清冷无时无刻不在提醒着我，在遍地都是草坪、现代化街区和自来水水龙头的表象之下，洛杉矶在骨子里仍然是一片干旱而顽固的沙漠。有那么一个瞬间，我差点就拨通了琼妮的电话，想告诉她我和杰伊吵架的事情，但是转念一想，我不想听她重申那些关于长距离恋爱的长篇大论，以证实我对这段感情的疑虑，更不想让她说服我承认自己反应过度。我也犹豫过要不要打电话给妈妈，一旦她认为我犯了错误却又不肯主动承认时，便会以沉默来表达关心。此刻我非常想念妈妈，但我知道我们已不同于从前了。于是，我只好继续爬完剩下的楼梯，回到我故去的舅舅的房间，独自一人抵御寒冷，努力保护自己不被它侵袭。我想在那一刻，这就足够了。

13

希拉比约定的时间迟到了一个小时。我在黎明时分便已早早醒来，兴奋得无法入眠。杰伊的电话还是一直都没有打来，不过我也并没有精力再去想他。我睁着眼睛躺在比利的床上，静静等待楼下响起那阵熟悉的声音：查理打开大门，咖啡机研磨咖啡豆……此刻，我的脑海中只有希拉即将讲给我听的那个故事，她一定对发生在伊芙琳身上的事情了如指掌，而且一定知道伊芙琳的死到底是不是比利的错。

在我们约定时间的10分钟后，希拉没有出现，我只能靠不停挪动咖啡区的桌子来分散注意力，让自己尽量不去担心她是不是忘记了这次约会。20分钟后，我说服一个女孩买了一本我根本没有听说过的回忆录，那充满隐喻性的书名让人根本无法猜到它讲了些什么。30分钟后，我告诉自己希拉不会来了，也许昨晚摄入的酒精太多，此刻她还昏睡在床。结果又过了30分钟，希拉匆匆忙忙地冲进了书店。

“早上出了个紧急状况。我不是在找借口，但确实是因为这个才来晚的。”

“没关系。”我让她放心，与此同时，我一直悬着的心也终于放了下来。我为她准备了一杯热茶，然后我们在靠墙的桌边坐了下来，这应该是整个咖啡区私密性最好的地方了，奇怪的是，客人们却似乎对这个位置并不感兴趣。

她一把抓住我的手，说："不，是我不好。我妈妈以前就经常迟到，连参加我的高中毕业典礼也不例外，我都已经上台拿到毕业证书了，她才急匆匆地赶到现场。"希拉放下我的手，"无论如何请你原谅我，我太沉湎于过去了，有时根本无法自拔。"

成长过程中，妈妈从未迟到过任何一次与我有关的重大活动，但在我的毕业典礼上，只有一个人缺席，那便是比利。虽然截至那时，我已经有6年没见过他了，但我仍然希望他可以亲眼见到我走上台拿到毕业证书的瞬间。不知道妈妈当时是否也盼望着舅舅出现？她是否注意到舅舅不仅缺席了我的毕业典礼，我们家的每一次重要活动他也都不在现场？比如妈妈的50岁生日、外祖母的去世周年纪念日，也许还有伊芙琳的葬礼……

"米兰达，你怎么了？"我回过神来，发现希拉正用关切的目光望着我。

"不好意思，我走神了。刚刚你的一番话，让我想到了我的妈妈。"

"苏珊最近怎么样？"

"她挺好的。"我不自觉地脱口而出，又补一句，"实际上，我也不知道她最近好不好，我们很久没联系了。"虽然我和希拉根本称不上熟识，我还是期望她能为我提供一些关于母女相处之道的建议，然而她并没有。我只好换了一个话题："你和比利是相识已久的朋友吗？”

“20世纪80年代中期，我们在一个心理疏导小组中相识。出于各自的原因，我们很快便都离开了那里。”希拉表示，与这个小组有关的一切都令她感到疲惫不堪，包括它的名字：悲伤联盟。尽管人们可以在这里尽情分享失去至亲的痛苦，但这对她来说毫无帮助。“痛苦的碎片与拼图的碎片是不同的。”她向冒着热气的茶杯吹了吹，茉莉花茶的表面掀起了一层涟漪，“它们无法再次拼合到一起，形成更宏大的东西。知道周遭的其他人，那些陌生人，也遭受了和你一样的痛苦，我的孤独感并没有减轻。”

希拉告诉我，没有人可以减轻她的孤独感，包括她的妹妹、朋友、心理医生，甚至家里年迈的拉布拉多犬。这条狗每天都在她家走来走去，搜寻着丹尼尔的踪迹。在希拉看来，如果连丹尼尔的狗都不能减轻她的孤独感，一群沮丧的中年寡妇就更不能帮助她化解悲痛了。悲伤于她而言，也许可以慢慢变淡，却永远无法消除。

“需要续杯吗？”露西娅走过来，向我举起手中装满咖啡的玻璃瓶。我头也不抬地举起杯子。露西娅看了看我们，似乎感受到了对话的紧张气氛，倒完咖啡后，便蹑手蹑脚地离开了。

“如果你觉得这个小组没有帮助，为什么一开始还要参加？”

“理由和比利差不多，我也是答应了妹妹才会去的。”

在参加心理疏导小组的第一周，希拉始终一言不发，只倾听其他人讲话。小组负责人帕梅拉给每个人布置了一项作业：去拜访一个对他们所爱之人意义重大的地方。当组员们开始讨论至亲生前最喜欢的地方时，希拉脑中浮现出了肌肉海滩[1]。丹尼尔生前最喜欢去那里围观壮汉们做仰卧推举，这会使他平静下来，提醒他他并不需要靠增加肌肉来赢得安全感。希拉不禁在想，如果有一些其他的东西可以给予他力量，也许他会选择继续活下去。希拉原以为这个小组会像她陪母亲参加过的嗜酒者互诫会一样，成员们每天靠数着亲人去世的日子来衡量自己的进步，没想到大家都在努力地生活，就像所爱的人还活在自己身边一样。原来他们并不会像抑制上瘾的欲望一样抑制着对已逝挚爱的感情。

"马尔科姆，"希拉突然大喊，"那桌子已经擦得够干净的了！"我转身看去，发现马尔科姆正在假装擦着我们旁边那张干净如新的桌子，实则是在偷听我们的对话。"我们可是在正经谈心呢。"她和马尔科姆对视了一会儿，直到他败下阵来，退到一张真正需要清理的桌子旁，默默打扫了起来。"他可真八卦。"希拉对我说。

根据我的经验，马尔科姆向来离群索居，不会轻易探听别人的隐私。如果马尔科姆真的在偷听我们的对话，那么一定是我对希拉，或是她对我的兴趣使他感到紧张不安。也许他怕希拉会把他一直瞒着我的事和盘托出。

"来吧，"希拉站了起来，"书店里到处都是眼线。再说，我也确实想出去走走。"

我跟随她走出了书店。我们站在街角，等着绿灯变亮。我下意

1　肌肉海滩：洛杉矶著名海滩，周边聚集了许多健身设备商店，吸引了众多健身爱好者前来，因此得名。——编者注

识地回过身去，发现马尔科姆正站在橱窗边，目送我们远去。

绿灯亮起，我跟着希拉向街对面走去，好奇马尔科姆是否仍在注视着我们。我想答案是肯定的。我能感觉到他的目光一直在追随着我们，直到我们走出他的视线。

“我正打算买一张可以移动的办公桌，”说话间，希拉打开了停在咖啡店门外的一辆普锐斯轿车，“海明威就经常站着写作。哦，当然，这不代表我觉得自己和他一样。”

她打开驾驶室的车门。

“你不是说想要走走吗？”

“难道你不知道，在洛杉矶想要自由地散步，就一定要先开车找个能走路的地方吗？”希拉露出了一丝狡猾的微笑。

待我坐进副驾驶的位置，希拉便将车子驶入了日落大道的车流之中。我们路过了一家餐厅，不难看出它试图复原洛杉矶那种老式快餐店的样子；还看到了一家在不断变化的市区中幸存下来的老教堂，以及银湖和回声公园之间的荒凉的日落街区。

“后来我完成了作业，交给了帕梅拉。”希拉手握方向盘的姿势就好像是在玩赛车游戏一般，“她留给我们的作业向来是经过深思熟虑的。”

帕梅拉留给大家的第二个作业是：去做一件你们的爱人一直很想做，却始终未能如愿的事。组员们为了完成作业，去参观了挚爱生前最喜欢的美术馆，听了他们喜欢的音乐，读了他们热爱的书籍。尽管痛苦不会立刻消失，希拉仍期待着小组成员们一次次的会面，期待着和大家分享与丹尼尔有关的事。

希拉将车子开向公园大道，在湖边停了下来。在回声湖中心的位置，喷泉的水流射向天空，形成美妙的弧度，将市中心的天际线一分为二。蓝色的水面上，有几条黄色的小船摇曳着，小心地避开莲花的根茎。

“这片湖以前可没有这么蓝。”我跟着希拉穿过草地时，她说。那里躺着几对情侣和一些无家可归的流浪汉。“如此清澈的湖水，可不适合藏尸啊。”

我们沿着湖边北侧的沙子小径继续散步，希拉告诉我，来到心理疏导小组两个月后，仍然没有任何新组员加入。她觉得这样很好，给了她一种身份上的优越感。但不久之后，一名新成员出现了。

那一次小组聚会，比利穿着一件脏兮兮的白衬衫和一条洗到褪色的牛仔裤，一脸焦虑地走进了闷热的大厅。若不是他手腕上那块有黑色亚光表盘和钢表带的劳力士手表，希拉可能会误以为他是个无家可归的人。

“自从那件事发生以来，我就一直和我的妹妹、妹夫待在一起。”比利摆弄着他那块昂贵的手表表盘，向大家解释。此类事情见得太多，组员们并没有主动询问他与逝者有关的信息，以及悲剧发生的经过。“我开始吓到他们了，还有那个小婴儿。”

“亲爱的，那个小婴儿就是你。”希拉特意向我解释。这话听起来很怪。那时我还记不住事，只是个凡事都靠妈妈照顾的婴儿。不过现在，我选择相信希拉的描述。

“为什么你觉得自己的举动吓到了他们？”帕梅拉提出疑问。

“每次只要我一走进屋，他们便会停止讲话。那个小婴儿，我只要一靠近她，她便放声大哭。”

“那些爱我们的人往往不知道该如何帮我们，”帕梅拉说，“我们需要先帮自己。”

“我不确定自己能否做到。”比利说。

“无论如何，你都要试一试。”

接下来的几周，比利始终保持沉默，双手交叠放在膝盖上。当其他组员分享自己爱人生前最爱说的话，以及把他们的衣物捐赠他人时发现的令人尴尬的遗物时，比利总是不耐烦地抖着腿，用鞋底敲打地面。帕梅拉的拿手好戏之一，便是教你如何唤醒那些被遗忘的记忆，忘记那些令你分心的事情。她总是建议大家“去芜存菁”，这不禁令希拉想起自己的写作课老师。比利从不在讨论时说话，也从不将爱人的纪念品带来分享。希拉甚至都不知道死者到底是比利的什么人。

“说来奇怪，”希拉说，“帕梅拉总是在关注那些与过去有关的记忆。我们熟知每一位逝者的生活细节，就连他们的脚臭味和大笑时会发出怎样的鼻息声都一清二楚，却从来不晓得他们因何去世。说实话，我对这一点很满意，因为一旦知道别人的丈夫比我的丹尼尔走得更痛苦，从某种程度上来说，小组讨论就会变成一场病态的心理竞争。”

从来没有组员提及那些夺走爱人生命的骇人绝症、致命车祸以及突如其来的心脏病。他们谈论除此之外的一切，只有比利一声不吭地坐在那里，刻意与大家保持距离。

“我总觉得这人哪里不对劲，”一次聚会前，在等待帕梅拉来给大家开门时，希拉无意间听到一个女人对人小声耳语，“每个星期我们都在这里毫无保留地掏心掏肺，而他就知道往那儿一坐。”

“他让我觉得很不舒服，”一个大腹便便的男人表示赞同，“我不喜欢当着他的面讲话。”

小组聚会时，希拉会不时看看比利，试图搞清楚他到底是怎么了，是什么导致了大家的不安。当那个大腹便便的男人拿出一条橄榄绿色的围巾给大家看时，比利连头都没有抬。当男人告诉大家，这条围巾是妻子织给他的第一件，也是唯一一件东西时，比利也懒得露出和其他人一样的笑容，只是继续低头研究着手表表盘，默默数着下课时间。突然间，希拉意识到也许这便是比利令大家感到害怕的地方：帕梅拉的疏导没能打动他，或许永远也不可能打动他。

每个星期，希拉都默默观察着比利，好奇他为什么还会来。后来她注意到，每次讨论结束后，都会有一辆豪华轿车停在这栋水泥建筑前，比利跳上副驾驶座时的样子，活像一个刚刚被家长接走的小学生。当然了，那是一种来自妹妹的压力，一种生怕家人失望的恐惧感。

希拉没有放弃对比利的观察，她甚至感受到了一种吸引力。她花了好几个星期才敢确定，这是一种来自异性的吸引力。这与她把陌生人从酒吧带回家的冲动，或者允许其他作家在某次会议上引诱自己的欲望截然不同。她与比利每周会共度两个小时，在这段时间里，她可以尽情留恋他迷人的双眼，赞美他柔软的双唇，她知道自己不会采取实际行动，因此便更加没有顾忌。

接着有一天，比利太苦恼了，甚至不可能不开口说话。

“他竟然起诉我。”他告诉大家，“他并不需要钱，为什么要这样对我？”

“伊芙琳的爸爸吗？”我记得以利亚和我提起过，伊芙琳的父亲曾因资产的事起诉了比利。

希拉点点头，继续讲了下去。

“人们可能会以不同的方式表达悲伤。”帕梅拉望着来回踱步的比利。整个小组的成员都坐立不安。他们本想和大家分享爱人最喜欢的美食，但聚会的一大半时间，比利都在滔滔不绝地讲述岳父因为普洛斯彼罗书店的事而起诉了他，那里曾是他们夫妻二人的家。

“他连书都不看，”比利激动地提高了音量，“把书店抢走有什么意义呢？”

一个谢顶的男人站了起来：“他要是再这么说下去，我就立刻走人。”

比利一脸迷惑地盯着他：“我之前听你讲了那么多你妻子的针线活、书法，还有自制果酱，现在你也要尊重我，听我讲我的故事。”

“我说的那些都是老师留的作业。你爱人生前最喜欢的食物是什么呢？你带来分享过吗？”

“凡事都要讲个规矩。”一个穿土黄色衣服的女人帮腔。

“这些讨论对你真的有用吗？”比利质问，“真的会让你的心里好受一点吗？”

“好了，请大家先都冷静下来。”帕梅拉站出来维持秩序，“比利，不然你先休息一会儿，听其他人讲讲，好吗？”

“我丈夫去世后，他妈妈想把我们的狗带走。”直到大家的目光聚集过来，希拉才意识到自己不自觉地开了口，“她根本不是一个爱狗的人，但我知道她是想把一些自己的痛苦转移到我身上。你应该为你的岳父感到难过，因为他只是太害怕了，不敢面对自己的悲伤。”

比利一言不发地看着她，他们之间的空气仿佛通了电。一时间，整个房间不复存在，时间静止了。通过彼此的眼神，他们把想要做的每件事都告诉了对方。

“有人想来块蛋糕吗？”一个穿羊绒衫的女人突然开口，打破了沉默。她端起了放在膝盖上的蛋糕。

“这是个好主意！”帕梅拉赶快接话。

“比利竟能让每个人都失控，这真是不可思议。”希拉说。我们经过一家船屋咖啡馆，情侣们正坐在里面分享三明治和瓶装苏打水。

“谢谢，”聚会结束后，走出房间大门时，比利主动对希拉说，“你似乎是那里唯一一个能够独立思考的人。”

“你这么说恐怕有失公允。”

“我并不觉得一切有多公允。”比利说。

“我永远无法忘记之后的那次聚会。组员们嘴上说着不希望比利出现，而当他真正退出的时候，他们又变得很生气。我认为那是一种嫉妒心理，真的。他是一个能够非常坚定地跟随自己信念的人。”

“他不是很有种吗？怎么不来了？”谢顶的男人抱怨，“他训了我一通，然后干脆不来了。”

“我们无法控制周遭发生的一切，”帕梅拉耐心地疏导，“我们能控制的，只有我们自己。”大家纷纷点头表示赞同。这句话在希拉听来特别耳熟，好像在教会和嗜酒者互诫会上也听过。

那次课程之后，希拉知道自己无法再待在“悲伤联盟”了。她不确定这是因为比利打破了小组曾经的宁静，还是她通过这件事情意识到帕梅拉的疏导法在某种程度上虽然有效，但最终仍是徒劳。无论如何，她已经准备好了进入疗伤的下一个阶段。

“我从没想过会再次见到他。”希拉说。不知不觉中，我们已经绕过了湖湾，走到了公路附近，这里可以清晰地听到高架桥上汽车飞驰而过的声音，闻到汽车尾气的酸味。“几周后，我收到了他的语音留言。”

他们相约在圣莫尼卡主街上的一家咖啡馆见面，这也是希拉经常去写作的地方。比利穿了一件带领衬衫，衣角整齐地塞进卡其裤里。希拉则穿了黑色的罩衫和黑色裤子，头发乱蓬蓬的。丹尼尔死后，她就再也没染过头发。见到比利的刹那，她突然后悔自己没有在出门前抹一些润肤乳，或者涂点儿眼影。未施粉黛的她看起来疲惫而苍老，而比利则看上去年轻稳重。

“今早我去法庭说了宣誓证词，”一见面，比利便滔滔不绝起来，“这简直太扯淡了，但我的律师说我必须认真对待。我越是不配合，这事就会拖得越久。”他告诉希拉，伊芙琳的父亲是一个非常保守的人，一直试图把女儿培养成另一个样子，甚至在她死后都不肯放过她。“房子和小木屋都可以给他，这我不在乎。但是书店不行，他从来都没去过那里。如果失去这个有着我们共同回忆的地方，我真的不知道该怎么办才好。”

“你不会失去它的。”希拉下意识地把手放在了比利的手上，当她意识到并准备将手拿开时，比利却把自己的另一只手放了上去，“我知道这对你来说很难，但是你一定不要轻言放弃。如果你就这样将自己和妻子生命中最重要的部分交给他，那简直正中他的下怀。”

“不过她的死是我造成的，”比利坚持道，“就算他责怪我也无可厚非。”

“为什么说伊芙琳的死是他造成的？”我不禁打断了希拉的话。

“根本就不是这样，他只是太过悲伤才会这样说的。”

“你确定吗？”

“相信我，我们都会把爱人的死怪到自己头上。”

“他给你讲过伊芙琳是怎么死的吗？”我的心跳加速了。

“他从来没有主动提过，而我也没有问。可能也正是因为这样，我们才能有交集。我们彼此都不想知道对方的爱人究竟出了什么事。”

希拉继续讲述她和比利的“第一次约会”。下午茶喝完后，他们到海滩上散步。天气好得不像话，甚至可以看到马里布的海岸线。冰冷的海浪拍打着他们的小腿，行至码头时，比利拉住了希拉的手。

“以前伊芙琳最喜欢在海边散步了。”比利告诉希拉。

“丹尼尔恰恰相反，只要他一放松，便会感到焦虑。”希拉说。

散步结束后，他们驱车穿过市区，回到了比利位于帕萨迪纳的家。房子是白色的，有些许殖民地风格，大到一家六口住下都绰绰有余。这么大的房子却只有比利一个人住。进屋后，比利把希拉带到了楼上的客房。

“亲爱的，接下来的部分你确定还要听吗？”希拉问我，她在一棵粗壮的棕榈树下找到了一片空旷的草地。

“放心吧，我能消化的。”我躺在草地上，抬头看着被风吹得沙沙作响的树叶，但树下却几乎没有风。

那一晚之后，二人的关系更进了一步，希拉和比利开始不定期地在彼此家中见面。他们也会去酒店、停车场和浴室做爱。希拉没有对自己的治疗师提起过这件事，认为比利也一定会对此守口如瓶——如果他也在看心理医生的话。但这一切只是猜测，她并不十分确定。随着他们对彼此的身体越来越了解，他们对自己的生活却谈得越来越少了。

当比利邀请希拉去他妹妹家共进晚餐时，她感到十分惊讶。

“你确定这么做没问题吗？”

“能有什么问题？”

希拉随便想想便可以说出很多理由来证明这并不是一个好主意，但她还是答应了比利。一开始她挑了一条白色连衣裙，既可以起到束腰效果，还能遮住腹部的赘肉，可白色是新娘和年轻人的颜色，于是她又换了一条黑色连衣裙，可黑色又是代表哀悼的颜色。最终，她挑中了一条黄绿色的裙子，希望这是一个完美的折中方案。

结果并未如她所愿，这条裙子的颜色和我家充斥的粉色色调十分不搭。

“哦，就连你那天穿的衣服都是粉红色的。”希拉对我说。

苏珊热情地拥抱了希拉，仿佛跟她很熟似的，但希拉知道比利很少和他们提起自己。

“戴维应该马上就回来了，你知道，他要负责整个办公室的运营。”苏珊用手扇着风，做出一副毫不在意的样子，希拉脑海中却不禁浮现出自己刚一踏出大门，屋里就立刻吵开了锅的画面，而那个小婴儿（“也就是你”，希拉再次对我强调）就静静地躺在婴儿床里目睹这一切。“我不知道比利和你说过没有，我可是你的头号粉丝。”苏珊说。

苏珊调制了一些气泡酒，比利举起杯子咕嘟咕嘟地喝了下去。

“比利，慢点喝，又没有人和你抢。”苏珊开口说道。

“这和汽水没什么两样，”比利一饮而尽，“咱们喝点真正的酒怎么样？”希拉和苏珊等着他为自己的无礼道歉，他却从夹克口袋里拿出了一个小酒瓶，把酒倒进了杯子里。

门外轮胎碾过碎石小路的声音打断了二位女士的抱怨。不一会儿，戴维穿着一套昂贵的西装走了进来，他亲吻了苏珊，并和希拉打了招呼。

“抱歉，克罗利小姐，我回来得太迟了。”希拉对他握手时的力度印象深刻。

苏珊在整个晚餐中表现得十分活跃，她总结了希拉的每一部小说，说自己在纽约的生活经历与《闹市中的埃莉诺》主人公的遭遇十分相似。小婴儿在房间里哭了起来——“我是说你，”希拉说，“你在房间里哭了起来。抱歉，亲爱的。我很难将面前这个精致的女人和当年那个号啕大哭的孩子联系到一起。要知道，我从来都不是很喜欢小孩子。”

“没关系，”我让她别在意。长这么大，还从没有人用“精致”这种词来形容我。“精灵古怪”是人们最常用到的字眼，当然，还有

“热情过度”。但“精致”和我八竿子打不着。“不过话说回来，我也不记得自己小时候是这副样子。”

只要婴儿一开始哭闹，苏珊便会立刻停下手头的事去晃动摇篮，其他时候，她则坐在餐桌前，继续讲述希拉第一部小说主人公埃莉诺曾经献唱过的酒吧，和自己的乐队“女士之选”演出过的地方有多么相似。比利远远地坐在餐桌尽头，完全置身事外。

晚餐过后，比利随戴维去了后者的家庭办公室。

“戴维在帮比利打官司。”苏珊在收拾餐桌时告诉希拉。房间里再次传出婴儿啼哭的声音，苏珊放下手中的一摞盘子，示意希拉自己去去就回。

“孩子现在还没有断奶吗？”希拉边问边收拾餐巾。苏珊坐了下来，准备解开哺乳文胸。

“你不介意吧？”苏珊询问。得到希拉的允许后，她便将婴儿的头放在胸前，试图将乳头塞在婴儿嘴中。希拉意识到自己应该把头转开，但是婴儿却扭动个不停。孩子这么饿却又拒绝喝奶，这景象吸引了她。

“我小时候就这么难搞吗？”我自嘲。

“难搞并不算最糟的事。”希拉回答。

苏珊换了另一边的乳房继续喂奶，婴儿情绪逐渐平复后，她也平静了下来。“伊芙琳的爸爸是一个冷酷无情的人，他一直对比利有成见。你能想象吗？自己的妻子死于一场可怕的事故，而你却不得不在宣誓证词中一遍又一遍地重温这些细节。这根本就是一场报复。”

听闻此话，我整个人弹了起来，眼前一阵晕眩：“伊芙琳是因为事故丧生的？”

“我记得当年你妈妈是这么说的——‘一场可怕的事故’。”

我想象比利载着伊芙琳，行驶在一条湿滑的路面上。整个夜空漆黑一片，既看不见往来的车辆，也看不见两旁的大树。“我父母告诉我她死于突发性抽搐，我不敢相信他们竟然撒了谎。”

“多年后，直到我的回忆录出版，人们才知道丹尼尔是在家中自杀身亡的。很多时候，当悲剧发生在身边时，我们会不自觉地编造一些善意的谎言来掩饰自己的情绪。”她替我父母辩解，“我还记得那天你母亲焦躁不安。她把你抱在怀里走来走去，使劲地摇晃你，我都担心她会一不小心把你摔下来。”

“我希望这一切可以尽快结束，”苏珊说，“但戴维说官司可能还会再持续几年，不知道在这种情况下，比利将如何展开新的生活。”

希拉把剩下的食物盛到一个盘子里，然后把其他的盘子逐一叠到它下面。

“你觉得他现在的状态怎么样？”苏珊边问边把婴儿放回床上，然后跟着希拉走进厨房，“我试着和他交流，但是他什么都不肯说。”

希拉犹豫了一下：“也许你的问题没有问到点儿上。”

“我说什么都是错的，这就好像是在为米兰达的青春叛逆期做演练。”

“也许你希望他能尽快振作起来，但这真的很难，有的人可能需要比一般人更长的时间来消化这一切。”

苏珊把毛巾揉成一团，心不在焉地拧了起来：“我真的不知道还能为他做些什么。我也希望伊芙琳能回来。”苏珊反复地擦着桌上的同一个地方，恍然间希拉明白了比利也许永远都无法振作起来。

“你妈妈非常伤心。”希拉说。

我想起自己刚刚回到洛杉矶时，妈妈在厨房擦着餐台、玛芬烤盘，以及一切触手可及的地方，突然明白了她的心情。“我妈有时候挺难懂的。”

“可比利并不想看到这样的画面，在这个家里，他希望只有他有资格为伊芙琳哀悼。”

希拉默默地看着苏珊不停擦拭桌上的同一个地方，直到比利一阵风似的冲进了厨房。

“我不太舒服。”他对希拉说。

戴维跟着他冲了进来:“比尔，你别这样，我是在帮你。”

比利一把抓起希拉的手，把她拉到门口。希拉还没来得及开口对我的父母说感谢招待，便被比利拽出了门外。

一路上他们谁都没有说话，车子在希拉家门口缓缓停下，比利并没有解开安全带的意思。

“你连我都不打算理了，是吗？”

“我想一个人静静。”

“比利，他们只是想陪伴在你身边，你为什么不能试着接受他们呢？”

“你的语气和她一模一样。”比利哼了一声。

“如果你一直抗拒那些试图接近你的人，他们最终都将离你而去。”

在丹尼尔死后的几个月中，希拉的几位朋友一直在给她打电话试图安慰她，可她不仅一通都没有接，还删掉了他们的语音留言。后来，电话越来越少，最后再也没有人打来了。而希拉太难为情，甚至没有勇气再去联系他们。

“我和比利后来还会见面，”希拉对我说，把鞋跟伸进柔软的草皮里，“但那之后一切都变了。我甚至不记得我们是何时不再往来的。”

我从裤子口袋里拿出了那封信，递给了她。

希拉认真地看了起来。“真不敢相信他还留着这个。”说罢，她把信还给了我。

“还是交给你保管吧。”

她犹豫了片刻，然后把信放进了手提包。“这对我意义非凡，谢谢你。”之后她看了一眼手表，“我完全忘记了时间。”她收拾起了自己的随身物品。

“所以，比利从来没有和你说过发生在伊芙琳身上的事？后来见面时也没有说过？”

“我知道这听起来很奇怪，但悲剧发生的时候，一个人谈论它的次数越少，就代表它越是惨烈。即便在我们重逢的时候，我知道，他也不想让我询问与伊芙琳有关的事情。”

“你们是怎么再次联系上的？”

“在普洛斯彼罗书店。”希拉一把抓住我的手，“你能来到这里，我真的很开心。”

我跟着希拉走回停车位。

“你先走吧，”我对她说，“我走回去就好了。”

“从这儿走回书店大概有两英里，”希拉说罢自嘲地摇了摇头，“我现在越来越像个货真价实的洛杉矶人了。”

“比利有没有留下些什么……请你转交给我的东西？”我在她上车的时候忍不住追问。

“比如？”

“我不太确定具体是什么，不过应该是那种你一看就知道是留给我的东西。”

希拉皱了皱眉，摇头表示否定，随后挥手道别，她的车很快便汇入了车流之中。我朝日落大道的方向走去，随后拐进了回声公园的主路上。若要隐瞒一场可怕的事故，理由恐怕只有一条——某人犯下了大错。比利做了什么？他喝醉了吗？还是因为粗心大意酿成了大祸？为什么妈妈现在都不肯告诉我事情的真相？我路过了一家由废弃电影院改造而成的素食餐厅。仔细想想，希拉应该给我什么的，比利不会打破自己发明的游戏规则，他一定以为希拉会告诉我事故的经过，从而引导我找到下一条线索。我继续走着，来到了一条没有店铺，也没有行人的路上，四周只有陡峭的砂质岩壁。我回想着希拉对我说的话，有关人们如何在悲剧发生后，寻找委婉的说辞来保护自己免受痛苦的话。也许妈妈并不是在有意掩饰比利过去的种种作为，也许她真的无法再去回忆伊芙琳的死，更不愿时过境迁后再次揭开结痂的伤疤。希拉也曾说过，比利拒绝承认妈妈失去挚友的悲伤，这让我不禁想到了自己，我的种种做法难道不是和当年的比利如出一辙？妈妈对我三缄其口，难道不是因为我也拒绝倾听，拒绝真正倾听她内心的痛苦？

“宝贝，”妈妈接起了电话，语气和平时别无二致，仿佛早就料到了我今天会给她打电话，“我们正要去看电影，我能晚点儿给你回电话吗？”

“妈妈，对不起。我想告诉你，我是真的很抱歉，很抱歉我之前没有考虑你的感受，我无法想象这段时间对你来说有多难熬。”我说。

“米兰达，我们真的要迟到了。我晚点儿打给你，好吗？”她挂断了电话，没给我任何回应的机会。

我往日落大道相反的方向走去，手中仍紧握着电话，我很确定她会回电话给我。我经过了那家老汉堡店，它现在已完全改头换面，成了一家砖炉比萨店；已经废弃的甜甜圈店后面，空无一人的棋盘桌显得格外凄凉，要知道，据马尔科姆所说，来这里下棋曾是东区居民的传统之一。我想我的电话会随时响起，妈妈会为自己之前的匆忙挂断表示歉意，而我会说：“不，真正该道歉的人是我。”她会说：“不，是我。”然后我们会笑起来，在笑声中，我们受伤的心都会得到治愈。就这样，我紧紧攥着手机，一路走回了普洛斯彼罗书店。汗水弄湿了手机屏幕，我却没有等到妈妈的电话。

14

自那天起，希拉和我开始定期见面。在天气变得更热之前，我们相约早晨到格里菲斯公园远足。尽管她所住的英式小屋就在公园旁边，我们还是会跳进她的普锐斯，驱车前往芬代尔或水晶泉。这充分印证了希拉的理论：只要你身处加州，去哪里都要以车代步。

见面期间，我总是不断追问她伊芙琳的死因，毕竟希拉曾提供了一个至关重要的细节——伊芙琳死于一场可怕的事故。只可惜除此之外，没有任何别的线索。

"你确定比利真的没有留下什么东西给我吗？"穿过废弃动物园旁边的草坪时，我再次问希拉，"毕竟我每次都是以这种方式得到下一条线索的。《爱丽丝梦游奇境》指引我找到了比利的医生，他的出现使我发现了《弗兰肯斯坦》。《弗兰肯斯坦》帮助我找到了比利的物理学家朋友，通过这位朋友，我发现了《怕飞》和你。"

希拉喘着气，露出了微笑："比利知道我一直自诩为埃丽卡·容的信徒。"她示意我继续往前走。

"你也没收到过任何奇怪的包裹吗？也许不小心丢掉了？比利的律师也没和你说过什么吗？"

"我敢肯定的是，如果比利将下一条线索寄给了我，他一定会给我留下非常明确的提示。如果是这样的话，我肯定不会把它扔掉。”

我们绕过棕褐色的山继续前行，希拉的呼吸变得有些急促，但这并不妨碍她迈出稳健的步伐。

“普洛斯彼罗书店里也没有任何关于伊芙琳的传闻吗？比如她是怎么死的？”

“伊芙琳已经去世了那么久，和她同龄之人的下一代都已经长大了，我想书店现在的常客应该都不知道她是谁吧。”

“除了你以外。”我说。

“除了我。”

“马尔科姆呢？”

“我不确定他都知道些什么。”她的语气中不带一丝犹豫，也绝无任何遮掩之意。看来不管马尔科姆对我隐瞒了些什么，希拉都并不知情。

我们继续朝着阿米尔花园的方向向上爬，直到发现了一条可以俯瞰整个格伦代尔广场建筑群的长椅后，才决定稍坐片刻。长椅周围全是野蛮生长的仙人掌，它们肆意向天空的方向歪歪扭扭地伸展着，但高度还不足以遮挡住我们周围的高层建筑。

“风景这边独好。”希拉拭去额头上的汗水。

我们坐在长椅上，试图平复呼吸和情绪。每一次当我准备起身时，她都会说：“让我再坐一会儿吧。”于是我便再次坐下，待在仙人掌的小小绿荫里，慢慢和希拉谈起普洛斯彼罗书店的财务问题。我告诉她，比利生前每个月都会用自己的个人财产弥补书店的收入亏空，但这就好比是从一艘下沉的船上舀出一桶水，只是杯水车薪。

我介绍了我们计划为新人作家和我们从洛杉矶其他书店的读书会上挖过来的作家举办活动。实施全新的买家奖励机制，告诉她 KCRW 电台在节目中宣传她的书后，销售额出现了小幅度增长。同时也对她说了我们的晚宴计划、准备在那时进行的捐款活动，以及即将发售的门票细节。当我为希拉讲述未来几个月的计划时，我试图让自己的声音听起来乐观而积极，但语气中还是透露出了一丝疑虑，以及对书店濒临破产局面感到的恐惧。

"普洛斯彼罗书店绝不能就此倒闭。我认识一些有头有脸的朋友，我会让他们参加晚宴的，到时候我们便可以鼓动他们来捐款。"希拉不仅答应帮我发私人订制请帖给他们，而且承诺会在我们的书店举办读书会——她将朗读目前还在创作之中的作品，尽管她总是奉劝其他作家不要读未写完的书。更令人感动的是，她表示可以在晚宴上拍卖与她单独进餐的机会——虽然这些富有的来宾都是她的朋友，可以随时约她出去吃饭。

我还告诉希拉，无论普洛斯彼罗书店是否能够继续经营下去，我都将在 8 月底回到费城。我甚至不确定自己是否可以赶回来参加晚宴。

"我只是希望自己有家可回。"我如实坦白。自从上次吵架后，我和杰伊一直都没有联系，既没打过电话，也没发过任何短信。

希拉将她满是汗水的手搭在了我的手上："亲爱的，难道你不知道当男人的自尊心受到伤害时，他们就会变得和小孩子没什么两样吗？这种时候你需要放下身段哄哄他，让他觉得自己仍能掌控大局。这其实非常简单。"

“难道你不该赋予我一点超能力，告诉我别去在意这些破事吗？”

“这也是要分情况的。如果你还想和他在一起，那么最重要的一点，就是让他成为正确的那一方，即使他有做得不妥当的地方。天啊，我怎么给人讲起人生道理来了！”她面露苦涩，似乎对现在的自己有些失望。这也许是一个好建议，但我认为自己是正确的，更不想假装他做得没错，我不希望在这段关系中处于卑躬屈膝的状态。

“好了，”希拉站了起来，“让我们结束这次远足吧！”

我们小心翼翼地从山边修建的台阶上往下走。我继续和希拉聊着天，并将话题转向了妈妈。我告诉希拉，这一次我已经准备好了给妈妈一次掌握主导权的机会。我想要倾听，但这不代表妈妈愿意说出来。

“我和妈妈还从没有搞成过这样。”上一次和妈妈见面，已是一个月前的事了。

“我仍对那一晚记忆犹新。那一刻你妈妈不再是谁的家长，而是一个纯粹的女人。”希拉在我们穿过马路、走向停车场时告诉我，“要知道，有些时候看到父母真实的样子会让你有点难以接受，毕竟他们可能和你想象中的不太一样。”

“说实话，我现在都不知道妈妈到底是个什么样的人了，我甚至怀疑自己以前的认知都是错误的。”

“那你才应该试着去了解她啊！”希拉提出建议。

虽然我和妈妈之间的关系十分亲密，我却始终觉得她身上仍有我无法参透的部分。一直以来，我都觉得这和妈妈以前的生活经历有关，和她那逐渐褪色的明星梦有关。我始终无法理解她为何要轻易放弃一切，更无法理解当初她又是为何如此想要得到那一切。我猜她或许对自己十分钟爱却未能继续的事业深感遗憾，也或许萦绕在她心中的阴影并非来自她夭折的梦想，而是来自比利和伊芙琳。

7月底，书店仍处于销售旺季，如财务报表所写，热度要一直延续到8月底才会跌至低谷。但即使在这种情况下，除去日常运营成本、工资、税金、水电费、抵押贷款和信用额度外，普洛斯彼罗书店仍然毫无疑问处在亏损状态中。

查理主持了我们读书俱乐部的第一场活动，选择的书籍是最近刚刚出版了平装本的《伯纳黛特，你要去哪》。只见他和好几个二十出头的年轻女孩坐在一起，讨论小说的独特结构，以及科技与电子邮件在当代文学中扮演的角色。我数了数，至少有三个女孩是我从没有见过的，她们不时瞄向查理，试图掩盖自己加入读书会的真正目的。但不管是因为查理，还是因为这本书的作者玛利亚·森普尔，这三位仍会出席下场读书会的新客户肯定会买下书——她们只想花些时间和这位帅气的组织者多待一会儿。

希拉没有任何线索要交给我，但这并不意味着我要浪费时间慢慢等待。距离迎新会还有一个月的时间。记得每一年，我们都会去波科诺斯一家校长岳父母开的汽车旅馆，围坐在篝火旁，分享假期发生的种种趣闻。我记得一位同事每年夏天都会在泽西海岸租一间海边小屋休假，那里有充足的阳光和好吃的冰激凌，可以在空气潮湿的夜幕中静静走过海边的木板路。到那时我该如何给大家讲述自己在洛杉矶度过的这个夏天呢？讲述午后的普洛彼罗斯书店中一片岁月静好？讲述每天经营书店的点点滴滴，比如日常书籍的维护和库存盘点？我是否可以告诉大家，霍华德博士能像学者般滔滔不绝地背诵埃丽卡·容和埃德加·爱伦·坡的小说内容？或是我不仅和经历传奇的希拉·克罗利成了朋友，还每天早上和她一起去远足？我不想听英语老师问我是否有好书推荐，或是看到数学老师一脸欣喜地表示“这简直太有趣了”——他号称自己可以从万物中发现乐趣，甚至是自己学生的错题。我暗自告诉自己，只要我回到费城，只要篝火旁杰伊再次拥我入怀，只要我回到自己所选择的生活中，所有的感觉都将会与现在截然不同。可是只要一想到即将在山中汽车旅馆里度过的夜晚，我便意识到普洛斯彼罗书店于我，并不仅仅是一个暑期工作的地点。

由于从希拉那里打听不到与伊芙琳有关的事，我只好试着询问一些普洛斯彼罗书店的常客。

“伊芙琳？”编剧雷一脸问号，“伊芙琳·沃德[1]？”

“不，我是说比利的妻子，伊芙琳·温斯顿。”

“比利结过婚？”他把眼镜推到鼻梁上，露出一副想要立刻听到更多细节的急切神情。

“很久以前的事了，”我平淡地说，“普洛斯彼罗书店是她开的。你从来没听说过这个人？”

“我一直以为李才是这里最初的主人。”

其他的常客也帮不上什么忙，当那些每天下午都窝在座位上享用摩卡咖啡的青少年听到这个问题时，他们讶异的神情简直和我的

1　伊芙琳·沃德：20世纪五六十年代活跃在银幕上的美国女演员。——译者注

学生听到我提问谁是安德鲁·约翰逊[1]时如出一辙。“你是说那个过世的老者吗?”当我问他们是否认识普洛斯彼罗书店的老板时，他们如此屈尊纡贵地作答。年轻的母亲们忙于清理孩子刚刚打翻的牛奶，无暇顾及书店里的其他任何事情。编剧们戴着超大的耳机，将自己与外界完美隔绝，一心投入到工作中。就连露西娅都觉得我像个看多了小说入戏太深的少女。

“死于一场意外?”她边擦桌子边问，“这里? 在普洛斯彼罗书店吗?”

“我也不知道在哪儿，只知道情况非常严重。”我解释道。

露西娅笃定地摇了摇头:“如果发生这么大的事，我不会不知道的。”她将装满餐具的盒子一把提起，向厨房走去。我觉得悲剧就像是一种被尘封多年的味道，不会随着时间的推移而完全消散，可是在普洛斯彼罗书店，却没有一个人还记得伊芙琳。希拉虽是知情者之一，却因过于尊重比利的隐私而从未询问过与此有关的细节；而作为另一名知情者，马尔科姆显然比他表现出来的要知道更多。

想到这里，我朝马尔科姆看去，只见他正和一群男人坐在一起，一瓶打开的威士忌被他们传来传去。他们轮番讲述着关于打猎以及与死神擦肩而过的故事，几本《非洲的青山》摊开在他们膝头。我仔细看了看这群男人，其中有两个穿格子衬衫、系黄铜扣皮带的看起来略显陌生。如果说查理负责招揽那些总把笑容挂在嘴边的女孩子，那么马尔科姆则会为书店带来善于沉思的男人。在讲到自己是

1 安德鲁·约翰逊：美国第17任总统。——译者注

如何与一头公鹿打交道时，他做出了狩猎的姿势，演示在扣动扳机之前，眼神该如何锁定猎物。马尔科姆的故事讲得十分浮夸，充斥着许多不可思议的细节，比如雄鹿愤怒咆哮，他咬牙切齿地追赶，豆大的汗珠从他的额头滴落到步枪上，这一切都令人欲罢不能。他就像个油嘴滑舌的江湖骗子，这些故事对他来说简直是信手拈来。也不知为什么，他就是有本事让那些沉稳老练的人在听故事时紧张到慢慢挺直身体，滑向椅子边缘，迫切地想要知道接下来发生了什么。当然，他也可以如法炮制，用这些手段来哄骗我，给我讲比利是如何运用奇妙的感知能力来挑选艺术书籍的，并试图用威士忌和肯尼迪的传记来分散我的注意力。

“你真的打过鹿吗？”当那群伐木工人般的男人离开书店后，我问马尔科姆。

“当然没有。”他漫不经心地回答，然后淡定地拧开威士忌的瓶盖。

“所以你刚刚骗了大家？”听我这么一说，他脸上的笑容消失了。这并不是让他吐露真相的最有效的方式，只是我当时的心情太过沮丧：因为希拉并没有我想要的下一条线索；因为杰伊迟迟没有打来电话，甚至连一条短信都没有；因为书店的老主顾们并没有如我想象的那般对这里爱得深沉，愿意对它的过往一探究竟；因为那些隐藏在普洛斯彼罗书店中的秘密，而可能的知情者马尔科姆却对此守口如瓶。比利曾经是他最好的朋友，而伊芙琳曾经是比利的全部。马尔科姆没理由不知道她。他不可能不知道她。

“我们就是瞎胡扯呢。”他淡淡地说，然后挨个收起摆成一圈的椅子，将它们分别推进桌子后面，“你怎么了？你今天怪怪的，好像比平时更奇怪了。”

“你说你从前每天都和比利在一起？”马尔科姆睁大了那双可爱的眼睛，等着我问到重点，“他原来和你说过那么多事，你就没有什么要和我分享的吗？”

他叹了口气：“你想让我说什么呢？我知道这让人很难接受，但比利真的从来没有对我提起过你。要不是你来到这里，我都不知道有你这么个人存在。”

“是葬礼。”我把他随意推到桌前的椅子码好，“你第一次看见我，是在比利的葬礼上。”

“葬礼上发生的事，我真的不太记得了。”他抓住椅背的双手稍微有些颤抖。

“威士忌喝多了？”我的语气比自己想象的更冷酷。

“并没有，天哪，米兰达，我只是一个刚刚失去挚友的普通人。”马尔科姆把手中的椅子愤然推进桌内，“有些事与你无关。”他一把抄起威士忌酒瓶，大步走回了前台。我望着他，只见他缩在桌子后，目光呆滞。刹那间我觉得自己就像个无情又自私的浑蛋。每一天，马尔科姆来到书店都需要面对取代了比利的我；每一天，他都要重新面对失去比利，同时也即将失去这家书店的事实。我不知道自己到底怎么了，花了这么长时间才恍然意识到马尔科姆并没有对我隐藏任何秘密，他只是在哀悼自己的好朋友。

我在寻找谜题线索上的失败，与我们在准备晚宴上取得的进展形成了鲜明对比。我询问了每一位书店的常客，查找了每一份当地的报纸，翻遍了书店楼上楼下的每一个抽屉，就是没有发现与伊芙琳有关的信息。不过，我们却确定了晚宴当天三场额外的读书会。马尔科姆联系到了他最近非常喜爱的一本小说的营销编辑，小说的作者住在旧金山，这是他的处女作。经过一番沟通，作者答应我们会在晚宴那天驱车前来。露西娅的一位朋友是个颇有名气的 DJ（打碟师），他自告奋勇要在读书会中场休息时与台下的读者做一些互动。而马尔科姆和我则一致认为电子舞曲可以留到主要活动结束后再播放，等希拉的朋友们，比如霍华德博士或者其他任何有实力与财力的来宾进行无声拍卖后，再进行狂欢。这也是我和马尔科姆唯一一件达成共识的事情。马尔科姆又恢复了以往问一句答半句的说话风格，而且只在必要时才和我说话。我没料到自己是那么怀念我们之前正常的交流方式，但马尔科姆始终对上次的事情耿耿于怀，仿佛受伤越久，他的话就越值钱似的。他惜字如金，经常只用一个字作为回答，在我对他说话时装出一副什么也听不见的样子。这种做法并不能促使我为之前的所作所为向他道歉，即使我知道我不该怀疑他的悲痛之情，并将它误解为一种针对我的敌意。

随着我和马尔科姆之间冷战时间的延长，昔日美好的“苏格兰威士忌会议”也戛然而止，好在我们之间的分工清晰明确，在书店互不干涉彼此的工作。马尔科姆坚守在前台，负责给顾客打电话，并联系供应商订购书籍；而我负责照看书架和咖啡区，整理新到的书，将那些常年卖不掉的书下架。有一天，当我正在打包一箱准备退还给经销商的书时，希拉冲进书店，右手使劲挥舞着一个信封。

我赶忙将手里的书放到书架上，快步向她跑去。

“看看我今天早上在信箱里发现了什么！”她递给我一个标准尺寸的信封，寄件地址一栏完全空白。邮戳是前一天盖上的，邮编 90005 说明它寄自洛杉矶地区。我拿出手机查了一下，这个邮编属于汉考克公园，也就是以利亚工作的地方。一时间，我对他为何要在新书发布会后那么久才把信寄给希拉感到不解。

我撕开信封，希拉凑了过来。就这样，一道由电脑打印出来的新谜题映入眼帘：

> 她是字谜游戏高手，凡是她取出的名字都另有深意。虽然他不是菲茨威廉，但当他决定离去时，他的价值仍完整无缺。

希拉眉头一皱。“这句话的语法好像有点问题，”她指着纸上的第一句话，“她是字谜游戏高手，凡是她取出的名字都另有深意（A master of charades, the names she gives are never just that）。这句话的主语是‘她’，不是‘名字’，‘she’应该前置。比利不应该犯这种错误的。”

“她是谁？”我问希拉。

“简·奥斯汀。她以擅长字谜游戏闻名，这一点在她的小说《爱玛》中体现得淋漓尽致，当然这道谜题的答案并不是它。”她又指了指“菲茨威廉”，“你知道这是谁吗？”

“我应该知道吗？”

希拉的眉头再次皱了起来。“你要是不知道，我可要没收你的简·奥斯汀卡牌游戏了。”

“我没玩过这个游戏。”

希拉翻了个白眼：“没有人能配得上简·奥斯汀。”她再次指向“菲茨威廉”，“当然，也没有人能比达西先生更傲慢，菲茨威廉·达西先生[1]。”

希拉和我继续研究着谜题。

“看到结尾这句话了吗？”我指了指最后一行，“‘但当他决定离去时，他的价值仍完整无缺。’我们要找的谜题就藏在这句话里。”

我们凑近信纸，就好像离得越近，发现谜底的概率就越大似的。

“他的价值”。我将“价值”（value）一词输入手机词典，将释意念给希拉听，“数量（amount）、成本（cost）、花销（expense）、意义（worth）、利润（profit）。”

希拉打了一个响指。“意义（worth），就是这个词。”她用发号施令般的语气说道，“关于‘离去’（gone），还有什么其他说法吗？比如它的一般过去式？”

“怎么？你突然变身语法狂魔了吗？”

“我从不在语法方面开玩笑。快，告诉我，答案是什么？”她完全有当老师的潜质。

“去”的一般现在式是“go”，现在完成式是“gone”……“是went！”我兴奋地大喊，就像解开了一个世界未解之谜。

希拉赞许地点点头：“弗雷德里克·温特沃思（Frederick

1　菲茨威廉·达西：简·奥斯汀小说《傲慢与偏见》的男主人公。——译者注

Wentworth）上校。”我报以一个迷茫的眼神。她说：“你简直无可救药。”

希拉带着我来到经典区，寻找着书脊上的字母A。功夫不负有心人，我们最终发现了这本企鹅经典系列的《劝导》[1]。书封奇怪地鼓起了一块，仔细一看，我发现小说前几页中夹了一个纸板火柴盒，仿佛是拿它做书签用。我们打开这一页，奥斯汀对埃利奥特爵士的描述被特别标注了出来：

> 沃尔特·埃利奥特爵士自命不凡，觉得自己要仪表有仪表，要地位有地位，以至于爱慕虚荣构成了他的全部性格特征。

这段话下面的另一句也被标注了出来：

> 他是那样注重自己的仪表，即便女人也很少有这样讲究的，就连新封爵爷的贴身男仆也不会像他那样满意自己的社会地位。[2]

纸板火柴盒上印着奥兰治郡一家牛排店的标识，我在点评网站上查了一下，发现这家店在2002年被售卖并更名，这之后又被易手近6次，最终在2011年倒闭。我查看了大家对于这家餐厅的评论，

1　A是“奥斯汀”（Austine）的首字母。弗雷德里克·温特沃斯上校是小说《劝导》的男主人公。——编者注

2　这两段译文参考孙致礼译《劝导》，人民出版社，2017年版。——译者注

不难发现人们在言语中对牛排店最初的样子充满怀念。有一条评论这样写道:“伯特·温斯顿可能是个贪得无厌的家伙，但起码他做了一件好事，那就是雇用了几个能做出超级美味牛排的员工。”我将手机递给希拉，她耸了耸肩，表示没从中发现任何关键信息，看来是时候让我来发挥“探案”特长了。

“温斯顿，”我对希拉说，“这个人和伊芙琳·温斯顿姓氏相同。伯特·温斯顿一定是伊芙琳的爸爸。”而且他一定是个虚荣自大的人，我敢肯定比利一定对他毫无好感。

网上关于伯特·温斯顿的信息可以用铺天盖地来形容。他是温斯顿家族农场的唯一所有者，同时也是圣华金河谷最大的水果经销商。他还登上过不少杂志封面，包括《福布斯》。在20世纪七八十年代，各大杂志关于他的报道都是对于他白手起家的故事清一色的赞扬。然而到了90年代，一系列有关伯特产业工作环境恶劣、政治贿赂和大幅裁员的丑闻被媒体揭露了出来，他也收到了众多来自前雇员、工会及前妻的起诉书。90年代末期，年近七旬的他将农场卖给一家企业集团后便退休了。我不禁在想，当伯特身处人生顶峰时，他的每一任前妻在离婚时能够获得多少赔偿金？而这其中就有一位是伊芙琳的母亲。

通常，像伯特·温斯顿这样富甲一方且颇具争议的人物不会公开自己的家庭住址，但是比利借由《劝导》中的沃尔特·埃利奥特爵士为我们提供了足够的暗示。通过这些暗示，我们不难发现伯特·温斯顿的关键性格特征，那便是具有强烈的虚荣心。在这种心理的驱使下，即便伯特已经将公司卖掉退休，并坚定地表示绝不接受任何采访，他也一定希望可以被人找到。他就住在奥兰治郡的一个封闭式社区里，距离洛杉矶大约有一小时车程。

从5号公路一直开下去，便可抵达奥兰治郡。我原本以为自己会这样一路开到目的地，谁知我下意识地在一个分岔路口开了出去，当意识到自己走错路时，我已经到达了父母家门口。我在花园里找到了妈妈，她正在专心致志地侍弄着玫瑰花。宽边帽子压得很低，将她的脸隐藏在了阴影中，我无法看到她的表情。

“米兰达，”妈妈看到我后站了起来，从院子那头朝我喊道，“你怎么回来了？”

在这个瞬间，我是多么想象孩子一般冲向她，紧紧抱住她的腰，再也不肯松开。然而我还是控制住了自己的情绪，仍然和她保持着距离。我是多么怀念以前那些可以无忧无虑拥抱妈妈的日子，我从没想过有一天会失去那份亲密。

“嗨，妈妈，你好吗？”我的语气十分淡定。

妈妈摘下了帽子，这下我可以清清楚楚地看到她的脸了。尽管只是在花园里劳作，她仍然化着精致的妆容。“亲爱的，你还好吗？”

“当然不好。怎么会好呢？”

“我也不知道，”她摘下手套，把它们夹在腋下，“不管怎么说，我很开心你能回来。”

“不，”我简短地回答道，“我只是顺路来告诉你，我要去找伯特了。”

“哪个伯特？”她一脸茫然的样子。

“伯特·温斯顿。”

帽子从妈妈的手中脱落，摔到了地上。腋下的手套也跟着滑落。她朝我跑来，抓住我的胳膊：“你不能去。”

“你就不打算问问我是怎么知道他的吗？”我试图摆脱妈妈抓住我的双手。

“米兰达，妈妈求求你，你真的不能去找伯特。”她再次握住我的手臂，先是轻轻地拉住我，感受到我的反抗之意后，又加大了力度。然而我还是占了上风，毕竟我比妈妈更年轻、更坚决。“走，进屋去，我们好好聊一聊。”她说。

“好好聊聊？你是认真的吗？我已经回来将近两个月了，在这期间你可以随时找我聊天，但是你并没有。现在我什么也不想和你说了，我认为没有这个必要。”妈妈松开了拉着我的手，紧紧地抱住自己。为了控制激动的情绪，她的身体微微颤抖。

“伯特·温斯顿是一个残忍而自私的男人。”她双臂环抱胸前，显得格外娇小，凝视着我的眼睛。我攥紧拳头，努力克制想要伸手去安慰她的冲动。

“起码他会告诉我真相。”

“不，”她平静地说，“他不会的。在他眼中，你舅舅一无是处。”

“和你恰恰相反吗？这么多年来，你可都是比利的大恩人。”

妈妈的表情僵硬了，她展开双臂，将手支在臀部：“我当然总是看到他好的一面。是他，是比利总在责怪我。”

“也许是你活该。”就好像被我当面扇了一巴掌一样，妈妈倒退了几步，泪水开始在眼眶中打转。我一直都想刺激一下妈妈，但没想到这次真的成功伤害了她，这种感觉简直糟透了。

“我求求你，别去找伯特。”她的语气比刚才弱了很多，声音小得我几乎听不见。

“你有没有发现，你越是阻止我去见他，我就越是认为他会告诉我一些你刻意向我隐瞒的真相？”我来回踱着步，“最滑稽的是，我始终不明白你为什么不愿意和我讲话。我一直以为我们之间可以无话不谈，但现在我想是我错了，也许我们的关系并不像我想象中那般亲密。”

“亲爱的，求求你，不要去见他。”妈妈向前一步，伸手去抓我的肩膀。她身上隐约传来一股汗味和肥料的臭味，这刺鼻的气息令我作呕。

“你根本没有认真听我说话。我在说我们之间的问题，而你只是自顾自地说着伯特。”

她使劲摇了摇头，揉了揉自己的脸，仿佛忘记了这场对话，切断了我们之间相连的一切可能。我见状头也不回地走了出去，怒气冲冲地坐进车里。“米兰达！请你回来！”随着我的离去，妈妈的声音渐渐消失在了空气里。

15

去往目的地的路上几乎没什么车，于是我比平时开得更快了一些，表盘上的时速从80迈上升到了85迈，最后飙升到了90迈。炙热的空气不断从敞开的车窗中涌进来，将我的头发吹得凌乱不堪，几缕发丝不断挡住我的视线，让我看不清前方的路。放在储物格里的手机嗡嗡作响，看到妈妈的名字出现在屏幕上时，我直接按下拒听键，随即打开收音机，找到了一个最吵闹的电台。我希望自己可以不计后果，我希望自己变得愤怒而焦虑，我想成为另外一个人。但当我踩下油门，将时速提高到95迈时，却突然感觉到胸腔里犹如卡住了什么东西似的，不由得松开了油门。汽车的速度逐渐放慢，保持在了时速70迈。我将收音机的音量关小，并关上了车窗。虽然我没有接听妈妈打来的电话，却还是点开了她发来的语音留言。

“米兰达，我是妈妈，”她说得就好像我不知道她是谁一样，“请你听到留言后给我回电话好吗？我不该就这样让你离开，请回家吧！”

接下来的两条语音留言听起来更加急迫。

一条是：“亲爱的，妈妈求求你。如果你觉得我对你不够坦诚，我很抱歉。这一切对我来说太难面对。请你给我回电话。”另一条是：

“亲爱的，一切都失控了。我们是一家人，我们不能失去彼此，我不能失去你。妈妈求你了，你快回家来，让我们谈谈吧！”

为了不让自己反复收听这些留言并同时感到愧疚，从而控制不住自己回电话给妈妈的冲动，我在第一时间按下了删除键。收到第四条留言时，妈妈刚刚恳求的语气不见了：“这是我最后一次打给你。我并不是在强调自己做的都是对的，我只是想要保护你，你要相信我才行。”可现在我要如何相信她？

我继续向奥兰治郡行驶。

伯特·温斯顿所住的社区中，每栋房子都有自己的名字，伯特住的那栋叫“果园庄园”。社区门口的警卫来回打量着我爸妈的这辆日本轿车，这辆黑色的轿车由于近几个星期都停在大街上，已经变成了灰色。

“叫什么名字？”他的语气中充满怀疑。

“我叫米兰达，米兰达·布鲁克斯。我的名字不在……”我试图向他解释，但他早已转身消失在小屋里，查看起访客名单来。

不一会儿，警卫打开了大门，指着右前方的路：“顺着这条路一直往前走就到了。”

我本想问他为何我的名字会出现在访客名单上，但还是没这么做。我向他确认：“那条路是通往伯特·温斯顿家的？”

“不是和你说了吗，开到山顶就到了，不会找不到的。”

伴随着微风，我一路上行，顺利到达了果园庄园。

我把车停在了这栋灰泥瓦房外面，额头两侧的太阳穴突突地跳着。这是我期待已久的时刻，我终于可以得到想要的答案。我静静地看着伯特地中海风格的公寓，汗水爬满了上唇。通过简·奥斯汀和沃尔特爵士，比利并未说出任何夸赞伯特的话。如果比利将我指引到一个自己鄙视的人面前，那必然意味着这个人将告诉我一些别人难以启齿的事情。妈妈对我和伯特见面的消息表现得如此失常，而且根本不希望我和他有任何交集，这说明伯特要告诉我的必将是一件大事。想到这里，我解开安全带，走进了午后令人窒息的闷热空气中。

开门的是一位菲律宾籍护工。她身后的房间一片漆黑，空调的冷风吹了出来，像一条丝巾般拂过我的双臂。

"不好意思，我没有和温斯顿先生提前预约时间。我叫米兰达·布鲁克斯，是我的舅舅比利·西尔弗让我来找他的。"我告诉她。

"米兰达！快请进，请进来。"她将门完全打开，我跟着她走进一间会客厅，心中暗自感叹一切竟然如此简单。"最近他的身体还不错，但还请切记对他温柔一些。他在忘记自己要说的事情时，情绪会变得比较激动。"

伯特坐在轮椅上，静静看着大理石壁炉架上电视里播放的拉美肥皂剧，他的轮廓映照在古董大衣柜上，一个长长的鼻子和面无表情的侧脸。

"他听不懂西班牙语，所以每次都把声音关掉，仅凭画面想象故事情节。"护工随手把灯打开，"伯特，屋里这么黑还不开灯，你眼睛要瞎掉啦。"

他将轮椅转向我们："为什么我会瞎掉？"

“只是开个玩笑，伯特。”她说。

“哦。”他笑了一下，然后看到了旁边的我。就像看到熟人一样，他热情地向我打了招呼：“你好啊！”

“伯特，这位是米兰达。还记得你曾经说过她有一天也许会来登门拜访吗？她是比利·西尔弗的外甥女。”

“不，她不是。”他生气地说。

护工转过来对我说：“今天上午他还好好的呢。”她把手放在伯特的肩膀上，靠近他说：“她是米兰达，她是特意远道而来看你的。有人来看你，难道不好吗？”

“好。”他的声音颤抖着。不管与比利相识时他有多强的虚荣心，现在也都随着年龄的增长烟消云散了。他满脸皱纹，虚弱无力，行动不便。似乎我不该打扰他现在安静的生活，但当他望着我的眼神由惊恐转为亲切时，我决定留下来陪陪他。

“我先去其他的房间忙，”护工将这里完全留给我们俩，“如果他表现得不好，就立刻喊我。”

屋里只剩下伯特和我，他按下按钮，将轮椅滑到开关旁边，关掉了房间的灯。

“我讨厌开着窗户睡觉，”他笑了，“我也不知道为什么要说这个。”

我坐在沙发上，看他凝视着远方。我从来没有和老人单独相处过，不管是健康的，还是患有疾病的。妈妈和比利的父亲，也就是我的外祖父，是我出生时唯一还健在的老人。那时他 70 岁出头，烟不离手，已经住在养老院了。现在父母家中还有一张我和外祖父在临终关怀中心的合照，但年幼的我完全不记得那次拜访。妈妈后来告诉我，我很害怕外祖父，这让妈妈和外祖父都感到不安和难过，后来她再没带我探望过他。外祖父在我两岁的时候过世了，虽然被疾病困扰了多年，但是他的头脑始终很清醒。我无法想象，如果外祖父成了伯特的样子，妈妈的日子会有多么难过。我回过神来，将妈妈从我的思绪中抹去。我不愿在此时想起她，更不愿对她怀抱内疚。

“洛蕾塔？”发现我还在房间里，伯特开口叫道。他转动轮椅向我靠近，在距离我很近的位置停了下来，我可以闻见他呼吸中散发出的洋葱味，看到他稀疏头发上的头皮屑。

“米兰达，我是米兰达。”我退了几步，想将我们之间的距离拉远一点。

“是啊，当然了。”

“我想和你聊聊你的女儿，伊芙琳。”

“洛蕾塔？”他再一次向我靠近。

我把手轻轻搭在他的手上，那双手冰冷且毫无生气。“我的名字是米兰达，米——兰——达，”我提高音量告诉他，仿佛声音大点就能让他知道我是谁，“我不是洛蕾塔，我是米兰达。”

伯特双眼含泪，我想我应该叫护工来。即使他曾像沃尔特·埃利奥特爵士那般爱慕虚荣，甚至曾是比利蔑视的对象，而今都不该独自承受这一切。

伯特用力抓住我的胳膊，力度之大超乎我的想象：“洛蕾塔，你为什么要离开我？”

“我是米兰达，我没有走，我就在这里。”这番对话搞得我头昏脑涨。

“你有没有想过伊芙琳？你有没有想过你是如何对待自己的女儿的？”他带着恳求的语气。

“洛蕾塔做了什么？她是伊芙琳的母亲吗？”我并不打算假扮洛蕾塔，但好奇心驱使我一探究竟。如果他愿意谈论洛蕾塔，那么我愿意洗耳恭听。“伯特，洛蕾塔对伊芙琳做了什么？”

“你知道吗？她死了。”伯特的声音哀伤而绝望。

“伊芙琳的确死了，她在30年前就已经离开了我们。”听闻此话，伯特的表情仿佛在计算30年究竟是像一生那么长，还是只是弹指一挥间。“你还记得伊芙琳是怎么死的吗？”

“我当然记得，”他的情绪转为了愤怒，“你觉得我会忘了自己的女儿是怎么死的吗？”

“伯特，她是怎么死的？”我下意识地攥紧他冰冷的手。

“你应该去接她的。”他的声音弱了下来，痛苦的表情令我不由得打了个寒战。

“伯特，伊芙琳出了什么事？”

“难道你忘了吗？”他又一次抓住我的双臂，“你怎么能忘了呢？”

“忘了什么？我忘了什么？”他的目光紧紧锁住我的，虽然四目相对，我却完全猜不透他到底在想什么。我不确定他到底是在谈论伊芙琳的死，还是别的事情。

“她一直在学校门口等你，而你始终没有出现。”一滴眼泪毫无征兆地从他右边的脸颊上滑落。

“伯特，我不太清楚你在说什么。谁等在学校门口？伊芙琳是死于一场交通事故吗？”

“她一个人在校门口的台阶上等你。洛蕾塔，你应该要去接她的，你为什么不去？为什么不把她带走？你为什么要把伊芙琳留给我一个人？”

“伯特，洛蕾塔离开你了吗？”他点了点头。“她也离开了伊芙琳？”

“是的。”他时而清醒，时而糊涂。过去的种种仿佛就在眼前，他一不小心就会坠入记忆的深渊。

“伯特，伊芙琳出了什么事？”我效仿护工刚刚的动作，俯身向他靠近，试图创造出一种亲密感，好把他成功地从过去带回来。

“你简直跟伊芙琳长得一模一样。这么看，也很像洛蕾塔。伊芙琳在怀孕的时候和洛蕾塔最像。我一直想亲口告诉她，却始终不知道该如何开口。”

“什么意思？”我很难分辨哪些话是他根据过去的经历捏造出来的，哪些和肥皂剧中的故事搅在了一起，哪些又是真实的。“伊芙琳怀过孕？她有小孩？”

“在我们离开果园之前。她不想在那里抚养我们的孩子。如果我当时坚定一点，也许你就不会走了。”

“你是在说洛蕾塔，”我告诉她，“在果园怀孕的是洛蕾塔，不是伊芙琳？”

“我就是这个意思。”

“你还记得比利吗？”

“比利？”那语气仿佛他并不确定这是不是一个真实的名字。

“伊芙琳的丈夫，比利·西尔弗。”

“凶手！”他突然大喊，“他是杀人凶手！”

“嘘。”我看向门外，担心护工会在第一时间冲进来。结果她所在的房间里只传出了嘈杂的电视声，就算她听到了异常，也不打算来干涉。“嘘，伯特，冷静点。”

“是他杀了她，是他杀了我的伊芙琳。我尽力了，但是我找不到证据。他不配得到我的女儿，她们两个他都不配。”伯特摇了摇头，好像只要稍加努力，不堪回首的往事就可以被抹去一般。

“两个？她们是谁？”我已经彻底被弄晕了，被伯特搞得一头雾水。

“伊芙琳和她的孩子。”他解释道。

“什么孩子？”什么孩子？

“伊芙琳。”

“伊芙琳是你的孩子，伯特，她是你的孩子。”

“伊芙琳是我的孩子。”他喃喃地说。

“所以，伊芙琳没有孩子？”

“伊芙琳没有孩子。”

我彻底晕了，有种喝醉了酒的感觉。如果今天可以被称为美好的一天，那我真的无法想象糟糕的一天到底会是什么样。

伯特转过身，背对着我看起了电视。一个染着金发的高个子女人正在屏幕里疯狂地踱来踱去，她那双蓝眼睛应该动过刀子。只见她不断挥舞着双臂，歇斯底里地无声叫喊着，仿佛在说着某种方言。

“这是我最爱的角色埃斯梅拉达，她大动肝火的样子格外美丽。”

我仍有很多问题，可是就目前的情况来看，无论比利期望伯特告诉我什么，他都不太可能做到了。然而，在伯特的胡言乱语中，有一个词格外刺耳——“凶手”。比利不会是凶手。这是万万不可能的。比利将自己毕生的精力都奉献给了这颗星球，让它变成一座更安全的家园，减少地震带来的死亡和破坏，这是比利一直追求的目标。他不可能杀害自己的妻子。但伯特大喊“凶手”时非常清醒，这是他从支离破碎的记忆与悔恨的旋涡中抽离出来后，说出的唯一一句话。“凶手！凶手！”即使无法证实自己的想法，伯特仍然坚定地认为比利是杀死自己女儿的真凶。难道希拉说错了？比利说伯特有权责怪自己，并不是因为后者太过悲伤，而是因为伊芙琳的死真的是比利的错？

直到护工再次回到房间，伯特和我都在静静地看着肥皂剧。他的情绪已经完全平复了下来，好像并不记得我是谁了。

“好了，伯特。”护工呼唤他，再次打开了房间的灯，“去休息一会儿好吗？你该睡觉了。让我们和米兰达说再见吧。”

他看了我一眼，好像马上就要认出我了，那表情和我刚进门时看到的一模一样。

我坐在客厅，默默等待着护工回来。不一会儿，她便再次出现，在我身边坐了下来。“你觉得怎么样？”

“还好。他刚刚把我当成了洛蕾塔。”

“他有时也会把我当作她。我知道这对你来说很难，但我想你应该多来看看他，这对他有很大帮助。虽然现在他无法准确表达自己内心的感受，但你若能坚持，对他恢复记忆还是有很大帮助的。”

“他会经常说起他的女儿伊芙琳吗？她是我的舅妈。”我可以把伊芙琳称作舅妈吗？她算是我的家人吗？

护工点点头。

“我原本希望伯特可以告诉我关于她的事情。我从来都不了解她。”

护工起身走到大衣柜前，在一大摞相册中找到了一本褪色的金色帆布封面画册。这是一本纪念册，封面右下角印有凸起的“1969”字样。如果没记错的话，1969 年正是妈妈高中毕业的年份，伊芙琳也应该在那一年毕业。

我打开纪念册，一条条手写的祝福语映入眼帘。“祝你在瓦萨学院一切顺利！”“我会怀念那些上戏剧课时坐在你身边的日子！始终还是觉得你更适合学表演，而不是舞台设计！”“永远忘不了你在化学课上点燃计数器的那个瞬间。”“请继续加油，努力拼搏！”

“这些伯特一直留着吗？”我问。

“这些东西是他前进的动力，很神奇，”护士表示，“甚至在他什么也记不起来的时候，他都喜欢看那些老照片。”

“这个可以给我吗？”

她皱了皱眉：“我得去给伯特准备晚餐了，如果你不着急的话，可以在这里慢慢看。”她转身离开，把我独自留在了冰冷的客厅。

我快速浏览着纪念册的前几页，那都是学校管理人员和老师们的大头照。看到一张剪报上的照片时，我停了下来。照片中的伊芙琳穿着一件钩针背心，斜倚在一张桌子上，一缕头发垂在脸中央。她的表情凝重而忧郁，有一种不属于18岁少女的成熟感。伊芙琳是学校辩论队中仅有的两个女孩之一，同时也是学生关怀协会、骨干俱乐部[1]和美国国家高中荣誉学生会的成员。我在众多社团的成员名单里寻找着妈妈的名字，她是爵士俱乐部的成员。从一张她站在麦克风后面跳舞的照片中不难看出，年少的她是多么精力旺盛且异常叛逆，浑身上下都散发着年轻的活力。我继续翻看纪念册的后半部分，试图寻找伊芙琳和妈妈的合影，或是任何可以证明她们曾是最好朋友的证据。班级大合照中的她们除了发型，基本和其他同学没什么两样。伊芙琳的头发又长又直，妈妈则留着娃娃头，刘海长长的，盖住了眉毛和耳朵，我从没有见过她留这么短的头发。

在纪念册的倒数第二页，她俩的单独合照终于出现了，这是一张别人偷拍的照片。伊芙琳和妈妈席地而坐，靠在一排储物柜上。伊芙琳穿着牛仔裤和条纹无袖上衣，妈妈则穿着黑色紧身连裤袜，搭配A字迷你裙。伊芙琳轻轻地把头靠在妈妈的肩膀上，极力忍着笑。妈妈吐着舌头，做了个斗鸡眼。在照片旁边是妈妈的一行字：永远爱你——苏珊。我想到了妈妈的语音留言，在那些已经被我删掉的语音留言中，她的语气透露出了害怕失去我的恐惧。她已经失去了想要爱一辈子的好朋友，不想再失去任何深爱的人。我用手机将这张合影拍了下来，然后合上纪念册，将它留在了咖啡桌上。

1　骨干俱乐部（Key Club）是一个历史悠久的高中生公益社团。这是一个由学生自理的组织，旨在帮助成员们提升自身领导力。——译者注循着搅拌机的隆隆声，我找到了厨房，护工正在准备晚饭的汤。当我向她告别时，她示意我稍等一下，随后用毛巾擦干了双手。她在几个抽屉里不停翻找着，最后拿出一个信封递给了我。

“这是两月前寄给你的信。”她说。我们朝屋外走去，当她打开沉重的大门时，阳光瞬间倾泻进凉爽且昏暗的屋子里。“记得要经常来哦！虽然他嘴上不说，心里却是非常开心的。”

我站在走廊上，打开了这个信封，里面是一个画谜。画中有一棵树和一串钥匙。年轮？云杉木琴键[1]？不，这不是一棵云杉树。这是一棵拥有粗壮枝干和茂盛树叶的大树。是枫树？还是桦树？橡树？橡木钥匙（Oak Keys）？是 Okies——俄克拉荷马州的居民。在我的印象中，只有一本经典小说讲述了俄克拉荷马州居民的奋斗史，而它正是书店的橡木桌上比利推荐的几本书之一，与《一位女士的画像》、《夜色温柔》和《纯真年代》摆在一起。当时我还奇怪这些小说虽堪称经典，却并不是比利会喜欢的类型呢。

当我回到书店时，刚刚傍晚 6 点，书店门口就已挂上了“暂停营业”的标志牌。我打开大门走了进去，咖啡区也空无一人，咖啡桌上常年堆积的书也被收走了。

“马尔科姆！”我四处寻找他的身影。

“在洗手间！”他大喊。

马尔科姆正在拖地，身上的衬衫全湿透了，头发也被汗水弄得

---

1 英文中“年轮”（tree ring）一词是“树”（tree）与“钥匙圈”（ring）两个词的组合。“琴键”的英文是“key”，也有“钥匙”的意思。——编者注

乱七八糟。

“一天不露面，你可真会挑时候。”他毫不留情。不过，这一次他说了一长句话，比这几个星期以来对我说的都多。

“发生什么事了？”

“你猜?!”他一定意识到自己的火气有点莫名，补上了一句，“不知道哪个浑蛋弄堵了厕所，紧接着一根水管爆裂了。今天真他妈倒霉！”他将拖把上的水挤进桶里。

“我能帮你做什么吗？”

“现在？在我已经收拾完了以后？”他推着水桶往厨房走去。

“这些都是你一个人修的？”

“我知道自己多才多艺，但并不擅长清理别人的粪便。水管工大概半小时前走的。”

“所以现在都修好了？”

“对，修好了。一千美元，但可以保障我们明天照常营业。”马尔科姆将水桶拖到水池边，把灰色的脏水倒进下水道里。

“你花了一千块钱找水管工？”

“事态紧急。”一部分脏水倒进了下水道外沿的边缘，飞溅到他的脸上，他用袖子粗鲁地把水抹去。

“你没在附近多看看，找个便宜点的水管工吗？”

听到这句话，他怒气冲冲地把水桶扔在地上：“你知道吗？要是事发当时你在这里，你可以想怎么处理，就怎么处理。”

他从我身边挤了过去，头也不回地走出了店门。我很想追上去向他道歉，为我当时不在场，为我质疑了他的工作能力，为我误将他的悲痛当作有所隐瞒而道歉。我很想问问他，我们是否还能像曾经那样默契地相处共事。我想朝他大喊："该死，你到底是怎么想的，竟然花了一千美元？"然后用手指戳着他的胸口告诉他，如果有一天普洛斯彼罗书店倒闭了，那一切都是他的错。我想把马尔科姆当成我的出气筒，把之前和妈妈的争吵以及伯特那句"凶手"带给我的愤怒与苦闷，全部发泄在他的身上。可是我知道自己不能这样做，我不能这样对他。因为我没有经历过他所经历的一切，也没有永远失去自己最好的朋友。

我冷静下来，走到摆放着店员推荐书籍的桌子前，看到了比利的画像。

"为什么你不能仔细点呢？"我对着那张孤寂的脸发问。作为一名地震学家，比利做事向来有条不紊，在我们的每一次寻宝游戏中，他的策划都堪称完美。"为什么你在普洛斯彼罗书店的事情上就这么不计后果呢？"

我看着他推荐的那几本书：《一位女士的画像》《夜色温柔》《纯真年代》。咦，怎么少了那本《愤怒的葡萄》？我绕到桌子的另一边，翻找着书籍。它不在那两册《雷蒙·斯尼奇的不幸历险》下面，也没有夹在几本《蝴蝶飞舞时》中间。我跑到前台，在电脑上查询《愤怒的葡萄》的销售情况，记录显示我们在前几天售出了一本，是用现金付的款。不管比利夹在书里的是票根、餐券，还是任何纪念品，现在都已经被一位不知姓名的顾客扔在了日落大道的某个垃圾桶里。我将永远无从得知，这个破坏了比利解谜游戏的人到底是谁。

我坐在桌子后面，呆呆地盯着屏幕。这一切都是真的吗？比利留给我的任务就这样夭折了？果真如此的话，这便是他在设计寻宝游戏时留下的巨大漏洞，但这么不小心完全不像是比利的风格。就算他故意对普洛斯彼罗书店糟糕的财务状况视而不见，他也不会在这场冒险中留下任何可能有风险的线索。不，他不会让这趟旅程如此轻易地分崩瓦解。

经过一番查询，我发现书店里一共有三本《愤怒的葡萄》，都被放在经典小说区，所以我决定从这里找起。第一本是二手书，里面没有任何字条，没有情书，连一张多年以前的午餐收据都没有。第二本是市面上流传最广的版本，里面也没有任何线索。第三本是百年纪念版，出版于作者斯坦贝克诞辰百年之际，在第 29 章的位置有一道折痕。

这一章以对云朵的描写作为开始，讲述了它们是如何从海上席卷而来，又是如何被那些将大树连根拔起的狂风追逐，直到远离大陆。雨接踵而至，起初飘忽不定，然后慢慢找到了属于自己的节奏。它犹如屏障一般挡住了阳光的来路，霸占了整个下午。斯坦贝克接着描写雨势越来越大，雨水纷纷打到地上，浸透了每一寸土地。这些从天而降的雨水淹没了果园、高速公路，弄湿了汽车的点火线，将疾病和饥饿带给了那些束手无策的游民。在这两页中，有一个词被特别标注了出来。当验尸官前来带走那些在暴风雨中死去之人时，“死了”一词被圈了出来。在下一页上，“已死”的字眼被再次圈出。

雨终于停了，整片土地都遭受了洪水的侵袭。在接下来的三个月，人们将无事可做，这令他们感到恐慌。很快，男人们的恐惧转为了愤怒，女人们则宽慰地叹了口气，因为只要他们一直保持愤怒，大家就不会被轻易打败。可惜好景不长，几天之后，一切又变得糟糕了起来。

《愤怒的葡萄》中令我印象最深刻的，不是那骇人的洪水，也不是小说结尾处希望的暗流，而是那无止境的干旱。比利并没有标出那些充满希望的段落，事实上，他没有标出任何东西，除了那两个词:“死了”“已死”。如此冷静，如此简单。

我快速翻看了小说剩下的部分，既没有其他标注，也没夹带记事卡或信封之类的东西。总而言之，没有任何可以将我领向下一个人的线索。不过，那两个词并不是被随意圈出的，而是比利留下的印记，它指引我走向伊芙琳，走向她的死亡。

我又读了一遍这一章，不禁被小说质朴的美感吸引，同时也对那些关于死亡的描述感到害怕。我翻看了另外两本《愤怒的葡萄》，结果一无所获。合上书时，我不经意间发现封面内侧有铅笔写下的记号，字迹太浅了，一不小心便会错过。先是两个数字，紧接着是一个小数点和另外四个数字，然后是字母N，两个数字，一个小数点，四个数字，最后是字母W。我发现另外那两本书上也写着同样的数字和字母。这一定是我之前在比利推荐的其他书中所见过的代码，马尔科姆曾说，比利在他从医院二手商店里救下的书上都写了这样的代码。这是比利的密码。好吧，但它们并非不可破解。

我在电脑的书籍记录中查询，结果显示这一串代码并不是国际标准书号，也不是杜威十进制分类。我只能将这些数字和字母输入到谷歌搜索栏中碰碰运气，结果一无所获。当没有什么结果能与我的搜索内容匹配时，谷歌为我提供了另一个思路，即我要找的内容是不是某地的经纬度。如果是这样的话，字母 N 代表的不是“全新的”（new），而是“北”（north）。W 代表的不是“磨损的”（worn），而是“西”（west）。按照这个思路，书中的代码代表的是一个叫福恩斯金的地方，而它就位于大熊湖的北方。

16

大熊湖位于洛杉矶东部的内陆地区，距离这里有两个小时的车程。通过谷歌地图上的卫星照片，我发现书中的坐标指向一间位于福恩斯金的房子。这是一栋黑漆漆的小木屋，周围遍布着枯黄的小草，似乎在热切盼望雨水的降临。我想象不出比利为何要将我领向这栋房子，它与小说中的暴雨和死亡有什么关系。

我几乎一夜无眠，索性在黎明时分出发，希望可以躲过拥挤的早高峰。谁知道6点钟刚到，210号公路上便已排起长龙。帕萨迪纳缓缓消失在后视镜中，直到我行至波莫纳时路况才有所缓解，随后在圣贝纳迪诺再次拥堵了起来。此时已是7点，查理应该已经带着三盒玛芬准时来到了书店，简单收拾后，他会把所有的椅子从桌上拿下，随后把咖啡煮好。马尔科姆会慢悠悠地走进来，先查看语音留言和新邮件，然后去楼上的仓库打开保险箱，取出当天所需的足够零钱。不知道去往二楼时，他会不会偷偷瞥向我的房间，然后恍然意识到平时这个时候我已经下楼了；将“营业”标志挂到书店门口时，他有没有询问查理今天是否看到了我？他是不是正在想着，要不了几天，我就不会出现在书店了？而这会让他觉得宽慰还是遗憾呢？

"普洛斯彼罗。"马尔科姆接起了电话。

"我是米兰达。"

"你在楼上还打电话?"

我本想和他开个玩笑说，难道你以为我这么懒吗? "我出门办事了，"我回答，"今天一天都不在。"

"这是在向我请假吗?"

"当然不是。"

"哦，那就等你回到店里再说吧。"他的语气是如此平静，不带一丝情感，让我不禁怀疑之前那场紧张无声的争斗全是我自己想象出来的。

滑雪场坐落在大熊湖后面，一排排冷杉和松树之间是还未覆盖白雪的小径。森林延伸到了滑雪场外，越过高耸的山脉，一直蔓延到湖边的平原。汽艇拖着内胎滑过平静的湖面，在北岸大道旁的湖滩上，皮划艇整齐地排成一排，游客们开船驶离岸边后，将颜色鲜艳的冲浪板扔进湖里，摇摇晃晃地站在上面。大熊湖是南加州为数不多的可以见到红黄树叶覆盖整个山野，形成油画般美景的地方。费城的秋天同样美得壮观，明亮的色彩将斯古吉尔河映衬得宛如一条银色缎带。树叶散落在校园里的石头小路上，显得生机勃勃。等到落叶的季节，我就已经开学两个月了。那个时候，普洛斯彼罗书店也将拥有新的主人——如果它被卖掉的话。等到冬天降临，树木光秃的时候，一切都会改变，除了我的生活。我将回到杰伊和我的公寓——如果那时它还属于我们两个人。我将回到我的教室，那里一切都没有变，墙上挂着的仍然是苏珊·布朗奈尔·安东尼[1]和哈丽雅特·塔布曼[2]的肖像。

车一转弯便到达了福恩斯金，我离地图上显示的房子越来越近了。我想象着秋天成群的学生在自助餐厅外的石板长椅上悠闲地吃着午饭，那些教过无数次的课程已经深深地烙印在了我的脑海里。授课有点像重复自己喜欢的词汇——“紫红”“沸腾”“发光”，刚刚说出这个词的时候，那感觉就像在品尝舌尖上的黄油，柔软而丝滑；可一旦你将它们不断重复，就会有一种奇怪的感觉。“紫红”变得苍白暗淡，“沸腾”变成了温暾，“发光”也变得无聊透顶。有时，当我向学生们阐述帕特里克·亨利[3]在弗吉尼亚州下议院所做的著名演讲时，会突然忘记它的重要意义，如果他能用寥寥几句根本没人愿意记下来的话说服同僚起义，那么这场演讲或许也只能存在于记忆中了。我从没想过有一天历史会变得平淡无奇、褪去色彩。然而作为一名历史老师，我确实可以体会到无聊的滋味。学生们有的对知识充满渴望，余下的则需要我时刻监督；有的只关心成绩，有的则一点也不在乎。我不禁想到了普洛斯彼罗书店，我们到底还需要赚多少钱才能帮它挽回一线生机？那些还没有卖出的晚宴门票，和那些并未兑现的捐款承诺……不知怎么，我觉得生活比书店带来的压

---

1 苏珊·布朗奈尔·安东尼：美国 19 世纪民权运动领袖，在废奴运动和妇女选举权运动中扮演了重要角色。——译者注

2 哈丽雅特·塔布曼：美国著名废奴主义者和女权主义者，南北战争时期黑奴逃跑组织“地下铁路”的领导人之一。——译者注

3 帕特里克·亨利：美国革命家、演说家、曾在 1736 年至 1799 年担任弗吉尼亚首任州长。生前曾积极参加反抗英国殖民者、维护人民权利的斗争。——译者注

力更加沉重。

我将车停在坐标显示的位置，房子看起来比卫星照片上的还要破旧。门廊栏杆上的柱子不见了，前院净是泥土，枯黄的杂草像参差不齐的乱发。一个系着围裙的女人开了门，在她身后，小孩子们的尖叫声响彻整个房间。她的头发像院中的枯草般杂乱，围裙上到处都是面粉。

“有事吗？”孩子们的叫喊声更大了，她回过头朝黑乎乎的屋子里望去，“乔纳森，你再碰一下烤箱试试！”有几个孩子咯咯地笑了起来。她回过头来，等待着我回答。

“不好意思，我不确定自己是否找对了地方。我叫米兰达·布鲁克斯，我想是我的舅舅——比利·西尔弗让我到这里来见你的。”

“谁？”她又转过身去，“乔纳森，我刚才说什么来着？”孩子们又尖叫起来。

“我是不是来得不是时候？”

“不管你想推销什么，我都没兴趣。”她准备关门。

“请先等等，我想知道，你是否认识我舅舅，比利·西尔弗？”

她的身后传出一声巨响。“抱歉，恐怕我帮不上忙。”

她关上了门，将嘈杂的声音与庸常的生活都关在了里面。我倚在栏杆上，回想我所走的每一步。我一定误解了代码的含义，它一定不是坐标，如果是，那我也一定把这些数字搞错了。我拿出手机，在地图上重新输入坐标又试了一次，结果还是面前的这所房子。栏杆上的木刺扎到了我的手指，一滴血从指间渗出，我用拇指按住伤口。我这才发现，栏杆已经开裂，掉了漆，能看到里面的朽木。支撑屋顶的廊柱也已接近倒塌的边缘，大部分油漆都已掉落，木头上刻着一个桃心，里面写着两个字母：B 和 E。

发现我还在门口，女人的态度由不耐烦转为了愤怒。

“真不好意思打扰你，”我指了指柱子上的字母，“你知道这是谁刻的吗？”

“什么？”她连看都没看一下。

“我在寻找这座房子之前的主人，你认识他们吗？”

“这房子 25 年前就是我父母的了。”她又准备关门。

“请稍等，”我说，“我真的很想知道他们是从谁手中买下这栋房子的。”

她从门边露出半张脸：“这房子当时好一阵子都没卖出去，听说主人在一场风暴中死了。”

暴风雨[1]？斯坦贝克的文字浮现在我的眼前，我看到了风雨交加的景象，看到了洪水，也看到了死亡。“他们两个人都在风暴中丧生了吗？”

“好像只有那个妻子吧。我妈从来没给我讲过这个故事，当然我也并不是很想知道。”屋里又传出了什么东西撞在一起的声音，孩子们安静了片刻，然后爆发出笑声。“我必须得回去看看了。”

“有人知道当时到底发生了什么事吗？”

“去图书馆问问多蒂吧，”她在说话的同时关上了大门，“如果你想知道发生在我们这里的事，找她就对了。”

1　英文中的“storm”指暴风雨，也有“暴风雪”“风暴”的意思。——编者注

大熊湖图书馆的四周遍布着干枯的杂草和濒死的灌木丛，人们坐在馆内的格子间里看书，一个梳马尾的男人正在整理书籍。这间大厅大概集中了全美所有图书馆的霉味，和普洛斯彼罗书店中的气味大相径庭。

一位图书管理员正在咨询台后面读书，她有一头白色的卷发。我想她在这里的时间一定很久，还记得将近30年前的那场悲剧。

我向她解释，自己正在寻找20世纪80年代中期一起事故的相关信息。对伊芙琳的死亡时间，我始终不太确定，只知道是1984年至1986年的某个时候。

“我不记得有人死在了山上，”图书管理员说，“当时确实发生了几起事故，但都不是特别严重。你去医院问过吗？不过就算是有人死了，他们也不会把死亡记录拿给你看的。”

“事故不是发生在山上，而是发生在家里。你记不记得当年有个女人死于一场风暴？”

她的面色有些凝重。“我记得。”她用双臂支撑着身体，从椅子上站起来，把我带到一台老式微缩胶片扫描仪前。在她翻找几个档案箱时，我静静地等在一旁。“我们不会保存太久以前的报纸，”她递给我一叠底片，“我已经不记得那是什么时候的事了，只记得那是一场暴风雪，很大的暴风雪。你可以排除掉5至10月的报纸。”她准备离开。“哦不，保险起见，10月也检查一下吧，以前的冬天比现在漫长得多。也看看5月吧。”

微缩胶片被历史淘汰绝对是有原因的。除非目标非常明确，否则没有任何捷径来进行搜索，只能逐一排查。为了找到这篇报道，我需要把两年间每天的报纸都看一遍。所幸当时的报纸篇幅都不算长，除了美联社的报道外，就只剩下一些当地的新闻报道。我从1984年1月的报纸开始看起，虽然当时暴风雪频发，却没有人因此身亡。2月和3月也没有相关信息，我轻松地翻完了那一年剩下的内容，进入了1985年初。那年冬天的雪和往常一样下着，并没有什么特别值得注意的地方。没有打破纪录的降雪量，没有斯坦贝克书中那种猛烈的风暴。4月，有一个人在冰雹中死于车祸，那是一位老人，将车撞到了一棵树上。我跳过了6月、7月、8月和9月。当我在10月的报纸上也一无所获时，我的心情不由得紧张起来，又转头读起了那年夏季的报纸。《愤怒的葡萄》里描述的都是雨天，只字未提下雪的事情，可刚刚那位图书管理员却清清楚楚地提到了暴风雪，我想她一定是弄错了。经过一番查找，我发现那年夏天不仅没有下雨，反而出现了持续的干旱，爆发了那几年来最严重的一次旱灾。到了11月，天气仍然干燥异常，对滑雪场的生意造成了极大的影响。12月，雪终于来了，渐渐积厚的白雪带来了久违的希望。起初，雪下得很小，似有若无。到了月底，雪季才真真正正地到来，并且一发不可收拾。供游客滑雪的山路不得不暂时封闭。1985年12月30日，硬币般大小的雪花接踵而至，很快便发展成了暴风雪。就在这一天，我出生了。

由于暴风雪的缘故，30日的报纸没有在当天印出来。也正因如此，31日的报纸内容比平时多了一些，刊登了各种与暴风雪有关的照片：位于大熊路上的餐馆大门紧锁，门口、屋顶、人行道全部被大雪盖得严严实实；一家人将车从厚厚的雪堆里推了出来；一个男人走在人行道上，大雪没过了他的膝盖，他的脸上蒙着一条围巾，在皑皑白雪的映衬下，整个人就像一个小黑点。这张照片的配文是：一个男人走在大熊路上。

几篇报道详细讲述了消防部门为清理道路所付出的努力，头版新闻还列出了暴风雪造成的伤亡人数：有6人不幸身亡，还有几人因体温过低和冻伤正在医院接受治疗。

这篇文章每段都简单介绍了一位死者。列出了他们的年龄、性别或职业。其中一名43岁的男子被一棵倒下的树砸死在房车中，一位退休教师在铲雪时因心脏骤停身亡，一位马拉松运动员在训练时被车撞死，一对从贝克尔斯菲市来这里度蜜月的夫妇因车子滑出路面丧生，一名孕妇疑似死于一氧化碳中毒，她的丈夫和产下的婴儿情况危急。

文章还列出了几起没有造成人员身亡的车祸：一名警察开车与一辆卡车相撞，导致腿部受伤；一名当地女孩在滑雪橇回家的路上，被一对驾车回家的老夫妇撞伤……我不自觉地将目光移回到那个孕妇的段落上，盯着这两句话反反复复地看了好几次：

> 一名34岁的孕妇疑似因一氧化碳中毒身亡，她的地震学家丈夫和刚出世的女儿情况危急。

我没有证据证明这名34岁的孕妇就是伊芙琳，但我确定她是。同样，我也坚信那位报道中的丈夫就是比利。我没有理由相信那个孩子是我，但看到她的出生日期时，我立刻明白了伯特口中“伊芙琳的孩子”是谁。原来他并不像我所想象的那般糊涂，满口胡言乱语。

我将这段话读了一遍又一遍，试图寻找那些隐藏的细节，看看我是不是误解了什么，那个妻子其实并非伊芙琳。也许文章中提到的丈夫比妻子年长许多；也许他是个工程师，或是从事地震学家以外的任何职业；也许那名新生儿是个男孩；也许孩子早已经离开了人世。所有的细节都被我看了又看。可当年伊芙琳确实是34岁，和妈妈生我时同岁；比利确实是一名地震学家；而那个新生儿是女孩，和我同一天生日。

我努力在脑海中寻找着蛛丝马迹，一种混合着恐惧和直觉的麻木感将我包围。我见过自己的出生证明吗？我不是出生在加州大学洛杉矶分校的校医院吗？妈妈不是告诉我，她生我用了33个小时吗？她不是告诉我，当她第一次把我抱在怀里时，感觉到了人生前所未有的完整吗？我想给妈妈打电话，质问她我的出生证明在哪儿，质问她我出生在哪所医院，我的第一声啼哭是怎样的。接着又一个真相向我压来：妈妈并不是我的生母，那些我再熟悉不过的生活只是一个个谎言。

我跌跌撞撞地走出了图书馆，心情久久无法平静。我并没有感觉到愤怒。只有哀伤，同时还伴随着一种深深的失落。我觉得脚下的地面正在慢慢塌陷，我无力反抗，只想就这样一点一点地向下沉。

“亲爱的！”图书管理员拿着一本书追了出来，“你叫米兰达对吗？”

米兰达，这是我的名字吗？这是根据伊芙琳——我的母亲最爱的戏剧《暴风雨》而取的名字吗？如果我不是米兰达，那么我到底是谁？

图书管理员递给我一本《通往特雷比西亚的桥》。

“这是我们图书馆的书，”她解释道，“作者是凯瑟琳·佩特森。她儿子最好的朋友意外死亡，为了帮助儿子走出阴霾，她特意为他写了这本书。那个可怜的小女孩被闪电击中，死得毫无意义。”

“我不想要。”我想把这本小说塞回到她的手里。

图书管理员摇摇头，拒绝收回这本小说：“这本书已经在我这儿保存了一年。图书馆的资助人叮嘱我把这本书交给你，这是他捐款的条件。”她轻轻敲了敲书的封面，“对我们所有人来说，这都是与悲伤有关的重要一课。”

目送她走进图书馆后，我直接把小说扔进了垃圾桶。不管那里面有什么线索，或者下一步比利将带领我去往哪里，我都不想再继续了。

下午晚些时候，气温仍然高得可怕。我想起了邻居康拉德夫妇，以及我父母的老朋友们曾经向我投来的奇怪眼神；比利和妈妈曾经暗含深意的话；还有那种常有的格格不入的感受。但现在我并不觉得格格不入，我还是我，和原来的自己没什么两样。

我离开湖边，朝着大熊路走去。湖面上传来摩托艇呼啸而过的声音和人们欢乐的喧闹声。我想，如果没有当年的一氧化碳中毒事件，伊芙琳和比利是不是也会在这里带我度过美好的暑假？比利会教我钓鱼，伊芙琳会坐在我身边，帮我把头发编好，这样当风吹过湖面时，头发就不会飘进我的眼睛里。那么普洛斯彼罗书店呢？我是不是每天下午都会在那里完成家庭作业？伊芙琳在帮客人选书时，会不会抽空过来帮我讲解难题？我从裤子口袋里拿出手机，找到了那张在伯特家翻拍的她和妈妈的合影。在照片中，妈妈俏皮地吐着舌头，做着斗鸡眼，伊芙琳则闭着眼，努力忍着笑。当时的她们是如此年轻，傻得可爱。她们是彼此最好的朋友。我注意到伊芙琳小巧的鼻子、无可挑剔的眉形和垂到脸颊上的飘逸长发。我眯起眼睛，又再次睁大，将她的容貌看了又看，怎么都觉得自己和她并不相像。反观照片上的妈妈，我有着和她一样的眼睛与薄嘴唇。比利的嘴唇也很薄，和我们一样，他也有着深邃的眼神。我一直都觉得自己和妈妈长得很像，却没有发现其实我长得更像比利。

我在大熊路上右转，路过了几家滑雪用品店、体育用品商店和警察局。我不想当比利的女儿，我不想要已经死去的父母，我想要我一直拥有的双亲。我走进一家酒吧，里面弥漫着过期啤酒的味道，充斥着吵闹嘈杂的说话声。我继续往前走。终于，在下一个街区，我发现了一家安静的咖啡馆，窗户上挂着蕾丝花边的窗帘。我走了进去，选了一张靠里的桌子坐了下来。

我不饿，也或许饿了，我什么也不知道，甚至感觉不到自己的身体。当服务员喊我“亲爱的”，并问我想要点些什么的时候，我从自己的口中听到了“咖啡”二字。我好奇自己是否真的喜欢咖啡，或者我只是以为自己喜欢。不一会儿，她便端着陶瓷杯子和一小碗奶油走了回来。

“亲爱的？”服务员说，我抬起头盯着她，“你必须要相信事实。”

“什么？”

“我刚刚问‘你要不要点些吃的’，”她刻意放慢速度，将每个字逐一大声说出，就好像我听不懂英语似的，“你饿吗？”

“不，我不饿。”

她指着前台：“如果你改变主意了，就来那边找我。”

咖啡并不很热，像水一样无味。我慢慢地喝着，享受着我这一刻的身份——只是顾客，不是谁的女儿或外甥女，或是其他任何人。我瞥了服务员一眼，四目相对后，她将目光移开。我很高幸她没有继续看我，或是走过来询问我是不是有事，否则我的眼泪一定会立即决堤。

“你必须要相信事实。”我发誓她刚刚对我说的一定是这句话，但她只是想劝我吃点儿什么。你必须要相信事实。而我又对真相了解多少？我拥有的只是一些证据和表面上的事实，而对真相一无所知。我不了解自己的历史，不知道为何自己是由姑姑和姑父抚养长大的，也不知道他们是如何做出了这个决定——不只是妈妈和爸爸，还有比利，他们隐瞒了我的真实身份。我在桌上放了一些钱，然后头也不回地冲出了咖啡店。我跑过滑雪用品店、警察局和酒吧，穿过图书馆的停车场，奔向门口的垃圾箱。我无法躲避我内心的渴望，无法躲避真实的自己。

在这本小说的结尾处，在一页被标注出来的文字和一页黑白插图之间，夹着一张书签。插图上，一个男孩抱着一个已经死去的女孩。我阅读了那段被标出的文字：

他头也不回地跑着，直到脚步踉跄都不肯停下来，他不敢停下来。不知怎么，他觉得只要自己一直跑着，莱斯利就不会死。这一切都取决于他，他不得不继续前进。

“死得毫无意义”，图书管理员这样告诉我。一个关于毫无意义的死亡的寓言。我从未读过《通往特雷比西亚的桥》。比利从没送过我这本书，妈妈也没有。

书签的造型非常简单，由普通的纸板制作而成。书签上写着“普洛斯彼罗书店”，这几个字太过潦草，几乎难以辨认。我用了很久才找到线索：在书签的底部，我辨认出了制作它的艺术家的名字：李·威廉姆斯。我不知道李的姓氏，却对他的名字再熟悉不过。当我去书店找比利，却发现舅舅并不在时，是李试图安慰我。李是一个好人，只是不善交际，不懂如何与孩子打交道，也许他只是不知道该如何与我打交道。

我一路驱车回到了父母的家，我没有打开收音机和空调，车里热得可怕，超负荷运转的发动机发出隆隆声。我时刻紧盯着限速标志，不确定自己应该开得快一点还是慢一点。我脑中一片空白。当我看见妈妈后，我该说些什么？应该拥抱她，还是永远不再和她说话？我将注意力拉了回来，尽量保持情绪冷静，平稳行驶。这时我的电话响了，屏幕上杰伊的名字让我打了个冷战，就好像看到鬼一样。我犹豫着是否要接起电话，它自动转入了语音信箱。他没有留言，也没有再打回来。我无暇顾及杰伊、费城，甚至普洛斯彼罗书店，脑子里全是妈妈。她并不是我的生母，而是我的姑姑。我从未有过姑姑，不知道姑姑应该是什么样的。是不是你们每年只会在节假日见两次？她是像妈妈一样，还是更像你的朋友？

我走进屋里的时候，妈妈正在厨房，边唱歌边切着桃子。这是一首詹尼斯·乔普林的歌，妈妈的声音比原唱更加柔和甜美。这就是妈妈，她让一切变得美好而安全，甚至是那些表达心碎与反叛情绪的歌词。我把钱包很大声地扔在了餐台上。

妈妈吓了一跳："亲爱的，我都没听到你回来了。"

她握着水果刀的手停在了距离桃子两厘米左右的位置，果汁从砧板滴落到了地板上。她一动不动地握着刀，目不转睛地看着我。

"哦，妈妈！"我的声音颤抖着。妈妈扔下刀，向我跑了过来，一把将我紧紧抱住。我没有反抗，任由她将我抱紧。我把脸埋进她那头和我一模一样的卷发里，紧紧抱着她那和我一样消瘦的身体，我是和她如出一辙的复制品。我使劲搂着她，仿佛自己又变成了一个孩子，她的孩子。

妈妈亲了亲我的头顶。我期盼着她能告诉我这一切都不是真的，那完全是一个天大的误会。我期盼着她来重建我的世界，让一切恢复原来的样子。

"我们本想告诉你真相的。"她小声说。

这是我最不想听到的一句话。

我一把将她推开："我不该回来。"

我头也不回地朝大门走去。妈妈冲到我面前，挡住了我的路。"米兰达，不要走。让我们谈谈这件事吧！"她恳求的双眼告诉我，她是多么希望我可以留下来。

"请你别挡着我。"这并不是一个请求，我不想对妈妈说脏话，却说出了更加残忍、更加真实的语句，“她才是我的妈妈，你不是。”

“我们真的一直都想告诉你事情的真相，”她抓住我的肩膀，“我真的很想告诉你，但是比利……他坚持不让你知道事情的真相。”

“你凭什么把这件事怪到比利头上！”我大声嘶吼。

她的双手无力地滑落到身体两侧：“你说得对，这都是我的错。”她把脸埋进双手，开始哭泣。

“你现在没有资格哭！”我说，她哭得更厉害了，“停！别哭了！”我开始尖叫，这吓到了她。有那么一刻，世界仿佛静止了一般。“别哭了。”我从她身边绕了过去，走向了大门。

“你要去哪里？”

“不知道，我只知道自己不能待在这儿。我现在无法和你待在一起。对不起，我真的做不到。”我没有愤怒地冲出去，也没有使劲地摔门发泄。我很想甩下一句残忍无情的话，却还是忍住了。我只是平静地走了出去，而比这更糟糕的是，妈妈放我走了。

17

我越开越远，直到父母的房子完全消失在我的视线中。不，那不是我父母的房子，是我姑姑和姑父的房子。我不知道自己可以去哪儿，是搭乘最早一班飞机回费城，像往常一样回到东海岸？还是就这么一直开着，没有目的地，只是随心所欲地选择一条高速公路，任意一条，一直开到感觉可以停下来了为止？一个人若从未存在，又怎能真正凭空消失？

车里传出一阵声响，我找了半天才发现是自己的手机。当看到屏幕上的名字时，我由衷地松了一口气。打来的人不是妈妈，也不是杰伊。

“你要是再不赶快出现，”希拉说，“我就要点第三杯马天尼了。如果我喝多了，就都是你的错。”

“出现在哪里？”生活竟然还在继续，不但有马天尼，所有原定的计划也都在有条不紊地进行，这让我感到不可思议。

“西木区。拜托，告诉我你马上就到了，你知道我讨厌一个人喝酒。”

西木区。我打开了手机备忘录。

“琼妮的舞台剧！”我不敢相信自己竟然把这件事忘得一干二净。

不管发生了什么，这都是琼妮人生中的大事。她可能会因此一炮而红，也可能会被人们无情地批评，甚至遗忘。

“20分钟后就开演了哦。”希拉说。

希拉在等待着我，还有琼妮，这个从高中开始就几乎每个周末都睡在我家的朋友。琼妮会和我的家人一起去餐馆聚餐，会帮妈妈认真地打蛋白，直到它们呈现出最完美的形态，当我们不想写作业，转而谈论男孩子的时候，她会毫无顾忌地躺在我的床上。琼妮，我人生的第一位朋友，她比我更了解我自己。

“我马上就到。”我告诉希拉，然后便一脚油门，快速驶离了路边。

希拉站在格芬剧场外等我，远远看去，就像一个焦急等待孩子出现的母亲。

“快，快来。”见我出现，她一把拉住我往剧场里走。在演出开始的前一秒，我们终于找到位置坐了下来。

帷幕徐徐拉开，普罗左罗夫家的客厅出现在舞台上。琼妮在《三姐妹》中饰演最小的妹妹伊莉娜，当两个姐姐奥尔加和玛莎忙于读书工作时，她则满脑子幻想。琼妮穿着一件简单的白色连衣裙，神情茫然地注视着观众。这部戏的第一句台词来自奥尔加，她说：“我们的父亲去世整整一年了，恰巧就是今天。”而这一天也恰好是伊莉娜的命名日。奥尔加继续说着在这过去的一年，她们是如何克服重重困难，从爸爸死亡的阴影中走了出来。转眼间，她们已经开始畅想未来，畅想着回到莫斯科的那一天。当琼妮在台上畅谈工作的价值时，我试图将所有的注意力都集中在她的身上。由她扮演的伊莉娜年轻貌美，也是三姐妹中唯一快乐的一个。我的思绪不禁游离到了自己已故的父亲身上，仔细回想我本该从中窥见真相的每一个细节。

在我12岁生日那天，妈妈和比利吵得不可开交。当时我的第一直觉就是他们在为生日派对的事情吵架，而事实证明正是如此。比利明明答应了我要来，作为我的父亲，他也的确应该出席。在此之前，对于比利的失约，妈妈从未动怒。或许她其实非常生气，却在我面前隐藏了真实情感，这样我就不会失望，也不会猜到真相。我又想起比利带我去普洛斯彼罗书店度过的那些下午，年少的我对此期盼不已，一心认为书店也在盼望着我的到来，而事实也正是如此，它等待我的时间比我想象的还要长久。

在这部戏的最后一幕，三姐妹拥抱在一起，分享着她们未曾实现的愿望和那些对莫斯科不切实际的幻想。琼妮拥抱了另外两位演员，她们看起来就像真正的姐妹一样。我也一直把琼妮当成自己的亲姐妹，只不过在现实生活中，她的确拥有两个和她有着血缘关系的姐姐，那是一种无论我与她有多亲密，都无法了解的感情。琼妮也有母亲，一个并不太称职的母亲，但无论如何，都确实属于她。

“我对结局的理解和大家不太一样，”演员们谢幕时，希拉说，“我一直都觉得这个结尾很伤感，它很坚定，但并非充满希望。人们想看到的是一个充满希望的结局，也许我们需要一个理由来让自己相信，生活可以为我们做出决定，并为我们提供正确的选择。”我苦笑了一下，希拉疑惑地看着我。

我们走出戏厅，喷泉边聚集了一群人，他们一边喝着酒，一边等待着演员们的出现。

“你这次出行结果如何？”希拉从托盘上端起一杯白葡萄酒，问我是否也需要一杯，我摇了摇头。

“你以前知道吗？”我试图从希拉平静的举止中寻找说谎的迹象。

“知道什么？”希拉来了兴致，一副等着听八卦的神情。

“上次你给我讲过，当我还是个婴儿时，你去我家做客的事情，你还有印象吗？”我观察着她的一举一动，准备在她脸部抽搐、结巴，或表现出任何反常时立刻出击。

希拉把手搭在我肩头：“米兰达，我知道自己比你年长不少，但还没到老糊涂的地步。我当然记得。”

“你说我妈妈亲自给我喂奶？”我说。

“怎么了？”

“你确定吗？”

“是啊。”她一头雾水。

“我妈妈不可能亲自给我喂奶。”

希拉抱住双臂，陷入了回忆。我等着她问我为什么这么说，不确定是否要告诉她这段家族“黑历史”。我还没准备好将这件事说出来，尤其是在一位可能将其视为写作素材的作家面前。

她打了个响指：“你知道吗？在比利之后，我跟另一个男人约过会，而他的妹妹也刚刚生了小孩。也许给孩子喂奶的人是她，我记混了。”

我想让希拉再说几句那天的情景，希望她记起一些不合常理的细节，比如比利看我的眼神，或是妈妈说过的某句话。就在此时，露台上爆发出一阵掌声，琼妮和另外两位女演员手挽着手出现在人群之中。她优雅地微笑着，整个人容光焕发。我很想为她欢呼，却实在无法控制自己的情绪。我知道我不能将她拉到一旁，大谈发生在自己身上的一切。这一刻是属于她的，我不能自私地将其占用。

希拉激动地加入排队与琼妮见面的人群。琼妮正亲切地和粉丝一一握手，摆出各种姿势合影留念。轮到希拉时，她递给琼妮节目单，让琼妮为“她最爱的中年女观众”签个名。

琼妮拥抱了我们两个人，然后被一位穿西装的长者拉走，将她介绍给了一群穿西装的长者。有人认出了希拉，提议请她喝酒。确定我不介意后，她便消失在了人群中。琼妮回到我身边，目送希拉和她的新朋友消失在孔特大道上。

“我希望在这个年纪也能活得像她一样。”琼妮若有所思地说。我没告诉她希拉丈夫自杀的事，没告诉她希拉的自信只是演出来的，是一种战胜悲伤的方式。

“演出太精彩了，你太棒了！”我告诉琼妮。

“谢谢你。”她用事先排练过的官方语气作答，刚刚她就用这种语气感谢了露台上所有的人。然后她就被自己假正经的样子逗得哈哈大笑起来。“我太紧张了，台上发生的事我一秒都不记得了，我希望自己没忘词。”

“忘了也没有人会发现。”我抓住她的手，她尖叫起来。我们扫视着整个露台。“快，告诉我这都是些什么样的大人物。”

当她告诉我那边穿西服的男人是制片人时，有个人在她背后站定，用双手捂住了她的眼睛。来者染了一头金发，化着浓妆。琼妮抓住她的手腕，继而转身拥抱了她。

“杰！”来者正是琼妮的大姐杰姬，而她的母亲，以及另外一个姐姐珍妮就站在杰姬身后。她们抱作一团，这是一场我只能旁观的家庭密会。

琼妮的母亲抚摸着女儿的头发，我努力回想她上一次现身支持女儿是什么时候。她几乎错过了琼妮在学校的每一场演出，琼妮在圣莫尼卡大道的小剧场里担任主角时，她也从来没有出现过。她不停爱抚着琼妮，嘴里念叨着“有才华”“明星”“出名”“了不起”和“我的女儿”之类的字眼。“我的女儿”？我想扯开她的手，朝她大喊，你不可以只在一个人成功时出现，她需要的是你一路的陪伴。然而琼妮对此并不介意，母亲的评价显然比那些能让她一炮走红的高管或导演的赞扬更加重要。

琼妮一家决定去西木区找个地方喝几杯。“你要一起来吗？”琼妮一手揽着一位姐姐，向我发出邀请。

我告诉她我累了。

“那明天开演前我们一起吃午饭？哦不，等一下，克里斯的父母要来看我。然后他哥哥一家也要来。下周怎么样？糟糕，下周朗尼和莎拉要飞到这里来看演出。”我并不认识朗尼和莎拉。“这部戏将会在劳工节之后演完，到时候咱们可以去奥海镇过周末，或者干点别的什么。”琼妮皱了皱眉，“可那时候你是不是就该回费城了？”

“琼妮，没关系的。”真的没关系。我的人生正遭逢巨变，而琼妮也是一样。我无权将这些从她身边夺走，却也无法参与其中。

“琼妮，咱们必须得走了。”她妈妈说。

“今晚你太棒了。”我说。

“你真的这么认为？”她摆出天真无邪的神情。

“等你功成名就的时候，别忘了我就行。”我尽力表现出幽默。

“我会带你去全世界玩，你想去哪里，就去哪里！”她跟着姐姐们走出了大门，抛给我一个飞吻。我望着她们一家四口手挽手消失在街对面，冲进了夜晚的冷风之中。

我回到普洛斯彼罗书店后的第一件事，便是查找李·威廉姆斯的信息。我掠过了一群“李·安尼斯”和“玛丽·李”，排除了一位校园橄榄球明星和一位底特律的玻璃吹制工。除此之外，全美国仍有成百上千个名叫李·威廉姆斯的人。而我想找的人，既不用脸书，也没有推特等社交网站的账户，甚至连一张照片都搜不到。我把妈妈的名字输入搜索栏，各种与她有关的照片映入眼帘：在一场正式活动上，爸爸搂着妈妈，她美丽的脸颊因为红酒和热烈的气氛而涨得通红；妈妈的个人网站上，有她双手叉腰、长发垂肩、目光严肃的肖像照；还有妈妈和一位客户的合照，对方奢华的服装和拍照时老练的姿态透露了她的身份是一名演员。我找遍网页，没有发现自己和妈妈的一张合影。我已经忘了我们上次合影是什么时候的事了，我的父母并不是摄影发烧友，会将每一个重要时刻都用镜头记录下来，与所有的朋友分享。我本以为这是因为他们比较注重隐私，但现在想来，他们肯定是怕照片泄露蛛丝马迹，让我注意到某些一直被忽视的东西。也许，他们长久以来所做的一切都是为了保守秘密。

书店里弥漫着一股煳味，是露西娅忘记了烤面包机里的百吉果。她看起来心情很不好，在咖啡区使劲跺着脚走路，把盘子摔在顾客面前的桌子上。霍华德博士跟着她走路的节奏拍手，直到她恶狠狠地瞪了他一眼。

我上前询问她怎么了，露西娅反问："你是在跟我开玩笑吗？"我跟着她走进厨房，看她狂躁地拍碎了一大块夹在百吉果中间的奶油芝士。"你到底去哪儿了？"露西娅不耐烦地瞪着我，一副准备进攻的架势。

"我现在不想说这个。"我转身准备离开厨房。露西娅挡住了我的去路，用装着百吉果的盘子抵住我的胸腔。"这个不该先烤一下吗？"我问。

"现在你变成专家了？"露西娅把盘子扔到柜台上，开始来回踱步，"你从天而降，把我们折腾得天翻地覆，然后就消失了，连面都懒得露。"她像一只孔雀般伸着脑袋，展示着自己激烈的情绪。"马尔科姆不得不自己面对爆裂的水管，你知道那有多烦人吗？我举办的钩针课，你不止一次，而是两次缺席！就连你自己口口声声承诺要组织的经典文学俱乐部也没个踪影。现在可好了，亚历克决定不来晚宴了，结果大半人都要求退票！"当我向她投去"亚历克是谁"的眼神时，她轻蔑地瞪大眼睛："那个 DJ！"

"那我们就找别的 DJ 呗。"我根本不在乎什么 DJ、读书俱乐部，或是水管。

"你还认识哪个世界级的 DJ 愿意来晚宴免费演出？"

"什么意思，还有世界级的 DJ？"

她气得说不出话，抓起了刚刚扔下的盘子，那块被压扁的奶油芝士夹在百吉果中间，就像一大坨冰。“我知道你只是暂时在这儿工作，但是我们不一样，我们还指望着你呢！”话音刚落，她便愤然离去。“暂时”，对，不管这里还是别处，我都早晚要离开。

马尔科姆正拿着笔记本在文学区徘徊，他一边查看书架，一边认真地做着笔记。临近8月中旬，书店里除了霍华德博士、编剧雷和一个我不认识的家伙外（很不幸，他就是那个点了百吉果的人）再无他人。就连平时的常客，甚至希拉都没有出现。两个留着棕色长发、背着双肩背包的女孩正在文学区游荡，比较着谁看过的书多一些。我从她们只是指指点点，根本没打算伸手拿书的样子便可判断出，她们什么都不会买。

“狄迪恩的书被人偷走了。”马尔科姆说。他将笔记本翻到下一页，继续浏览书架，在核对完的书名后打钩。露西娅将一把椅子大声推到桌子前，粗鲁地拿起杂物筐，弄得餐具叮当作响。“别理她，”马尔科姆说，“大概也只有二十几个人退票吧。每个月都有那么几天，她会和男朋友吵架。她感觉人人都对不起她，就因为她男朋友表现得像个浑蛋。要是过一会儿她还是无法冷静，那我就干脆请她休息一天好了。”马尔科姆头也不回地检查着，“我给几个认识的音乐家打了电话，会找到人来演出的。再说，我们也不指着那些来听电子舞曲的青少年拯救书店。”他翻了一页，继续检查。

“对不起。”大熊路之行归来后，所有复杂的情绪一时间全部涌了上来。我双腿无力，靠在书架上不让自己摔倒。我的太阳穴突突直跳，眼前一片模糊，出现重影，耳朵也嗡嗡作响。两个马尔科姆朝我看了过来，一脸关切。他把笔记本扔到书架上，快步来到我面前，一把搂住我的肩膀。

“你没事吧？”他问我。我大口喘着粗气，胸部一阵憋闷。“嘿，你不会有事的。跟我来，我们坐下就好了。”他把我的胳膊搭在他的肩膀上，搀扶着我走向前台。

马尔科姆把我扶到椅子上坐好，去给我倒水。我俯身向前，把头深埋在两膝之间大口呼吸。我要死了吗？还是心脏病发作？马尔科姆端着水走了回来，在我小口喝水的时候轻揉着我的后背。水让我的喉咙舒服多了，渐渐地，我的呼吸也跟着平稳下来。太阳穴还在跳着，但已经听不到那可怕的突突声了。眼前的重影消失，马尔科姆正用关切的目光凝视着我。突然之间，我想把一切想从妈妈那里听到的话都说给他听。“以前都是我的错，我知道比利是你的朋友，我从来没有站在你的角度想过你的感受。很抱歉我一直在妄自揣度。对不起……”

“嘘……”马尔科姆的手仍放在我背上，“没事的，你也会没事的。”他关切地看着我，而我继续大口呼吸。他是如此冷静，甚至让我觉得有些尴尬，但他摆出了一副没什么大不了的样子，仿佛一点也不在意。

“我真的非常抱歉。”我说。

马尔科姆点点头。“没关系的，我知道这一切对你来说很难接受。对比利的离去，我也感到非常遗憾。”他靠在桌子上，我能感觉到他还想对我说些什么。“比利和我都买了道奇队的季票，明天刚好有一场比赛，你会来？”他的语气很平静，让我一时无法确定这是一句邀请，还是一个要求。

“我会来。”他点点头，好像一切都迎刃而解了。我看着他走回书架，拿起笔记本，再次清点起了库存。我感觉心跳恢复了正常，却洋溢着兴奋。这让我很高兴：如果我还可以为某件事兴奋，相信在某个时刻也一定能重拾其他情绪感受。

我喝完了手中的水，起身走到咖啡操作台前，将杯子放进收纳箱里。经过马尔科姆时，他向我投来一个微笑，目光温暖。我不知道自己能否习惯这双眼睛，这温柔的目光会否让我把持不住。

此时的咖啡区安静到可以听见霍华德在本子上潦草写字的声音，我走到刚刚被露西娅蹂躏的那张桌子前，拿回自己的包。《通往特雷比西亚的桥》就放在钱包的上面，我把它拿到桌上，把玩着那枚夹在其中的书签。我的眼神无法从李·威廉姆斯的名字上移开。每个比利带我来普洛斯彼罗书店的下午，李都在这里。我不记得他俩的关系究竟有多么亲密，不过李肯定知道我是被姑姑、姑父养大的。比利一定提前和他打好了招呼，告诉他现在应该如何帮助我接受事实——我的父母已不在人世，曾经拥有的世界已被打碎。

露西娅没打招呼就离开了书店，甚至没和刚刚进门的查理问声好。只是狠狠地甩了一下门。查理翻了个白眼。她的气生错了地方。她其实是在为书店的事生气，气愤于一切都这么艰难。这也不坏，她可以化气愤为动力，更努力地拯救书店。

查理来到我面前坐了下来，随手拿起《通往特雷比西亚的桥》翻了翻：“可怜的杰斯·阿伦斯。”

“可怜的莱斯利。”我说。

查理小心翼翼地把书放回到桌子上，仿佛它是一件易碎的古董："我觉得莱斯利并不可怜，她虽然死了，却死得英勇。她用自己的死亡教会了杰斯该如何活得勇敢。"

"那你为什么觉得杰斯可怜呢？"

查理思索了一下："我认为结尾处的他并不可怜，但读到他拒绝接受莱斯利的死，为自己当天抛下了莱斯利深感自责……这让人感同身受。"

他摸了摸这本书，便起身去检查咖啡机了。"他头也不回地跑着，直到脚步踉跄都不肯停下来，他不敢停下来。"杰斯曾试着从莱斯利死亡的阴影中走出来。在学校的田径比赛中，他没有莱斯利跑得快，没想到就连死亡这件事，她都快他一步。当他最终停下脚步时，才终于发现了纪念朋友的方式，找到了那个可以令莱斯利一直活下去的魔法，还有特雷比西亚的魔法。

道奇体育馆距离书店大约 2.5 英里，需要穿过艾莉希公园才能到达，而且一路都是上坡。"明天刚好有一场比赛，你会来？"他充满希望地说。"你会来？"他命令我。"你会来？"他恳求我。"你会来？"他屈尊纡贵地发问。没有一种语气是对的，我试着用其他语气重复这句话，试着不让自己去想我既没有找到李·威廉姆斯，也没有收到妈妈消息的事实。

尽管天气凉爽，抵达停车场时，我还是汗流浃背。我的座位在预留区，本垒板的正上方。我在一排排蓝色座椅之间寻找着自己的位置，直到看见那头再熟悉不过的乱发。直到此时，我才意识到自己一直在屏住呼吸，虽然我每天都能见到马尔科姆，但是在书店外见到他，这还是第一次。

马尔科姆一看见我就弹了起来，把半袋花生洒在地上。我侧身穿过观众，在他身边停下。他犹豫了一下，然后拥抱了我，似乎刚碰到我就弹开了。

“你来了。”他说。

“你觉得我不会来吗？”

“不了解你。”他说得就好像我是一个谜，一个他无法解开的谜。我在他旁边落座。看比赛时，我们的膝盖有几次在不经意间碰到了一起。

马尔科姆大大咧咧地把花生扔进嘴里，用牙齿咬碎花生壳。道奇队的投手打出了第一发本垒打，击球手被三振出局后，马尔科姆激动地鼓起掌来。第二个击球手击出了一记安打，球被打到了场地中心。在满垒后，击球手打出了腾空球，道奇队的选手们陆续回到了休息区。

马尔科姆起身:“你喝啤酒吗？我去买点儿。”

我独自坐在原地等待，看着场地里的客队为第二局比赛进行热身活动。上中学之后，我就再没来现场看过比赛，此前爸爸经常会买演播室包厢的票。我坐在包厢第一排，始终目不转睛地盯着球场，左手戴着手套，随时准备接住一个高飞球，尽管那是一个连界外球都不可能到达的位置。爸爸则会坐在包厢里面的沙发上，和同事们谈笑风生。我是那里唯一的孩子，但相比孤独，我感到更多的是自豪。虽然只是与客户维系感情的社交活动，爸爸看球时却仍将我带在身边。每隔一两局，他都会来到我身边看击球手，并指出他击球时的完美状态，让我注意投手准备把快球投到场地中间的信号。“当你走向本垒板时，”他说，“要确保自己时刻紧盯投手的双眼。看到现在场上的击球手是怎么做的了吗？这会让投手感受到你对他毫不畏惧。棒球就像你余下的人生，”他语重心长地说，“你要将决定权把握在自己手中。”

马尔科姆拿着两杯啤酒走了回来。我们一边喝着塑料杯里的酒，一边看道奇队的选手在击球区里坚守阵地。我一直在想爸爸。妈妈一定把我回家的事告诉了他，但他没有打电话给我，也没有给我发命令式的短信让我回家。我忍不住瞄了马尔科姆一眼，他完全专注于比赛。我仍不确定他为什么要邀请我来看比赛，也许他会提出买断我在书店的股份，或是谈谈我离开前的交接事宜，结果他压根没提书店。在这里待的时间越久，就越是有种和朋友一起外出的轻松感。

“你经常来看比赛吗？”我问。

“以前道奇队在主场比赛的时候，比利和我一周之内几乎每天都来。他讨厌天天在家看转播，他说不在现场连出的汗都不是热的。”

“没想到他还是个体育迷。”

“他只喜欢看棒球。”一个球飞到了外场，马尔科姆激动地站了起来。“冲！冲！冲！”他扭动着身体，就像一个刚刚学会打保龄球的人在掷出球后紧张跳跃，渴望击中所有目标。结果这个球被判犯规。“该死！”马尔科姆坐了下来，又往嘴里扔了一颗花生，“这是我们的季票能看的最后一场主场比赛。比利不在了，不知道明年还能不能买到季票。”

我把手放在他背上，紧接着感觉有点尴尬。我把手伸向花生，剥开花生壳，取出果仁放进嘴里。

“你这么吃可算作弊啊。必须用嘴咬开花生壳，然后把壳吐出去。”他“咔”的一声咬开花生，吐出一小块花生壳。

道奇队以2：3暂时落后，马尔科姆紧张地咬着指甲，好像这场比赛对他比对道奇队的选手来说还重要。击球手垂头丧气地走向本垒，仿佛已经被三振出局了。

我站起来拍手：“来吧击球手！加油！加油！加油！”

我示意马尔科姆加入我，我们一起尖叫，仿佛比赛已经进行到了第九局的下半段。我们的活力感染了身边的球迷，一个留着鲻鱼头的男人跺起了脚，一个和我妈妈差不多大的金发女人跳了起来。击球手眼看着两个好球擦身而过。

“该死，挥棒啊！”马尔科姆大声喊道。第三个球终于被击中，击球手迟疑了一下，然后玩命向一垒跑去。

“谢天谢地！”马尔科姆和我击掌庆祝。

大家目不转睛地看着击球手，这是道奇队突围的大好机会。欢呼声将我们团团围住，把马尔科姆和我包围在属于我们自己的小世界里。当我们振臂欢呼时，他顺势伸出胳膊搂住了我，并不时摇晃着我的身体。我感受到了他温暖的胸膛，明白这不仅仅是与普通朋友一起看球那么简单，起码对我来说如此。和杰伊一起去看费城队比赛的场景浮现在眼前，我迅速将它们从脑海中抹去。和杰伊之间的问题还没解决，我就来和马尔科姆一起看比赛，这感觉不太对，但似乎又没什么。首发击球手被三振出局，马尔科姆在坐下时嘟囔着一连串难听的话。

球场上的音乐声越来越大，道奇队队员再次从休息区起身来到场内。计分板上方的屏幕突然变黑了，一颗粉色的爱心出现在上面，写着“亲吻镜头”[1]。首先被拍到的是一对老夫妇，在巨大的屏幕上看到自己的脸时，他们慢慢靠向了彼此。马尔科姆和我转头去看场内选手的热身活动，假装没注意到大屏幕。

“你什么时候回费城？”

“大概两周后吧，学校在9月的第一周开学。”

“要回去上班了，激动吗？”

屏幕上的老夫妇不见了，摄像机又锁定了一对母子。当妈妈大方地亲吻儿子时，他有些害羞地扭动着身体。

“会有人因为要去上班而感到兴奋吗？”这句玩笑话让我吃了一惊：我从来没有为新学年的开始而感到不安。当夏天即将结束时，我已经厌倦了每天读书、睡觉和那些无疾而终的健身计划，我巴不得行动起来，变得更有用。当然，当上班第一天早晨5点15分的闹钟响起来时，我还是会忍不住问自己：真的又要回去工作了吗？”然而我从未动摇过。

“我一直都是啊。”他笑了。“亲吻镜头”继续捕捉在场的观众，被拍到的人先是惊讶，随后激动不已。每一次，当镜头上没有出现马尔科姆和我的脸时，我都会感到一种微妙的失落。马尔科姆的嘴

---

1 国外很多体育比赛中都会有“亲吻镜头”环节。这是一种有趣的场内互动游戏。摄像机会对准观众席，随机选取观众，相邻而坐的两人若出现在大屏幕上，就必须立即接吻。——译者注

唇很丰满，看起来很适合亲吻。我回忆起杰伊的嘴唇，感到了一丝内疚。几个月前，我还希望杰伊是我这一生亲吻过的最后一个男人。

“只要一走进教室，我就会立刻意识到自己有多么想念这份工作。但现在，我都不敢相信自己就快要回去了。”我说。

真正进入第九局下半段后，道奇队打出了两记双打和一记全垒打，从而赢得了比赛的胜利。我们都高兴极了，准备去好好庆祝一番。我们在一家酒吧前停了下来，这里以前是个警察局，现在却挤满了刚毕业的大学生。随着社区内搬进了一批新住户，老板将这家社区酒吧改造成了夜店，配有舞池和自助快照亭。然而此时此刻，你是回声公园的新住户还是老住户并不重要，因为每个人都是道奇队的球迷。就连我都戴上了一顶道奇队的帽子，那是马尔科姆去洗手间时给我买的。

几杯啤酒下肚，马尔科姆抓住了我的手。我们在闪闪发光的迪斯科球下跟着迈克尔·杰克逊的歌声起舞。这样的节奏令人无法拒绝，尽管我并不十分舒服，却仍然无法克制自己的身体随着音乐摆动。马尔科姆的舞跳得糟糕极了，但这无法阻挡他跳出那些高中毕业舞会上的舞步。

随着越来越多道奇队球迷的到来，酒吧变得拥挤不堪。我们走了出来，沿着日落大道向普洛斯彼罗书店走去。在漫步两英里后，寒冷的空气让我们逐渐清醒了起来，我们带着醉意的说笑声也逐渐消失。我们在红灯前面停了下来。

“需要叫个车吗？”马尔科姆问。

“我们已经走了一大半路程了。”

“可你现在浑身都在哆嗦。”他脱下外套，“披上吧！”

红灯变了，我用他的外套紧紧裹住自己。衣服上有马尔科姆的味道，肉桂的香味混合着汗水味。我不敢相信自己竟对他身上的味道如此熟悉。我深吸了一口气，想要将这股味道锁进记忆里。希望以后想到他时，我可以凭借这种味道忆起在这个遥远的城市里度过的美好夜晚。

回到普洛斯彼罗书店后，马尔科姆带着我在书架间穿梭，仿佛我是第一次来到这里。他把自己最喜欢的书介绍给我，还有比利最喜欢的书。我也分享了自己的心头好——华盛顿、杰斐逊、林肯三位总统的自传。我告诉马尔科姆，托马斯·杰斐逊是一个爱书之人。为了读书，他可以隐居数周，不问世事，重写书中那些自己并不喜欢的部分。他甚至改写过莎士比亚的作品。莎士比亚！

“我敢打赌他没有改写和米兰达有关的部分。”马尔科姆说，“然而你啊，如此完美，如此无与伦比，乃是集众生精华所创造。”我很惊讶他竟然记得台词。“这是《暴风雨》里的台词。”他咧着嘴大笑起来。

“我知道。”我小心翼翼地说，他的真诚让我有些措手不及。

马尔科姆将小桌上比利推荐的书摞在一起，为我腾出地方。他在一张卡片上写下我的名字，并为我画了一张漫画像。画中我的眼睛比实际上更大，嘴巴也噘了起来，显得十分俏皮。我将保罗·列维尔的最新传记放在空出来的店员推荐区。这本书突出了他在革命中扮演的重要角色，同时解读了朗费罗的诗句是如何将他神化的。马尔科姆看着我，脸突然凑了过来。起初他只是试探性地吻了我一下，见我没有采取任何反抗的举动，便大胆地吻了下去。

他的嘴慢慢向我的肩膀靠近，一直吻到了锁骨。杰伊闪现在我的脑海，但马尔科姆的吻感觉如此美好。再说，我和杰伊已经冷战了一个月。背叛了一个这么久没说话的人，你还会感到愧疚吗？这又算是背叛吗？马尔科姆把手放在我的屁股上，将我拉向他。我们的肚子靠到了一起，接着是大腿内侧和肩膀。我将杰伊抛在脑后，忘了马尔科姆以外的一切。我无法理解这一切是如何发生的，为什么以前没有发生。我不敢相信眼前的一切。我还记得昨天下午他目睹了我的崩溃，表现得那么平静，没有一丝责怪。当他继续吻我的脖子时，我想起了他刚刚背诵《暴风雨》台词时的样子，那是多么让人迷醉。“然而你啊，如此完美，如此无与伦比，乃是集众生精华所创造。”他的声音平静而镇定，好像自打他遇见我的那一刻起，就一直在等着为我背诵这句台词一样。刹那间，我恍然大悟：他就是背给我听的。

我将他一把推开：“你知道我是以《暴风雨》中的人物命名的？是比利告诉你的对不对？”

“什么？”他试图再次靠近我，被我用更大的力气推开。

“是你把那本《暴风雨》寄到费城的。”我一直以为书是以利亚寄的，但那一次他说自己只寄了信，没提过书的事。而那封信大概在我得知比利的死讯，离开费城后才寄到。“你骗了我。”

马尔科姆靠在操作台上，双手摸着头发：“我原本是打算告诉你的。”

这句话从他嘴里说出，就和妈妈说出它时一样糟糕。

“你说你只是在哀悼！”我提高分贝。

“我是在哀悼！”他也朝我喊了回来。

“你对我撒了谎，还让我以为是自己不够理解你，让我觉得自己是个麻木不仁的浑蛋！你意识到这有多糟糕了吗？”我就像一头满月之夜的野兽，一头跑出牢笼的野兽。我不知道自己对他说了什么，只记得其中夹杂着很多“他妈的”“浑蛋”“骗子”，还有“爱操控别人的笨蛋”，以及我能想到的每一个骂人的词。这次发泄是除了与马尔科姆亲吻之外，长久以来第一件让我感觉良好的事情。“你把我当成白痴了吗？牵着我的鼻子走？你他妈到底是怎么回事？”

“米兰达，别说了，”马尔科姆抓住我的双肩，“别再喊了。”

我调整了一下自己的呼吸：“你告诉我你在哀悼比利，其实你是在利用他的死来对付我。”

“我知道，”他说，“我知道自己的所作所为……但我的确是在哀悼他，过去是，现在也是。”

“但与此同时你也欺骗了我。”

“我只是在试图帮助比利。”

“通过欺骗我来帮助他?!”这句话似乎击中了他，他的脸色瞬间变得苍白。他愣在原地，不再劝我冷静下来。“你早就知道比利是我的亲生父亲。”

“他告诉我你是他的外甥女。”他还在嘴硬。

“但是你知道。”

马尔科姆把脸转到一边：“你们长得太像了。”

“然而你也并没有打算告诉我？你觉得我无权知道这一切？”

也许马尔科姆心中也有一头野兽，在被我不断激怒后，终于冲破牢笼，奔跑而出。“告诉你什么？”他朝我大喊，“你觉得我应该告诉你什么？‘你好！我知道咱们还不熟，但是你知道吗，你那个所谓的舅舅，也就是这家书店曾经的主人——他其实是你的亲生父亲！是不是很惊喜？’你倒是告诉我，我该如何向你开口？”

“起码你可以告诉我与寻宝游戏有关的事情，”我把手插进头发，“你本可以承认在比利的葬礼上便认出了我是谁。你本可以将一切原原本本地告诉我，而不是让我一直逼问你是否对我有所隐瞒，这让我觉得自己是个十足的笨蛋！”

“我也不想这样欺骗你。”马尔科姆试图触碰我的卷发。

“你还真善良，真该被评为模范市民。”

他的指尖搔着我的头皮，那感觉就像流水一样温柔。他的手就在我眼前，只要我愿意拉住它，便可以重新回到今晚那个我们试着取悦对方的美好时刻。

“你有权生我的气，我完全理解。”他的话将我从恍惚之间带回了现实，回到了他的话语、他的谎言中。

“你可真高尚！天啊，你真嚣张。”我把头发从他的指尖抽走。

马尔科姆双手握在一起，不知该如何应对不安的情绪。“我只是想尽朋友的义务。”

“通过假装不知道我是谁？”

“我告诉你又有什么用呢？如果我告诉你伊芙琳——”

“你还知道伊芙琳的事！”我想我要吐了。

“比利想通过自己的方式让你了解真相。”马尔科姆看着我，眼睛里满是忧郁，甚至变得更蓝了，“我只是想帮助比利完成他的心愿。我不知道我还能说些什么。”

我想听到他说抱歉，说他在看见我的第一眼时就想吻我，说也许我并不知道这一切对他来说有多难，说任何一句可以让我感到安慰的话。然而他一直在重复那些我最不想听到的话。“这就是比利想要的方式。”

我滑坐在地，靠在橱柜上：“你原本是唯一一个可以鼓励比利去和亲生女儿相认的人。”此时的我，已经被酒精、真相以及对马尔科姆残留的渴望冲昏了头脑。他俯下身来安慰我，我把脸深埋在手心，希望他离我远一点。

“我知道现在说这话已经没什么意义了，但是我真的非常抱歉。”我能感觉到他高高在上的身影，于是将脸埋得更深了。

“我先走了。”他说。这一次我没有再和他吵，听到了他拖着脚步向咖啡区走去的声音。当他将夹克甩到身后时，不小心碰到了身边的椅子，发出了刺耳的摩擦声。“对不起。”他又一次小声说，然后从后门悄悄地走了出去。

马尔科姆走后，我坐在原地，没有起身。曾经有多少次，我恳求马尔科姆告诉我事情的真相？又有多少次，他不仅骗了我，还完美地操控了我？我觉得自己很愚蠢，很荒谬，幼稚极了。我相信马尔科姆也对此感到抱歉，对他来说，保守秘密是一件很难的事，他认为自己在帮助比利。但他不是在帮忙。他应该让比利早点来找我，比利也应该亲自前来面对我。在我仍有机会了解他，在他还能做我的父亲时，他就应该来找我。

18

最终，我从地板上站了起来。我走上楼梯，回到房间洗了把脸，试图洗去那种羞辱感。当我爬上比利的床——我父亲的床时，我根本没有丝毫睡意，只要一闭上眼，脑海中便全都是《通往特雷比西亚的桥》、李和比利留下的未解谜题。最后一次见到李的那天，他给我妈妈打了电话，让她来普洛斯彼罗书店把我接走。他知道那是我和比利之间关系的终结吗？我对马尔科姆说他是唯一一个可以在比利生前鼓励他来找我的人，但马尔科姆其实并不是。李也可以。他可以在第一时间劝阻比利，让后者不要从我的世界里消失得如此彻底。

我拿起手机，再次打开谷歌，输入了李的名字和一些与他相关的词：书店、经理、书、读书、银湖、《神探南茜》、咖啡、文学、推荐。对他的私生活，我好像从来都没有做过太多了解。直到发现了一则刊登在《洛杉矶周刊》上的简讯，我才发现原来他是同性恋。简讯写道："整个社区的人都在向他们最爱的书店经理道别。"简讯发表于 2001 年，它提到李和自己的伴侣保罗搬去了圣巴巴拉。

驱车前往圣巴巴拉那天，晴空万里，空气中都是海洋的味道，冲浪爱好者们在 1 号公路边温柔的海浪中滑行，这是南加州完美的早晨。我找到了 7 个住在圣巴巴拉的李 · 威廉姆斯，并记下了他们的电话和地址。还有一位托马斯·李、一位约瑟夫·李。由于我不确定李是不是他的姓氏，为了保险起见，我把这两个人也算了进来，毕竟 9 个人也不算多。我的计划非常简单：挨个去找名单中的人，直到找到目标为止。我本可以在出发前先挨个向他们打电话确认，但我只想立刻出发。我需要让新鲜空气和驾驶带来的乐趣帮我忘记与马尔科姆和妈妈的争吵，并和他们保持距离。

高速路上的红绿灯越来越少，最终慢慢消失。路边的房屋倚着悬崖而建，感觉随时都有坍塌的危险。快到早上 7 点半了，马尔科姆应该已经到了书店。当他发现我没有出现在一楼时，会不会上来找我，主动敲响我的房门？当他发现我不在书店时，会不会觉得我再也不会回去了？我看了看手机，没有短信，也没有未接来电。这时我才意识到，马尔科姆根本没有我的电话号码。我知道他呼吸的味道，也知道靠在他胸膛时的感觉，但对他住在哪里、电话号码是多少，我却一无所知。

我先是拨通了书店的电话，继而又改变了主意，给琼妮打了过去。电话转到了语音信箱，我很想把最近发生的事情一股脑告诉她，可是话到嘴边又咽了回去。我的故事太长了，一条语音留言不足以表达我所有的情绪。再说她还有戏要演，也许还有几个小时就上台了，我不想让自己的事情影响她。我挂断了电话，但我还是想找个人说话，不想独自承受这一切。于是我找到了杰伊的名字，在几乎要按下“拨打”键前再次改变了主意。我们已经有一个月没和对方讲话了，如果我告诉他事情的来龙去脉，他应该会有耐心听下去吧？我这样想着，却又有些不确定了。而且我真正想要倾诉心事的人是妈妈。我把手机放到一边，专心地开起车来，直奔圣巴巴拉和9个名叫李的人而去。

第一个李·威廉姆斯是一名房地产经纪人，正在旧教区附近展示卖主住宅。这是一幢西班牙殖民复兴风格的建筑，如迷宫一般的房间布局会让人瞬间迷失方向，一番寻找后才能重新找到大门。我在这里见到了她，她身材匀称，拥有一头长长的红色秀发。

紧接着我给律师李·威廉姆斯打去了电话，这次的性别倒是对了，不过当我解释自己想寻找一位曾是书店经理的李·威廉姆斯时，他回复的语气充满了敌意。“我没空理你的恶作剧！”他说完便挂断了电话。

接下来还剩7个李。牙医李·威廉姆斯在20世纪80年代才移民到美国，他有着难以察觉却十分独特的口音，而我认识的那个李口音很平常，12岁的我觉得那是中西部口音，尽管那时我并不清楚什么叫中西部口音。

后面的5个李都不是我要找的人。水管工李·威廉姆斯是非裔美国人，他的儿子小李·威廉姆斯是学校橄榄球队里的明星四分卫。汽车修理工约瑟夫·李·威廉姆斯太过年轻，而退休警官托马斯·李·威廉姆斯又太老。酒吧侍者李·威廉姆斯的年龄、性别和种族都符合条件，当我兴冲冲地来到他工作的地方时，却发现他本人又高又瘦，和我要找的那个人体型相去甚远。

只能寄希望于最后一个李·威廉姆斯了，但他过于神秘，我几次试着拨打黄页上的电话，都无法接通。我转而去查找李的伴侣保罗，最终功夫不负有心人，一张他们在性少数群体组织的慈善舞会上跳舞的照片被我找到了，而这家组织的总部就位于圣巴巴拉市中心。

总部办公室位于101号高速公路的另一边，离市中心的主要街道并不远。我穿过米歇尔托雷纳大街，紧接着在菲格罗亚大街转了个弯，我在洛杉矶时就知道这两条街道。当然，它们都是以历史人物命名的。我想，如果我在洛杉矶或者圣巴巴拉教书，那我一定会将这两个城市的地图打印出来给学生们看，让他们从中找出与历史人物名字有关的街道，以城市为入口，让学生们更好地了解加利福尼亚以及美墨战争的历史。

目的地就在一栋一层建筑内，位于一家文身店和一家一元店之间。当我询问前台是否认识李时，他露出一副假笑。“抱歉，我们通常不会透露成员的信息。”他用虚伪而甜腻的语气说。

“那么你可以帮我打电话给他吗？他曾经是我舅舅的好朋友，我舅舅刚去世不久。”

前台先是露出一副过来人的样子，仿佛是在说他认识的很多人都死了，但还没有多到让他对此产生免疫力，他说自己需要和主管确认一下。

在等待的间隙，我拿出手机查看李和保罗的合影。他们跳舞时，眼神交织在一起，仿佛对方就是自己的唯一。妈妈和爸爸跳舞时也是一样，大概比利和伊芙琳也不例外。

纷乱的思绪让我无法再多看这张照片一秒，我打开了普洛斯彼罗书店的官方网站。马尔科姆已经上传了当天的特价图书信息——《耶稣之子》和《折翼天使》的首版签名本。他的黑色小说主题博客上贴出了几部新黑色小说，都是他觉得值得一读的。在主页底部循环滚动着一组照片，其中一张是查理最近举办的读书俱乐部活动——“妈妈和我一起读《雾都孤儿》”。照片中查理穿得和几个坐在妈妈腿上的小男孩一模一样：头戴报童帽，身穿马甲，一本大大的书就放在他们中间。另一张照片里，露西娅和四个面色苍白的女孩手拿钩针，怀里抱着五颜六色的纱线球。网页最上方是为晚宴准备的专栏，我点进去查看，有购票链接、活动介绍、拍卖品清单以及对娱乐活动的介绍。在这一栏，马尔科姆添加了之前和我提到的音乐家朋友的信息，那是一支名叫“生牛皮”的乐队，被誉为“当代的地下丝绒乐队[1]”。我不知道他已经找到了取代露西娅 DJ 朋友的人。他独自做出了决定，仿佛我已经离开书店了。

我又点击了网站上的“关于我们”一栏，希望能找到马尔科姆、露西娅、查理，也许还有比利的介绍。在关于普洛斯彼罗书店的介绍下面，马尔科姆总结了书店是如何平衡着新书与二手书生意。他还提到，我们的书店里有一些在任何连锁书店中都找不到的书。除此之外，还有一张我们四个人在独立纪念日那天的合照，喝空的啤酒瓶和龙舌兰没有被照进去。马尔科姆张开手臂，搂着露西娅和我。查理坐在露西娅对面，抚摸着她的手。在照片下面，马尔科姆写道：“普洛斯彼罗大家庭。”

“你很幸运，”前台重新回到了我的视线里，并给了我一个地址，“他现在刚好在家，他说很高兴可以再见到你。”

---

1 地下丝绒乐队：20 世纪 60 年代成立的美国著名乐队。——编者注

李住在城市大学附近的公寓里，保罗在那里教统计学。

“别听他瞎说，”李邀请我进入他们的公寓，“统计学简直无聊透顶。”

“胡扯，”保罗在厨房里接话，“这就像一门外语一样，你只是不知道怎么讲而已。”

李冲我挤了下眼。自从上次一别，他身上已有了岁月的痕迹，发福的肚子鼓鼓的，腿瘦得皮包骨头。但仍有一些地方保留着我记忆中的样子，比如他的眉毛，虽然已经全白了，却仍然十分浓密；他的脸颊仍旧丰满，却已遍布红斑痤疮。

“看看你啊，”他发出感叹，“真不敢相信你会出现在这里。我们有多久没见面了？”他明明就知道答案，我们都对此心知肚明。“你长大了，你长得真像——”我等着听到他说我长得有多像妈妈，结果他说，“我在你身上看到了比利的影子。”接着便拉住了我的手。

保罗端着一个托盘走了过来，上面是一壶柠檬水和一盘饼干。

“我已经戒酒了，”李告诉我，他喝了一小口柠檬水，然后叹了口气，“虽然和冰啤酒没法比，柠檬水却也有它的好处。”保罗半开玩笑地拍了拍李的腿，似乎想把这个冗长而痛苦的故事轻松带过。

保罗要去学校监考，先行离开了。

“你现在还上班吗？”我问李。

“做志愿者。”他说，“当我们刚搬到这里时，我想过去另一家书店工作，甚至开一家自己的书店。但是我知道，普洛斯彼罗书店只有一家。复制已经离开了的生活环境，我也不会感到快乐。”

“你为什么要搬到这里来？”

"保罗的妈妈生病了，他想搬到她身边照顾她。我当然是不想走的，但是在这里我有几条建议必须要和你分享。人的一生中，有三样最重要的东西：你的爱人、你的工作、你的地盘。这三者中总有一样要排在第一，剩下的都要排在它后面。对我来说，最重要的一定是保罗。我爱洛杉矶，也爱普洛斯彼罗书店，但是保罗，他永远是我心目中的第一位。"

"那家人呢？家庭该排在第几？"我问。

李的眼睛向上看去，思考着家庭的意义："我不知道。我和家人的关系并不亲密，也许它应该排在第四位？爱情，工作，地盘，家庭？"

"也或许家庭就是地盘的一部分。"

"我觉得你说得有道理。对保罗来说，家庭和地盘是排在第一位的，因为他毅然决定要回来照顾自己的妈妈。我并没有因此而怨恨过他，因为这并不意味着他不再爱我了。在爱情、工作和地盘中，有人会选择爱情，另一些人则会选择其他将他们联结在一起的东西。"

我努力思索，对我来说到底什么是最重要的。我有一个即将变成前男友的男朋友，一个我在吻过之后又骂他是个骗子的暧昧对象。我有两份工作，从某种程度上来说都很重要。我有两个居住地，不确定更喜欢哪一个——家庭也是同样的情况。

"在离开洛杉矶之前，你都一直在普洛斯彼罗书店工作吗？"我伸手拿了一块曲奇，回想起小时候最后一次见到李的那天，我去书店找比利，李为了安慰我给了我一块曲奇，我一口都吃不下，把它掰成碎片，又碾成碎渣。想到这里，我又把曲奇放了回去。

“我告诉保罗，在我们找到接班人选之前，我不能离开书店。比利总是不见人影，对经营书店也不在行。那段时间确实很艰难，保罗和我还相隔两地。多亏伊芙琳当初没有放弃普洛斯彼罗书店。再说，我也确实把那里当成了自己的家。虽然我把爱情放在首位，但这不代表我会对其他东西不管不顾。”

“多亏了伊芙琳？你是她的朋友？”难怪我从不觉得李和比利有多亲密。

李把空杯子放回桌上，重新在椅子上坐好。“当年伊芙琳和我都在帕萨迪纳的一家书店工作。那是一家很小的店，主要出售政治类书籍。在她到来之前，我已经在那儿工作了大约5年。她是那么善良而美丽，大家都以为她只是个甜姐儿呢。”

这家店是共产主义者、无政府主义者以及所有反叛者的大本营。然而伊芙琳不属于这当中的任何一种，她只是一个热爱读书的人，李也一样。最初他们能够逐渐熟识并成为好友，全因二人对《暴风雨》的共同热爱。米兰达是伊芙琳的最爱，伊芙琳爱她的纯洁，爱她愿意义无反顾地信任别人、爱别人。而李则更偏爱爱丽儿和卡利班，他欣赏他们对自由的向往。伊芙琳在20世纪70年代后期来到帕萨迪纳的这家书店工作，那时店里还没有《暴风雨》，没有任何一本莎士比亚的剧作，没有《简·爱》，没有简·奥斯汀、亨利·詹姆斯、弗吉尼亚·伍尔夫和纳撒尼尔·霍桑的作品，没有约翰·厄普代克的“兔子四部曲”。书店里有一块小小的“政治小说区”，摆着《第二十二条军规》、《1984》、《华氏451》和《日瓦戈医生》，没有

《西线无战事》和《永别了，武器》，没有《女性的奥秘》和《钟形罩》。这令伊芙琳很苦恼：没有爱情的战争算什么？不歌颂生命的警世寓言算什么？缺少了个体挣扎的政治运动又算什么？从爱玛·包法利、安娜·卡列尼娜和艾德娜·庞德烈这些经典小说中的女性人物身上，伊芙琳感悟到了很多真理，这比翻看那些书店定期订购的小册子有意义多了。对于书店里的书籍不能太过政治化这一点，李也表示赞同。他认为那些政治活动的积极分子们也可以从福楼拜、托尔斯泰和肖邦的作品之中获得不同的感悟。在文学作品中，李最看重的就是语言的表达，他热爱那些自己可能一辈子都写不出来的优美句子。这是一门需要欣赏的艺术，是他最精通的艺术。

在面对书店的客人时，伊芙琳总是将姿态放得很低。当她和你四目相对时，你总能感觉到她真诚的目光。她会亲切地叫出每一个人的名字，询问他们的家庭、宠物和工作近况，这些问题如果换一个人来问，会显得十分突兀，可从她口中说出时，人们不会感到丝毫虚伪之意。作为回报，大家也一心只想取悦她，李也不例外。每当她走进书店，他胸中都充满了柔情，甚至有点儿心跳加速。

有一天，伊芙琳带来了一本《大师与玛格丽特》，将这本读得卷了边的书交给了这家左派书店的老板，那郑重其事的样子就好像她是将自己身体的一部分捐献出去了一样。

“我想你会喜欢它的。”她面带微笑地转身离开，让布尔加科夫成了他们之间的秘密。哪位左派人士不会从布尔加科夫对斯大林时期苏联的批判中获益？不久，她又陆续把《文静的美国人》《阿特拉斯耸耸肩》《愤怒的葡萄》《奥兰多》《最蓝的眼睛》带给书店老板。

终于有一天，老板允许伊芙琳在书店开设一个存放和展示这些书籍的角落。

“我认为举办读书会是个好主意。”她摆弄着那只祖母绿耳环，盯着李说，就好像这个想法是由他提出的。没过多久，伊芙琳便举办了一系列活动，将越来越多的激进分子培养成了阅读爱好者。

“伊芙琳就是这样的一个人，她浑身都充满着治愈的能量。她是如此慷慨大方，对我更是如此。”

据李回忆，不知从什么时候开始，他和伊芙琳会在书店里花大把时间讨论近期读过的书。他们总会因为不同的原因爱上同一本书，比如《午夜之子》和《盖普眼中的世界》。当李赞美珍妮·斐尔兹[1]的独立时，伊芙琳却指出欧文的女权思想其实有着男权内核。他们还就罗切斯特先生是否是一名反社会主义者展开了激烈讨论，李称他是逼不得已被迫结婚的，伊芙琳则对李为一个把妻子锁在阁楼里的男人辩护而感到愤慨。李对自己的论点其实也没那么确定，他只是喜欢看伊芙琳被激怒后面红耳赤的样子。不过在一件事上，他们可以达成共识——《暴风雨》是一部完美的戏剧，普洛斯彼罗是最完美的主角。

“有一次我开玩笑说，要是哪天我们有了自己的书店，就以‘普洛斯彼罗’为它命名。在这家属于我们的书店里，我们可以为文学批评书籍专门开辟一个区域，一本谈政治的书也不要。我们要举办‘《罗密欧与朱丽叶》感恩日’，为因文学结缘的情侣们举办专门的派

1 珍妮·斐尔兹：约翰·欧文《盖普眼中的世界》中的人物。——编者注

对。一番畅想后，伊芙琳一脸认真地问：‘为什么不呢？我们为什么不真的开一家属于自己的书店呢？’”

对大多数人来说，开书店最需要的无疑只有一样东西——资金。伊芙琳拥有一笔信托资金，虽然数目很小，但起码是一笔钱。

“为什么不呢？”伊芙琳眼中闪烁着希望的光芒，这样的眼神让李如何忍心拒绝？

她几乎无条件地听从了他的全部意见。毕竟李在书店工作的时间更长，可以判断哪些店面太大，哪些又太小，而书店要开在日落大道的什么位置，才最能吸引那些住在银湖的有钱人驻足。伊芙琳只对一件事十分坚持，那便是店内墙面的颜色，一定要是明亮到炫目的绿色。同时，她还要求将文学历史书籍、艺术家传记和回忆录分区展示，再为新人作家单独开辟一个展示区。

“我真希望她可以一直留在这里，”李说，“只可惜书店才开了不到一年，就发生了那样的事情。”李陷入了沉默，似乎被一些他最先发现的事实折磨着，一些令他无法忘怀的事实。我原以为比利想通过小说中的杰斯来表达自己失去挚爱的悲痛，但比利真正想让我理解的是李的痛苦，是他心中“通往特雷比西亚的桥”。

“是你最先发现的她？”我猜测。

“我从没把那天发生的事告诉过任何人，”李跷起一条腿，随即又把它放了下来，“那天保罗一直和我在一起。比利从来不愿谈起这件事，我也不愿意对别人说。当我今早接到文斯的电话，听说你来找我时，我就知道是时候把事情的来龙去脉都告诉你了。我知道我想要告诉你这一切。”

“这对我来说意义重大。我知道这一定很艰难，你要重新面对这一切。”

“事实上，它们一直就在我眼前，”他说，“现在想想，一切都太欠考虑。当时伊芙琳已经怀孕 8 个多月了，他们根本不该去那里。”这是伊芙琳的主意。自从她与比利买下那栋小木屋后，过去的三个跨年夜都是在那里度过的。伊芙琳希望这可以成为他们的传统，她从小到大都没有经历过什么家族传统。

我希望李可以亲口告诉我这一切都不是真的，伊芙琳肚子里的孩子不是我。我仍抱有一丝希望，我可以重新回归原来的那个家。

“这是他们在孩子出生之前的最后一次旅行——也就是在你出生之前。”李没有否认我的出身，我也不打算逼他这样做，“在你出生之前，他们需要做很多准备来确保木屋的安全。”

李仔细打量着我，观察着我的反应。尽管心脏狂跳不止，担心眼前会再次出现重影，我仍然一动不动地坐着，摆出冷静的姿态。我仍然可以呼吸，于是我吐着气，一次又一次，平稳而宁静。我向他点点头，示意自己能够承受他接下来要说的话。我可以承受这一切。我必须要这样做。这是比利将我引向的重要时刻——关于我出生的那一天，以及我生母去世的那一晚。

“首先，”李继续说，“房子需要一个新屋顶。”原来的屋顶不仅漏水，还随时有塌陷的危险。通风口也老化腐蚀了，需要换一个新的。“这就像是恐怖电影的片头场景。”保罗在第一眼见到那座小木屋时说，这句话曾让他后悔了很多年。不过，房子的魅力也就在于它的破旧感。所有的木头都被刷成了浅蓝色，门廊的栏杆少了一根，没有电视和音响系统，仅有的一部电话还是在李的坚持下安装的，因为一旦银行那边出问题，而他无法联系上伊芙琳的话，情况将会非常麻烦。没有她的签名，他将无法继续后面的任何一项工作。

“伊芙琳花了好几个月的时间陪伴比利修复木屋的房顶。比利非常能干，他把自己看作为西斯廷教堂穹顶作画的米开朗琪罗。”

比利答应伊芙琳，会在夏天的时候修好屋顶，无奈实验室的工作令他忙得不可开交。等手头的事情慢慢处理完，已经到了大雪纷飞的时节，他们只好等到来年夏天再完成修理。

“你看，”伊芙琳指着屋顶向下弯曲的部分说，“雪如果堆得太多，恐怕这里会塌下来。”

“雪会慢慢漏下来的，不会一下子就垮掉。”比利推测。

“那边呢？”她指着房顶上的通风口问，“如果电线弄湿了怎么办？或者有松鼠从那里爬进来呢？”

“那它就会来咬我们，然后我们和它一起发疯。”比利学着松鼠的样子轻轻咬她的脖子。她咯咯地笑着，尽情享受着这一时刻。这对幸福的小夫妻即将为人父母，她的担忧仅仅是准妈妈的精神紧张，这证明她已经为即将出生的孩子以及随之而来的一切做好了准备。

“从概率的角度考虑，”比利告诉她，“屋顶坍塌的可能性比遭遇车祸或被熊咬伤的可能性还要小。真见鬼，在这个名叫‘大熊’的地方，这竟然比被一头熊咬伤的可能性还要小。”伊芙琳爱比利认真推理的样子，爱他的冷静客观，依靠逻辑进行判断。但概率终归是概率，往往越是人们认为不可能的事，就越可能发生在我们身边。

李和保罗决定在 12 月 29 号普洛斯彼罗书店假期停业后再出发

前往小木屋。仍有一些客人在店里游荡，一名员工在操作信用卡刷卡机时遇到了麻烦。等李联系信用卡公司处理完问题时，大熊市已经大雪纷飞了。

“你们最好等明天早上再出发，”当李终于忙完手头的事，准备踏上旅程时，伊芙琳在电话里再三叮嘱，“暴风雪来了，到处都是白茫茫的。”

保罗想成为第一个搭乘滑雪缆车上山的人，于是第二天一大早，他就把睡眼惺忪的李从公寓拖进了车里。当阳光照进圣盖博山时，他们已经行驶在了 210 号公路上。

“那之后的几个星期，我一直在想，我们完全可以做出不同的选择。如果那天早上我们能早点儿到达小木屋。”李感叹道，“如果我坚持让大家在普洛斯彼罗书店庆祝新年，如果我们按照原计划在前一晚到达那里——但那样我们就都会死。”

当保罗沿着环湖道路行驶时，李坐在副驾驶的位置上凝望着雪山。早上 7 点，这座山仍未对外开放。滑雪道被覆盖着乳白色积雪的树分隔开来，犹如一张张空白的画布；墨绿色的树叶星星点点地落在雪地里，仿佛是大自然任性泼洒的颜料。

他们驶离北岸路，来到目的地福恩斯金，那里的房子大多又小又旧。李记不清小木屋的具体位置了，他们便从临近的第一条街开始找起，寻找门廊上有风铃的屋子，风铃是李送给伊芙琳的乔迁礼物。

“你不觉得我们本该记下地址吗？”保罗说。他已经穿上了雪裤，当他踩下或松开离合器时，裤子会发出一阵窸窣声。

“这是探险的一部分。”

“去雪山才像是探险。”

他们驶向下一条街区继续寻找。李知道这样寻找不是很有效率，但这让他乐在其中。这是一座迷人的小镇。

这一条街上也没有风铃，保罗拐进下一个街区。

“这简直太荒唐了。”保罗抱怨道。

李把手搭在保罗的脖子后面：“反正雪山也还没有开放，就当陪我玩玩嘛！”

保罗继续在街区里穿梭，并未发现任何好玩之处。

“等一下，是这里！”李指着一栋有三扇门的房子大喊，保罗踩下刹车。大雪掩埋了本就破烂不堪的栏杆，盖住了破旧的木瓦屋顶，但车子经过的时候，李还是一眼就认出了门口红褐色的镀铜风铃。

保罗停好车后，他们沿着小路向房子走去。厚厚的雪还没有被铲掉，一直没到他们的小腿。李差点摔了一跤，他笑起来，将地上的雪踢向保罗，后者则装出一副生气的样子。他们敲了敲门，无人应答，又敲了敲，仍是一片安静。这栋房子没有装门铃，李猜测比利和伊芙琳正在厨房准备早餐，没听到敲门声。他撞开了门。

“伊芙琳？”仍然没人回答。他走了进去，保罗紧随其后。空气中弥漫着大蒜和烤面包的味道，脚下的地板吱吱作响。李在门边找到了开关，打开了屋子里的灯。

“我第一眼看到的便是比利从沙发上垂下来的脚。”

比利的双腿在脚踝处交叉，毫无生气地垂在那里，当李看到这一幕时，便知道出事了。

“比尔？”李摇了摇他的身体。比利面朝下趴在沙发上，一动不动，就像睡着了一样。“比利？”李继续摇晃着他，“伊芙琳？伊芙？”

保罗冲过去把李推到一边。

“比利。”他抓着比利的肩膀。“他喝醉了吗？”保罗凑近闻了闻，随即摇了摇头。“他还在呼吸呢。”

“他怎么了？”

“我也不知道。”保罗给比利做着人工呼吸，又使劲晃了晃他。李向楼上跑去。

“伊芙琳。”他喊着她的名字。

“伊芙琳！”他大叫。

卧室门是关着的，他犹豫了一下，推开了门。

伊芙琳躺在床上，头下垫了两个枕头。她金色的长发披在肩膀上，看起来平静而美丽，也许太过平静和美丽了。李摇了摇她的肩膀，一开始动作很轻柔，然后变得歇斯底里。伊芙琳仍然紧闭双眼，李觉得头晕眼花，脑袋就像是被锤子重击了一样。

“保罗！”他大喊，“快上来！”

保罗跑了上来。

“她也一直叫不醒。”

保罗检查了她的脉搏。

“我们快把她抬到外面去。”保罗把伊芙琳从床上抱了起来，她的头和双脚在他双臂之间无力地摇晃着，她隆起的肚子在他双手之间，就像一个巨大的沙滩排球。

"快打 911[1]，快！"

李冲进厨房，在墙上发现了一个老式转盘电话。

"太慢了！"李在等待电话接通时冲保罗喊着。他能听到保罗一步一步蹒跚下楼的声音，伊芙琳怀孕的身体让他的脚步格外沉重。"你好？……出事了。他们怎么都醒不过来……什么？……我也不知道……对，他们还有呼吸……哦不，我也不知道发生了什么事……地址吗？我也不太清楚，我们也才刚刚到达这里……我不知道地址。"保罗冲进厨房，打开抽屉一通翻找，递给李一封写了地址的信，李将地址读给接线员听。他挂断了电话："他们在来的路上了。"

保罗将伊芙琳抱到客厅沙发上，放在比利旁边。比利的身体弯曲成了一个奇怪的角度，看起来很痛苦，但他感觉不到。伊芙琳直挺挺地坐在沙发上，头向后仰着，仿佛被人下了药。李感觉自己头上的血管突突地跳着，他按着太阳穴，跳动没有消失。

"我们得把他们抱到房子外面去。"保罗说。

李在衣柜里找到了他们的夹克。他靠在门框上，头昏眼花，呼吸困难。他强迫自己集中精神，将外套扔给了保罗。集中精神，他在心中默默对自己说。

李冲向门外，清冷的空气瞬间刺痛了他的肺部和脸颊。他感到一阵晕眩，随时可能会跌倒。他笨手笨脚地拿钥匙打开车门。集中精神，他再次告诉自己。保罗刚刚为什么要锁车呢？李终于打开了车门，坐进车里将车子启动。将暖风开到最大后，他又立刻冲回屋

1　911：美国紧急事件求助电话。——编者注

里帮助保罗。

“快走开！”保罗抱着伊芙琳摇摇晃晃的身体，“天啊，李，别挡着我的路！门，快把车门打开！”

李冲回车子，打开车门，帮保罗把伊芙琳放进去。

“对不起，”安置好伊芙琳后，保罗摸了摸李的脸颊。

“没关系，我们快去把比利抱出来。”

李跟着保罗走到门前的台阶时，保罗突然发话了：“你在这里等我，我不想让你再进屋了。”

“屋里怎么了？”

“我也不知道。”保罗用袖子捂住了嘴跑回屋里，但这起不到什么实质的防护作用。只有烤面包片和大蒜的味道，没有难闻的气体，没有什么明显有毒的东西。

救护车到达后，急救人员问了一连串的问题，李不记得自己回答了什么。他们将伊芙琳和比利安置在了医用轮床上，并分别给他们插上了管子。

“你能告诉我他们这是怎么了吗？”李询问正在为他检查身体的急救人员。

“医院会给他们做检查，医生会将结果告诉你们。”

当急救人员给李戴上面罩时，他感到一阵恶心，但没有拒绝。他还记得对方的手十分冰凉，而且出人意料的脆弱。保罗坚称自己没事，接着却在雪地里大吐特吐。

到达医院后，李和保罗被匆忙送往一间病房，而比利和伊芙琳则去了另一个方向。李和保罗被安置到无菌室里，沉重的氧气罐使他们在塑料椅子上动弹不得。氧气面罩令人感到一种透不过气的恐惧，李能听到的只有自己的吸气和呼气声。他从面罩上方找寻保罗，保罗对他眨了眨眼睛，双眼红肿。他握住保罗的手，直到医生回来时，他们都一直手拉着手，静静地注视着对方。

从医生口中，李第一次听说了“碳氧血红蛋白”这个词。当医生说伊芙琳和比利的碳氧血红蛋白含量已高到吓人时，他们的面色十分凝重。李虽然不明白那是什么意思，却知道情况十分糟糕。接着医生说了一个他能听懂的词：

一氧化碳。

“比利家里没装监测器吗？”我问李。

“那个年代似乎还没有这样的东西。”

“那他们是怎么中毒的？”

“我到现在都不清楚这到底是怎么一回事，只知道这和屋顶上被大雪封堵的通风口有关。”

“你们现在都不清楚？”

“在医院的时候，医生告诉我们伊芙琳正在做手术，比利的情况也逐步稳定下来。我们不是直系亲属，所以医生什么也没对我们说。后来警察也来了，问了我们一些问题，然后医生叮嘱我们赶快回家睡觉。我们在医院附近找了一家汽车旅馆住下，第二天一早，你父母就赶到了。”

李见到了苏珊和她丈夫——“戴维”，我提醒李。李只在医院见过爸爸一面，不记得他的名字了。他们在候诊室焦急地等待着。苏珊靠在戴维的肩膀上哭泣。

“那是比利的妹妹吗？”保罗问李，“你要不要去陪她坐一会儿？”李迟疑了一下，保罗又说：“去陪陪她吧。”

李不确定苏珊是否还记得自己。每次她来到书店和他打招呼时脸上都是一副茫然的神情，仿佛在努力回忆他到底是谁，尽管普洛斯彼罗书店只有三位员工，而李又是伊芙琳多年的朋友。当他在苏珊身边落座时，她立刻转过身来说“李……”随即拥抱了他。

“我一下就明白了。如果出事的是比利，她不会这样抱住我。我知道是伊芙琳出事了。”

“孩子现在在新生儿加护病房，可伊芙琳——”苏珊说不下去了，李紧握住她的手，示意自己明白。

李坐在苏珊身边，握着她的右手，戴维握住她的左手。当医生告诉苏珊她可以去看孩子的时候，她对李说：“谢谢你能来。”

“米兰达，”李对苏珊说，“伊芙琳给她取名米兰达。”

苏珊点点头，李却不确定她是否了解这个名字的出处，他看着苏珊随医生离开。当她消失在走廊尽头时，一句《暴风雨》中的台词涌上了李的心头。“你的母亲是美德的典范。”这是整部戏中米兰达的母亲唯一一次被提及。她缺席了整部戏，缺席了米兰达的人生和女儿的所有记忆。

19

我在沙发上换了个姿势，试图在听李继续谈论伊芙琳的死亡时，感觉好受一些。沙发上的垫子硬硬的，但让我真正不自在的是这个故事本身。我根本不记得那时的事，但仍然感觉一切不该听上去这么陌生，它们本该是我人生的一部分。

“伊芙死后，我有半年左右没见到比利。”李说，“他们为伊芙琳举行了一场葬礼，但由于她父亲和比利之间闹了很大矛盾，葬礼只通知了她的娘家人。”

李很难过，普洛斯彼罗书店的常客们也都陷入了深深的悲痛之中，他们于是决定为她举办一场纪念活动。所有的员工和常客都聚到了书店，每个人都朗读了一段追忆伊芙琳的文章。李没有告诉任何人发生在伊芙琳身上的事，但悲剧总有它自己的传播方式，很快便像溪流一般在人们之间蔓延。

虽然伊芙琳不在了，书店里却仍然保有她的气息，李每天都能收到她生前订购的成箱书籍。看到《使女的故事》的封面时，李大哭了一场。灰色的石头墙，深红色的长袍……伊芙琳一定会迫不及待地读完这本书。她的笔迹还保留在经典区和文学区的书架上，李知道这些她亲笔写的货架卡早晚有一天会被拿下，书店会推荐其他新书，但他还是一直等到这些卡片渐渐泛黄。

“所以比利 6 个月都没联系你？”我问李，“这难道不奇怪吗？”

“当一个人的至爱离他而去时，他会对一切无所适从，不知如何是好。可能很多东西都会让他觉得不对劲，或是毫无兴趣。我想，对比利来说，只有他自己感觉不那么糟糕的时候，他才会有勇气再次踏入这家书店。”

看到比利再次出现在书店门口时，李愣在了原地，比利比上一次见面时瘦了好多。

“伊芙琳在世的时候，我和比利并没有那么熟。我们确实常常待在一起，但总是各自聊天：伊芙琳和我聊，比利和保罗聊——他们都喜欢数学。每一个见过他俩的人，都能看出比利爱伊芙琳有多深。我也因此尊重他，只是我们从来都没有那么亲密。”

自从比利重新出现在普洛斯彼罗书店后，他便开始频繁来到这里。他从没有向李主动提起过那天发生的事情，只会问一些与销售相关的事，而李则向他保证一切都在有条不紊地进行着。

“那是书店的黄金时期。这里只有我们一家书店，在大型商业零售商、互联网、录像机和电视点播出现前，书店是人们了解世界的地方。在那时，开书店可是靠谱买卖。”

比利并不需要为书店操心，这似乎给了他一丝安慰。

“那我呢？”我问，“比利有没有告诉你我是怎么和父母住在一起的？”

“并没有直接说明，”李停下来，再次观察我的反应，我仍然保持着冷静，起码表面如此，“你确定自己想听这些吗？我无法解释比利的所作所为，也不会为他辩解。”

“我来找你，不是为了听你帮他辩解。我只想知道事情的真相，或许这也是比利指引我来找你的原因。他知道你会将真相完完整整地告诉我。”

“我不确定自己是否了解真相，我只知道自己看见的事。”

“那么我就听你讲讲这些事。”我坚持。

“好吧，”李说，思考着是否该将真相和盘托出，“事实上，比利第一次出现在书店时，并没有提到你。当时我以为你也没有活下来。”比利告诉李，自己现在和妹妹住在一起。他说的是“我和妹妹住在一起”，而不是“我们”。“后来有一天，他提起了自己的外甥女米兰达，我当然明白那是谁了。”

接下来的几个月，比利都会不定期来到书店。打烊后，他和李会在咖啡区随便找一张桌子坐下，喝一杯威士忌。比利会讲一些他最近去国外出差时的奇遇逗李开心。比利对自己的身体格外不在乎，把它当作盔甲一样使用。他从台湾回来时胳膊上吊着绷带，原来草岭地区发生山崩，他被碎石绊了一跤。在特瓦坎，他遭到了一群蜜蜂袭击，腿和脖子上全都是肿块。李很少打断比利，但他讲的全是自己出差的事，从没提起过伊芙琳或是我。

第一次提到我时，比利轻描淡写，李一时没反应过来。

“一岁的孩子应该看什么书？我外甥女米兰达的生日快要到了。”那是我的第一个生日，也是伊芙琳去世一周年的忌日。

李很想追问：“米兰达？你是说你女儿？她还活着？”李想问问比利为何从不提起自己的女儿，而她又为何成了他的外甥女。比利笨拙地摆弄着面前的威士忌酒杯，回避着李的眼神。李明白了，这是比利承认自己无法照顾女儿的一种方式。他不知该如何作答，只想使劲摇晃比利，对他大喊："这是伊芙琳的女儿，你不能就这样抛下她！"可当他望着比利恍惚而紧张的表情时，他意识到那些犀利的指责，比利早已对自己说过了千千万万遍。

"我保证可以帮你找到送给外甥女的书。"李回答。当他把一本《月亮，晚安》交给比利时，后者如释重负。

"从那一刻起，你就成了比利的外甥女。有时我也会想，如果当时我对他说了那些话，结果会是如何。"

"那他可能就不会再来找你了。"我说，这是千真万确的。

"也许是吧。"他表示赞同。从那时起，我就成了比利的外甥女。这很有说服力，因为我和妈妈长得很像，所以便成了她女儿。

"这并不代表你和伊芙琳毫无关系，你拥有她的力量，她的冷静，这也是人们喜欢伊芙琳的原因。她优雅的举止和泰然自若的姿态使她区别于一般的漂亮女孩。我从你身上也看到了这一点。"

"你不必这样说的。"

"当我第一眼看到你时，就这么认为。"

第一次去普洛斯彼罗书店时，是比利牵着我的手，领我走进了大门。李看着我不停地东张西望，仿佛要在最短的时间内将一切尽收眼底。我咯咯笑着，好像想到了一个有关书店和书的玩笑。李一眼便认定了我是伊芙琳的女儿。

"有什么书可以给我最喜欢的外甥女？"比利将我介绍给李之后问道。

多年来，李都知道我是以比利外甥女的身份被抚养的，但是当他在普洛斯彼罗书店亲眼看到我对比利说“我是你唯一的外甥女”时，他突然以一种前所未有的方式感觉到，伊芙琳已经不在了。

我紧紧抓着自己的两条小辫子，两只脚搭在一起晃来晃去，等待着这份完美的礼物。李不知道到底该送一本什么样的书给伊芙琳的女儿才算特别，他挑来挑去，觉得哪本都不太合适。E. B. 怀特？罗尔德·达尔？弗朗西斯·霍奇森·伯内特？好像都不对。李低下头来凝视着我那张长着雀斑、热切期待的脸，寻找着那不存在的悲伤，以及孩童对某些悲剧奇怪的感知能力。我的小辫子、雀斑和条纹 T 恤让李想到了“长袜子皮皮”。他想不出更好的选择，便把我带到童书区，将所有版本的《长袜子皮皮》拿到我面前。

当李听到比利给我讲皮皮的妈妈在她很小的时候就已离世，爸爸也在大海中丧生的时候，马上意识到自己犯了一个错误。李以为比利会抬头盯着他，用眼神责备他。然而比利却一直在认真地读着，语气十分平和，全部注意力都集中在我一个人身上。

“你喜欢这个故事吗？”比利问我。

我指着书页：“继续读。”比利接着讲述皮皮不相信自己的爸爸已经死了，还一直等着他回来的故事情节。李辩解道，他并不是为了强迫比利对我坦白才下意识选择这本书的。事实上，他已经忘记了《长袜子皮皮》的内容，只记得皮皮梳着小辫子，有雀斑。这只是一个可怕的错误。

我们离开时，李抓着比利的胳膊：“对不起，比利，我忘了那个故事在讲什么。”

“别想那么多，她很喜欢那本书，这就足够了。”李仔细端详着比利的脸，他看起来真的一脸满足。他为和外甥女共度时光感到开心，为给了她一本她喜欢的书而开心。李看着比利牵着我的手远去，陷入了对伊芙琳无尽的思念之中。

“从那之后，比利每隔几个月就会带你来书店玩。随着时间的推移，伊芙琳被大家渐渐淡忘了。”李突然笑了起来，“你总是在书店里昂首阔步地走来走去，就好像自己是书店老板。”他说我总会大摇大摆地走到其他小朋友面前，告诉他们这是我的书店，他们能否拥有那些书完全由我决定。比利本该上前责备我，或是教导我分享是一种美德，然而他却总是充满爱怜地弄乱我的头发，用热巧克力引诱我离开那些小朋友。

“这真是独生子女的悲哀，”我对李说，“你永远学不会分享。”

“不过话说回来，那些书本来也都是你的，就连书店都是。”

“你还记得我最后一次去书店吗？我独自一人去找比利的那一次？”我的声音很小，我希望他记得，又希望他不记得。我不知道自己到底想要什么。

李点点头：“后来当我看到你的表情时，我才意识到给你妈妈打电话是一个错误的决定。”

“你给我妈打电话了？”我还记得当时自己问出这句话时的绝望语气。我是那么惊慌，这让李意识到苏珊并不知道我来书店了。

苏珊来到书店，她猛地把门推开，飞快地扫视着整个屋子，发现李后便冲了过来。“她在哪儿？”她的语气几近疯狂。李认为即使她不是我的亲生母亲，也几乎和亲生的没什么两样。他指了指后面，示意我就在那里。“谢谢你，李！谢谢你做的一切！”

“你要知道，”李边说边搓着自己的双手，他的手指很粗，有些浮肿，“那些年比利一直在谈论着你，后来我才意识到他其实再也没有见过你。我发现他再没有带你来过书店。我想，那一次你偷偷跑来书店，就成了某种叛逆的象征。”

在别处没有发生严重地震的时候，比利仍会不时出现在书店。他会向李详细描述自己刚刚经历过的那场土耳其地震，场面惨烈，死伤者成千上万，许多人至今无家可归。这些故事的结尾总是落在一个人身上：我。“要是米兰达听见，一定会说鹰嘴豆泥听起来真恶心，吃起来却不错。”讲到伊斯坦布尔的蓝色清真寺、东京的棒球场和中国的木偶剧时，他说米兰达“一定喜欢”。他从来不会用假设的语气猜测米兰达“会喜欢”。

“他说这些时，你是怎么回答的呢？”我问。

“我只是听他说。”李回答。

“那么当你决定要搬走时，比利就把书店接管了过来？”

“保罗母亲的病情大概在 2000 年开始恶化。”

“所以你想搬回圣巴巴拉？”某天吃晚饭时，李问保罗。

“我一直都很想搬回去。”保罗提醒他。

“那谁来管理书店呢？”李问，保罗知道他在担心什么。

“事情已经过去了 15 年，是时候和她告别了。”

爱情、工作、地盘，只有一个人是李无法抛下的，不管他有多爱普洛斯彼罗书店，有多想念伊芙琳。

后来他们达成共识：直到李找到一个可以将书店放心托付的人，

他才会离开。李不知道要花多久才能找到一个对整个社区了如指掌，懂得人们的阅读喜好，可以和比利和平共处，并了解如何赢利的人，何况书店已经很多年没有赚过钱了。

“那是一个属于《电子情书》[1]的年代，你需要去面对一家又一家新开业的大型连锁商店。”也许比利注意到了来书店买书的人越来越少，而税收却越来越高，日落大道路口新开的咖啡店越来越多，将爱书之人纷纷吸引走，但不管怎样他都没有表现出来。李不确定每个月是比利还是他的律师会定期查看书店的财务状况，只知道每当书店出现财政危机时，就会有一笔钱出现在账户里。对于比利是如何承担起这一切的，李不得而知，在他与比利的对话中，从来不会出现与钱有关的话题。

李一直在等待着向比利提出辞职的最佳时机，尽管保罗认为永远都不可能有最合适的契机出现。偏偏那几个月大地异常活跃，比利出差频繁，这无疑增加了李辞职的难度。也许保罗说得对，李只是在找借口拖延时间而已。

终于，在比利从台湾回来的那一天，出于某种原因，李不再想听比利的那些“奇遇”了。这些故事全都是一样的，差别只在于震中位置、震级和死亡人数，而这些悲剧从不属于比利自己。李突然对他们一直闭口不谈的一切感到厌倦，也或许在圣巴巴拉和书店之间来回奔波令他情绪暴躁。

1 《电子情书》：上映于1998年的美国电影，讲述了男女主人公因电子邮件结缘的故事。——译者注

“我们要搬到圣巴巴拉去了。”李终于将这句话说出了口，解释保罗的母亲生了病，他们不得不搬去照顾她。

李本以为比利会对此大发雷霆，像往常一样不替对方着想，特别是当他们麻烦比利或不顺他意的时候。

然而比利的反应完全出乎李的意料：“当然没问题，你放心去吧，家人是最重要的。”

“我会在找到最合适的接班人选后再离开。”李表示。

“我们能相信谁呢？”李皱了皱眉，向比利投去同情的目光。他投资了一个夕阳产业，虽然还不到垂死的边缘，却也半死不活了。李想不出谁会愿意在这个节骨眼儿上蹚这趟浑水。的确，这是一份很有情调的工作，然而就像所有浪漫的工作一样，你得不到足够的薪水。比利露出了微笑：“我。我们可以相信我。”

“别开玩笑了，比利，你总是那么忙，还经常出差。”

“这些都是可以改变的。”李很久没有听比利用这么热切的语气说过话了。

“那是你深爱的工作。”李告诉他。

“相较之下，我更爱这里。我是认真的。”此时书店已经打烊，李手握一杯苏格兰威士忌，确信比利是认真的。但是一周后呢？万一一场地震突袭意大利或印度尼西亚的某个村庄，比利还会这么认真吗？万一哪天他受邀前往大阪或布宜诺斯艾利斯做演讲，他会拒绝别人的邀请吗？“你觉得我胜任不了这份工作？”比利说。

“这是一份平淡的工作，比利，没有什么冒险和奇遇。”

“这里有成百上千个冒险。”他说的没错，堵塞的马桶、难搞的客人、推迟的快递……但它们绝不是比利一直追求的那种冒险。

“两点一线，日复一日。”李说。

“可能这正是我想要的生活。”

“它并不像看上去那么浪漫。”李回答。他不确定自己是在评论书店的工作，还是接管伊芙琳位置的感受——每一天，从早到晚，都没有她的陪伴。

“也许对比利来说，这才是最伟大的冒险。就这样静静地待在书店里，直面自己的过去，最终学会如何在没有伊芙琳的情况下生活。一开始我并没有答应他的请求。不过印度大地震后，我终于可以放心地把书店交给他了。”

2001 年 1 月 26 日是印度的共和国日，古吉拉特邦在这一天发生了里氏 7.9 级大地震，从孟加拉国到巴基斯坦都有明显震感。超过两万人在这次地震中身亡，伤者不计其数，世界各地的地震学家、工程师和社会学家都在第一时间赶到了现场，想在清理工作开始之前勘查破坏情况。那天早上 10 点，比利准时出现在普洛斯彼罗书店门口，像什么事都没有发生一样。他像往常一样点了一杯咖啡，然后来到常坐的座位上，静静地翻看着报纸上对这场破坏性巨大的地震的报道。就是在那一刻，李了解了比利想要留下来的决心。

2001 年 1 月 26 日，刚刚 15 岁的我正在念高一。我一路跟着琼妮穿过学校大厅，试图模仿她在经过一群高年级男孩时从容而冷漠的姿态。我又过了一年才开始发育，我什么都不怕，只怕那些男孩会对我视而不见。上高中后，我对养狗失去了兴趣，我渴望拥有丰满的胸部和迷人的身体曲线。当我和琼妮站在一起时，我看起来不像是她最好的朋友，倒更像是她的表妹。我根本没有想起过比利，没想过他是否仍在周游世界，有没有回到洛杉矶。我还是个未成年的孩子，有充分的理由不去想他，或至少能为自己没想起过他找一个借口。而比利则截然不同。他决定在书店落脚，直面自己的恐惧。然而，他却从没试图找过我。

李突然起身，向房间角落的柜子走去。他打开最上面的抽屉，取出了一个厚厚的信封，递给了我。“一年前，比利把这个留给了你。他没有告诉我他生病的事，但我心里有数。”

尽管比利变得瘦弱而疲惫，但让李确信他将不久于人世的不是他的身体状况，而是他们最后一次交谈的内容。

他们在李公寓的阳台上坐了下来，看着窗外的大海。海浪不断翻滚着，拍打在沙滩上。

“你在这里过得开心吗？”比利问，“这是你想要的生活吗？”

李一时不知该如何回答。他怀念银湖边的每一级台阶，怀念天文台的宁静夜晚和泰国城的美味晚餐，怀念他的老朋友和普洛斯彼罗书店的常客们，但是这里有保罗。于是，李告诉比利，他随时可以打高尔夫球，或是每天下午花上大把时间坐在阳台上看海。是的，他过得很开心。

“开心比什么都重要。”比利说。

室外渐渐变得寒冷起来，比利表示自己该离开了。临走之前，他将一个带衬垫的信封交给了李：“如果她来了，请把这个交给她。”

李并没有问比利他说的人是谁。比利和李握了手，正式得有点反常。李知道这是他最后一次见到比利了。

我摸了摸这个信封，方方的，有四条硬边。又是一本书。我有点不想打开它，但我深知这将是比利留给我的最后一条线索。

“你是如何得知比利去世的消息的？”我问。

“是马尔科姆告诉我的。”

我早该猜到是马尔科姆，他不仅知道李在哪里，更对我的事情了如指掌。我坐立难安，呼吸困难的感觉再次袭来。

“千万别怪那个小伙子，”李似乎猜透了我的心思，“是比利让他进退两难。”

我刚想反驳，脑海中便出现了比利和马尔科姆一起坐在普洛斯彼罗书店前台后面的画面。马尔科姆咬着大拇指上的皮，听比利将他的“死亡计划”和盘托出。马尔科姆也向我隐瞒了这件事，即使在吵架的时候，他也没有告诉我这个他得知最好的朋友即将离世的时刻。

“那家书店永远都不会让你发大财，”李送我出门时说道，“但是如果你合理预算，想方设法吸引更多的人，你将收获比财富更有意义的东西，我向你保证。”

我主动拥抱了李，他犹豫了一下后，伸出手臂搂住了我。这是我最接近比利的时刻，也是我最接近伊芙琳的时刻。

我拿着厚重的信封，缓缓走在海滩上，想象着这一切对李来说有多痛苦，更别提抵达大熊市的那天早上了。如果每一次想起伊芙琳时眼前都是她毫无生气的身体，这幅景象抹去了她曾经的欢笑，这对李来说有多难熬？我希望讲出这些过往可以让李觉得好受一些。那么比利呢？也许每一次从国外出差回来，在走进普洛斯彼罗书店的前一秒，都会有一丝希望闪现在他的脑海——也许她还活着，就在书店里。换作别人一定会卖掉书店，但比利放弃了自己的事业，放弃了普洛斯彼罗书店之外的一切生活。于他，工作、地盘、爱情都在这里，它们都属于伊芙琳。

我找出了手机里妈妈和伊芙琳的那张合照，她们的脸紧紧地贴在一起。妈妈伸出舌头做着斗鸡眼，而伊芙琳被最好的朋友逗笑，却仍姿态优雅，泰然自若。琼妮和我也有类似的合照，她总是会做出一些无拘无束的夸张动作，而我则在一旁静静微笑，活像一个陪衬女明星的配角。李说得没错，我拥有和伊芙琳同样的品质，就像我和比利、妈妈如出一辙的卷发与棕色瞳孔。

在沙滩上可以望见李那栋脏兮兮的公寓楼，阳台上的椅子空空荡荡。我一直注视着那里，仿佛比利和李随时会推开阳台的门，坐在椅子上边欣赏海浪，边聊他们过得是否开心。

我沿着海岸线往前走，脚下的沙子又硬又冷。圣巴巴拉的海岸看起来和洛杉矶的不太一样，这里起伏的海面上有着更多的帆船，沙子的颜色略浅，海水却更蓝。我想象妈妈穿着我任职学校的帽衫，在圣莫尼卡海滩上散步的情景。生活在一个巨大的秘密之中，究竟是一种怎样的感觉？在她每天独处的几小时里，当她朝着马里布的方向散步，凝视着浩瀚的太平洋时，会想起这个秘密吗？她会不会将这个秘密隐藏得太深，以至于忘记了我不是她亲生女儿的事实？还是说它更像一道伤疤，一道永远无法消除却毫无痛感的伤疤，让人遗忘了它的存在？我虽以这样的方式发现了她守护已久的秘密，但对于那一场将亲生父亲彻底赶出了我的生活的争吵，却仍然一头雾水。我打开了比利留给我的信封。

旅程再次回到了原点。同样的封面，同样汹涌的波涛，同样遭遇海难的船，同样的背叛。但与上次不同的是，这一次被标记出来的是《暴风雨》第五幕中普洛斯彼罗对爱丽儿说的话。他表示将放弃自己的魔法书和对复仇的渴望，即使安东尼奥仍无任何悔过之意，他也将原谅自己的兄弟。就在这里，普洛斯彼罗的名言被标记了出来：

难能可贵的举动是善行而不是复仇。

我取出了信纸。

2012 年 8 月 1 日

米兰达：

“现在我已毫无法力，

所余力气都属自己，

微弱无比。”

和普洛斯彼罗一样，现在的我，已经走到了故事的结局。我独自一人站在舞台上，寻求着你的原谅。当然，你有权选择愤怒，或许当你发现我对你说了谎时，便已在一气之下放弃了这段旅程。但我仍然心存希望，尽管时光荏苒，我依然了解你。我知道你会坚持到最后，即便它为你带来的只有背叛。

一年前，当我发现自己生病的时候……人们常说，当你将死的时候，过去的日子就会像过电影一般在脑海中一一闪现，没想到竟然真的有这么一回事。在我的脑海中出现的，并不是我自己选择的生活，而是我亲手毁掉的生活。它们是如此具体而清晰：我推着伊芙琳走出医院，她的怀里抱着我们刚刚出生的女儿——米兰达，你；每天晚上，我都会在你睡觉时帮你把被子掖好，从你睡婴儿床的那天开始，直到你长大后的每一天都不曾间断；在我们位于大熊市的小木屋里，我听到你从楼上激动地跑下来，冲到湖边去游泳，伊芙琳则不断叮嘱你要小心，在你出门后提心吊胆，直到你平安回家。伊芙琳一直都是个多愁善感的人，即使在我们畅想未来的生活时，她也常常很担心。她总是对很多事忧心忡忡，相较之下，我则十分大大咧咧，不怎么将烦心事放在心上。有时候，我需要主动做些什么，好让她冷静下来。只有那一次我没有，而这令我至今后悔莫及。

关于我的病情，我没有告诉任何人。就在我写下这封信时，知道我的日子已所剩无几的人也并没有几个。我不需要任何人的同情。或者说，我并没有做好承认自己将死的心理准备。我的生命即将走到尽头，在这种时候，一个男人的愤怒会变得比他的爱更加强烈，以至于在生命的最后关头，他既失去了家庭，也失去了自己的女儿。

我很生气，生你妈妈的气。我想自己就像普洛斯彼罗一样，是被自己手足背叛的受害者。他们将我赶出自己的王国。这是一触即发的怒火，而许多年来，我一直执着于此，无法释怀，因为它能让我忘掉曾经犯下的错。选择对你放手的是我，不是你妈妈。

我要对伊芙琳的死负责。不管有多少人曾告诉我那只是个意外，我都明白那是我的错。是我夺走了她最想要的东西。在伊芙琳的成长过程中，她从未与家人共进晚餐、度假或是看电影，我让这一切再无实现的可能。我没能保证房子的安全，没能保证她的安全。我告诉自己，我也无法保证你的安全。没有了伊芙琳，我不配再次建立家庭。说真的，我担心你的出现会让我不断地想起她，或是让我有一天彻底忘记她。我担心你将永远不知道她的存在，担心我们的生活将永远无法完整，所以我告诉自己，我会给你一个完整的人生，你的出生将与悲剧毫无关系。与此同时，你将拥有一双父母和稳定的生活。这些都是当时的我无法给予你的。我以为我的做法是高尚且勇敢的。

当有一天我突然意识到，放弃你是一种无比懦弱、胆小的行为时，我曾试着去弥补这个错误。但是一切都太迟了。我为此责怪过你妈妈，但其实这一切都是我一个人的错。我等了太久、太久。我不知道该如何继续以你舅舅的身份生活下去，于是我选择了离开。这是一种毫无勇气的做法，对此，我只想对你说一声：对不起。

这不是你妈妈的错，是我把她推到了一个非常困难的境地。她慢慢学会了如何将你视为亲生女儿，像一位真正的母亲一般爱着你。她就是你的母亲。我既然已经做了这个决定，再次反悔对她来说是不公平的。也许从一开始她就不应该答应我，但我没有给她留下任何余地。在我所有的怨气都消失了的那一天，我猛然间意识到了自己的错误，却不知道该如何向她道歉。我想要对她说一声抱歉，也想对你说声抱歉。

最后，用普洛斯彼罗的话来结尾：

“诸位但愿得赦过尤，就请宽容放我自由。”

比利

我坐在海滩上，又把信读了一遍。海浪向我袭来，仿佛在用它冰冷的手指抚摸我的脚趾。一年级过后的那个暑假，妈妈、比利和我几乎每天下午都在海滩上度过。妈妈会将提前准备好的花生酱三明治和盒装果汁放在小冰箱里，还会带上一个装着铲子和小桶的沙滩包。每一个路人都会认为我们是一家三口。比利和妈妈牵住我的手，在数到三的时候同时把我拎起来，在空中摇摆。他们会不会不约而同地想，代替妈妈牵我手的人，应该是伊芙琳？当妈妈让我们把她埋进沙子里，扮成美人鱼，随后又突然坐起，用脏兮兮的胳膊一把抱起我向大海跑去时，她是否在想伊芙琳会不会如此行事？当比利冲进大海，将我高高举过水面，妈妈在一旁盯着我，以防我掉进海里的时候，他是否在想伊芙琳会不会也这样盯着我，担心着我？直到现在我都还记得比利把我举高时凝视着我的样子，好像一切都是如此完美，只可惜这并非实情。妈妈和比利会闹翻并不奇怪，奇怪的是他们竟然装了这么久。

我把信装进裤子口袋，抬起头来望着那些在码头上钓鱼的中年人。几个人正将钓丝掷向平静的海面，剩下的人则拖着装满海藻和鱼的水桶，将战利品进行分类，把一些太小的鱼扔回海里。这是一个捕捞与放生的无尽循环，钓上来的鱼永远都不够大。但男人们还是称量着这些鱼，希望它们再被钓起时能长大一些。我不想陷入无尽的循环中，一遍又一遍地读着信，希望从比利那里再得到一些线索。我想知道是什么事让他和妈妈决定不再继续假装下去，是什么导致了那场改变他们生活的争吵？直到现在我仍一头雾水。

我卷起裤腿，向海里走去。海浪吞没了我的脚踝，随即又退了回去。“就请宽容放我自由”，比利请求我放下他，可我始终无法放手。我从口袋里掏出那封信，风呼呼地刮着，似乎要把它从我手中夺走，但我还没有做好放手的准备。

此外，为什么比利已经离世？他是在请求我的原谅吗？抑或是想要让我放弃普洛斯彼罗书店？李说他和伊芙琳将书店命名为普洛斯彼罗，因为他们都很爱莎士比亚笔下的这个角色。假如当初他们选的是另一个名字，比如“暴风雨书店”或“莎翁书店”，也许比利就不会成为普洛斯彼罗，不需要被原谅，而我也不会成为米兰达；也许我会见到自己的亲生母亲，“美德的典范”。

哦，普洛斯彼罗书店，此刻我比想象中更加想念那里。我想念夜晚书店关门后只属于我一个人的时光，想念白天附近居民往来店中的繁忙时光，想念那些早晨坐在咖啡区的马赛克小桌前用餐的常客。我想念霍华德博士向我讲述安娜贝尔·李和“短暂而猛烈的性爱”的日子；我想念编剧雷，他总是紧张地偷瞄着周围的作家，好像他们会趁机窃取他的灵感；我想念希拉，她好像总是在等着被人认出来；我想念露西娅和她的文身，还有查理和他的文身；我想念马尔科姆。但我最想念的还是普洛斯彼罗书店本身，它是爱情、工作和地盘，以及（我在李的清单上增加了一项）家庭的完美结合。

我在说些什么？我可能留下来吗？我想要这样做吗？学校还有三周就开学了，我不能在这个时候提出辞职，我已经在那里工作生活了 5 年之久，我不能这样对待校长、同事和我的学生们。再说，我爱历史，我热爱向学生们讲述历史的自相矛盾，尽管他们之中很少有人明白我到底想教给他们什么。

但也仅此而已。我热爱的不是教学，而是历史，或者说，是过去。

20

我握着手机，盯着屏幕上校长的电话号码，迟疑再三后，我按下了“呼叫”按钮。她有充分的理由对我发火，多年和学生们打交道的经验让她在这方面轻车熟路。虽然她会让我深感内疚，但内疚总比后悔好。

“米兰达，我正要吃晚饭呢，你还好吗？”电话接通后她开口问道。

“我挺好的。”我将右脚的大拇指戳进冰冷潮湿的沙子里，它们就像泥巴一样软。

“找我有什么事吗？”

我心跳加速：“我舅舅去世了。”

“我很抱歉听到这样的消息。”

“所以我不得不回家处理他的遗产，”别拖延时间，我责备自己，这只会让事情更糟糕，“这个夏天发生的事情让我有些措手不及，我不知道如何向你开口。总而言之，我恐怕不能回学校了。”

“不能回学校了是什么意思？还有三周就开学了。”

“我知道现在和你说这些糟糕极了。”

“不能更糟糕了。”

“我有多么热爱我们的学校，你是知道的，它是我生命中很重要的一部分。”一阵海浪袭来，将我的脚淹没在白色的泡沫里，小小的气泡使我的小腿一阵发痒。

“赶在这个节骨眼儿上给我打电话，看来学校对你来说也没那么重要。”

“我要对我的家庭负责。”我说。

“你也要对我们负责，”她似乎在等我道歉，“现在你希望我说些什么呢，米兰达？你希望我对你说没关系吗？当然有关系。你这么做是完全不负责任的，完全没有替别人着想，我对你非常、非常失望。”

“我知道。”海水逐渐退去，我跟着它向大海深处走去。

“这是最后一次机会。不要明天又打来电话说你反悔了。”

“我不会的。”我随即挂断了电话。

冰冷的海水使我的双腿失去知觉，适应这样的温度后，我便再向前迈出了一小步，让海水再次惩罚我。我仍有一通电话要打，这是一件我几周前就该去做的事。

“嘿，”杰伊接起电话后小心翼翼地说，“我以为再也听不到你的声音了。”

“我应该早点儿打给你的。”海水飞溅到我的牛仔裤上，想把它弄湿，但我没有后退。

“你还好吗？”杰伊问。

“我刚刚辞职了。”我有些恍惚地回答。

“你辞了学校的工作？该死，这可是件大事，”他停顿了一下，

“不会是因为我吧？”

他的话将我从恍惚中唤醒，如果站在他的角度，他当然会这么想。“不，是因为我自己，我要留在这里。”

杰伊许久都没有说话，久到我以为他挂断了电话或是干脆睡着了。

“你放在我家的这些东西怎么办？”杰伊冷淡地说。这种冷漠让一切都变得很简单，但我不想让事情变得这么简单，也不想与他争吵。我想感受到一些情绪，可以证明我们曾经爱过，这段感情曾对我们意义重大。杰伊和我最终无法走到一起是有原因的，但这不是因为普洛斯彼罗书店和我的舅舅，甚至不是因为马尔科姆。

“我还没想好，也许我会找个人帮我去拿吧。”我说。

“所以，就这样？”他说话的语气好似一个忙着干活儿的服务生，用最快的时间帮我点好了菜，准备以最快的速度离开，向下一张桌子的客人冲去。

“对，”我说，“就这样。”

我挂断了电话，站在海里，看着海浪不断拍打着我的小腿，等待着恐慌向我袭来。辞职的同时和男朋友分手，就好像我美好而轻松的生活被没收了。而这一切又是为了什么呢？普洛斯彼罗书店仍处于亏损状态，即使晚宴上筹到足够的钱可以让我们再撑一个月，我们也不能总用开派对的方式来解决问题。假如有一天书店关门了，我又将何去何从呢？然而恐慌并没有如期而至，我心中只有无限的宽慰。我又向前走了一步。海浪将冰冷的水打在我膝盖上方，然后退去，把我过去的人生带回大海。我将陷入艰难的处境，但是我已经做好了战斗的准备。在这场斗争中，我要拿下的不仅仅是普洛斯彼罗书店，还有更多。

“诸位但愿得赦过尤，就请宽容放我自由。”比利以普洛斯彼罗在舞台上最后的请求作为这封信的结尾。普洛斯彼罗请求观众记起自己的过尤，希望他们可以像原谅自己一样轻易地原谅他。“得赦过尤”，我的过尤。比利不是唯一一个将妈妈视为坏人的人。她被迫接过了一个棘手的烂摊子。她像亲生母亲一样爱着我，而我可以让她一直这样爱下去。

一声尖叫将我带回现实，不远处的一个女孩被男朋友扑倒在水里，她假装生气地叫了起来。他们溅起的水花落在我的胳膊上。我的双脚早已失去知觉，每走一步小腿都疼痛不已。我吃力地走出浅浅的海浪，知道自己的样子一定很糟糕：一个身穿牛仔裤和T恤衫，浑身湿透的女人，从海里一瘸一拐地走出来。比利也许不知道该如何开口向妈妈道歉，但我知道。我想，是回家的时候了。

门厅里弥漫着迷迭香和大蒜的味道，带着从烤箱里散发出的热气。妈妈倚在门框上，挡住了我进屋的路，凝视着我。我等着妈妈先开口，而她似乎也是一样。我想要说的东西太多，却如鲠在喉，刚刚面对校长和杰伊时的勇气似乎瞬间烟消云散了。我希望她也可以帮我把事情变得简单一些，告诉我接下来该怎么做。

她看着我的裤子，我牛仔裤的裤腿沾满了沙子。“你满身都是沙子。”

“我去海滩上待了一会儿。”我说，好像这就能解释一切。

“等一下。”她留我站在敞开的门边，转身跑上楼去。厨房里传来音乐声，是一首我没听过的歌。我站在原地，直到妈妈跑了回来。她拿着两块大毛巾，将其中一块铺在地上，示意我走过去。我走到妈妈面前，她递给我另一块毛巾，在我脱下牛仔裤时转过身去。我将毛巾系在腰上，她用毛巾掸着我的腿，将沾在上面的沙子轻轻擦去。她是如此耐心而温柔，我也没有反抗。

“好了，”她捏着我的胳膊，借力站了起来，“都干净了。”

“这不代表我原谅了你。”我说。

妈妈在最下面的一级台阶上坐了下来，不安地扭动着双手：“我早就该告诉你这一切。”

“我该怎么办呢？”

“不知道，”她说，“我知道我想让你做什么，却不知道你应该做什么。”门厅里静悄悄的，妈妈使劲搓手的声音甚至盖过了远处的音乐声，“我知道一切早晚都会真相大白的。”

我坐在了那块妈妈铺好的毛巾上。我已经做好了留下来倾听的准备，但还不想坐在她的身边。

“在你12岁生日的那天，我就该把一切都告诉你。我想那时你会理解的。”她鼓起勇气看了我一眼，我不知道她从我脸上看到了什么，她慢慢松开了双手，将它们放到了膝盖上，“你去参加比利葬礼的那天，当你告诉我你看到了伊芙琳的墓碑时，我以为你都知道了。接着我意识到你并不知情，我却又退缩了。”妈妈伸直了双腿，轻轻地抖动着，仿佛要将那段过往从紧张的肌肉上抖去，“都是我不好，可我知道自己在做什么。比利很爱你，但是没有了伊芙琳，他便无法成为一名合格的父亲。一切都变得异常复杂。比利和我吵架后，我本该把一切都告诉你，可是我该怎么告诉一个12岁的孩子，她的整个人生都是一个谎言？我真的开不了口。也许这与比利无关，我只是不想让你恨我。”

“我不恨你。”我说。

“可比利恨我，他死前都没有原谅我。”说到这里，妈妈的眼泪夺眶而出，她用双手捂住脸，肩膀剧烈地抖动着。我从没见过她这样——美丽、困惑，又歇斯底里，仿佛她在分崩离析，裂开了一道可以看见她内心的缝隙。

“对不起，我太自私了。明明是你的人生发生了翻天覆地的变化，我却在这里哭哭啼啼。”

“所以别再哭了。”我冷冷地说。她照做了，似乎被我的冷酷吓了一跳。在我没有落泪的情况下，她没有资格哭。然而我的眼睛毫无刺痛感，没有打喷嚏前那种痒痒的感觉。我身心俱疲。我只想知道事情的真相，不需要得到任何安慰。我也不想安慰妈妈，只希望她可以真真正正地和我谈一谈。

我走到客厅的书架前，找到了一本《暴风雨》。我将它带到门厅，走到台阶上，在妈妈身边坐了下来。我将书翻到第二幕，找到了比利留给我的第一条线索，也就是普洛斯彼罗对米兰达说的话。

“比利去世前寄了一本《暴风雨》给我，里面有他留给我的第一条线索。”我以为妈妈会大吃一惊，质问我：“你怎么不早点儿告诉我？”结果她只是从我手里把书接过来，读起了那段话。“一开始，这的确像是一部与复仇有关的戏剧，但实际上它要表达的是宽恕。

看到这里了吗？”我指了指普洛斯彼罗的话，“甚至在讲述自己是如何被兄弟背叛的时候，他仍说：‘我请你，听好了。我，这般荒废俗务，完全独处，专注于修炼我的智能。’普洛斯彼罗埋头研究魔法，将料理日常琐事的责任抛给了他的兄弟。比利并不恨你，他知道他该与你负同样的责任。”

接着，我带领妈妈将《暴风雨》之后的线索从头到尾回顾了一番，它们共同拼凑出了过去之事和比利想向妈妈道歉的愿望。比利借《简·爱》追悔了他对妈妈的疏远。“他没有半点儿挖苦的意思。简的叔叔对于之前与她父亲的争吵内疚不已，他还没来得及弥补这一切，简的父亲就已离世。这就是他对你们之间争执的感受。”借《爱丽丝梦游奇境》，比利将我领入了他不可思议的过去。借《弗兰肯斯坦》，约翰·库克揭露了比利不肯直面丧妻之痛，最终却不得不接受伊芙琳永远不会再回到自己身边的事实。他不知道该如何继续生活，便选择了逃避，追赶他自己的心魔。借《怕飞》，我了解了痛失挚爱的比利和希拉都曾尝试用他们的身体和欲望来减轻悲痛。借《劝导》，我明白伯特不再虚荣肤浅，只是垂垂老矣，满心愧疚。而《愤怒的葡萄》则将我引向了大熊市和那栋小木屋。

“你去过那里了？”妈妈问。她突然看上去年轻了许多，仿佛再次回到了少女时代，和最好的朋友手挽着手，穿过高中的走廊。

我拿出手机，给妈妈看了木屋栏杆的照片。“他们名字的首字母还刻在那里，”我说，她的手指在屏幕上轻轻抚过，就好像真的感受到了那些起伏的轮廓，“你还记得李吗？”

“曾经在书店工作的那个人？”她问。

我向她解释是《通往特雷比西亚的桥》将我引向了李，是他给我讲了很多与伊芙琳有关的精彩故事，还有比利内疚的后半生。我翻到《暴风雨》的尾声，给妈妈看比利留下的那封信，一封向我们祈求原谅让我们放他自由的信。“他希望你把一切都告诉我，也希望我可以原谅你。”说出这句话时，我才意识到，这的确是比利的愿望。他想让我放他自由，也想让我放下所有的秘密，终结这些秘密带来的伤痛。

“我还是不明白我生日那天你们到底为什么吵架，”我说，“我猜可能与比利想和我相认有关，但是他并没有告诉我到底发生了什么。他希望由你来告诉我，他想让我从你的角度来理解这件事。”

在我见到的这些人里，包括希拉、李和伯特，没有一个人知道比利和妈妈之间到底发生了什么。关于那次吵架，比利没有向他们透露半个字，而他留给我的道歉信也对此只字未提。他说自己不知道该如何向妈妈道歉，但其实他知道——他将唯一的解释权交给了她。

妈妈把《暴风雨》合了起来，放在膝盖上："该从哪里说起呢？"

“我不明白。”医生在候诊室找到她时，妈妈说，“一氧化碳？”

“警察会对整栋房子进行调查，找出一氧化碳中毒的原因。”医生公事公办地说，“可能与当天的暴风雪有关。”

“他们没事吧？”哦，妈妈，我们只要问出这个问题，大概就已对答案心知肚明了吧？

医生先是宣布了好消息：比利虽然还在吸氧，但整体情况已稳定了下来。他们正在密切监视着他的状态，过多的氧气也会导致身体出现问题。他时而清醒时而糊涂，医生们已为他注射了减充血剂解决气压性损伤和静脉窦的问题。

“是减压病，”医生解释道，“就像潜水员有时会出现的症状。”

医生们表示，他们会对比利进行为期几天的监测，目前看来这些症状不会对他未来的身体情况造成很大影响。

“伊芙琳怎么样？”妈妈问。

你永远不知道面对噩耗时你会做何反应。妈妈原以为自己会发疯，会瘫倒在地，在冰冷的地板上捶胸顿足。结果她连一滴眼泪都没有掉，直到在葬礼上看到伊芙琳的棺木缓缓入土，眼泪才终于决堤。伊芙琳的父亲想办一场天主教风格的葬礼，可伊芙琳是个无神论者。妈妈很庆幸自己没有因悲伤过度而失去勇气，她与伯特据理力争。在那个节骨眼上，比利是指望不上了，他甚至连一句完整的话都说不出来。

在急诊室里，医生们对妈妈讲了剩下的故事：针对伊芙琳的情况，他们不得不对她进行紧急剖宫产。一开始，婴儿的脉搏非常微弱，抢救之后才变得稳定。不过，孩子起码还需要在医院住上几周。

“从一开始，你就是个小战士，”妈妈说，“你能活下来，真的是个奇迹，真的。你本是活不下来的。”

毫无疑问伊芙琳也是一个战士，她一直坚持到了孩子从体内取出来的那一刻。

“伊芙琳怎么样了？”妈妈又问了一次。她需要亲耳听到医生说出来，她需要记住这些话。她知道将由自己告诉比利这一切。

“在进行剖宫产时，患者出现了一些并发症。”医生表示手术过程中他们一直在密切监测她的血氧水平和脉搏情况，不过一旦她开始出现痉挛，他们就束手无策了。

“我不明白。”妈妈说。

她出现了羊水栓塞，从而引发了抽搐。

“很抱歉。”医生们用那种惯用的遗憾语气告诉妈妈。

妈妈一遍又一遍地说着：“我不明白。羊水栓塞？抽搐？”直到爸爸将她搂在了怀里。

“我们可以看看孩子吗？”爸爸问医生。

“伊芙琳最大的梦想就是成为一位母亲。”妈妈告诉我。从伊芙琳和比利结婚的那天起，她就已经为未来的家庭生活做好了计划。他们将拥有三个孩子和一条狗。狗是金毛寻回犬，因为它是电影中完美家庭的标志与象征，而他们的家也将变得像电影中那样完美，完美到让人嫉妒。婚后4年，伊芙琳一直在严格记录自己的月经周期和排卵期。只可惜，每个月她的例假都准时报到，为此她不止一次找过生育专家，尝试了各种方法。遗憾的是，无论是人工授精，还是服用促排卵药物，似乎都没有奏效。“本来她已经丧失了信心，准备放弃了，结果突然有一天……突然有一天……”

那天，妈妈在她和伊芙琳经常见面的餐厅里等她。她刚一走进来，妈妈便感觉到了她身上有一丝与以往不同的气息。虽然看起来仍不明显，但是伊芙琳已经有了6个星期的身孕。她的脸颊比平时更加红润，好像随时都可以放声歌唱。

“看看你啊，整个人都在发光。”妈妈起身抱住自己最好的朋友，把该说的话说了个遍："祝贺你""我真的很为你开心""你一定会是个好妈妈"。确实如此，她为伊芙琳感到开心，伊芙琳一定会成为了不起的好妈妈。但这将改变所有的事情。这种念头很丑恶，妈妈心里非常清楚，但她还是抑制不住自己失望的情绪：她们无法再一起做没有孩子的女人了。

"后来，这成了我的心病。在她的肚子越来越大的时候，我却在心中默默希望她要是没有怀孕就好了，这样她就不会成为一名母亲。"说到这里，妈妈哭得更伤心了，我不得不抑制住自己去安慰她的冲动。我还没准备好去同情她，去帮助她原谅自己。

"我一直都没想过要孩子。"情绪渐渐平复后，妈妈继续说。即使到了30多岁的时候，她仍然怀抱着明星梦，坚信终有一天自己会接到一通改变命运的电话。当然，梦想和现实永远都是有差距的。她已嫁作人妇，而那通梦想中的电话也从来没有打来过。"我从没动过要孩子的念头，直到你出世。"

妈妈说她从没见过这么小的婴儿身上插着这么多的管子，这个场面激发了她抑制不住的母爱。

"你面无血色。"妈妈说。护士让妈妈摸了摸我的头，她捧起我的小脑袋，黑色的绒毛映衬着我发青的皮肤。伊芙琳永远都不可能这样抱着她的孩子了，这个念头出现在妈妈的脑海。她永远都不可能抱着我了。

对于伯特是如何得知伊芙琳住院的消息的，妈妈一无所知。他总是对伊芙琳的私生活了如指掌，仿佛有私家侦探在监视她的一举一动。他冲进医院，要求立刻见到伊芙琳。

“我要见我女儿！”伯特对着那位很不幸负责接待他的护士大声咆哮道。

妈妈把手放在伯特的肩膀上，他并没认出她来。

“我是苏珊，”她介绍自己，“比利的妹妹。你要不要先过来坐下？”她把他领到候诊室。

妈妈将医生之前告知她的寥寥几句话转告给伯特，他随即抛出了一连串问题：调查由谁负责？他们去过小木屋了吗？他们问过紧急救援人员了吗？伊芙琳死前的抽搐持续了多久？伯特的脑中渐渐有了想法。

“比利，”他说，“这是比利造成的，对吧？”

“伯特从来都看比利不顺眼，但他讲不出任何理由。”妈妈告诉我。

早在伊芙琳念高中的时候，伯特就极力反对她和一个上大学的男孩约会，尽管他俩早在比利上大学之前就在一起了。在重修旧好之后，伊芙琳会带比利参加每个月的家庭晚餐，而伯特会对比利关于肥料和杂交树种改进的问题置若罔闻。每个月，坐在伯特身边的女人都会换，但比利坚持了下来。对父亲身边出现的不同异性，伊芙琳总会展现出足够的风度，礼貌地询问对方蓬勃发展的演艺事业或最近的人道主义善举，而伯特的态度则恰恰相反，他总是表现出一副不想了解比利的样子，对他的工作和生活毫无兴趣。比利是名义上的犹太教徒，在他们决定结婚时，这似乎成了一个棘手的问题。“假如你妈妈还活着，想想她会怎么说。”伯特威胁伊芙琳，并成功激怒了她，导致她三个月都没有和父亲说过一句话，直到比利坚持邀请他来参加婚礼。

“伊芙琳去世后，当伯特将矛头指向比利时，我应该早有预料的。”妈妈告诉我。

由于比利的体温过低，医院不得不将他留下继续观察数周。大雪没有融化的迹象，变得越来越硬，渐渐冻成了冰，每走一步都会感觉到脚下的咯吱声。“幸好天气很冷，不然警察就找不到事故的起因了。”但可能也正因为他们发现事故的元凶是屋顶上被大雪封堵的通风口，比利才会如此责怪自己，伯特才会认为一切都是比利的错。

直到大雪融化，伯特都一直待在大熊市，也因此制造了不少麻烦。他亲自前往比利和伊芙琳的房子勘查情况，约见了一些私家侦探，要求对方采取一些卑劣手段，遭到对方的拒绝后，他反而更加燃起了斗志。

“我们一开始都不知道他在‘独立调查’，直到有一天伯特开始和比利争夺遗产和监护权。”

“监护权？我的？”我试图想象自己由伯特抚养长大的画面：伯特偌大的房子只有雇来的员工，没有家人；只有冰冷的家具，没有朋友；只有一位接一位的妻子，没有母亲。

“这件可怕的事持续了将近两年时间。伯特坚持己见，不肯放手，而比利则一直说着‘都给他吧，我不配拥有这一切，是我杀了她’。所以，我们不让伯特的律师接近比利半步，是你爸爸出面解决了这一切。我现在想想都很后怕，伯特对比利所做的一切都太可怕了。”

出生 10 天后，我终于脱离了危险，获准出院。比利和我住进了爸爸妈妈的家，他们在比利的房间里放了一张摇篮床，而当他走进房间后，只看了它一眼便摇着头退了出来。

“我做不到，把她放到其他房间去。”

“比利，我们不能把新生儿单独放在一个房间。”妈妈解释道。

“你能帮我照看她吗？”比利的眼神在爸爸和妈妈之间徘徊。

“我觉得不太妥当。”爸爸回答。

“你会慢慢适应的。”妈妈补充道。

“我不相信我自己。苏珊，求你了，别逼我，好吗？”比利的神情是如此绝望，爸爸犹豫再三，最终将摇篮床搬到了他和妈妈的卧室里，并告诉比利这只是暂时的。

最初的几周，比利甚至不肯抱我。“所有的新手爸爸都会或多或少地害怕婴儿，生怕自己拿捏不好力度，伤害到他们，但很显然，比利不是在害怕这个。”他只是看着妈妈哼唱摇篮曲，哄我入睡。

“你真是个做母亲的料，你看她多么喜欢听你唱歌。”

“如果是你唱的话，她也会喜欢。”妈妈说着，将我抱了起来，试图把我放到比利怀里。他摇着头。“这不是你的错，那次可怕的事故是一场意外，你不能一直怪罪自己。”

比利心不在焉地点了点头，转身走出了卧室。最后，妈妈放弃了尝试，不再让比利抱我。她也不再提起那场事故，不再恳求比利停止自责。

在我 6 周大的时候，比利选择了离开。“去见一位老朋友”，饭桌上留下的字条上写着，“几天后就回来。B。”没有“谢谢你们”，也没有“请帮我照顾好女儿”，只有“几天后就回来。B”。

是爸爸发现的这张字条，那时正是深夜，妈妈正第三次从床上爬起来照顾醒来的我。爸爸怒气冲冲地走回卧室，一把将我抱在胸前，向妈妈挥了挥手中的字条。妈妈很惊讶：爸爸抱着我，就像抱着亲生女儿一样自然。

“你知道这究竟是怎么一回事吗？”爸爸大喊，我哭了起来。他摇晃着我，亲吻着我的额头。

“我当然不知道。”妈妈说着，接过了字条。

“他就这么走了？”

妈妈读完字条：“这上面说他几天后就回来。”

“所以米兰达就交给我们照顾了？”爸爸一脸愤怒，但提到我的名字时，他的声音抬高了，好像对未来充满期待。

“那我们就照顾她几天吧，我还挺乐意这么做的。”

“这不是重点。”爸爸的话音未落，便带着我怒气冲冲地走出了房间。

妈妈没有追出去，她在半梦半醒之间思考着事情究竟是怎么一回事。比利去哪儿了？为什么连个电话号码都不留？难道他想就此消失？不，他不会这么做的，比利不会轻易遗弃伊芙琳的女儿。

爸爸坐在桌前，边喝咖啡边哄躺在摇篮里的我入睡。他不时做着鬼脸，一会儿吐舌头，一会儿做斗鸡眼。妈妈在一旁看着，突然意识到爸爸从未做过鬼脸，他总是那么严肃。看到他卷起舌头，做着对眼，妈妈很开心。看他放松下来很好。

“对不起，”妈妈走到他身边坐下时，爸爸向她道歉，“这不是你的错。只是……这种情况持续的时间越长，对比利来说就越艰难。”

妈妈完全理解爸爸的意思。他们照顾我的时间越长，以后便越舍不得放手。

“到现在我都不知道比利那几天去了哪里，只知道他回来后确实发生了一些转变。比如，他同意去参加心理治疗小组，并在不久后开始主动要求抱抱你。虽然你一哭他就会立刻把你交还给我，但起码他愿意亲近你了。情况并非不可改变。我们尽一切努力让他回到正轨。”比利当然永远无法变得和从前一样，但他还是要踏出第一步，进行尝试。

6个月后，爸爸终于忍无可忍。

“不能再这样下去了，”他对妈妈说，他们在厨房小声讨论的同时，比利在楼上的客房睡觉，而我则在爸爸妈妈的卧室，“已经6个月了。”

“我知道。”

“你觉得这一切没问题吗？他从不和米兰达独处，甚至连尿布都没有帮她换过一次。”

“你觉得我能怎么做？他那么悲痛。”

“他不能永远这样，不能永远和我们住在一起。”

“谁也没说过要永远这样，他只是需要一些时间。以他现在的状态，你觉得我会放心让他带着米兰达离开我们，独自生活吗？”

他们紧紧盯着对方，直到爸爸将目光移向厨房门口，妈妈转过头，只见比利呆呆地站在桌台前，眼里满是安眠药带来的睡意。

“我来倒点水喝。”比利解释道，从他们身边走过，来到水池边。他们目瞪口呆地看他接了一杯水，径直走出了厨房，紧接着是上楼的急促脚步声，最后是客房的门轻轻关上的声音。

“你觉得他听见我们刚才的对话了吗？”妈妈问。

“肯定听见了。”

或许他需要听到一些类似的话来激励自己，第二天一早，当妈妈抱着我走下楼时，发现比利已经出现在了厨房。只见他穿着衬衫和长裤，正在把一只碗和一个杯子放进洗碗机里。

“我要去参加一份新工作的面试。”比利一边对着镜子打领带，一边对妈妈说。

“比利，昨天晚上……”他们的目光在镜中相遇。

“别想了。”比利说。

“无论你和米兰达在这里住多久，我们都十分乐意。”

“说得对，我不能在这儿待一辈子。”他使劲拉着领结，将它推向领口。

“当时我就觉得这话有点儿怪。‘我不能在这儿待一辈子。’这是什么意思？当时我就应该意识到，他从没想过带你一起走，我甚至不确定他是否知道自己话里暗含的这层意思。”

当天晚上6点，比利没有回家。妈妈给他在帕萨迪纳的家中打了电话，也许他并没回那里，但她没有别的方式联系他了。电话果然没人接，她只好留言：“比利，我是苏珊。我不知道你打算什么时候回来。如果你听到我的留言，可以给我回个电话吗？告诉我发生了什么事，好吗？”

晚上7点，她打电话到普洛斯彼罗书店，李接了电话。“我是苏珊。”她询问比利是否在书店。

电话那头一阵沉默。

“我们以为比利和你在一起。我们已经好几个月没见到他了。”

“他是我和在一起，我只是以为他去书店了。没关系，可能他很快就回来了。”

“如果你见到他，可以让他给我们打个电话吗？我们都很担心他。”

妈妈答应了他，没有告诉李其实她也很担心比利。

7点半，爸爸下班回来，发现餐桌上只摆了两套餐具，而我在旁边的玩具围栏里玩耍。

“我不知道他去哪儿了。”妈妈说着，将一盘鸡肉和烤土豆拿到爸爸面前。

“他会回来的。”爸爸让她放心。他转身把我从围栏里抱了起来，吃饭时将我放在膝盖上来回摇晃。妈妈等待着爸爸继续前一晚在厨房里没有说完的话题。她已经认同了他的观点。这种情况不能再继续下去了——比利不能总是玩失踪，他们没有多余的卧室了，摇篮床不能继续放在他们的卧室里，他们不能再继续代行父母的责任……“他会回来的。”爸爸又重复了一遍。

“我原本想报警，但比利的官司还没有解决。你爸爸说如果伯特的律师知道了比利失踪的消息，情况将会对比利非常不利。可奇怪的是，他失踪的时间越久，我就越不担心。因为假如他死了，我们一定会收到消息的。”

此后，比利失踪的时间每增加一天，妈妈由恐惧转化而成的愤怒就多一分。她试图提醒自己，比利仍然在为伊芙琳的死而难过，可她就不难过吗？除此之外，她还要在每天半夜起床喂我，去超市采购，准备晚饭，预约与医生见面的时间，给我换尿布……而比利呢，他只是选择了消失而已。

而最令她感到生气的是，她竟然很享受扮演妈妈这个角色。由于爸爸总是工作到很晚，而她又不放心把我交给其他人照顾，所以不得不推掉了两场演出。但她对此并不介意，她享受年幼的我辨别出她声音、气味和脸庞时的样子；享受每次带我去超市时，其他女人逗我笑，并夸奖她拥有一个漂亮女儿的瞬间；享受每一个带我去公园散步的下午，她把我紧紧抱在怀里，看其他孩子在草地上跑来跑去；享受其他母亲投来的微笑，她也会朝她们微笑，就好像自己也是“妈妈帮”的一员，直到她意识到我并不是她的亲生女儿。比利会回来，如果他开口表示要带我走，她也只能放手。

21

“这就是你再也不去演出的原因？”我问。我们仍然坐在最下面的一级台阶上。我向后靠着，让膝盖碰上她的，接受与她并肩而坐。“是因为我吗？”

妈妈摇了摇头：“是时间，或者说，这不仅仅是时间的问题，是你的出现让我拥有了做唱歌以外事情的想法。”我不知道我是否相信她，不过她看我的眼神很诚实，她想让我拯救她。

“比利是多久后回来的？”我问。

“他失踪了一个多星期，”她的笑容中带着一丝苦涩，“就在我们以为他永远不会回来的时候，他大摇大摆地出现了，仿佛什么都没有发生过一样。”

客房已经打扫一新，窗户敞开着，任由新鲜空气灌满整个房间。妈妈买了一张婴儿床，并把工作室改成了临时育婴房。那是一个星期天，妈妈正在厨房准备烧烤用的鸡肉，门铃突然响了起来，爸爸抱着我去开门。过了一会儿，妈妈在厨房听到爸爸说：“米兰达，快看是谁来了？是比利。”妈妈注意到他说的是“比利”，而不是“你的爸爸”，她不禁在想比利是否也注意到了这一点。

妈妈并没有主动拥抱比利，她不想这么做，不想这么快原谅他。

比利拿给妈妈一个长方形的盒子，里面有四只景泰蓝盘子，中间画着金色的鸟。

“我在北京买的。”他说。

“北京？”她问。

“去开了一个会。”

“比利，你知道你自己都干了些什么吗？”

“我知道，我只是需要离开。”

妈妈只想尖叫。对比利的担心让她一整个星期都没有睡好，他不能总是这样一声不吭地离开，这是一种自私的行为，甚至比自私还要严重。他不能就这样丢下自己的女儿，飞到北京去。再说他为什么要去北京？他从前哪儿都没去过，声称加州就足够他施展拳脚了。他怎么一夜之间突然成为环球旅行爱好者了？对此，还有其他所有事情，她只想大喊大叫，而他就像个青少年，站在她面前，等着被她骂。

结果她告诉他景泰蓝盘子很漂亮，她很喜欢。

晚饭的时候，比利滔滔不绝地给他们讲了自己在中国旅行的见闻。他去了大悟、叶城、唐山和一些他甚至连名字都叫不对的地方，大部分都是农村，几年前地震在地表留下的裂痕仍清晰可见。爸爸和妈妈耐心倾听着，并等待他主动将话题转移到自己的女儿身上，比如问问他不在的这几周我有了哪些变化。结果他对此只字未提，没有对他们表示歉意或感谢。

晚饭后，比利帮妈妈把盘子拿到厨房。这时我哭了起来，妈妈赶忙将我从玩具围栏里抱了起来。

“该睡觉了，宝贝。”妈妈亲了亲我的小脸，转身准备上楼，这时她听到比利跟了上来。

“她现在能自己睡觉了吗？”他们走进婴儿房时，比利问道。

“她已经不睡摇篮了，所以我们在这儿放了一张婴儿床。”除此之外，还有一张婴儿护理台和一个小书架，方便妈妈每天晚上睡前给我读童书。

妈妈开始帮我更换睡衣。

“能让我试试吗？”比利伸出手来。

“把睡衣套到她头上的时候要格外小心——”比利将我塞进套头睡衣里，我不安地哭闹起来。他的脸色暗淡下来，后退了几步。妈妈赶忙将我头上的衣服拉了下来。

“她不喜欢被蒙着头，总会哇哇大哭。”

比利远远地站在墙边，看着妈妈将我轻轻放回婴儿床。

在我睡下后，他们下楼来到客厅，爸爸正坐在那里休息。妈妈以为他们终于可以聊聊那个逃避了一晚上的话题。但当她向比利递过一杯茶时，他却说自己要走了。

“去哪儿？”妈妈问。

“回家。”比利说。

“米兰达怎么办？”

“天啊，比利，你不能就这么扔下她不管。”爸爸说，声音却带着一丝希望。

“明天我会抽空来陪她的。”比利说完便离开了。

爸爸和妈妈一言不发地看着他驱车远去。

“他明天不会回来了，”爸爸说，“这真是不可原谅的行为。”但他的语气却再次热切起来。

那一晚妈妈又失眠了。到底发生了什么？难道这就是比利让他们收留我的方式吗？他们能收下我吗？伯特呢？他会不会在他们之前拿下我的抚养权？如果比利第二天真的回来了呢？如果他转念决定要独自抚养我呢？妈妈会舍得放手吗？

“自从那次去中国调研后，比利便开始马不停蹄地周游世界。”他加入了一个地震勘察小组，主要任务是在发生灾难性地震后前往震源地进行勘测。而在没有地震的时候，他会组织各种各样的会议、代表团活动以及交流访问。

他会在旅行的间隙造访我家，一直待到我睡着才离开。由于他回来的时间少之又少，我几乎不怎么认识他。从墨西哥或新西兰出差回来后，他会做一些夸张的鬼脸逗我笑，而我总是被吓得哇哇大哭。比利将我交还给妈妈时，脸上的笑容不见了。

“再多给她几分钟，她会慢慢和你熟络起来的。”妈妈说，但是比利却不肯照做，直到下次造访时我又一次咧嘴大哭，而他再次将我交还给妈妈。

“接着你会开口说话了。”妈妈总是听人说，孩子通常会先叫“爸爸”，但我说出的第一句话却是“妈妈”。那天，妈妈正在爸爸的工作室和客户进行项目会议，对方想要重新装修自己的客厅。这位客户是一名高管，虽然他和妻子那栋由玻璃和混凝土建成的房子位于加州宝马山花园，他们却对狩猎风格情有独钟。妈妈的工作是设计，她没有资格评头论足。这是她的第一个客户，她几乎没有收取什么费用。当她把油漆色板和皮革样本放在餐桌上时，我突然喃喃自语起来，一开始她并没有理会我，突然之间，我用手使劲拍着玩具围栏底部。

“妈妈！”我大声喊道，“妈妈！”

妈妈一把将我抱起，把我举到她面前：“不，米兰达，我是姑姑，苏珊姑姑。”

“妈妈！”妈妈在我的脸上看到了伊芙琳的眼睛，但她无法抗拒这两个音节带来的喜悦。妈——妈——

他们必须要告诉比利。这是爸爸回家得知此事后说出的第一句话：“我们必须要告诉比利。”

“我们当然要告诉他。”妈妈的语气有些防备。

爸爸将我从围栏中抱了起来，举过头顶，在空中旋转：“我们不能再让这种情况继续下去了。”

在他们照顾我的那一年里，妈妈慢慢地不再去参加试唱了，而是报名了室内设计夜校，她认为设计看起来像是一个自己会喜欢的兼职。爸爸说得对，他们让美梦做得太久了。

比利又出差了，妈妈根本不知道他去了哪里。他总是毫无征兆地离开，并强调自己实在没有时间提前通知他们，可是一通电话又需要多长时间呢？妈妈看报纸时，发现了一篇台湾在几小时内相继发生两场地震的报道。她试图想象比利正在台北。她时常会想，比利和其他科学家、工程师、社会学家在一起时，究竟是什么样子？他们知道面前这个救世主般的男人内心充满自责吗？又或许他们每个人都是如此，这些内心充满遗憾与自责的人组成了一个小团体，不然他们为什么要不断让自己置身众多悲剧与死亡之中?

几天后他们接到了比利的电话，他说自己之前一直在台北勘查一栋二层小楼的残骸，这两天刚刚回家。当他提出是否可以来看米兰达时，妈妈小心翼翼地同意了。

看到比利的车出现在门外，爸爸赶忙将我抱回了房间，尽管那个时间既不适合小憩，也不适合上床睡觉，但他们谁也不愿意在告知比利之前，先让他听到我喊出“妈妈”。

他站在门口，面带微笑，手中还拿着一盒带给妈妈的茶叶。最终他注意到了他们凝重的表情。

“米兰达呢？她还好吗？”比利问。

“她在楼上呢。”爸爸回答。

妈妈接过比利手中的茶叶，示意他去客厅坐下。咖啡桌上早已放好了一瓶红酒。他们并不想鼓励比利喝酒，只是在伊芙琳去世后，这已经成了比利的一种习惯。万一他在听到这个消息后想要喝一杯的话，桌上的这瓶酒便能派上用场了。

“你们可别吓我。”比利盯着那瓶酒。

“米兰达学会说话了。”妈妈说。

“哦，她现在也该学会说话了吧？这是个好消息。”

“比利，她说的第一句话是‘妈妈’。”

比利还沉浸在喜悦之中，直到几秒钟后明白了过来。

“苏珊和我都认为是时候重新考虑下一步的安排了。”爸爸用一种律师特有的语气展开了话题。妈妈不喜欢他这样说话，但在那一刻，她很庆幸自己的丈夫可以以这种方式开口。“我们对这个孩子的喜爱与日俱增，但与此同时，我们担心随着她的成长，她会慢慢开始感到困惑。”

“如果她一直不清楚自己的家长到底是谁，这会对她的心理造成很大的伤害。”妈妈补充道。家长，单数[1]，妈妈为什么要这么说？

“如果我现在就把她带走，她会不会很伤心？”比利问。

“我可以去你家陪她住一段时间，直到她适应为止。她现在还小，适应能力很强。”妈妈说。

“我去工作的时候，你能帮我照顾她吗？”

“比利，如果真要如此，你就不能继续这样出差了。实验室肯定也希望你能早点回来工作吧？”爸爸说。

“也许你可以等米兰达长大些再出差。”

“我不能就这样辞职走人。”比利说。

爸爸开始坐立不安，妈妈看得出他的耐心正在一点点消失。

“比利，你是一位父亲，你需要将责任心放在第一位。”妈妈说。

“我不知道该如何照顾她。”

“因为你从来都没尝试过，”爸爸忍不住开口，“你只是甩手将这些责任抛给了我们，你这么做完全是失职的！”

“我们知道你很想念伊芙琳，我们也一样，可眼下你女儿最需要的人是你。”妈妈向比利坐近了一些，拿起他的手放在自己手里。她已经记不得自己上一次这样做是什么时候的事了，也许她从没这样做过。“你要学会原谅自己。”

1　原文中妈妈用了“parent”一词，而非“parents”，指父母中的一位。——编者注

“每当我抱着她的时候，我都害怕自己会把她摔到地上，摔得她头破血流。每当我看到她试着走路时，都觉得她一定会跌倒，就此不省人事。”

“这很正常，小孩子都会摔倒。你只要学会不过度担心就好。”妈妈说。

“我能做的只有担心，而她需要的是一个正常的童年，伊芙琳一定也希望如此。”

“比利——”

“你们得留下她。”

“比利——”妈妈再次开口。

“这是唯一的解决办法。”

“她长大后会怎么想？”爸爸问，“被自己的姑姑、姑父抚养长大，亲生父亲却在世界各地飞来飞去，只在她的生命中短暂停留，好像没有半点要关心她的意思。你觉得这对她来说是正常的生活吗？你觉得这是伊芙琳希望的吗？”妈妈向爸爸投去一个眼神，暗示他说得有些过火，但爸爸的全部注意力都集中在比利身上，他目不转睛地盯着比利，后者则低下了头。

“为什么一定要让她知道我是她爸爸呢？”

“比利——”妈妈又开始了。

“你能别再这样叫我的名字了吗？”

“我们不会对米兰达撒谎的，”爸爸斩钉截铁地说，“你听听自己刚才说的话！”

比利开始将心里话一股脑地说了出来。他谈到伊芙琳是多么想成为一名母亲，她早已在脑海中构建出了未来的蓝图，先是生下米兰达，两年之后，他们的第二个孩子皮普将会降生，紧接着是西尔维亚。这也是为什么他们买了一栋大房子，他们希望那里可以充满孩子们的欢声笑语。回忆使比利陷入焦虑，他在客厅来回踱步，并不时拉扯着自己的头发。伊芙琳曾对他提出过多少次修房顶的请求？她想要的只是一个安全的家，为了米兰达、皮普和西尔维亚。他为什么要夺走她的一切？害死了米兰达的母亲后，他怎么能做她的父亲？

“比利，伊芙琳不是你害死的。”妈妈试图劝导比利。

只可惜他说得没错，不管是不是意外，他确实没有按照她说的去修好房顶，他还用概率学说服她，让她相信他们的家是安全的。是他的疏忽大意酿成了这场惨剧，而他早已无力挽回。如果米兰达再有个三长两短，他更将永远无法原谅自己。

妈妈不记得她到底是怎么答应下来的。在某一刻，她一定给出了肯定的答复，爸爸也一定表示过什么。她只记得比利打开了话匣子，根本停不下来，而更疯狂的是，他的话产生了作用，使爸爸妈妈觉得他们应该抚养我长大，而我自然不必知道比利就是我的生父，因为他将自然而然地成为我充满了冒险精神的舅舅。

“我们一直等到和伯特的官司结束后才提交了收养申请文件。”妈妈不敢相信，这一切纷纷扰扰终于落下了帷幕。两年来，他们不停地在调解人员之间周旋，最终一名仲裁员裁定，伯特没有理由对比利和伊芙琳的财产共有权提出异议，由于伊芙琳的死亡纯属意外，伯特对比利杀人的指控也因证据不充分而被驳回。这场为期两年的官司终于在那天下午结束。

当他们最终坐下来准备签署收养协议时，爸爸突然问妈妈："这样做真的好吗？我们要一直向她隐瞒事情的真相？"

"我们还有别的选择吗？"妈妈反问。

"如果我们趁她还小告诉她，她就会从小接受这件事，认为这很正常。"

"一旦知道自己的父亲宁愿漂泊在地球的另一端，也不愿和她在一起，她便永远都不会认为这件事正常。我不想让她因此憎恨比利。"

"但也许她会憎恨我们。"

"我知道他说得对，也知道你终有一天会发现真相，并狠狠地责怪我。我告诉自己，如果一定要有一个人被责怪，那么我宁愿那个人是我。我一直相信只有这样你才不会对他感到失望，我们一家人才可以继续在一起。我一直以为自己做的一切都是对的。"妈妈把手放在了我的膝盖上，我避开身子，不想让她把我当作依靠。

"你不可能真的这么以为，我不明白你为什么不再努力一点，尝试说服他，他是我的亲生父亲。"我想起小时候每个星期天，门铃响起后，我都会大声喊着"比利舅舅"冲向门边。每一次他问妈妈什么时候带我回来比较合适，每一道他为我专门写出的谜语，都是只有我俩才会懂得的暗号。原来做这一切时，他都知道我是他的女儿，而妈妈也对此心知肚明。"你应该再努力一点。"

"也许吧，"她收起了眼泪，声音变得平稳，"时间越久，我就越没有告诉你真相的勇气。一想到会因此失去你，我心里就十分难过。”

收养文件签署完毕后，遗产诉讼案也告一段落，我正式成了妈妈的孩子。除了之前会说的“妈妈”外，我又学会了几个新词：爸爸、家、家庭、舅舅。只要比利在洛杉矶，我便能见到他，他总会在周日晚上带着礼物准时出现。我会兴奋地拿着刚刚收到的珠串项链或木质玩具向妈妈跑去，喊着“妈妈”。每当这时，比利的脸上都会闪现出一丝落寞的神情，而妈妈则看起来十分内疚。她会及时提醒自己，这一切都是比利的主意。只不过，每次我当着比利的面喊“妈妈”时，她都希望我喊出的是其他名字。

他们从不讨论此事，紧张的气氛愈加明显。爸爸早就感觉到了这一切，于是在周日聚餐时，他总会在餐桌上提出很多问题，关于食物、山体滑坡、地面运动，以缓和紧张的气氛。而比利也尽可能详细地回答着，他说寿司里的鱼味并没有他想象的那么重；在魁北克，人们吃薯条时喜欢搭配肉汁和干酪；秘鲁的特色菜是豚鼠。“豚鼠？”我吓坏了。当时我正在上二年级，班里刚好养了两只豚鼠，比利花了很长时间才让我相信没有人会吃掉它们。

比利总是用一种毕恭毕敬的态度和我们相处。海湾地震后，他小心翼翼地询问妈妈是否可以带我去旧金山玩，妈妈建议大家一起出行，我们开了6个小时的车才抵达那里。当他提出想带我去圣地亚哥看教士队的比赛时，妈妈则建议去看道奇队。这样的事情数不胜数，用碰碰车代替卡丁车，用花式滑水代替冲浪，用浮潜代替水肺潜水。对此，比利从不反抗，也不会暗示该由他来做决定。相反，他只会顺从地回答“你说得对”或是“你的主意更好”，并采纳妈妈的建议，就好像那是他自己的想法一样。

“于是这么多年我们一直如此。我们从未再谈起当初的安排，甚至连伊芙琳都不曾提起。有时候，我差点儿真的以为他就是你的舅舅。”但她从未忘记过我是伊芙琳的女儿，比利也是。

渐渐地，伏特加开始在比利的生活中频繁出现，妈妈也不确定他是从什么时候开始与酒精为伍的，她明明记得伊芙琳活着的时候，比利从不喝伏特加，最多也只是喝点啤酒。妈妈特意在晚餐时为比利准备了一瓶昂贵的俄罗斯伏特加酒，结果酒越昂贵，比利喝得就越快。于是她便不再准备伏特加，决定当比利询问时告诉他酒已喝完了，但他只是耸耸肩，从外套口袋里拿出了两瓶飞机上提供的酒。

“我不喜欢这个。”爸爸将空酒瓶扔进了垃圾桶。

“他是成年人了，戴维，可以喝酒。”爸爸从不饮酒，在他看来，一切频繁的消费都会形成依赖，而依赖是病态的。事实上，祖父就因长期酗酒而离世，但这并不代表比利也会如此。

“爸爸的父亲是个酒鬼？”

妈妈伤心地点了点头。

“所以那场车祸……”

“我以为你知道。”

“并不。”我小时候听到的版本是，他们一家人在某天深夜开车回家时，祖父为了躲避一只鹿突然转向，结果撞到了一棵树上。我从来没有问过与爸爸的家族有关的事情，这才意识到原来他隐瞒了他们去世的真相。

“通常比利可以控制自己的酒量，只有几次喝多的情况。”妈妈说在我 12 岁生日派对的那晚，比利出现了，看起来精神格外亢奋，呼吸里充满了伏特加的味道。那也是他第一次半夜来敲我们家的门。

“你的生日对比利来说总是十分难熬，”妈妈从不知道他是如何度过那些日子的，她知道最好不要过问，“出于某种原因，那一年比利本想来参加你的生日派对。”他说自己喜欢玩飞盘，并提出想看我打棒球，妈妈以为他终于振作起来了。比利甚至提出要给我买蛋糕，幸好妈妈没有答应。

“他没来参加派对我一点儿都不生气。你和朋友们玩得兴高采烈，根本没注意到他的缺席。其实这没什么大不了的，但是他半夜的突然造访打破了这份平静。”

妈妈平时睡觉非常轻，那天晚上，当她听到了有车开进院子的声音后，便第一时间冲下楼，赶在比利按响门铃之前打开了门。

“她睡了吗？”比利试图从妈妈身边挤进屋，但她挡住了他的去路。他身上散发着浓浓的酒精味，就像刚刚在伏特加里泡过澡。他踮起脚尖试图窥视她身后的房间：“米兰达？”

“嘘！她已经睡觉了。”

“哦，苏珊。我也不知道是怎么回事，我不是故意的。中午那会儿我是打算出门来着，然后——”他看了看自己的手腕，尽管他从不戴手表，“哦，苏珊，我不是有意要错过她的生日派对的。”

苏珊。妈妈试图回忆比利上一次这样称呼她是什么时候。

妈妈打开了门：“进来吧，我帮你把客房收拾一下。明天米兰达吃过早饭后，你可以带她出去玩。”

比利把手伸进口袋，拿出一对祖母绿耳环，举到妈妈面前。当她认出这对 14K 金包裹的泪珠形耳环时，胸口不禁一阵发紧，这份礼物完全不适合一个只有 12 岁的孩子。

“你觉得她会喜欢吗？”

“别告诉我你是认真的。”

“我想把这个送给她。”

“比利，这份礼物真的不适合孩子。”妈妈的心跳开始加速，泪水充满了眼眶，她迅速擦了擦眼睛。

“这是伊芙琳的耳环。”

“我知道。”伊芙琳在贝弗利山庄的古董店里发现这对耳环时，妈妈就陪在她身边。她们正沿着罗伯逊大街往前走，伊芙琳突然在橱窗前站住，紧紧盯着这副耳环，脸色苍白。她告诉妈妈，耳环是她母亲的。

“先进来吧，比利，”妈妈示意他进屋，“明天早上我们再商量。”

“别这样，你为什么总是这样对我？”比利说。

“我怎么了？”

“把我当成一个孩子来对待。”

“我没有把你当成一个孩子，我只是把你当成一个因为忘记了外甥女的生日而渴望得到同情的醉醺醺的中年男人！”

他们陷入了沉默。这时比利呆滞的目光投向了妈妈身后，妈妈随即转头，发现了楼梯上的我。

“米兰达，快回去睡觉，”见我没有立刻行动，妈妈又补充了一句，“现在就去。”我掉头跑回了房间。

“干得漂亮。”比利说。

“你说什么？”

“你不该对她那样大喊大叫。”他的手中牢牢攥着那对耳环，它们是那种不透明的深绿色。伊芙琳生前几乎每天都戴着它们，妈妈还以为这对耳环会和伊芙琳一起下葬。

“请不要告诉我该如何抚养我的女儿。”妈妈说。

“是我的女儿。”他不甘示弱。

“我本应回去睡觉，不该和他吵架，可是这件事在我们心中埋藏了太久太久，我们需要发泄积蓄已久的情绪，我和他一样想大吵一架。”妈妈对我说。

比利开始又喊又骂。“骗子”“伊芙琳”“米兰达”“秘密”“蓄谋已久”“你偷走了她”等等字眼开始从他口中一发不可收拾地涌了出来。

“是谁给你的勇气，让你半夜三更跑到我们家来指责我？”妈妈好不容易能插上一句话，“你怎么敢！”

“你在我最脆弱的时候乘虚而入。”他用中指戳着妈妈。

“这件事在你心中原来是这样的吗？”妈妈试图控制自己的音量，感到一种难以抑制的愤怒，就像体内的胆汁都冲进了喉咙燃烧着，即将一涌而出。她走到门廊上，随手关上了大门。“让我来告诉你，在现实中，是你抛弃了自己的女儿，而我们曾经做尽了一切想让你带她走！”

“你知道我那时很难过，便乘虚而入。”

“我也很难过！”她再也抑制不住情绪，大声尖叫起来。愤怒包围了她，这让她感觉到自己还活着，还很坚强。“我虽难过，却在努力将这些乱七八糟的事情带回正轨。比利，我失去了最好的朋友，但是我却在为她的女儿换尿布，也是我半夜起床喂米兰达吃东西。她不是你的女儿，从来都不是。”

“她永远都是我的女儿！”比利怒视着她。他的眼神令她永生难忘。尽管他喝了太多酒，眼神迷迷糊糊，却还是紧紧盯着她。他愤怒地哼了一声，紧咬着牙齿，下颌突出，整个人看起来像疯了一样。“是你把她从我身边夺走的！”

“是你逼我这么做的。”妈妈再次压低声音，希望此时我不要突然出现，打开大门问他们为什么站在门廊上吵架，“你听到我说的话了吗？这是你自己的选择，你没有资格怪我。”

她的双膝开始颤抖，这不是幻觉，她真的在发抖。

比利双手紧紧握着耳环，把它们装进了口袋：“你应该为自己感到羞耻，你一直都在嫉妒她，从来没有祝福过我们。”比利气冲冲地掉头就走。妈妈知道应该及时拦住他，以免他开车误伤别人。然而她整个人都傻了，无法动弹，更无力走回屋去。看着比利头也不回地绝尘而去，她这才意识到这一切都是真的。她从来没有为他们的结合感到高兴，原来哥哥早就心知肚明，也许伊芙琳也是。

“我还记得第二天早上，我一直坐在电话旁，等着比利的电话。我早就该意识到这一天迟早会到来，因为我深知当比利看到你和我们在一起的时候，会有多么伤心，而我却选择了无视他的情绪。起初，我以为前一晚的争吵是一件好事，可以使我们敞开心扉好好聊聊。我以为比利会打来电话，然后我们可以毫无保留地把所有话都说出来。又或者他会以醉酒为名假装忘记这件事。但是他始终都没有打来电话。”

最终妈妈选择主动去找比利。他的宝马汽车就停在车道上，车身一如既往地锈迹斑斑、满是划痕，但其他性能完好无损。妈妈坐在车里，透过窗户望着漆黑的客厅，房子两旁的玫瑰早已枯萎，在窗户下面光秃秃地排成一排。她好奇比利是否发现过自家门前的草地总会被修剪一新，玫瑰花丛整整齐齐，因为她特意雇用了一个园丁定期打理他的花园。他是否意识到家里的地板总是十分清洁，盘子总会被刷干净放回原位？因为除了园丁，妈妈还雇用了一名清洁工。为了让比利生活得更快乐，她想尽了一切办法暗中帮助他。这些细节他根本没有注意到，更不用说是感谢她了。这时一个人影从厨房走了出来，打开了客厅的灯。妈妈下了车，不断提醒自己一定要保持冷静。

当发现来者是妈妈时，比利的脸色瞬间变得难看起来。他的嘴微微张开，妈妈认为自己如果再走近一步，便能闻见浓重的酒精味。她选择和他保持距离。

他们一言不发，望着彼此，等待着对方先开口打破沉默。先说话的自然是妈妈，她总是扮演这样的角色。

“你不打算让我进屋吗？”妈妈问。

他这才打开大门，让妈妈走进客厅。她坐在皮沙发上，比利远远地站在房间另一端，手里拿着一个玻璃杯，不时摇晃里面的酒，并没有问妈妈想要喝些什么。

“昨天晚上有些失控。”她再度打破沉默。

“我所说的一切都是发自内心的。”

“我知道，我只是希望这些话不是你在12年之后，在伏特加的帮助下说出来的。”妈妈提醒自己要冷静。

“这跟伏特加没关系。”

“所以你打算怎么做？”

“我们什么也做不了。”

“如果你想告诉米兰达真相，想改变现在的局面，我们就一起努力。我们可以向专业人士寻求帮助，听取他们的建议。”

“太迟了。”比利转过身去，盯着外面整洁的后院。

妈妈走过去，想伸手拍拍他，安抚他的情绪：“比利，我们一定可以解决这个问题。”

“请你别碰我。”

妈妈的手悬在了比利脑袋后面。他有一头浓密的棕红色头发。每天早上，妈妈都能在自己赤褐色的卷发里发现一根新长出的白发，她不确定那是因为年龄的增长还是太阳的照射。比利则截然不同，他的头发看起来和十几岁时一模一样——当伊芙琳第一次注意到他的头发在阳光下的颜色时，当一切开始于一次简单又看似不可能的怦然心动时。

“我确实嫉妒过她，但是我一直都希望你们能幸福。”比利没有回答，于是妈妈说：“我先走了。”

在接下来看似平静的数周里，比利的话不时回荡在妈妈耳边，不论是在刷碗、开车送我上学，还是在对隔壁新搬来的年轻女演员强颜欢笑时，“我们什么也做不了”这句话都会出现在她的脑海。比利真的这样认为吗？妈妈觉得当初应该坚持让比利接受心理治疗，他在几周后便退出了小组，也许一对一的课程更适合他。或者他们可以去做夫妻心理咨询，从某种程度上说，他们就像一对亲密无间的夫妻。这种亲密无间的血缘关系决定了他们是一家人，而既然是一家人，就无须考虑喜欢与否，只管爱彼此就是了。她爱比利，所以会无限包容他身上的缺点，将他的自私当作敏感，将他的不可靠当作热爱冒险。而比利却选择把自己看作一个被内心充满愤恨的姐姐欺骗的鳏夫，这也是最令妈妈感到伤心的一点。作为家人，她在比利的心目中竟是如此不堪。

“我们什么也做不了”。比利说得对，但不是“我们”，而是“我”，“我什么也做不了”。高中的时候，妈妈就知道伊芙琳会爱上比利，却对此无能为力。在他们20多岁的时候，当她得知他们重归于好时，即使想不到这个决定会带来致命悲剧，她也知道这是个错误。而现在，她也没办法让比利相信我其实可以接受事情的真相，而无论他做出什么样的决定，我们都可以一起解决。

她知道比利不会再打来电话了，尽管如此，每当铃声响起时，她还是不自觉地感到紧张。直到有一天他终于打了过来，并要求和我讲话。

“比利每次来接你的时候，都会进屋等你，”妈妈继续说，“而那天他却一反常态，待在门外的车道上。我确信他会告诉你一切，而当你听到他口中的版本时，一定会对我恨之入骨。”

不过妈妈并没有阻止这一切。“我什么也做不了”，她这样告诉自己。如果他想告诉我什么，她是不会阻止的。相反，她选择相信我，相信我们之间的感情。她站在卧室的窗边，远远地看着我跳上了比利的车。车子开走的瞬间，她感到无可奈何，却同时拥有了一种自由的感觉。至少，这一切将要落下帷幕。

“我从来没想过他会……我知道他认为这一切不公平，但没想过他会做出那么残忍的事。”

几小时后，我蹦蹦跳跳地回家了，手里还抱着一个盒子。妈妈在厨房，仍穿着睡袍。如果爸爸在家的话，一定会让她换一件衣服。

“妈妈！”即使离她只有五六米，我还是大声叫喊着。我对她的称呼没有变，这似乎是一个好的预兆，也许一切都会和以前一样。这时我从盒子里抱出了一条小狗，一条金毛寻回犬。妈妈还记得伊芙琳曾经对家庭的计划，她想养一条金毛寻回犬，比利也一定记得。“你看比利给我买什么了！他居然送了我一条小狗！”

“你不能养她，”她转身准备上楼去换衣服，“我们现在就把它退回去。”

“你都还没拿正眼看过它。”我跟着她走上楼，小狗在我手中扭动，舔着我的食指。

“咱们之前不是讨论过这件事了吗？你怎么能把一条小狗带回家呢？”她发现自己的音量在不断升高，但同时她也在提醒自己，激怒她的人并不是我。

我坐在床上摸着小狗的头：“我只是觉得你看到它后一定会改变想法的。”

“你想得太简单了，养狗是需要极大责任心的。”妈妈在我旁边坐下，任由小狗啃着她的手。

妈妈在带小狗离家之前，拨通了比利的电话，留下语音留言。

“你到底在想什么？”她控制不住自己，对着冰冷的电话尖叫，“这是一种变向侮辱我的方式吗？好吧，这下我清清楚楚地知道了。你竟敢用她来对付我！”她也不确定自己口中的“她”指的是伊芙琳还是我，他究竟在利用我们之中的谁来对付妈妈？

妈妈没有带我一起去。当她回来时，我正关着门在房间里生闷气，妈妈决定在晚饭前让我一个人静静。想着比利可能已经到家了，她再次拨通了他家的电话，仍然无人接听，她再次留言。“比利，请你不要选择逃避！”她喊了起来，“你凭什么操控她！”说罢便“砰”的一声挂断了电话。她的心情并没有因此变好，于是走去了海滩。

冰冷的海风似乎没有什么帮助，她的怒火也是一样，于是她尝试了另一种策略。“比利，”她平静地对着电话说，“对不起，刚刚我一直在气头上。这是一件好事，可是你给米兰达买狗总该事先和我商量一下。我们需要聊一聊。很显然，现在的解决办法是行不通的，我们需要寻找一种新方式。”

比利仍然杳无音讯，她又试了一次，以一种恳求的语气留言：“求求你，比利，不要不理我。让我们聊聊吧。”屡试屡败后，她又一次留言：“比利，我们得解决这个问题。我们是彼此唯一的家人，伊芙琳一定也不希望看到现在的局面。比利，你在听吗？请给我回电话。”

打了两个星期的电话却未收到任何回音后，妈妈忍无可忍：“就这样吧，比利，我是认真的。你要是再不给我回电话，咱们之间的关系就完了，而你也可以正式和米兰达说再见了。你听见了吗？如果你还把我们当成你的家人，这是最后一次机会。”

“当时我并不是真的这样想，”妈妈说，“我只是需要找些方法来刺激他一下。”说罢，她站了起来，示意我跟上她。她拉住我的手：“走，我给你看样东西。”我跟着她上楼来到卧室，只见她从大衣柜深处找出一个鞋盒，从里面拿出一个信封递给我。收信人是比利，已经贴好了邮票，但没有盖邮戳。

信封上的胶已经失去了黏性，轻轻一碰就打开了。

比利：

如果你读到这封信，我就当作你想要和解了。对于之前的语音留言，我向你道歉。如果我能删除它们，我会这样做的。但也许这也是件好事，它能让你知道你之前给我带来了多大的伤害。我只是很抱歉自己将这种伤害转成了愤怒。

你真的觉得是我们将她从你身边夺走的吗？我希望这也只是你的一句气话。当然，你有权生气，换作是我，也无法想象自己眼睁睁地看着女儿被别人抚养长大，即使对方是你的家人。我知道当你看到米兰达的时候，就会想到她也许永远都不会知道伊芙琳是谁。我们应该多对她谈起伊芙琳，我们应该早点让伊芙琳住进她的心里。

我对自己所说过的一切感到抱歉，而我知道你也是一样。但这一切不只关乎我们，你知道米兰达有多想念你吗？

请不要拒我们于千里之外，比利，请你告诉我我该怎么做。

苏珊

妈妈又从鞋盒里找出了一份由比利和另外两位科学家撰写的地震报告，它详细记述了1988年1月30日那场发生在智利海岸里氏7.1级的地震。地震造成一人丧生，一些老旧建筑受到了不同程度的损伤。

“这封信是我把你从普洛斯彼罗书店接回来的那天写的。”翌日早上，在去邮局之前，妈妈在新闻中看到了一则极具人情味的故事，讲述了一个在地震中分离的家庭重新团聚的经过。“我都不知道自己为什么错过了报纸上对这场地震的报道，这是一场很大的地震，报纸上肯定刊登了相关消息。一直以来，我都以为比利躲在家里，听了所有的留言并将之逐一删除。原来他根本就不在家。”

我也以为比利躲在家里，将我的语音留言全部删除。没有在普洛斯彼罗书店找到他时，我一度以为他背叛了我，不仅如此，我还认为是他让李给妈妈打了电话来接我。结果他刚从智利回来，便发现语音信箱里塞满了我和妈妈的留言：“妈妈让我把狗退回去，她可真是个贱女人。”“你竟敢用她来对付我！”“我和妈妈完了，我这辈子早晚会被她逼疯的。”“我们需要聊一聊，我们需要寻找一种新方式。”“我尽力了，比利舅舅，真的尽力了。”“请你不要选择逃避。”“你还不了解我妈妈吗？你知道她是个什么样的人。”“咱们之间的关系完了，如果你还把我们当成你的家人，这是最后一次机会。”

妈妈说：“你还记得在从书店接你回家的路上，我对你说过我们一定可以解决这些问题吗？”这好像和我的记忆不同，我记得当时她说她不知道事情是否可以解决。我们对过去有着不同的回忆，但事到如今，谁对谁错已经不再重要。“当我在新闻上看到这个家庭重聚的故事时，我突然意识到这封信可能不会带来任何帮助，我们永远也解决不了这个问题。”

在接下来的几个月里，妈妈一直在为比利难过，她甚至开始去看心理医生。医生一度以为她的哥哥已经死了，而妈妈也没有纠正他。几次治疗后，心理医生判断比利还活着，并开始追问妈妈为何要误导他，于是她没有再去接受治疗。截至那时，她已经有6个月没和比利联系了。以前他们吵架的时候，最多也只有两三个月不和对方说话，从来没有超过半年。当6个月变成7个月、8个月，甚至一年的时候，她便不再关注报纸上那些地震的消息了。

车轮碾过碎石路的声音将我带回了现实，是爸爸回来了。妈妈将盒子合上，放回了大衣柜。透过车窗，我看到爸爸用腿推开车门，慢慢将身体移到车外。他绕到车子后面打开后备厢，费力地搬出了一大堆木头。直到妈妈的手搭在我的肩膀上，我才发现她早已站在了我身后。

“爸爸呢？”我无法想象他是如何面对这一切的。

“你知道他的，多和他讲讲那些被收养的历史人物，他就会慢慢接受这个事实。”

埃莉诺·罗斯福是被收养的，纳尔逊·曼德拉也是。还有杰拉尔德·福特[1]，比尔·克林顿和约翰·列侬。爸爸经常和我畅谈历史，在我上大学之前，他总是以林肯的职业道德精神来教育我；在我第

1 杰拉尔德·福特：美国第38任总统。——译者注

一次失恋时，他给我讲了托马斯·杰斐逊年轻时的心碎经历。不过无论是摇滚明星、第一夫人，还是政治犯，没有人的收养经历与我相同。

“我能直接去和爸爸谈谈吗？”

“当然，”妈妈表示同意，“这是个好主意。”我们看着爸爸将一摞木头靠在门边，努力将钥匙插进锁眼里。成功打开门后，他便搬着木头走了进来。我可以越来越清晰地感受到妈妈的手在我肩膀上的力量，这一次，我没有躲避。我让她继续在卧室休息，感到与她紧紧相连，那种脚踏实地的感觉又回来了。

22

回到银湖区时，天已经黑了。书店大门紧闭，我想马尔科姆应该是最后一个走的。我找到开关打开了灯，循着光亮静静地在书店里踱步。这是属于我的、明亮而安静的书店。马尔科姆给我画的漫画像仍放在“店员推荐区”的小桌子上，就摆在我推荐的书旁边。画像中的我显出了前所未有的自信。我已经不太记得这些自己选出的书了，当时我喝醉了，对我和马尔科姆刚刚建立的关系既兴奋又紧张。我只是随便找了几本可以将我定义为历史系学生的书，我一直将美国历史视为我生命的起源，也将这份热情深深地埋在心底。它掩盖了我对自身历史的冷漠，虽然那是我应该了解的过去。这些书并不能代表现在的我，我心中已经有了其他选择。

我拿起这些书，将它们重新放回了美国历史和传记区的书架上，然后走到文学、女性小说和青少年图书区的书架前，取下了《简·爱》《爱丽丝梦游奇境》《弗兰肯斯坦》《怕飞》《劝导》《愤怒的葡萄》《通往特雷比西亚的桥》。对书店的客人来说，这些书看起来似乎是被随意摆放在一起的，即使是常客也难以发觉它们之间的联系。只有我知道它们的同时出现并非偶然，想必马尔科姆也一样。

在前台的桌子上，我找到了 8 月上半月的财务报告，上面显示的数字比我预想的还要糟糕一些，我们一天之内只达到了一小时内应该达到的销售额。我想象着马尔科姆把这份报告打印出来后，看着上面惨不忍睹的数字时的心情。他一定会感到惊慌失措，并尽量克制自己不要在其他人面前表露出这种情绪；他一定会深感怀疑，认为我们会束手无策；他一定也会担心，害怕一切都将改变。当然会有所改变，但并不会像他想象的那么糟糕。我在桌上留下了一张字条，马尔科姆明天一早来了便会发现。上面只简单写了一句话：对不起。

第二天早上，马尔科姆端着两杯咖啡上楼，敲响了我房间的门。他先是递给我一杯咖啡，随后在我的邀请下走了进来。我们坐在沙发上，静静地喝着咖啡，等待着合适的时机展开对话，有关我们之前的关系会因此改善，还是变得更糟糕。

马尔科姆把杯子放在沙发前的茶几上，开口说道："你知道吗？自打你来到书店，这是我第一次来到这里。上一次来这儿还是在……"他使劲扭着双手，最终将它们放在了膝盖上。

"是你发现了他？"

我顺着马尔科姆的目光向地板看了过去。"我听到'砰'的一声，就赶快跑了上来。"

"我都不知道这件事。"此时我很想抱抱他，使劲握住他的手，给他安慰，但我不确定他是否愿意接受我。一种不确定的情绪让我们都有些不自然，眼睛不知该看向哪里。"我一直都没有改变过，我想是因为我害怕改变吧。但是现在我不得不做出改变了。我选择留下来。"

马尔科姆被自己的咖啡呛到了:“你要留下来?”

“别着急，你的职位不会受到任何影响。”

“不，我不是那个意思。”他朝我坐近了一些，大概以为我没注意到。

“我不能离开这里。”我也朝他的方向挪近了一些，我们的腿碰到了一起。马尔科姆没有主动采取任何行动，这反而令我更加确定了他的心意。

“随着时间的推移，这间公寓终将属于你。”他的手指滑过我的脸，单纯的表情令人感到兴奋，温柔的脸庞使人发狂。

“对不起。”他说。他的脸离我如此之近，近到我们可以感觉到彼此的呼吸。

“我也很对不起你。”我以为他会问我如何看待比利的事，或是我家里的一切是否正常。结果他二话不说，直接吻了上来。他的吻如此急切，似乎想把我们之前因愤怒和误解而丢失的时光一下子找回来。

“你能留下来，我很开心。”马尔科姆说。

“我也很开心。”我回答，“书店怎么办呢?”

“我们会一起把问题解决掉的。”他十分诚恳地表示。我相信这一句“我们”，我们会一起努力改变这一切。

美好的时间总是短暂的，转眼间便到了9月。马尔科姆和我又去看了很多场道奇队的比赛，我们会一起从书店出发，在穿过回声公园的路上，他会指给我看那些原本是墨西哥面包店的地方，那些被重新粉刷过的壁画，以及被他视为艺术作品的新式涂鸦。每个星期天布鲁克斯家的户外烧烤，似乎比我小时候的还要隆重。妈妈会提前准备好自制泡菜和果酱来做奶酪拼盘，也会亲手制作冰激凌作为饭后甜点。在享用过烤龙虾和整条烤鱼后，妈妈会谈起伊芙琳曾经爱读的书，原来除了《怕飞》和《简·爱》之外，她还很喜欢翁贝托·埃科和米兰·昆德拉。爸爸回忆有一次伊芙琳带了一位作家到家里来，他的酒量和文采一样出名。那天晚上，他毫无悬念地喝多了，踉跄地栽到镜子上，被碎片划破了肩膀，白衬衫被染成了红色。他们不得不把他送到急诊室，护士们都与他拍照合影。这位作家清醒过来后，他向爸爸宣布自己找到了下一部小说的灵感。这部小说后来获得了普利策奖。

整个 9 月炎热而漫长，社区居民们结束了家庭假期、露营和夏季音乐节，陆陆续续地回来了。经过大量酒精和孩子们尖叫声的洗礼后，大家都渴望借助我们的网站、买家奖励机制和读书俱乐部让头脑苏醒过来。马尔科姆策划的“洛杉矶文学之旅”逐渐变成了“酒吧狂欢之旅”，还被《洛杉矶周报》列为“今秋最值得做的事”之一。马尔科姆带着一拨又一拨面色苍白的文弱男子去查尔斯·布可夫斯基曾经寻衅滋事的酒吧，以及雷蒙德·钱德勒在韩国城中的据点进行参观。露西娅以一种近乎疯狂的热情掌管着书店的 Instagram 账户，她总是花上数小时将书摆出各种造型拍照，并将“露西娅招牌卡布奇诺”的制作视频发到网上，她用奶泡拉花，做出了一颗被箭射中的心。查理在全市中小学组织了几场书展。而我则创办了一个有关美国历史的读书俱乐部，发现这并不比教书轻松多少。不过，可以和一群懂得欣赏历史、理解过去的选择是如何影响当下的成年人围坐在一起展开讨论，是一件非常让人满足的事情。

直到马尔科姆和我帮助查理为一所小学举办的书展做准备，将一箱箱画图书和故事书装上查理那辆伤痕累累的轿车时，我才意识到劳工节早已过完了。

我们像一对自豪的父母一样向查理挥手告别，想必此时费城的学校已经开学了，校长正带领着替代我的新老师参观校园，告诉她之前的老师在最后一刻提出辞职给他们带来了持续多日的噩梦。我想象着这位新老师的样子，她更年轻、更有激情、头发可能也更直一些。她会和杰伊一起工作，而作为一名资深教师，他会告诉她哪些学生需要格外留心，哪些家长需要额外注意，哪些又永远不会出现在家长会上。当他逐一盘点那些爱抠鼻子、只认分数、爱偷懒和爱拍马屁的学生时，她会忍不住发笑，他们之间的默契也会迅速建立起来。

马尔科姆将书店的部分管理权交给了我，我于是成了历史、政治和社会科学类书籍的正式采购者及晚宴的主要负责人。在门票已经全部售罄的情况下，我们仍然每天都会接到购票咨询电话。更有一些供应商打来电话主动请求为晚宴提供各式免费服务，包括三道晚宴菜肴、红酒品尝、按摩、面部护理以及面包制作培训课程。这些免费捐赠项目的收入和门票销售额加在一起虽然不够还清我们欠下的钱，但是我们对无声拍卖环节抱有很大希望，这是我们最后的机会。

虽然爸爸妈妈给我讲了很多伊芙琳的故事，但他们还没有来过普洛斯彼罗书店。我多次邀请他们来参加读书会、读书俱乐部聚会，甚至是露西娅的钩针课，我还邀请爸爸担任我新组建的历史读书俱乐部的顾问。尽管爸爸会给我发一些俱乐部可能会用得上的书评，却从未现身过。而妈妈则一直为了工作奔忙，不是去客户家开会，就是奔波于古董商店和灯具店之间。“等我把手头这个项目忙完，就一定去。”每次她向我这样承诺后不久，就又会签下一个新项目，生怕一次小小的停工导致自己提前退休。尽管妈妈一再表示自己只是太忙了，但我仍能看出，她其实在尽力避免造访普洛斯彼罗书店。我想对她来说，这里承载了太多与伊芙琳有关的记忆。不过，我们的晚宴不是为了伊芙琳或比利举行，而是为了我们自己，为了每一个不希望看到书店消失的人。

举办晚宴的日子终于到了。肉桂和巧克力的香气弥漫了整个咖啡区，查理和露西娅为每一张桌子都铺上了崭新的亚麻桌布，摆上了由一家面包店特别赞助的松露巧克力和迷你苹果馅饼。虽然我们还有几千美元的款项待付，但街区那头的墨西哥餐厅给我们送来了好几盘土豆片；花店为每张桌子都提供了免费花束；一位当地艺术家在我们的橱窗上创作了一幅临时壁画，以及一张以普洛斯彼罗书店为中心的洛杉矶文学地图……每一个人都为我们的未来做出了力所能及的贡献。整个社区加在一起的力量超乎了我们的想象，没有他们，今天的晚宴就不可能顺利举行。

戴着一顶大礼帽的查理在看到我徐徐走下楼梯时，向我脱帽致意。我提起白色的连衣裙下摆——这是我在一家二手商店淘到的，裙子轻盈的布料会让人想起米兰达在《暴风雨》中穿过的晚礼服——同时低下了头，我在头上戴了一顶花冠。露西娅简约的白色连衣裙和我的有几分相似，只是头上没做任何装饰。她手臂上的文身就像一件内衣，从袖口露了出来。她拿着一本烹饪书，说自己扮演的是《巧克力情人》的女主人公蒂塔，人们可以通过她做的食物来感知她的情绪。

马尔科姆端着一盘馅饼从厨房走了出来，嘴里叼着一支还没来得及点燃的香烟。牛仔帽遮住了他的头发，在黄色飞行员夹克的映衬下，他的眼睛犹如绿松石一般。

“怎么了？”发现我盯着他时，他说，“是你不让我扮成菲利普·马洛[1]的。”说罢，他便迈着亨特·S. 汤普森[2]式的步伐趾高气扬地走开了，嘴里还不时像亨特一样嘀嘀咕咕地说着什么。

在晚宴开始后的第一个小时里，穿着各式各样文学主题装束的人们到处走动着，一边吃着糖果，一边为无声拍卖写下竞价。

琼妮挽着克里斯的胳膊出现在了晚宴上，他们打扮成了哈利·波特和赫敏·格兰杰。在她看来，这两个人才是天造地设的一对。

“希望今天晚上大家都能喝得酩酊大醉，忘记彼此都穿了什么，这样万圣节的时候，我们还可以把这身衣服拿出来再穿一次。”克里斯说。

琼妮开玩笑地推了他一下：“谁叫你说出来了？”

---

1 菲利普·马洛：雷蒙德·钱德勒笔下的私家侦探，出现在7部长篇小说及一些短篇小说里。——编者注

2 亨特·S. 汤普森：美国记者、小说家，代表作有《朗姆酒日记》《惧恨拉斯维加斯》等。——编者注

克里斯耸了耸肩，转身去找马尔科姆和打扮成夏洛克·福尔摩斯的编剧雷聊天。

我和琼妮留在门口，望着络绎不绝的人群。我们有好几个星期没见面了，自打她结束了戏剧巡演，便投身到了大大小小的试镜中，最终赢得了一部电影中的小角色。我本来不确定她能否来参加晚宴，但今天晚上对我来说太过重要，她一定会像我支持她那样来支持我的——无须过多言语，只是默默支持。我们就这样静静地看着四周的人群：一个反串埃德加·爱伦·坡的女人依偎在一个反串杰克·凯鲁亚克的女人身边；一个“老雷斯”[1]站在那里，将一盘蛋挞一个接一个地一扫而空；奥兹国的桃乐丝与桃乐丝·帕克聊得正欢。

琼妮回头扫视着整个书店：“今天上座率很高哦！”

“希望人数不要再增加了。”我说。

“比利的谜题都完成了吗？”

“完成了。”

“然后呢？”

“这里是终点站。”琼妮没有继续问下去，只是紧紧地握住了我的手。

希拉穿着一条极具层次感的连衣裙，头戴一顶白帽子，手拿阳伞现身晚宴。她径直走上了舞台，活脱脱就是曼陀丽庄园画廊中的

1　老雷斯：苏斯博士童书中的角色。——编者注

卡罗琳·德温特[1]。“如果生在那个年代，我也许就是第二位德温特太太或吕蓓卡，或者两个都是。”希拉说，“谢天谢地，没有人认出我来。不然他们一定会认为我很自恋的，一把年纪还装年轻。”

希拉走上台的那一刻，大家自觉地安静了下来。由于座位有限，人们只好挤在一起，将普洛斯彼罗书店占得满满当当。

“这次活动完全是一种新的尝试，我不确定它会将书店的未来引向哪里，但可以确定的是，它的灵感来自这里。”希拉清了清嗓子，整理着面前的发言稿，“人们常说，衰老的过程是优雅的，因为它同时也是缓慢的。人们总是告诉我们，要像欣赏咏叹调那样去欣赏这一过程的美。人们可以接受有尊严地、体面地老去，但其实变老的过程中会遇到许多不公平的小事，它们可不像音乐那般优美动人。”她举例说自己生活中会在爬楼梯时气喘吁吁，而且只消一杯酒便能体会到宿醉的滋味。她自嘲的坦白引发了众人阵阵笑声，此刻的她褪下优雅，却显得更加真实，更富有人情味儿。紧接着，她朗读起了自己正在创作的故事。我发现这竟然是一个关于我的故事，只是她更换了我的名字，弱化了比利和普洛斯彼罗书店的角色。故事详细描述了和比自己年轻 30 岁的人交朋友是一种怎样的体验。我向琼妮投去了一个眼神，她也朝我眨了眨眼。我观察着整个房间，发现大部分人都没有发现她的故事和普洛斯彼罗书店之间的关系。马尔科姆来到我的身后，把手搭在了我的肩上。

1　卡罗琳·德温特：小说《蝴蝶梦》中的人物，曼陀丽庄园的画廊上有一幅她的画像，新嫁进庄园的第二位德温特太太因为在化装舞会上扮成了她的样子而引起轩然大波，因为已经去世的第一位德温特太太吕蓓卡也曾扮作过她。——编者注

“你是这个故事的灵感女神。”他在我耳边低语。

当希拉讲到观看《三姐妹》的经历时，门口传来一阵铃声，是爸爸和妈妈来了！他们有些胆怯地站在门口，向拥挤的房间不断张望。妈妈穿着粉色的衬衫，下摆塞在一条卡其色裤子里，爸爸则穿了蓝白条纹的高尔夫球衫，也许他们打扮成了厄普代克或契弗小说中父母的样子。在人群中发现我后，妈妈眼前一亮，一种熟悉的感觉突然涌上我的心头。我很想立刻投入她的怀抱，就像小时候一样，只是屋里的人实在是太多了。爸爸示意他们会等希拉朗读结束后再来找我。

希拉故事的结尾呼应了她一开始提及的话题，对一些认为年龄只与心态有关的愚蠢言论进行了回击。“在服下可的松和大把的阿司匹林时，你会感觉到自己要多老有多老。我的确觉得自己老了，事实也确实如此。现在的你们风华正茂，我不会因此怀恨于心，更不会假装自己依旧年轻。”希拉摘下眼镜，欣然接受来自人群的掌声，“最后这部分我还要再润色一下。”

马尔科姆跳上了舞台，充当起拍卖师的角色，手舞足蹈地鼓动大家积极参与。最终，与希拉共进晚餐的机会以起价 50 美元展开了竞拍。

“没想到和我约会这么不值钱。”希拉开玩笑似的说。陆续有人出价，霍华德博士以绝对的优势赢得了这次竞标。他一路小跑跃上舞台，捻着特意为扮演莎剧人物而留起的胡子。他以胜利者的姿态举起了双臂，激动地抓住希拉的手，然后将她抱了起来，不停旋转。人群欢呼起来。

人们兴致盎然地畅谈着，我注意到爸爸妈妈还在大门附近，融入了人群之中。妈妈抿了一小口红酒，飞快扫视着整个房间。她用下巴指了指那片绿色的墙：“那是伊芙琳最喜欢的颜色，越是明亮的绿色，她越喜欢。”我张开双臂拥抱了她，就像她曾经拥抱我那样，不愿轻易放手。

在希拉的诵读之后，我们还安排了另外三场读书分享会。晚上11点左右，马尔科姆的乐队朋友们已准备就绪，当“生牛皮”乐队正式登台时，木地板上已随处可见散落的餐巾纸，桌子上也净是空杯子。马尔科姆靠墙站着，欣赏着大家的舞蹈。爸爸妈妈占据了最中心的位置，妈妈的衬衫已经从裤腰里跑了出来，爸爸的高尔夫球衫也被汗水浸湿。琼妮跳着舞步来到妈妈面前，她们手拉着手，有节奏地跺着脚，跳起了霍拉舞。马尔科姆询问我是否也想加入，我欣然同意。于是我们便走进了人群之中，加入了妈妈、爸爸、琼妮和克里斯，我们手拉着手，围成了一个大圈。一曲终了，我们一边醉醺醺地谈话，一边随意舞动着，等待着下一首歌的开始。接下来，“生牛皮”乐队翻唱了一首佛利伍麦克合唱团的慢歌，欢快的节奏逐渐舒缓了下来。

“我喜欢这首歌。”妈妈慢慢闭上眼睛，随着节奏摆动了起来。在灯光与两杯红酒的作用下，她的脸颊如玫瑰般红润。吉他的声音很大，将她的声音掩盖住了，但我看到她的嘴唇在动，面色也变得温柔起来。原来她仍然可以像以前一样将自己沉浸在一首歌里，生活没有将她的棱角全部磨平。

我小声对马尔科姆叮嘱了几句，他点点头，跑上舞台对吉他手耳语。他的朋友点了点头，然后重新开始演奏。

“妈妈，你愿意上台和乐队合作一首歌吗？”

妈妈睁开双眼，停下了舞步。看到主唱挥手示意时，她不禁面露恐慌之色。我和妈妈对视了几秒，我原以为这是她想要的：再次站在舞台上，成为公众的焦点，以一种希拉刚刚认为不可能的方式来抵御衰老。可是此刻的她看上去吓坏了，歌曲的前奏缓缓响起，乐队拉长了节拍等妈妈上台，但他们不会一直等下去。

我们继续注视着彼此，就像书店里的其他人都不存在了一般，只有妈妈和我，还有吉他的旋律。突然间，一丝微笑闪现在她的脸上，不是捂着嘴偷笑，而是咧嘴开怀大笑，她整个人都洋溢着纯粹的幸福感。

一开始，她有些胆怯，歌声几乎被鼓声盖住了。随着歌曲的进行，她的声音也逐渐大了起来，唱到兴起时，她甚至兴奋地将头向后仰，高歌佛利伍麦克合唱团的《山崩》。

一曲终了，妈妈对主唱耳语了几句，他向乐队示意，一首滚石乐队的经典曲目响了起来。妈妈在舞台上来回摇摆，她的卷发遮住了脸，但是她并不在意，这和她标志性的整齐发型相去甚远，但是那个曾经穿着迷你裙、留着长直发的苏珊仿佛又出现在了我们面前。

爸爸和我站在一起，看着妈妈朝我们走来，兴奋的汗水打湿了她的脸庞。“她真的太棒了！”爸爸目不转睛地看着妈妈发出感慨。

“是的。”我表示赞同。

“生牛皮”乐队演出过半时，一群警察突然造访。尽管日落大道每家酒吧门前都大排长龙，却有一位居民报警说我们扰民。马尔科姆出面和警察进行了一番争执，当他们发现店内的酒杯时，便提出要核对每一个人的身份信息，派对只得提前结束。

妈妈坐在角落的一张桌子旁，擦着脖子上的汗。爸爸不知在她的耳边说了什么，惹得她哈哈大笑，那画面美极了。短暂的休息后，他们便收拾好东西，向我道别。

“距离我们的睡觉时间已经过去三个小时了。”爸爸说。

“是时候做自己了，”当我陪妈妈等着爸爸将车开过来时，她对我说，“我已经不记得自己上一次这么开心是什么时候了。”爸爸的车子开到了门外，她拉住我的手，“伊芙琳也一定会喜欢的。”她用力握了我一下，跑出门去。爸爸在车里向我挥手告别。望着他们远去的背影，我不禁感叹，妈妈终于获得了自由，而比利却仍然被困在普洛斯彼罗书店里，伊芙琳也是。

父母离开后，马尔科姆在橱窗边找到了望着日落大道发呆的我。“他们似乎玩得很开心。”

“我觉得也是。”我心不在焉地回答。

“你怎么了？”他问。

“都结束了，”我说，“比利为我留下的最后一趟冒险旅程，真的结束了。”

“现在，属于你自己的旅程已拉开了帷幕。”马尔科姆伸出胳膊搂着我，“这句话是不是很俗气？”

“有一点儿。”我用胳膊肘捅了捅他，“但是我喜欢。”

最后一拨客人离开后，露西娅坐在前台，计算着当晚的收益。琼妮和我将桌子一一归位，查理则负责清理地板。希拉和霍华德博士坐在角落里抽着雪茄，看着我们打扫。

“还差一个杯子哦。”希拉用手中的雪茄指了指查理在匆忙中落下的塑料杯。

克里斯和马尔科姆在门外抽着大麻，不时发出阵阵笑声。在加州，只要你焦虑或是背痛，就能吃到各种各样撒了大麻粉的曲奇饼干、棒棒糖和爆米花。我不知道自己为何如此惊讶，可能是我从未见过马尔科姆吸大麻吧。

“明天我们可能会被熏死。”马尔科姆从后门刚一进来就大喊起来。

“谁说的？”霍华德博士反驳，“我们正在清理呢。你想来点什么，古巴雪茄还是陈啤酒？”

“都不要！”

希拉吐出一口烟，将雪茄递给霍华德博士。她走到马尔科姆身边，把手放到他的脸颊上，他摇了摇头，甩掉她的手。

“多么美好的夜晚，”希拉吻着他的脸颊，“尽情享受这份成功的喜悦吧。”

马尔科姆去厨房拿来了比利剩下的半瓶苏格兰威士忌，为在场的每一个人都倒了一杯——希拉、霍华德博士、琼妮、克里斯、露西娅、查理，还有我，我们围成了一圈。

“敬比利留下的最后一瓶酒。”马尔科姆说完，我们集体举起酒杯。

“我愿放弃所有的荣誉，换一壶酒，一刻的安宁。”霍华德博士边喝着苏格兰威士忌，边背诵着亨利五世的名言。

“我说这位先生一定是喝酒喝昏了胆子啦。”希拉故作无奈地摇着头。

“《温莎镇的风流娘儿们》，”霍华德博士不禁赞叹，“真是了不起啊，这位美丽的女士。”

“诸位但愿得赦过尤，就请宽容放我自由。”大家都不说话了，纷纷看向我。肯定有人知道这是普洛斯彼罗的经典台词，也有人一头雾水。大家齐刷刷地看着我，等着我做出解释。“在戏剧的结尾，普洛斯彼罗请求观众放他自由。”

“嗯，事实上，这只不过是莎士比亚借由普洛斯彼罗之口说出的话，因为这是他创作的最后一部戏剧。”霍华德博士解释，希拉打了他一下，让他闭嘴。

“别把每张桌子都当成你的演讲台，好吗？”她讲话毫不留情。

“我们需要改个名字。”我说。在《暴风雨》的结尾，普洛斯彼罗离开了那座被施了魔法的小岛。假如比利把自己当作普洛斯彼罗，那么此刻，该轮到他离开自己的小岛了。那道禁锢他的魔咒已被打破，我们需要放他自由。

“你指的是……普洛斯彼罗书店？”查理似乎不知该感到伤心还是被冒犯。

我向马尔科姆投去求助的目光。他陷入了沉思，也或许他只是有些醉了。我第一次对他感到懊恼，但这是一种抚慰人心的愤怒，你会让对方用过分的举动来惹恼你，因为你知道自己最终会原谅他。

“米兰达说得对，”马尔科姆最终开口表态，“这家书店需要改变。如果我们想要拯救它，第一件事就是要让它从过去的阴影中走出来。”

“这是之前那个诅咒附近的自助洗衣店全部倒闭的男人说的话吗？”露西娅险些被呛到。

“我的意思不是说要放弃普洛斯彼罗书店。”他用一种屈尊俯就的态度为自己辩解，“它已经开始改变了。我们需要时刻保持变化，才能维持这家书店的活力。”

“这真是我听过的最神志不清的话。”露西娅说。

霍华德博士捋着他的山羊胡；希拉用食指不断轻敲鼻子；露西娅用脚趾踢着马尔科姆，故意想惹恼他来取乐；琼妮闭着眼睛，随着脑中的旋律摇摆身体；克里斯几乎已经进入了梦乡；只有查理四处观望着，试图寻找一个和他一样惊慌失措的人。

“昨日书店，”我说，“它不但纪念了过去，也预示着我们会活在未来。”

“每一天都将成为一个崭新的昨天，”霍华德博士继续捋着山羊胡，“它们紧密相连。”

“而每一天也都将是一个崭新的明天。”希拉表示赞同。

“昨日书店，”马尔科姆念出了这个名字，“我明白它背后的意思。”

霍华德博士和希拉仍沉浸在关于过去与现在的妙语中，马尔科姆开始列出他认为书店可以改变的地方，比如在咖啡区的墙上挂些银湖以前的老照片，将橱窗布置成药房的样子。当他提出更换墙面颜色时，我提出了异议。

“那面墙的颜色不变，还是以前的绿色。”他明白了我的意思，知道那是谁最爱的颜色。马尔科姆伸出手臂，搂住了我的肩膀，主动上前吻了我的额头。这是他第一次在大家面前吻我，我无须去看大家的反应，无须在意他们的眼神。我只是觉得这一切都棒极了。

露西娅和查理开始争论明天早上谁的宿醉会更严重，琼妮和马尔科姆聊了起来，他的手一直搂着我的肩膀，心不在焉地揉搓着它。我望着我人生的第一位朋友和这群新结交的朋友。原来，他们在我真正了解自己之前，就已经了解了我。昨日书店不仅属于我，也同样属于他们，但普洛斯彼罗书店则属于比利和伊芙琳。我们给了这家书店一个重生的机会，而我也需要给自己一个机会。这也是普洛斯彼罗对他亲爱的女儿米兰达的美好期望——不被过去所累，却能够更加深入地了解它，与此同时，永远对未来做好准备。

后记

多年来，每当我幻想自己出版了一本小说时，最期待的莫过于撰写感谢词。而每当我翻开一本新书时，第一件事也是翻到后记查看作者的感谢词。我很愿意去了解一位作家背后的故事，因为它会时刻提醒我，虽然只有作者的名字出现在了封面上，但是在他或她的身后，却有许多人贡献了自己的鼓励、智慧、努力和信念，为整本书的诞生做出了巨大的贡献。对我来说，这本小说是“爱”的结晶，如果没有我的老师、朋友和家人们伟大的洞察力和热情，以及这一路上遇到的所有优秀之人，我是不可能凭借一个人的力量完成它的。

感谢我最棒的经纪人斯蒂芬妮·卡伯特，和她一样了不起的助理艾伦·古德森，以及格纳特公司的每一位同仁。谢谢帕克罗图书公司超厉害的三人组：埃里卡·伊姆兰依，谢谢你选择相信我；还有我的两位孜孜不倦的编辑莉丝·斯坦和娜塔丽·哈拉克。感谢能力超强的营销编辑萨拉·亚历山大。在这次出版中，有这么多善良而聪明的女性与我合作，我已经无法用言语形容我有多么幸运了。

感谢我体贴周到的读者和才华横溢的作家朋友们：林恩·伊莱亚斯、亚历山德拉·蒂塔利亚、阿普丽尔·达维拉、科里·马登、艾琳·拉罗萨、杰西·斯托尔斯、凯莉·莫尔、威尔·弗兰克，扬塞·怀亚特、塔蒂阿娜·乌萨科夫、玛丽·门泽尔、劳伦·赫斯蒂克、塔伊沃·惠茨通和杰西卡·坎迪埃洛。是他们在我完成一片混乱的初稿时，帮助我渡过了难关。感谢才华横溢的阿曼达·特雷兹，谢谢你拍出那么多美丽的照片，我会永远记得我们在一起吃饭时的那几次深刻谈话。感谢“雷文+克罗”工作室的凯蒂·弗里切特尔和特洛伊·法默，谢谢你们设计出了这么棒的网站。感谢从我写作的第一天，甚至比这还早就开始支持我的凯文·道格顿，我对你在编辑工作中展现出的强大洞察力表示钦佩。

感谢我在南加州大学所有出色的导师，特别是朱迪思·弗里曼，你是第一位在我的作品中及时发现并指出错误的人。还有艾梅·本德，你不知道你鼓励的话语对我来说有多重要。感谢我所有的同事，是你们让我在南加州大学找到了家的感觉。

感谢斯凯莱特图书公司的史蒂夫·萨拉迪诺，是你让我从专业的视角了解到了独立书店是如何运作的。感谢奥恩·奥唐纳，谢谢你将父亲的二手书店介绍给我。独立书店在我的阅读与个人生活中，都起到了至关重要的作用。在我外出旅行时，我一定会留出大量时间参观当地的独立书店，并永远在行李箱中为它们的书籍留出位置。一直以来，这些仍然存在于我们身边的独立书店，人们对书籍、思想和阅读的欣赏与赞美都深深激励着我。“普洛斯彼罗书店”就是我对你们和这些书籍的致敬。

感谢我的家人：迈耶森、佩罗塔，以及陈。我要特别感谢我的父母，谢谢你们在还没有看过这本小说时便对我大加赞赏。（现在你们终于有机会看到它了！）感谢我的哥哥杰夫，谢谢你在整个创作过程中给我的建议与支持。感谢林赛和简·佩罗塔源源不断的热情。感谢杰西卡·陈为我提供的养生建议，以及珍·陈耐心的社交媒体入门指导。感谢我所有无与伦比的朋友，能和你们这样一群充满活力与正能量的人成为朋友，是我此生最大的幸运。

最后，我要感谢亚当，谢谢你在连我都怀疑自己时，仍然对我保有坚定不移的信心。